Primera edición: noviembre de 2021

Ilustración de cubierta: Gemma O'Brien
Diseño de cubierta: Natalie C. Sousa
Adaptación de cubierta: Book & Look
Maquetación: Endoradisseny

Título original: *All the Tides of Fate*

© 2021 Adalyn Grace (texto)
© 2021 Mar Mañes (traducción)
© 2021 La Galera (por esta edición)

Dirección editorial: Pema Maymó

La Galera es un sello de Grup Enciclopèdia
Josep Pla, 95. 08019 Barcelona

Impreso en Liberdúplex

Depósito legal: B 10.801-2021
Impreso en la UE
ISBN: 978-84-246-6897-6

LAS MAREAS DEL DESTINO

ADALYN GRACE

Traducción de Mar Mañes

laGalera
young

Para Josh: por animarme a escribir esta serie
y por creer en mí mientras lo hacía.

Para Tomi: porque no quisiera
dedicarme a esto con nadie más.

MORNUTE

CURMANA

DIA

ARIDA

SUNTOSU

NORTE

EL REINO DE VISIDIA

ARIDA
Isla de la magia espiritual
Marcada con un zafiro

VALUKA
Isla de la magia elemental
Marcada con un rubí

MORNUTE
Isla de la magia de encantamientos
Marcada con un berilo rosa

CURMANA
Isla de la magia de la mente
Marcada con un ónice

KEROST
Isla de la magia temporal
Marcada con una amatista

SUNTOSU
Isla de la magia de restauración
Marcada con una esmeralda

ZUDOH
Isla de la magia de maleficios
Marcada con un ópalo

CAPÍTULO
UNO

El agua es feroz.

Ruge al chocar con *La Duquesa*, que se deja sacudir por la ira de las olas del invierno. Pone a prueba a su nueva capitana, me empuja contra el timón desgastado por las inclemencias del tiempo. La madera se vuelve escurridiza por la granulosa agua marina que me empapa los dedos.

Pero no resbalaré. Esta vez no.

—¡Reforzad la vela mayor!

Clavo las botas en la cubierta y me agarro con fuerza al timón, no dejaré que el barco me provoque. Soy la capitana. Si *La Duquesa* se niega a escucharme, no me dejará otra opción que obligarla.

Hoy no hay la promesa de islas vecinas en el horizonte. Ninguna de las montañas de Mornute se ven desde la neblina lechosa que llega desde el norte, humedece el aire, se me mete en los poros y me pega los rizos a la nuca.

El barco se sacude con otro choque de las olas y, mientras me preparo para el impacto, veo cómo se acerca velozmente la difusa sombra de una boya que anclé al fondo del mar la pasada estación.

A medida que nos aproximamos, cierro los ojos y rezo en voz baja a cualquier dios que esté escuchando. Les ruego que nos perdonen. Les ruego que dejen que hoy sea el día en que los límites de mi maldición se expandan un poco más.

Pero, como siempre, los dioses no escuchan.

En el instante en el que *La Duquesa* choca contra la boya, mis rodillas se doblan por el afilado dolor que me recorre la columna hasta el cráneo, como si me atravesase un cuchillo. Me muerdo el interior de las mejillas hasta que noto el sabor de la sangre. Hago todo lo que puedo para contener el dolor con el fin de que la tripulación no note nada. Clavo las uñas en el timón. Un sudor frío me resbala por el cuello y se me nubla la vista. Desesperada, hago una señal a Vataea.

Ella se asoma por la popa, susurrando un canto tan feroz que cada palabra que sale de su boca es como el impacto de un trueno. Primero, el mar la observa con curiosidad; luego obedece la magia de sirena de Vataea y cambia el rumbo de las olas. Algunos miembros de la tripulación mascullan irritados cuando volvemos al muelle, preguntándose por qué hacemos este viajecito absurdo todos los días. Ni siquiera dura media mañana, y nunca ponemos rumbo a un lugar en concreto. Pero, por lo menos, nunca se quejan en voz alta. Sería una estupidez oponerse a su reina.

No es hasta que *La Duquesa* vira hacia el sur, de vuelta a Arida, que la tensión en mi cabeza se relaja y que mi respiración agitada se tranquiliza. No suelto el timón hasta que vuelvo a ver con claridad.

Vataea me pone la mano sobre el hombro con un gesto suave.

—Tal vez deberíamos dejarlo.

La voz de la sirena siempre suena como la más dulce de las melodías, aunque sus palabras se me claven en el corazón.

—Quizás ha llegado el momento de que dejes de luchar contra la maldición y que empieces a sacarle provecho.

No digo nada. No pienso escuchar sugerencias de nadie a quien no le hayan arrancado media alma y se la hayan encerrado dentro de otro ser vivo. Vataea nunca sabrá lo que es tener una parte de ella fusionada con la de otro. Ser capaz de sentir su presencia. Sus emociones más fuertes. *Todo.*

Ella no es la que está agotada por tantos intentos de romper el hechizo.

La mano de Vataea se retira de mi hombro y me deja la piel fría.

—Siento mucho lo que pasó, pero ser temeraria no te curará más deprisa.

Quiero enfurecerme. Quiero girarme y gritarle todo lo que no entiende. Pero el aire se me escapa de los pulmones cuando ella se da la vuelta y regresa al puente.

Estos son los límites de mi maleficio. Un hechizo que hace que la mitad de mi alma, y con ella toda mi magia, viva dentro de Bastian.

Y, como hoy, todos los intentos de romperlo han acabado en fracaso.

Los muelles están llenos de soldados y sirvientes reales que se apartan a medida que nos acercamos al puerto de Arida, donde la niebla camufla los barcos visitantes y hace opacas sus velas. Mi pecho se contrae involuntariamente al ver las siluetas que me aguardan, consciente de que ya no los lidero como capitana, sino como reina.

—¡Lanzad las anclas! —ordeno.

Hago virar el timón y la nave gruñe cuando la pongo contra las olas para reducir la velocidad. Mi tripulación obedece y las dos anclas alcanzan el suelo de las aguas poco profundas, lo cual nos sacude. Alguien choca con la borda y cae al suelo de bruces, pero no puedo ayudarle. Hago girar el timón en dirección contraria y obligo al barco a servirme. A obedecerme.

Cuando la nave se endereza, relajo los músculos y dejo de agarrarme al timón con tanta fuerza.

Al llegar a la orilla, mi tripulación se pone en marcha. Algunos se dedican a recoger las anclas y a soltar las velas, mientras que otros saltan a tierra para fijar el barco. Bajan la pasarela hasta la arena roja como la sangre donde nos espera Mira, mi dama de compañía, vestida con una capa negra y un cuello de piel de lobo que se extiende hasta su modesto mentón, tenso y sofocante, y unos guantes a conjunto. Tiene los brazos cruzados y una mirada de preocupación perpetua a la que me voy acostumbrando.

—Llegas tarde.

Sus palabras se convierten en una espiral de aire condensado que cubre los rostros de los guardias, quienes se ponen firmes mientras avanzo. Dos de ellos sujetan un cojín de color zafiro con un elegante bordado en oro y plata sobre el cual reposa mi corona: la cabeza de una anguila gigante valuna con la boca abierta y preparada para posarse sobre mí y clavarse a mi mandíbula. Preparada para devorarme.

El esqueleto con joyas incrustadas brilla por la humedad de la niebla. Se me hace un nudo en la garganta al darme cuenta de lo natural que le quedaba a Padre. Es una corona hecha para impostores y, mientras me la colocan apresuradamente sobre la cabeza, no puedo evitar sentir que a mí también me debe sentar como un guante.

—Yo nunca llego tarde —digo, ajustándome la capa de color zafiro y, luego, la corona para que la dentadura afilada de la anguila no me roce la mandíbula ni la sien—. Soy la reina.

Mi rostro imita rápidamente la sonrisa que me dedica Mira, aunque esta actitud atrevida no deja de ser una farsa. Llevamos jugando a esto desde el verano; es lo que mi reino espera de mí. Ellos me sonríen y yo les devuelvo la sonrisa, sin hacernos preguntas. Ahora soy su reina y, a pesar de todo lo que ha sucedido, debo mostrar a mi pueblo que todavía somos fuertes; que, aunque Visidia haya sufrido pérdidas, nos uniremos para superar la adversidad y recuperar el reino.

—Díselo a todos los que te esperan. Es tu primer consejo como reina de Visidia. Debes causar una buena impresión.

Cansada, Mira pone los ojos en blanco. Es algo que no habría hecho antes del pasado verano, antes de estar a punto de morir durante el ataque de Kaven a Visidia. Pero ahora se ha relajado y está dispuesta a decir a todo el mundo lo que le pasa por la cabeza sin rodeos. Incluso a mí.

Y me alegro. Celebro que vuelva a tener color en las mejillas y andares enérgicos. Me alegro de que siga viva. No todos tuvieron la misma suerte.

—La reina madre te espera en la sala del trono con los consejeros —dice Mira, pero esas palabras me provocan un escalofrío que nace en mi estómago y se me clava en la garganta.

—No la llames así. —«Reina madre». El título que se da a las reinas cuando quedan viudas me hace estremecer. No necesito otro recordatorio de que Padre está muerto, de que los restos carbonizados de su cuerpo reposan en el fondo del mar y alimentan a los peces—. En mi presencia, llámala por su nombre.

Las mejillas de Mira enrojecen y yo intento que no se me note la vergüenza por la bronca. Cuando ella abre la boca para disculparse, la mando callar con un gesto. No quiero oírlo. Lo último que necesito son más personas que van con pies de plomo a mi alrededor, especialmente porque no tienen ni idea de lo que ocurrió en realidad la noche que Padre murió. Si hubiese sido capaz de detener a Kaven antes de que llegase a Arida, Padre seguiría vivo. Yo sería la princesa y mi alma seguiría entera.

Pero este no es el destino con el que me han maldecido los dioses.

Meto las manos hasta el fondo de los bolsillos de mi abrigo para evitar que alguien perciba cómo me tiemblan y alzo la barbilla para todos los que nos observan.

—Llevadme ante los consejeros.

CAPÍTULO
DOS

Cuando entro en la sala del trono, se hace el silencio y las últimas palabras de las conversaciones se evaporan como el humo al oír el chasquido de mis botas contra el suelo de mármol.

Un ambiente amargo y la caricia de mil fantasmas contra mi piel me dan la bienvenida a esta cámara, que no había vuelto a pisar desde que luché contra Kaven el verano pasado. Ya no se ven signos del fuego que la destruyó, ni siquiera de la sangre que brotaba sin parar del cuerpo inerte de Padre cuando se atravesó el estómago con la espada para cortar su vínculo con Kaven y darnos a Bastian y a mí la posibilidad de enfrentarnos a él.

No me detengo a observar a los consejeros que se levantan y me hacen una reverencia con la cabeza hasta que tomo asiento en el lugar preferente de una mesa de cuarzo negro sobredimensionada. Paso los dedos por los huesos chamuscados de mi trono, aunque lo han vuelto a pintar desde el incendio para que aguante mi peso.

Tener que celebrar el consejo aquí es un castigo cruel, pero nadie dice nada. Seguramente piensan lo mismo que yo. Uno de nosotros está sentado en el sitio exacto donde Padre murió.

Madre toma asiento después de mí. Lleva los rizos peinados hacia atrás, recogidos en unas trenzas tan rígidas que le estiran la frente y hacen que se le levanten las cejas en un gesto de alerta. Antes, su hermosa piel bronceada brillaba como los acantilados de la costa al alba. Ahora está apagada y hundida, y sus labios forman una línea como si acabase de morder algo desagradable. Tal vez es porque, como yo, sabe que es un error usar esta sala.

Los consejeros de las otras islas, con la notable pero no inesperada excepción de Kerost, se sientan a nuestro alrededor. El asiento a mi derecha, que debería ocupar mi consejero principal, Ferrick, queda vacante, y hago un gesto a un guardia real para que se lo lleve.

—Ferrick tiene otros asuntos que atender en este momento —aviso a los consejeros antes de que pregunten, proyectando la mandíbula hacia delante para dar más sensación de autoridad bajo la corona—. Hablaré personalmente en nombre de Arida.

A mi lado, Madre murmura algo en una voz tan baja que solo yo puedo oírla:

—Vigila ese tono, Amora. No hemos venido a pelear; todos queremos lo mismo.

Sus palabras hacen que mis labios se conviertan en una línea recta. Desde que subí al trono no han faltado detractores que cuestionan mi autoridad. Pero Madre tiene razón: enfrentarme a los consejeros de Visidia como si estuviera preparada para luchar no me servirá de nada.

Busco en lo más profundo de mí y encuentro la voluntad de continuar el juego que hemos empezado Mira y yo en los muelles. El mismo teatro agotador que llevo haciendo con el reino entero desde que asumí el trono. Pongo una sonrisa en el rostro.

—Gracias a todos por estar aquí —digo, esta vez en un tono más suave. Más amable—. Sé que las cosas son difíciles para todos en estos momentos, así que valoro mucho que hayan venido.

—Me alegro de tener la oportunidad, por fin.

La voz que se ha alzado suena falsamente delicada. Pertenece a Zale, que acaba de ser nombrada consejera de Zudoh. Estamos en proceso de reincorporar la isla al reino después de que mi padre cometiera el error de exiliarlos hace once años. Aunque su pueblo ha sufrido de forma cruel, Zale tuvo la amabilidad de ofrecernos cobijo y protección a mí y a mis tripulantes cuando llegamos a Zudoh durante nuestra misión de encontrar a Kaven. Aunque Bastian fuera su hermano.

Desde que la isla se libró de la tiranía de Kaven, la cálida piel de Zale ha recuperado el brillo, y sus ojos, antes hundidos, ahora están tan llenos de vida que podrían rivalizar con la malaquita más resplandeciente. Está preciosa vestida con la túnica de seda blanca, pero hay en ella una energía feroz que no se debe pasar por alto. Zale es una de las mujeres más astutas y decididas que conozco.

Lord Bargas está sentado a su lado con un porte orgulloso y envuelto en una capa de rubí tan gruesa que prácticamente parece una manta. Viene acompañado por su joven sucesor y representan a Valuka, el reino de la magia elemental. El corazón me da un vuelco al recordar a Bastian, que entró en el palacio haciéndose pasar por el hijo del barón para acceder a mi fiesta de cumpleaños. En realidad, el barón y sus tripulantes se quedaron en alta mar, desarmados, desnudos y dormidos por la influencia de los polvos somníferos de Curmana.

—Hola, majestad —saluda con una sonrisa en los labios que podría derretir el hielo durante el invierno más frío.

Con casi sesenta años, es el mayor de los consejeros, y verle no solo me recuerda a Bastian, sino también a la forma en que Padre bromeaba con lord Bargas, a como solía darle unos golpes a la espalda al barón y soltaba una risotada como un rugido que le salía del pecho.

—Es un placer volver a veros, lord Bargas. —Me aclaro la garganta para controlar las emociones que están a punto de desbordarse, guardándomelas para cuando haya menos ojos—. He oído que os quedasteis dormido la última vez que nos encontramos.

Consigo provocar algunas risas, incluso del barón y de la joven que se sienta a su lado.

—Os aseguro que no fue por elección propia —responde con un brillo cómplice en sus ojos—. Ese maldito pirata incluso robó una de mis espadas favoritas. Aseguraos de recuperadla por mí, alteza.

Le devuelvo la sonrisa con la misma intensidad.

—Ya veremos qué puedo hacer. ¿Quién os acompaña?

Con gesto firme, el barón coloca una mano sobre el hombro de la joven.

—Esta es Azami Bargas, la hija de mi hermano mayor y mi nueva sucesora. Azami me relevará a partir de la primavera.

—Es un placer conoceros, Azami.

Ella inclina la cabeza a modo de saludo.

—Igualmente, su majestad.

Me sorprende descubrir otras caras desconocidas entre los asistentes. Mientras que la mayoría me observan intrigados, le nueve representante de Mornute golpea los dedos sobre la mesa de mármol con patrones rítmicos nerviosos. Pequeñas constelaciones bailan en sus uñas esmaltadas de negro con cada golpecito. Cuando se da cuenta de que le miro, elle se incorpora.

—¡Leo Gavel, su majestad! —El rostro de Leo es joven y agradable. Sus mejillas, redondas como manzanas, están cubiertas por destellos encantados que parecen estrellas. Físicamente, Leo es pequeñe y rellenite, y sus rasgos me provocan una nota de celos de los que conocen la magia de encantamientos. Elle tiene los ojos amarillos penetrantes y el pelo alborotado a juego. Lleva un traje pantalón lavanda y se ha delineado los ojos en el mismo color—. No habíamos tenido ocasión de conocernos desde la muerte del último consejero de Mornute durante el ataque, pero os aseguro que me he preparado bien. Es un placer poder trabajar con vos.

—Lo mismo digo.

Pero mis palabras salen forzadas, pues mis pensamientos están anclados en la noche del asalto, preguntándose a cuánta gente dejé morir. Por no haber podido matar a Kaven la primera vez que luché contra él en Zudoh, ¿cuánta sangre se ha derramado por mi culpa?

Hay otra cara nueva: el consejero que representa a Curmana, la isla de la magia de la mente, como puede deducirse por sus anchos pantalones y su brillante capa del color del ónice.

—Soy Elias Freebourne y he venido en lugar de mi hermana, que se ha puesto de parto esta mañana mientras cargábamos el barco para el viaje a Arida. Es un placer serviros, majestad.

Hay un destello en sus impresionantes ojos verdes que me sube la temperatura. Aparto la mirada rápidamente.

—Esta reunión tiene por objetivo hablar sobre la unificación de Visidia —anuncio a los presentes—. Me gustaría que nos centremos en los esfuerzos de restauración con Zudoh y Kerost. Aunque la relación con los primeros progresa favorablemente, debemos encontrar la manera de que Kerost vuelva a confiar en nosotros para evitar que se separen del reino.

Los hemos dejado sufrir las tormentas demasiado tiempo. Los hemos ignorado mientras un comerciante de tiempo se aprovechaba de su dolor y les robaba años de vida. Si queremos compensarlos, tenemos mucho trabajo que hacer.

Le representante de Mornute se incorpora con gesto agitado.

—Con mucho gusto podemos debatir sobre las iniciativas de restauración, majestad, pero mi objetivo principal al venir aquí era hablar sobre el bienestar de Mornute y sobre cómo nos afectan los recientes… cambios implementados en Visidia.

No hay duda de que Leo se refiere a la abolición de la ley que prohibía a los visidianos aprender más de un tipo de magia. Una ley creada sobre la mayor mentira de este reino y a la que puse fin en el preciso instante en que subí al trono.

Durante siglos, los Montara hemos gobernado una Visidia debilitada, ya que no permitíamos a nuestros súbditos aprender más de un tipo de magia —y ni siquiera teníamos la habilidad de aprender la magia espiritual— para que nadie pudiese derrocar a nuestra familia. Se inventaron la leyenda de una bestia que destruiría Visidia si alguien incumplía la ley. Una leyenda que llevó al pueblo a creer que solo los Montara podíamos protegerlos con la magia espiritual. La historia quedó tan grabada a fuego como mito fundacional del reino que muy pocos se atrevieron a desobedecer.

Incluso ahora, mis súbditos no saben lo que hicieron los Montara, mi familia. Creen que derroté a la bestia y que liberé la magia. Si supieran la verdad, no podría sentarme en el trono. No tendría la oportunidad de arreglar las cosas.

Así que, mientras lleve esta corona, tengo un único objetivo: romper la maldición de los Montara y liberar la magia espiritual de nuestro linaje y, de este modo, corregiré los errores de mis antepasados. Reunificaré este reino, devolveré a mi pueblo lo que nunca debería haber perdido y, finalmente, les contaré la verdad.

Y entonces aceptaré el castigo que consideren oportuno.

—Yo también quiero hablar de cómo estos cambios afectan a nuestras islas de modo individual —dice el consejero suntosino, lord Garrison. Es un hombre corpulento, su espesa barba pelirroja oculta la mitad de su rostro. Siempre que le he visto la lleva meticulosamente peinada y suave, como si la tratase con aceite por la noche—. Algunos de nosotros hemos venido de muy lejos para estar aquí. Tenemos derecho a exponer nuestras preocupaciones.

Las palabras de Madre resuenan en mi cabeza: «No hemos venido a pelear». Pero, por todos los dioses, entre su barbilla orgullosa y su mirada crítica, no puedo evitarlo:

—Conozco bien la geografía del reino, lord Garrison —contesto secamente, satisfecha al ver la sorpresa en sus ojos—. Soy consciente de las grandes distancias que han recorrido para llegar hasta Arida. Con mucho gusto escucharé todas las…

—En el pasado —interrumpe él, cortando mis palabras—, en estas sesiones primero exponíamos nuestros pensamientos y las necesidades de las islas que representamos y el rey Audric nos escuchaba, en lugar de abrir él el debate.

Algo se rompe dentro de mí al escuchar el nombre de Padre. La mano de Madre se posa sobre mi rodilla y la aprieta en señal de advertencia. Pero este gesto no es suficiente para evitar la malicia que ensombrece mi sonrisa.

Lord Garrison siempre fue leal a Padre pero, como el resto de consejeros, me trataba con una fría cordialidad. Hasta este otoño no se me permitía interactuar con los representantes. Padre guardaba demasiados secretos; hasta que no me gané el título de heredera, no pude acceder a las reuniones. No tenía sentido y era frustrante, lo cual se acentúa ahora que me siento a un lado de la sala y se supone que debo liderar a este grupo de consejeros que apenas me conocen y que no me consideran merecedora de su confianza.

Pero se equivocan. Me gané mi lugar en el trono en el instante que apuñalé a Kaven. Me he ganado esta posición con su sangre y con la mía. Me lo he ganado con magia y el sacrificio de cada una de las vidas que me he cobrado para llegar hasta aquí.

Me da igual su confianza. Me he ganado esta corona con mi alma.

—Gracias por informarme de cómo hacía las cosas mi padre. Todos sabemos que era un gobernante perfecto y que nunca cometía errores. —Me enderezo y clavo los ojos en los de lord Garrison—. Y, teniendo en cuenta que nunca se me permitió asistir a estas reuniones y que nadie pensó en incluirme, esta información me resulta *muy* útil. Pero me gustaría recordaros, lord Garrison, que mi padre está muerto.

No le aparto la mirada cuando él se encoge, ni miro a Madre, cuya mano deja de ejercer presión sobre mi muslo. Mantengo la vista fija en el consejero suntosino de gesto incómodo. Cuando abre la boca para hablar, levanto la mano y continúo:

—Pero no importa cómo gobernaba el anterior monarca, porque ya no es él quien ocupa este trono, sino yo. No estoy segura de si os parece adecuado ser condescendiente conmigo porque soy mujer, por mi edad o, simplemente, porque soy nueva en este cargo y sentís la necesidad de marcar una relación de dominancia que no tenéis ni vais a tener. La próxima vez que abráis la boca para dirigiros a mí, haréis bien en recordar que habláis con vuestra reina. ¿Queda claro?

Con el rabillo del ojo noto que le representante de Mornute se ha quedado boquiabierte, mientras que los demás miran hacia abajo en un silencio incómodo. La cara de lord Garrison ha adoptado un tono escarlata, pero me alegro de que esté avergonzado. Se lo merece.

—Sí, su majestad —dice entre dientes, en un tono a medio camino entre la sorpresa y la disculpa.

—Bien. En ese caso, ¿podemos continuar con el debate que he propuesto? —Echo los hombros para atrás para demostrar que estoy relajada, y no con tanta tensión que podría volver a saltar a la mínima—. Por supuesto, también me interesa hablar de los mencionados «cambios», como he sugerido antes de vuestra interrupción. Empecemos con Leo.

Sorprendide, le representante de Mornute se gira hacia mí, procurando calmarse. Aunque la mayoría de los consejeros son discretos, elle todavía no tiene suficiente experiencia para disimular sus emociones, y me gusta. Me inclino a confiar más en elle que en muchos otros de los presentes.

Leo se incorpora bruscamente y agarra el pergamino que tiene delante, sacudiéndolo en el aire para llamar la atención de los consejeros.

—Quiero hablar de los efectos negativos que abolir esta ley tendrá para nuestra isla. La ciudad portuaria de Ikae no solo es el mayor destino turístico de Visidia, sino que también es nuestra principal fuente de ingresos. Si nuestra magia se expande por las otras islas, nos preocupa no recibir el mismo volumen de turistas que ahora. Si cualquiera puede hacer encantamientos para conseguir que su isla sea más deslumbrante, ¿qué atractivo le queda a la nuestra? Me temo que Mornute se enfrenta a grandes pérdidas de dinero por este cambio.

Es un temor legítimo, pero que yo ya había tenido en cuenta.

—Tenéis razón al afirmar que esta ley va a cambiar las cosas —le digo a Leo—. Pero Visidia necesita un cambio desde hace tiempo. Y, a medida que evoluciona, tenemos que esforzarnos en evolucionar con ella. Aunque es cierto que Mornute es, principalmente, un destino turístico, me parece que obviáis el valor económico de la exportación de alcohol. —El brillo de curiosidad en los ojos de Leo me indican que tengo razón: no lo habían tenido en cuenta—. El clima de Mornute convierte la isla en una de las pocas áreas idóneas para cultivar los ingredientes necesarios para hacer buena cerveza y vino en cantidades industriales. Os podéis concentrar en el aumento de la producción. Si el turismo en otras ciudades aumenta, también lo hará el consumo de alcohol, y será preciso importar las bebidas. Vuestros productos tendrán más demanda que nunca, y quizás también produzcan mayores beneficios.

»Mi sugerencia, por lo tanto, es que os preparéis para un aumento de la venta de alcohol —continúo—. Expandid las viñas de las montañas. Plantad más cebada. Y, ya que estáis, ¿por qué no creáis un tipo de alcohol exclusivo de Ikae? Haced que los entusiastas de ese tipo de producto tengan que ir directamente a la isla si quieren saborearlo.

Leo considera mis palabras durante unos instantes y, finalmente, con una sonrisa en los labios, las anota en un pergamino.

—Sin duda lo tendremos en cuenta. Llevaré la idea a mi isla y ya veré qué puedo hacer.

Me alegro de que sea tan fácil comunicarse con al menos una persona en esta sala. Mientras Mornute pueda cumplir con la demanda, no debería tener problemas, y parece que mi sugerencia ha calmado a Leo. A la gente de Mornute le gusta llevar un estilo de vida glamuroso, sobre todo la que vive en la ciudad portuaria de Ikae. Seguro que se les ocurrirán más formas innovadoras para mantenerlo.

No me había dado cuenta de lo tensa y rígida que estoy sentada en mi trono hasta que la mano de Madre se aparta suavemente de mi rodilla. Me relajo. Sé que es una señal de aprobación. Parece que mi respuesta también satisface a los demás consejeros. Ellos también estaban sentados al borde de sus butacas, expectantes por observar mi reacción.

Después de cómo he tratado a lord Garrison, a la mayoría de los consejeros más nuevos les cuesta armarse de valor para hablar. Pero no tardo en demostrar seguridad en mí misma y me alegro de que el ritmo de la conversación se haya calmado. Yo también me relajo, solo me sobresalto al oír un grito apagado al otro lado de las puertas dobles. Daga en mano, me levanto del trono cuando las puertas se abren de golpe, a pesar de las protestas de los guardias.

Pero mis dedos se debilitan y sueltan la empuñadura al comprobar quién está bajo el umbral, liberándose de Casem. Es la última persona a la que quiero ver en la isla en este momento.

Bastian.

CAPÍTULO
TRES

El chico al que he estado evitando casi una estación entera está aquí.

El chico dentro del cual reside la mitad de mi alma.

Enfundado en unos pantalones negros y ajustados y una camisa de color ópalo iridiscente con los botones superiores desabrochados, Bastian tiene un porte arrogante y orgulloso que le hace parecer el consejero real que fingió ser la noche que nos conocimos. Sus ojos de color avellana se cruzan con los míos. Se pasa una mano por la barba incipiente que cubre sus mejillas. El brillo en sus ojos es inconfundible.

Es tan hermoso que resulta frustrante, y el desgraciado lo sabe.

Bastian entra con paso decidido sin que nadie lo invite, solo duda medio segundo al darse cuenta de que la sala ya no está quemada y destruida. Percibo una ligera tensión en su mandíbula. A causa del maleficio, noto el miedo en su pecho, que refleja el que yo siento. Como me ocurre a mí, debe estar recordando la última noche que estuvimos aquí, ahogándonos en un río de sangre de Padre. Pero no le queda otra opción que recomponerse, así que arrastra la silla vacía de Ferrick desde el rincón hasta la mesa. La madera rechina contra el mármol, pero ni el sonido ni las muecas de los consejeros lo detienen.

Intento que nuestras miradas se encuentren, pero no me mira ni siquiera cuando se sienta entre Zale y yo. No sonríe hasta entonces, una sonrisa tan encantadora como irritante y que me hace querer tirarme encima de él y arrancársela con las uñas.

—Siento llegar tarde —se disculpa haciendo un gesto despreocupado—. Por favor, seguid. No paréis por mí.

Aprieto las manos contra mis muslos para que nadie vea cómo me clavo las uñas en mis palmas cuando le pregunto:

—¿Qué haces?

Bastian se pasa los dedos por el pelo y clava al frente una mirada llena de nostalgia.

—Estoy aquí para la reunión.

Se me ponen todos los pelos de punta.

—Esta reunión es solo para los consejeros, Bastian.

—Oh, veo que te acuerdas de mi nombre. Hacía tanto que no hablábamos que ya pensaba que se te habría olvidado. —Baja la voz y esa ronquera me provoca cosas raras en el estómago—. Y puedo hacer lo que quiera, princesa. Ayudé a salvar este reino.

«Princesa». El mote me pone la piel de gallina.

—Además, ¿qué piensas hacer? —Se inclina hacia mí y murmura las siguientes palabras para que solo yo las oiga—: ¿Me echarás de la isla?

—No te puedes autoproclamar consejero —interrumpe Zale. A pesar de la tensión en su mandíbula, sus ojos sonríen—. Pero me gustaría ofrecerte un asiento personalmente, Bastian. En nombre de Zudoh, escucharemos encantados tu opinión.

Necesito todas mis fuerzas para relajar las manos. Sé que no es buena idea ponerme a Zale en contra, así que no hago caso de la mueca engreída en los labios de Bastian, el cual se saca una pluma de detrás de la oreja, lame la punta y esparce varios rollos de pergamino por la mesa. Al darse cuenta de que lo observo, me guiña el ojo.

Nunca había tenido tantas ganas de aprender telepatía curmanesa como en este momento. Si la dominase, podría decirle a Bastian por dónde se puede meter esa pluma.

—Nos queda mucho trabajo por hacer para ayudar a Zudoh —prosigue Zale, reconduciendo el debate—. Hemos progresado, pero nuestra isla necesitará tiempo para recuperarse de tantos años de abandono.

—¿Qué hay del agua? —pregunta Bastian. La pedantería abandona los labios de Bastian y sus palabras transmiten una gran sinceridad. Desde la muerte de Kaven, el deseo de reconstruir Zudoh lo ha consumido casi por completo. Mi rabia se desvanece al sentir su pasión con la misma intensidad.

—Los valukeños están ayudando a limpiar el agua, a hacerla habitable para la fauna marina otra vez, tras las consecuencias de la maldición de Kaven —responde Zale—. Los peces tardarán en volver, pero ya hemos observado algunas mejoras.

—Me alegro de oírlo —digo—. Lord Bargas, deberíamos hablar de cuál será la mejor manera de dividir los esfuerzos de reconstrucción de los valukeños entre Kerost y Zudoh...

Debatimos durante horas y horas, compartiendo ideas y acordando los términos de los cambios que habrá que implementar. Aunque la reunión haya empezado con mal pie, cuando llegamos al final me noto cómoda en el trono. Además, me he quitado la corona para concentrarme mejor. Algunos de los consejeros tienen perspectivas innovadoras, mientras que otros defienden de forma obstinada las viejas costumbres. Pero cada uno de nosotros quiere lo mejor para nuestro pueblo. Y, a pesar de su entrada triunfal, me sorprende que todo el mundo valore positivamente a Bastian. Odio admitirlo, pero tiene buenas ideas, y siente verdadera devoción por su isla.

Todo ha marchado bien hasta ahora, pero el desafío en los ojos de lord Garrison me basta como advertencia de que no todo será tan fácil.

—Leo —dice con tono despreocupado cuando le toca hablar—, creo que ha llegado el momento de que su alteza vea los papeles.

Leo pone los ojos como platos y se gira bruscamente hacia lord Garrison.

—Ya os he dicho que la situación está bajo control.

Pero lord Garrison ignora a Leo y respira con dificultad mientras busca en los bolsillos interiores de su chaqueta de color esmeralda. El pergamino se arruga bajo sus dedos callosos cuando lo extiende por encima de la mesa con un golpe. Me inclino para cogerlo.

Una de las últimas modas de Ikae es un pergamino encantado con imágenes en movimiento que muestran las últimas tendencias y todos los cotilleos. Vataea y mi primo Yuriel se han pasado las últimas semanas leyéndolos detenidamente, pero yo he estado demasiado distraída para hacerles caso.

Aparentemente, ha sido un error por mi parte.

SU MAJESTAD, AMORA MONTARA: ¿REINA DE NUESTRO REINO O LA MAYOR AMENAZA DE VISIDIA?

El verano pasado, la reina Amora puso el reino patas arriba con la noticia de que los visidianos ya no deberemos honrar nuestra tradición milenaria de practicar un único tipo de magia.

Aunque algunos habían deseado este cambio durante años, muchos otros se muestran escépticos. La medida se anunció pocos días después de la muerte del rey Audric, cuando la reina Amora se vio obligada a ascender al trono a pesar de no haber sido capaz de llevar a cabo sus obligaciones como animante. Por mucho que nuestra reina afirme que la bestia que ha vivido en la sangre de los Montara durante siglos —motivo por el cual se implementó la ley de un solo tipo de magia— fue derrotada en la misma lucha en la que murieron el rey Audric y Kaven Altair, no es fácil ignorar que se trata de una coincidencia muy oportuna.

Desde que la reina fue coronada, Visidia se encuentra en un estado tumultuoso, por así decirlo. Si los súbitos cambios de las dinámicas mágicas no te preocupan, sí deberías hacerlo por el estado de nuestro reino. Entre la campaña para la reunificación de Zudoh con Visidia y las amenazas secesionistas de Kerost, debemos preguntarnos qué pretende la reina con todos estos cambios.

Quizás todo esto sucede porque la muchacha todavía es joven, o quizás porque no hay nadie capaz de domarla. Sea por el motivo que sea, una cosa es cierta: nuestra reina está destruyendo Visidia. Y si las cosas no cambian pronto, me temo que lo peor está por llegar.

Una foto del día de la coronación acompaña el texto. En ella, estoy sentada frente a mi pueblo en el mismo trono quemado en el que me encuentro ahora. Madre me coloca la corona de anguila en la cabeza y mis súbditos se inclinan ante mí. Tengo un aspecto serio y lleno de confianza con los hombros echados hacia atrás y la mandíbula hacia arriba.

Pero recuerdo ese momento a la perfección, y si alguien se fijase en el rabillo de mis ojos y la tensión en mis cejas bajo los dientes de la anguila, también vería miedo.

Miedo de no poder reparar Visidia yo sola.

Miedo de que el pueblo descubriese la verdad sobre los Montara y me matasen antes de poder siquiera intentarlo.

No quiero recordarlo, así que dejo de mirar la imagen y me centro en una única frase y la leo una y otra vez.

«Nuestra reina está destruyendo Visidia».

—El pueblo no confía en vos, alteza. —La satisfacción engreída de lord Garrison no basta para distraerme de la rabia que me escuece la piel—. Desde que os mostrasteis incapaz de usar satisfactoriamente la magia espiritual en la demostración del pasado verano, temen que no seáis capaz de dominarla.

Gracias a los dioses mi pueblo no sabe que no puedo usar la magia en estos momentos. La maldición no me permite acceder a mis poderes, ya que la mitad de mi alma está dentro de Bastian.

Soy la alta animante. La reina. Si no puedo practicar mi magia espiritual, pocas cosas evitarían que mi pueblo intente arrancarme la corona de la cabeza.

La cara de Madre se tensa al leer el pergamino, prácticamente veo cómo se muerde la lengua. Incluso Bastian abre la boca para protestar, pero sus palabras mueren en sus labios cuando lo vuelve a leer.

—¿Qué proponéis que haga para cambiar la percepción que el reino tiene de mí? —digo, clavando las uñas en el reposabrazos del trono y con la mirada fija en los ojos de lord Garrison—. ¿Explicar mejores chistes? ¿Organizar fiestas para que todo el mundo baile y beba alegremente? No solo salvé a Visidia de Kaven; también devolví la magia a este reino. Pero ¿resulta que hay que domarme? —Doy un golpe en la mesa con el puño—. Por todos los dioses, ¡soy la reina!

Cuando lord Garrison se incorpora, el remordimiento me envenena la boca y me cubre la lengua. Arrastro los puños hasta mi regazo para esconder bajo la mesa los arañazos en mis nudillos.

—Puede que llevéis la corona —dice lord Garrison con frialdad—, pero para mucha gente no sois más que una chiquilla que huyó del reino y que ostenta un poder mucho más grande de lo que le corresponde.

Lo odio porque no pierde la paciencia. Pero todavía más porque, después de todo lo que descubrí sobre los Montara el verano pasado, sé que tiene razón.

—Lo que Visidia necesita es estabilidad. No podemos presentar únicamente adversidades a nuestro pueblo y esperar que se conformen con la mera promesa de que algún día todo será mejor. Deben confiar en vos. Necesitan sentir que no solo tienen una reina, sino también alguien que los protege.

Aprieto los labios y me hundo en el trono.

—Entiendo que tenéis una solución a este problema.

Lord Garrison me mira como si no hubiera más consejeros en la sala. Una mirada segura y calculada.

—Propongo que demos a Visidia algo con que distraerse, algo en lo que puedan centrarse mientras nosotros trabajamos para cambiar los fundamentos de Visidia. Quiero darles una razón para que os apoyen.

Su forma de hablar hace que la electricidad me corra por las venas.

—Ahora sois la reina. —Saborea cada una de las palabras—. Vuestro deber es para con el reino, y parte de este deber es dar continuidad al linaje de los Montara con un heredero al trono tan pronto como sea posible. Para ello, debéis encontrar un marido.

«Quizás porque no hay nadie capaz de domarla».

Noto cómo crece el enojo en Bastian, tan amargo como el mío. Cuando pone las manos encima de la mesa, preparado para levantarse, le doy una patada en la espinilla y le clavo una mirada para ordenarle que se quede sentado. No es su batalla.

—Técnicamente no necesito un *marido* para engendrar un heredero —empiezo a decir, pero Madre me corta con una mirada penetrante. Me doy cuenta de que no se ha posicionado ante la sugerencia de lord Garrison, así que le pregunto—: ¿Tú qué piensas?

—Solo quiero que estés a salvo —responde con el mismo cansancio que me tiene emocionalmente agotada—. Si un esposo trae calma al reino… debemos tenerlo en cuenta.

—¿Y qué? —ruge Bastian, ignorando la punta de mi bota cuando se clava en su espinilla por segunda vez—. ¿Queréis casarla al mejor postor? Es vuestra reina, no un peón.

Lord Garrison se yergue con las manos sobre la mesa.

—La política es un juego, chico. Todos somos peones.

Por parte del resto de consejeros solo recibo un silencio apabullante como respuesta.

—Propongo que mandemos una misiva a cada una de las islas —continúa lord Garrison, aunque ya no lo miro, sino que me friego la sien para intentar que se desvanezca el incipiente dolor de cabeza—. Les diremos que viajaréis para conocer a sus mejores pretendientes. Lo anunciaremos a los cuatro vientos y nos aseguraremos de que sois el centro de atención. Así distraeremos al reino de los rápidos cambios que está viviendo.

—Es una buena idea —interviene Zale con voz suave pero pesarosa—. Podríamos usarlo como una oportunidad para ganar popularidad, Amora, y que las islas te conozcan. La gente se sentiría implicada. El amor también te hace vulnerable, menos dura. Esa dulzura es lo que el pueblo debe ver en ti. Podría dar esperanza a Visidia.

Tengo que juntar todas mis fuerzas para no demostrar hasta qué punto estoy furiosa, sobre todo cuando los consejeros asienten.

Apenas hace dos estaciones desde que rompí mi compromiso con Ferrick y ya intentan colocarme otro hombre. La mera idea hace que me levante de golpe de la mesa, con las piernas a punto de temblar de rabia.

—Me he pasado dieciocho años entrenándome para este cargo —escupo las palabras apretando los dientes, procurando no dejarme llevar por mis sentimientos—. He estudiado los libros de nuestra historia. Los mapas. Magia, armas, estrategia, corte. Decidme: ¿qué hombre ha hecho lo mismo que yo? ¿Qué hombre está lo bastante preparado para sentarse a mi lado y ayudarme a liderar un reino?

Intento que mi voz pare de temblar. No son los nervios lo que lo provocan, sino el odio. No va dirigido hacia lord Garrison o los otros consejeros, sino al hecho de que, en el fondo, reconozco que esta idea tiene sus ventajas.

El reino necesita algo para distraerse, y me he prometido a mí misma que haría lo que fuera para compensar los errores cometidos por los Montara. Pero… ¿esto?

Al otro lado de la mesa, lord Garrison está tan tranquilo como el mar en verano.

—Admiro vuestra voluntad de fortalecer el reino, pero, como ya he dicho, los visidianos necesitan confiar en su monarca. Nadie ha visto vuestra fuerza. Puede que detuvierais a Kaven, pero desde que fallasteis en la ceremonia del pasado verano, nadie ha contemplado vuestra magia. Las prisiones de Arida están llenas y muchos dudan de vuestras habilidades, majestad. Se rumorea que no sabéis usar vuestros poderes al nivel que se espera de una alta animante; muchos piensan que, si no podéis controlar la magia espiritual ni siquiera para ejecutar prisioneros, tampoco podéis proteger Visidia. Hay que frenar el peligro. Ha llegado el momento de demostrar al reino que sois vulnerable, que estáis tan dispuesta a atender las preocupaciones del pueblo llano que incluso os plantearíais llevaros a uno de ellos como esposo de regreso a Arida.

La cara de Madre se relaja pero yo me quedo helada. Es la primera vez que oigo rumores sobre mi magia.

—Ha habido temas más prioritarios que la ejecución de prisioneros —interviene Bastian, y me alegro de ello porque me da tiempo a recomponerme—. No hay ningún problema con su magia.

Aunque lord Garrison asiente, entorna los ojos y me dedica una mirada escudriñadora que me indica que no se acaba de creer la mentira.

—Por supuesto. Precisamente por eso una gira de estas características sería tan positiva: para que su majestad demuestre al mundo que no solo es poderosa, sino también alguien en quien pueden confiar. Que escucha sus problemas y que sabe qué es lo mejor para el reino.

Noto el sabor de la sangre que ha empezado a manar de mi labio inferior de tanto mordérmelo.

—Pondré fin a cualquier rumor sobre mi magia esta misma noche —digo sin reflexionar—. Me ocuparé de todos los prisioneros que han sido condenados a muerte por medio de mi magia, y os invito a verlo, lord Garrison. Y si alguien más tiene dudas, con mucho gusto puede unirse.

Tanto Madre como Bastian intentan hacer contacto visual conmigo, pero me niego a devolverles el gesto. Aquí, delante de toda esta gente, debo mostrarme calmada y desdeñosa, a pesar de que mi corazón late tan deprisa que no tardaré mucho en romperme.

Tengo que salir de aquí. Tengo que trazar un plan y pensar, lejos de los cuchicheos y de los consejeros y del torbellino de nervios de Bastian, que me devoran por dentro.

Cuanto antes acalle los rumores sobre mis poderes, mejor. Es lo último que necesito en estos momentos, que se descubra que he perdido mi magia.

—Tendré en cuenta vuestra propuesta, lord Garrison —anuncio a los asistentes, escondiendo mis manos temblorosas—. Nos veremos otra vez esta noche.

CAPÍTULO CUATRO

Bastian me intercepta antes de que pueda escaparme a mis aposentos. Cuando me agarra de la muñeca para detenerme, está sin aliento.

Me sobresalto con el roce de su piel sobre la mía. El contacto me enciende como una llama, hace correr el fuego por mis venas. Me impulsa a entregarme a él, a dejar que me abrace y quemarme.

Por eso he hecho todo lo que he podido para mantenerme alejada de él.

—¿En serio vas a salir corriendo así? —me exige, con el pelo alborotado por la carrera y los ojos de color avellana clavados en los míos—. ¡No tienes magia, Amora! ¿Cómo piensas salirte con la tuya, especialmente con tantos observadores?

—No lo entiendes, ¿verdad? —Aparto la mano de él, como si el fuego amenazase con quemarme la piel—. Los consejeros deben verlo. Es la única opción que tengo para detener los rumores de que ha pasado algo con mi magia.

Bastian aprieta los puños y los músculos de su cuello se tensan.

—Pero ¿tienes un plan? Ya sabes, eso de pararse a pensar un momento sobre lo que vas a hacer antes de anunciarlo a una sala llena de gente.

—Por supuesto —respondo—. Tengo un… plan alternativo.

Bastian inclina ligeramente la cabeza.

—¿Y se puede saber de qué tipo de plan alternativo se trata?

Aprieto los dientes para rebajar la frustración que burbujea en mi interior.

—Uno que funcionará.

Pero también uno que esperaba no tener que usar nunca. Uno con demasiadas variables, cuando solo tenemos una única oportunidad de que salga bien. Sé perfectamente que es muy arriesgado: un paso en falso y mi reinado caerá envuelto en llamas antes de poder siquiera empezar. Pero sabía que este día llegaría desde que subí al trono, y es la única idea que tiene alguna posibilidad.

—No tienes que hacer esto sola. —Suspira Bastian—. Solo… habla conmigo. Tú y yo somos mejores cuando trabajamos juntos. Deja que te ayude.

Por un instante, no quiero mucho más que eso. Pero confiaba ciegamente en Padre, y mira adónde me ha llevado. No volveré a depositar mi confianza en una única persona nunca más.

—Me ayudas si te alejas de mí esta noche —digo con un tono de voz brusco, intentando ignorar que su pena me rompe por dentro. Cada fibra de mi cuerpo se remueve con esta sensación errónea que no me pertenece—. Eres una distracción para mí, Bastian. Y no me puedo distraer mientras esté en la prisión.

Puede que sean palabras crueles, pero al ver cómo le cambia la cara, sé que han funcionado. De momento, es lo único que me importa.

—Me has evitado todo el otoño. Supongo que puedo seguir lejos de ti una noche más.

Se aparta de mí y cruza los brazos a la altura del pecho. Su porte parece despreocupado, pero no me engaña. La frustración lo carcome, lo cual hace subir la temperatura de mi piel.

—¿Y qué me dices de lo que se ha hablado en la reunión? ¿Vas a…? ¿Es lo que quieres?

—¿Casarme? —Resoplo—. Por supuesto que no. Pero no me negarás que la idea es buena.

—Es la opción *segura* —escupe las palabras con actitud desafiante. Su rabia se transforma en una tormenta oscura y agresiva que crece en mí.

—¿Y qué tiene de malo ir a lo seguro?

Aunque no he tenido tiempo de considerarlo como es debido, en parte quiero que mis palabras irriten un poco a Bastian. Quiero que sepa que, a pesar del vínculo con el que el maleficio nos une, no le pertenezco. No es mi destino. Por mucho que lo quiera, no lo necesito.

—Visidia ha perdido demasiado —continúo—. Mi madre ha perdido demasiado. ¿Qué tiene de malo querer un poco de estabilidad?

—No hay nada de malo en la estabilidad. Pero no debería implicar que sacrifiques quién eres.

Da un paso hacia delante y extiende la mano para tocarme. Aunque cada centímetro de mi cuerpo desea su tacto, me aparto bruscamente. Un segundo más tarde, me doy cuenta de lo que he hecho. Bastian se queda quieto, afligido. Su pecho no se mueve. Por un instante, no respira.

—Te acabas de librar de un compromiso. No caigas otra vez en lo mismo.

Sus palabras se han convertido en un susurro suave y suplicante.

—No se trata de una propuesta repentina —replico con dureza—. Mi familia me comprometió con Ferrick por una razón el verano pasado, y ahora quedan pocas opciones para el título de heredero. Debo tenerlo en cuenta. Haré lo que sea para recomponer mi reino, y si eso significa ponerme un anillo en un dedo o fingir lo que tenga que fingir para que mi pueblo esté tranquilo, pues lo haré.

Bastian cierra la boca y prácticamente puedo oír el rechinar de sus dientes. No es hasta que me dispongo a irme, incapaz de soportar esta tensión un instante más, que se relaja.

—Pues vale.

Lo dice con un aire de conclusión tan firme que casi me ofende que no se haya esforzado más en detenerme. Como mínimo esperaba un ataque de ira explosiva, pero su rabia es fría y amarga.

—¿Pues vale?

—Eso he dicho —afirma con voz calmada y, a la vez, brusca—. Pensándolo bien, no es mala idea y deberías hacerlo.

Es como si me hubiera golpeado el pecho. Me doy la vuelta. No quiero que vea cómo se esparce el enojo por todo mi ser.

—¿Eso ha bastado para que te rindas? Por las estrellas, debería haber empezado a cortejar hace siglos.

La risa de Bastian es suave como el vino. Al tenerlo tan cerca, prácticamente puedo notar en su piel el olor a sal de mar que me resulta tan familiar.

—¿Quién ha hablado de rendirse? El plan es que conozcas a los solteros de oro de Visidia, ¿no? ¿Y ver si conectas con alguno de ellos?

Lo observo cautelosamente, con los ojos entornados.

—Exacto.

Su respiración se calma. Sus ojos oscuros ahora se han endurecido y están llenos de determinación. La sonrisa que me dedica, cálida y rica y brillante, basta para derretirme.

—Pues si eso es lo que has decidido, no olvides que yo también soy un pretendiente. Y soy muy muy bueno.

Por la impresión que me causan sus palabras apenas puedo mover los labios, ni mucho menos emitir sonidos. Las palmas de las manos me empiezan a sudar, y finjo arreglarme la falda del vestido para secármelas. Lo que menos necesito ahora mismo es que se dé cuenta, aunque es en vano. Este chico puede sentir mi alma.

—Disculpa —digo, y me giro para que los latidos de mi corazón no me traicionen ante él y ante el reino—, pero tengo que prepararme para esta noche.

Lo último que veo de Bastian es su reverencia con la cabeza. En su voz se oye una sonrisa traviesa cuando pronuncia estas palabras:

—No me podrás ignorar toda la vida, princesa.

Pero, hasta que sea capaz de entender el torbellino de emociones que me come por dentro, por todas las estrellas lo voy a intentar.

CAPÍTULO CINCO

Mis botas se hunden en la arena roja como la sangre cuando Casem y yo guiamos a los consejeros hacia la prisión bajo el brillo plateado de la luna. Solo han venido dos: lord Garrison y lord Freebourne. Supongo que, para los demás, los rumores grotescos sobre mi magia compensaban la curiosidad.

Cuando era niña, Padre y yo íbamos a las prisiones una vez al año con un único propósito: librar a Visidia de los criminales más peligrosos usando nuestra magia para ejecutarlos. Entonces, yo pensaba que protegía a Visidia con la magia, cosa que el reino entero todavía cree. La magia espiritual que Padre y yo practicábamos estaba corrupta y era grotesca, pero hasta el verano pasado yo no lo sabía. Nuestra magia es el resultado de una maldición que pesa sobre mi linaje como castigo a mi antepasado Cato. Fue él quien convenció a todo el mundo de que solo podían usar un único tipo de magia para protegerse.

Cuando rompa tanto la maldición de los Montara como la que me une a Bastian, yo debería poder volver a usar la magia espiritual con su finalidad original: como una fuerza pacífica y protectora que sirve para leer las almas y sus intenciones. Y, aunque me muero de ganas de conocer esta versión de mi magia, he de admitir que tengo un poco de miedo.

Por muy grotesca que fuera, siempre creí que la usaba para proteger a los demás, y por ese motivo aprendí a quererla.

—¿Estás segura de esto? —susurra Casem, rompiendo el silencio e interrumpiendo mis pensamientos. No es un buen momento para lamentarse.

—La ocasión es tan buena como cualquier otra —le digo—. Acabemos con esto de una vez.

Guío al grupo por el acantilado, entre matorrales de eucaliptos irisados, satisfecha con los jadeos y tropiezos de lord Garrison. A diferencia de él, me basta con la luz de las estrellas para orientarme por esta isla que conozco al dedillo. La isla que tengo grabada en el alma. En los pulmones. En la sal que escuece en los rasguños de las palmas de mis manos. Podría cerrar los ojos y continuar guiando a los demás por Arida sin equivocarme.

La salida de la prisión, construida como una caverna dentro del acantilado, está custodiada por tres soldados con habilidades mágicas: dos valukeños con afinidad por la tierra y el aire, y un curmanés con magia de la mente y capacidad de levitar. Se apartan para dejarnos entrar, aunque nos esperan más guardias en el interior de la cárcel.

Normalmente, Padre les ordenaba marcharse durante las ejecuciones. Pero quizás porque es la primera vez que lo hago sola, o tal vez porque sospechan de los motivos por los cuales he evitado las prisiones tanto tiempo, varios de ellos nos siguen a una distancia prudencial, como si esperasen que dé la orden para que se retiren. Pero es bueno que haya guardias. Cuanta más gente sea testigo, mejor.

El sudor me empapa la sien mientras cruzamos los fríos y húmedos túneles por el musgoso camino de tierra que nos llevará a la sección de la prisión donde están encerrados los peores criminales.

Los nervios me provocan un nudo en el estómago cuando llegamos y miro por la ventanilla de la puerta de hierro.

Una mujer rubia y esbelta me devuelve la mirada. Tiene la piel pálida y los ojos hundidos, así como un tatuaje en el cuello con forma de X que me resulta muy familiar: es la marca de los condenados por asesinato con premeditación. Sus manos están atadas al frente y ocultas bajo un grueso saco de tela. Cada centímetro de su cuerpo está cubierto de tela, y las botas de metal inamovibles de sus pies me indican que es valukeña con afinidad a la tierra. Al no poder conectar su cuerpo con la tierra a través del tacto, su capacidad de controlar el elemento se vuelve inexistente.

Hay otros detrás de ella, cinco en total, atados a la pared. Todos ellos van a ser ejecutados esta noche.

Me mantengo en posición cuando el guardián abre la puerta de la celda. En los ojos de todos los guardianes brilla la curiosidad. La mayoría se quedan firmes en sus puestos y de brazos cruzados a la espalda cuando entro. A su lado están los consejeros, y lord Garrison observa expectante cómo retiran la amordaza a la mujer.

—Empezaba a pensar que no vendrías nunca.

A pesar del tono bromista, sus ojos no dejan de inspeccionar la celda en busca de la salida más cercana. Hay tantos guardias vigilando la prisión que no tiene sentido que pretenda escapar, aunque eso nunca ha detenido a los prisioneros que lo han intentado.

Me acerco a ella, acortando la distancia que nos separa, y le arranco un pelo de la cabeza. Cuando se aparta de mí por el tirón, veo la marca que buscaba. En la parte interior de su muñeca, casi en la mano y justo por encima del margen del saco con el que está atada y cubierta, hay un tatuaje de un color lavanda pálido: dos esqueletos de peces cruzados debajo de una calavera. Es minúsculo, casi imperceptible, pero me da el coraje que necesito para seguir adelante. Agarrando el pelo en mi puño, ruego a los dioses que esto funcione.

—Necesito fuego —le digo al guardia que tengo más cerca.

La magia espiritual se basa en un intercambio equivalente: si quiero quitarle un hueso a alguien, debo ofrecer un hueso y algo de la persona. Normalmente basta con un pelo. Si quiero sus dientes, entrego un diente. Y si quiero matar a esa persona, tengo que usar su sangre.

Sin embargo, no hay una única forma de usar la magia espiritual. Todos los que la han practicado lo han hecho a su manera particular. Mi padre usaba el agua para ahogar, mi tía se traga los huesos y aprovecha la acidez del estómago para destruirlos. Yo prefiero el fuego para quemar la sangre y los huesos de mis víctimas.

Casi anticipándose a mi petición, una guardiana valukeña inhala una gran bocanada de aire. Cuando exhala, lo hace con la mano extendida, sobre la cual nace una diminuta llama titilante que crece con cada soplo de la valukeña. La guardiana la coloca sobre un pequeño hoyo cavado en la celda con este propósito, y el fuego resplandece con fuerza. Abro la palma de mi mano y sujeto el pelo por encima de la hoguera.

—¿Cómo te llamas?

La actitud despreocupada de la prisionera flaquea. Cuando intenta levantarse y tropieza con sus pesadas botas, se le agria la expresión. No puede ir a ningún sitio. Detrás de ella esperan otros prisioneros maniatados, y enfrente tiene a unos cuantos de los magos más poderosos de Visidia.

—No lo intentes —la advierto cuando sus ojos salen disparados hacia la única salida—. Te lo volveré a preguntar: ¿cómo te llamas?

Me llevo la mano a la faltriquera que me cuelga de la cintura, disfrutando del contacto de mi piel contra el cuero pulido. Echo de menos tener motivos para recurrir a ella. Saco un diente del bolsillo interior y lo envuelvo con el pelo.

Desde mi punto de vista, los dientes suponen la forma más humana para conseguir la cantidad de sangre que necesito para terminar con la vida de alguien. Aunque es incómodo, es relativamente indoloro.

Dejo colgar el diente por encima de las llamas y observo cómo la mandíbula de la mujer se retuerce como consecuencia de ello. Su dureza se quiebra.

—No lo hagas, por favor —suplica la prisionera—. Por favor, dame otra oportunidad.

Mi mandíbula también se retuerce, pero en mi caso no es de dolor, sino de irritación. Odio que me pinten como la mala, sobre todo en público.

—Te he preguntado tu nombre.

—Riley —contesta—. Riley Pierce.

—Riley Pierce, como reina de Visidia, es mi obligación mantener a salvo el reino. Tu alma es una ruina. Se ha corrompido por todos tus crímenes, y el pueblo de Visidia ha decidido que tu castigo es la muerte. Si quieres decir tus últimas palabras, ahora es el momento.

La mujer se queda cabizbaja. Cuando le pongo las manos en los hombros para que permanezca de rodillas y no intente escapar, noto que tiembla. Finalmente, levanta la cabeza. Hay hielo en su mirada.

—Espero que ardas.

Estas palabras me transportan mentalmente a dos estaciones atrás y recuerdo el cadáver de Padre en un mar de llamas que le quemaban la piel y le derretían los huesos. La sangre lo envolvía y hervía hasta convertirse en brea. Me tambaleo, las paredes de la prisión parecen cerrarse sobre mí y me obligo a inspirar profundamente por la nariz para mantenerme en pie.

Ahora no. Aquí no. Los recuerdos ya me perseguirán más tarde, como hacen cada vez que cierro los ojos. Pero ahora debo mantener la compostura.

—Algún día —digo a la prisionera—, estoy segura de que arderé.

Riley me devuelve una mirada confusa, pero mi única respuesta es tirar el diente envuelto en su pelo a las llamas. La prisionera em-

45

pieza a tener convulsiones y se le acumula la sangre en las encías, que le tiñe los dientes y le resbala por los labios. Me agacho para pasar un dedo por encima. El líquido cubre mi piel y lo esparzo por encima de dos huesos: una columna vertebral humana y un pedazo de cráneo.

Por un breve instante, aprovecho para observar los rostros de los consejeros. El de lord Garrison se ha quedado completamente blanco, mientras que lord Freebourne frunce las oscuras cejas como si no supiera si debería estar horrorizado o intrigado.

Tiro los huesos ensangrentados al fuego y, mientras las llamas crepitan, la mujer cae al suelo. Su espalda se tuerce y su cráneo cede. Coge aire con una inspiración súbita, como de sorpresa, antes de desplomarse. Muerta.

Morir por medio de mi magia nunca es indoloro, no me puedo permitir este lujo. Pero es, indudablemente, rápido.

Con el cuerpo inerte de Riley frente a mí, me doy la vuelta para encararme a los consejeros. Lord Garrison se ha apartado. Cualquier duda que tuviera sobre mi magia se ha disipado. Le he dado lo que quería pero ni siquiera ha tenido el valor de mirar.

—Casem, quédate. Todos los demás pueden irse —ordeno mientras me arrodillo ante el cadáver de Riley y pongo una mano sobre la empuñadura de mi daga de acero—. A menos que alguien quiera ver cómo despellejo los cuerpos para sacarles los huesos, retírense. Yo me encargaré personalmente del resto de prisioneros.

Lord Garrison está tan aliviado que se me hace un nudo en el estómago. Lord Freebourne duda, sopesando si debe quedarse, pero finalmente ambos hombres asienten con la cabeza y se marchan sin protestar. Los guardias entregan a Casem la llave de cobre para que yo termine mi tarea con tranquilidad, y también se van. Aunque esto ni siquiera ha sido mi magia real, sienten asco.

—Lord Garrison —lo llamo cuando está a punto de cruzar el umbral.

El consejero, cuyo rostro todavía no ha recuperado el color, hace grandes esfuerzos para controlar sus temblores cuando se gira, incapaz de mirarme a los ojos.

—¿Sí, alteza?

—Si vuelvo a oír rumores sobre mi magia, especialmente en boca de un suntosino, os ordenaré que os encarguéis personalmente de ellos.

—Sí, su majestad.

Dicho esto, se retira.

Casem se queda a mi lado con las manos detrás de la espalda y la mirada clavada en el suelo. No es hasta que ya no se escuchan los pasos de los demás que respira aliviado.

—Por la sangre de los dioses, no puedo creer que lo hayas conseguido.

—Todavía no hemos terminado —digo mientras desato las manos a Riley y la giro para que no le quede la cara pegada al suelo mugriento, sino que le pongo la cabeza sobre mis rodillas—. Vigila la zona.

Casem se mueve, preparado para obedecer, pero algo lo hace cambiar de opinión, y en voz muy baja dice:

—Sabes que no tienes que hacer todo esto, ¿verdad? Encontraremos otra manera.

—No hay otra manera.

Deseo creerme esas palabras más que nada en el mundo, pero son una mentira. Este es mi deber, como ha dicho lord Garrison antes. Y si ni siquiera puedo hacer esto, para lo que me he entrenado toda mi vida y que la gente considera un acto de protección, ¿por qué todavía llevo la corona?

—Asegúrate de que no entra nadie.

Aunque tarda un instante más de lo que me gustaría, Casem hace una reverencia con la cabeza y se retira. Cuando ya se ha alejado, rodeo la cara de Riley con las manos y le aprieto las mejillas.

—Ha sido un buen espectáculo —le digo—. Venga, levántate. Tenemos que actuar deprisa.

Ella se incorpora y, poco a poco, un rosa pastel baña su pelo rubio. El tatuaje lila en su muñeca se desvanece bajo su piel. La mujer abre los ojos, el color avellana se ha convertido en un desconcertante y mágico rubí, y es Shanty quien me recibe con una sonrisa radiante.

Es una cambiacaras de Ikae que conocimos en nuestro viaje el verano pasado. Nos ayudó a camuflarnos para darnos tiempo a huir de la isla y también nos dijo dónde encontraríamos a Vataea.

Sus dientes están teñidos de rojo por la sangre que se limpia con el dorso de la mano, y se quita una bolsita de sangre de cerdo vacía de entre las encías.

—Para ocasiones futuras, que sepas que esto es asqueroso. —Escupe en el suelo y hace una mueca—. Me debes una muy grande.

Las mordazas ahogan los gritos de los prisioneros que esperan detrás de nosotros cuando el encantamiento de Shanty se rompe. Por desgracia, son presos de verdad y entre ellos está la mujer a quien Shanty estaba suplantando, cuya cara ha alterado con magia.

Shanty acepta la mano que le extiendo para levantarse y se sacude la suciedad de la túnica de color crema y de los pantalones de lino lila.

—Se lo han creído.

Pronunciarlo en voz alta es un gran alivio. Ya no tengo la piel de gallina. La sensación casi me provoca ganas de reírme.

—Se lo han tragado. Has estado espectacular.

Ella se aparta los rizos rosa pálido del hombro y me sonríe con los labios rojos como rubíes.

—¿Lo dudabas? —ronronea orgullosa.

Aunque tenía mis dudas sobre añadirla a la lista de personas que saben que no puedo usar mi magia, contratar a Shanty era necesario. Ha estado en Arida desde el otoño, y seguramente iba cambiando de cara cada día. A Ferrick se le ocurrió traerla aquí y mantenerla en secreto, por si algún día requeríamos sus habilidades. Poca gente sabe que está en Arida.

Fue una buena idea. Visidia se encuentra en un estado muy frágil y es preciso que mi pueblo crea de verdad que lo protege una poderosa animante. Como ha dicho lord Garrison, a veces debemos distraerlo y ocultarle la verdad el tiempo suficiente para conseguir nuestros objetivos.

—Pide a Casem que te ayude a salir —le digo—. Y asegúrate de que nadie te ve.

—No me dejaré atrapar antes de que me pagues —contesta—. Esconderme es mi especialidad, alteza. Nos vemos al otro lado.

Me hace una pequeña reverencia y me deja sola para que me centre en los cinco prisioneros de verdad. A mi lado tengo dos dagas: *Rukan*, cuyo filo forjé con el tentáculo envenenado de Lusca, la bestia marina que maté el verano pasado, y el puñal de acero que me regaló Padre en esta misma prisión hace trece años. Este es el que escojo, agarrando fuerte la empuñadura, y me arrodillo frente al primer reo que voy a ejecutar. El hombre levanta los ojos para mirarme mientras yo le quito la mordaza, contemplando la corona.

—¿Y tu pueblo sabe que su reina es tan mentirosa como el resto de su familia?

Me escupe en la mano y me mira. Tal vez espera que yo retroceda, pero no es la primera vez que me tiran un escupitajo. Me limpio la mano en los pantalones.

Esto no debería ser así. No quiero tener su sangre en mis manos, y sin mi magia ni siquiera puedo evaluar su alma para asegurarme de que la ejecución es justa. Pero, en nombre de recuperar la credibilidad de mi protección ante Visidia entera hasta que pueda pacificar el reino y devolverle la magia, es lo que debo hacer.

Quizás lord Garrison tenía razón. Puede que yo solo sea un peón en esta partida.

—Que los dioses os juzguen como os merecéis.

Sin dudarlo ni un segundo más, hundo la daga en el pecho del hombre, a quien agarro del hombro hasta que para de convulsionarse. Cuando la vida ha abandonado sus pulmones, apoyo el cadáver contra la pared y retiro la daga.

Me dirijo al segundo prisionero. Aunque intento hacerlo tan rápido como puedo, una puñalada en el corazón no es precisamente indolora, y no puedo controlar el deseo de un cuerpo de seguir viviendo. Algunos se van deprisa, otros sufren muertes lentas y dolorosas. Uno de los hombres tarda tanto en morir que decido cortarle el cuello para que deje de agonizar.

Los gemidos del resto de cautivos que esperan se convierten en un llanto cada vez más desesperado y en gritos ahogados por la tela de las mordazas.

Su sangre me mancha las manos de un color tan violento que, por mucho que me las lave, sé que nunca podré limpiármelas del todo. Por cada corazón que perfora mi daga, un pedazo de mi alma marchita se rompe. No me detengo hasta que ha caído el último de los reos y mis botas nadan en un charco de su sangre, pero mi trabajo no termina aquí. Dejar cinco cuerpos apuñalados levantaría sospechas, teniendo en cuenta que mi magia no requiere puñales para matar. Si tuviera más fuego y una celda más grande, quemaría los cuerpos, pero mi única opción para ocultar las heridas es desollarlos y sangrarlos uno a uno y seleccionar los huesos más valiosos.

En algunos casos me llevo muchos huesos; en otros, solo algunos de los más importantes como la clavícula o las vértebras. Lo suficiente para que parezca razonable haberlo apuñalado en el pecho.

Estoy acostumbrada a este proceso, pero esta vez es distinto porque ahora sé la verdad sobre la magia espiritual. Ahora que sé que nunca debería haber sido así.

A pesar del fuego, las náuseas me provocan escalofríos y me tengo que esforzar en no vomitar. Horas más tarde, recojo los huesos para lavarlos y dejo los cuerpos de los prisioneros en la celda para que los guardias los arrojen a los peces.

Justo cuando estoy terminando se oye el eco de unos pasos por el túnel. Aunque Shanty ya se ha ido y he hecho todo lo que debía para escenificar mi mentira, no puedo evitar sentir pánico y me levanto rápidamente. Esperaba que fuera Casem, o tal vez alguno de los guardias, pero es Ferrick quien ha entrado corriendo en la prisión. Tiene el rostro tan colorado como su pelo y le falta el aire por el esfuerzo.

Siento como mi pecho se relaja aliviado al verlo, a pesar de que me recibe arrugando la nariz y aguantando la respiración por toda la sangre que me cubre como si me hubiera bañado en ella. Ferrick cierra los ojos y se gira inmediatamente. Se me encienden las mejillas.

—No deberías estar aquí —le digo mientras me limpio la sangre de las manos en el barro del suelo.

La vergüenza invade mi cuerpo. Hace una estación entera desde la última vez que estuvimos juntos, poco antes de que yo le diera su primera misión oficial como consejero principal. Odio que me vea en este estado en nuestro primer reencuentro.

—Lo hemos encontrado —jadea Ferrick, haciendo caso omiso a mis palabras. Le tiemblan los hombros con cada inhalación.

Dejo caer los huesos en mi faltriquera y me acerco a él a tanta velocidad que mi cerebro apenas puede seguir el ritmo de mis movimientos.

—¿Dónde está?

—Retenido en el barco. Lo tenemos.

Besaría a Ferrick por esas palabras. Estoy a punto de rodearlo con los brazos pero su mueca de asco me detiene y me hace recordar la sangre.

—Lo podemos traer aquí.

—No —digo con renovada seguridad, y enfundo la daga—. Llévame hasta él.

CAPÍTULO
SEIS

El puerto es solo una sombra de lo que era ayer.

Los cielos se han iluminado desde mi entrada a la prisión y el alba lucha para liberarse de una gruesa capa de nubes de tormenta. Horas antes, el mar se mecía a un ritmo plácido; ahora, las olas chocan con violencia contra las dársenas y me cubren la piel con una neblina de sal marina. Son el tipo de olas que amenazarían a un marinero inexperto, pero para nosotros son una llamada a la aventura, el tipo de olas que se hicieron para ser conquistadas.

La fresca neblina del mar que provocan cuando se acercan a la orilla es un perfume en el que me baño. Lleno mis pulmones con ella como si quisiera alimentar lo más profundo de mi alma. Aunque la última vez que mis manos rodearon un timón fue solo ayer, el deseo me quema por dentro. Navegar por la bahía y fallar en mis intentos de expandir el perímetro de la maldición que me ata a Bastian queda muy lejos del tipo de navegación que anhelo.

Al ver los barcos anclados al muelle, mi cuerpo ansía los días en la *Presa de Quilla*, los días que me levantaba con el sol y las noches que pasaba contando las estrellas con una sirena, un pirata y un polizón a mi lado.

Nunca en mi vida había deseado tanto algo como llegar a gobernar Visidia pero, ahora que lo he conseguido, lo único en lo que puedo pensar es en el día en que por fin alguien tome el relevo de esta responsabilidad y así poder devolver mi cuerpo al mar, donde pertenece.

Desde el muelle, Ferrick me hace una señal con la mano para que vaya hacia el pequeño barco mercante en el que ha llegado. Su tripulación es mínima, compuesta solo por algunos soldados de confianza cuyos rostros muestran signos de agotamiento. No saben nada del hombre al que les ordené perseguir ni de los crímenes repugnantes por los cuales merece ser castigado desde hace demasiado tiempo. Pese a que todos me hacen una reverencia diligente al verme llegar, varios de ellos apartan la mirada de la sangre que me mancha la piel y la ropa, mientras que otros la miran fijamente.

—Lo habéis hecho muy bien —los felicito mientras agarro las escaleras de cuerda para subirme al barco de un salto, como he practicado tantísimas veces—. Limpiaos y volved a casa con vuestras familias. Os habéis ganado un descanso.

Algunos dudan, sorprendidos de que les permita retirarse tan pronto, pero obedecen y yo espero en silencio con Ferrick hasta que los soldados están lo bastante lejos para que no me puedan oír preguntar lo siguiente:

—¿Dónde lo habéis encontrado?

—Cerca de la costa de Suntosu. Recibí un aviso de alguien que lo conoció en Kerost. Dijo que lleva un tiempo viajando, buscando a alguien.

Pongo una mano en el hombro de Ferrick y se lo aprieto afectuosamente, un gesto que le llama la atención. Se gira poco a poco para mirarme. Aunque estoy cubierta de sangre, me rodea con los brazos y me lleva hacia él. No protesto, sino que me dejo envolver por su cuerpo, agradecida de que haya vuelto sano y salvo.

Cuando todavía estábamos prometidos, no siempre fui especialmente amable con Ferrick, pero después del viaje que hicimos el verano pasado, no me imagino una vida sin él. Lo abrazo con fuerza y dejo que sea él el primero en separarse.

—No esperaba tardar tanto —dice mientras se pasa los dedos por los desaliñados rizos pelirrojos, que necesitan un corte urgente—. ¿Cómo han ido las cosas por aquí? ¿Cómo estás?

Mi piel se enfría y no quiero pensar en todas las implicaciones de la pregunta.

—Me alegro de que hayas vuelto a casa, pero ya nos pondremos al día más tarde. Quiero verlo.

La piel entre las cejas de Ferrick se arruga ligeramente, pero asiente con la cabeza.

—Lo tenemos atado en la bodega. Puedo bajar contigo…

—Quédate aquí —lo interrumpo, sacudiendo la cabeza—, y vigila la puerta. No quiero que Vataea se entere por terceras personas de que lo tenemos.

—¿Se encuentra bien? —pregunta Ferrick con inocencia en su tono y, a la vez, tan esperanzado que la luz en sus ojos me llega al corazón.

—Se ha adaptado a la vida en el palacio tan bien como esperábamos. Y se alegrará mucho cuando descubra a quién le has traído.

Las mejillas de Ferrick enrojecen de satisfacción, y mi amigo asiente con la cabeza y se aparta para que yo pueda bajar por las escaleras que conducen a la bodega, cosa que hago a gran velocidad. En un barco tan pequeño, no tardo mucho en encontrar lo que busco.

Está atado a un poste por la cintura y por los brazos. Aunque sé que es él, no lo reconozco al instante. Ha envejecido desde la última vez que nos vimos, su piel se ha arrugado y deteriorado por el sol. Su cara, antes suave y bien afeitada, ahora está cubierta por una espesa barba gris que le crece a lo largo del cuello. Pero, a pesar de las diferencias en su aspecto, reconozco sus ojos verdes como el jade, la quemadura en su garganta y el dedo que le falta en una mano. Son heridas de nuestra lucha el verano pasado.

Blarthe.

Un hombre que traficaba ilegalmente con el tiempo de centenares de personas y que cazó furtivamente a una sirena, la especie más amenazada y protegida de nuestro reino. Destruyó miles de vidas y se aprovechó de su sufrimiento cuando más ayuda necesitaban, y sometió a Vataea a varias atrocidades durante años.

Este hombre merece todo lo que le pase y más. En su caso, no dudaría en firmar su ejecución. Merece que lo queme ante todo Kerost por todo el mal que ha provocado.

—Hola, princesa —me saluda Blarthe, mostrándome los dientes, que ya no son blancos como perlas sino negros por la podredumbre. Le faltan los que yo le quemé.

—Ahora soy la reina y te dirigirás a mí como «alteza» —digo mientras me acuclillo a su lado y observo lo mal que ha envejecido—. ¿Es este tu verdadero aspecto? Por los dioses, no me extraña que te dedicases al tráfico de tiempo. Te deberían haber tirado por la borda hace años.

El traficante escupe al suelo, cerca de mis pies, pero no me aparto. Mis botas están tan manchadas de sangre que pensaba quemarlas. Pero Blarthe necesita que le recuerden quién está al mando.

Con un movimiento rápido, saco a *Rukan* de la vaina y la aprieto contra el cuello del hombre, que ha clavado los ojos en el extraño filo azul marino a la vez que intenta alejarse de los pequeños destellos iridiscentes que se mueven dentro del metal.

—Me imagino que has oído hablar de Lusca. Me llevé esto de recuerdo cuando la conocí.

Aprieto el filo un poco más contra su cuello, lo bastante para asustarlo pero con cuidado de no cortarle la piel. Lo último que quiero es envenenarlo, porque lo necesito con vida. No solo es un regalo para Vataea, al fin y al cabo. Su captura será la forma de recuperar la confianza de Kerost.

El rencor ensombrece los ojos de Blarthe.

—He oído rumores sobre ti, ¿sabes? Dicen que la nueva reina se niega a usar la magia.

—Fíjate en la sangre que llevo en la piel y en la ropa, y te darás cuenta de que solo son rumores.

La rabia me consume por dentro y acerco la punta de *Rukan* contra su nuez. Pero no basta para hacerlo callar.

—Olvidas que yo estaba ahí cuando Kaven intentó invadir Kerost. A diferencia de muchos otros, vi de qué era capaz su magia. Sé que tenía la habilidad de robarte los poderes con un maleficio.

Envaino a *Rukan* para evitar la tentación de envenenar a Blarthe y terminar con todo esto.

—Otra palabra y te corto la lengua.

El traficante no flaquea, aunque intenta esconder el ligero temblor en sus palabras cuando dice:

—Cualquiera que conozca la magia de Kaven se acabará dando cuenta, niña. Córtame la lengua, si lo consideras oportuno, pero debes saber que, si me silencias, nunca recuperarás la magia. Yo puedo ayudarte.

La risa descontrolada que suelto es casi un ladrido.

—¿Me tomas por imbécil?

—Te tomo por alguien que sabe que no todos los mitos son falsos. —Sus ojos se desplazan a la empuñadura de *Rukan*, que yo aprieto con más fuerza—. ¿No quieres saber qué andaba buscando cuando tus soldados me encontraron?

—No especialmente. Te he traído aquí para juzgarte por tus crímenes, y porque cierta sirena querrá ayudarme a decidir tu castigo. No me interesa lo que buscabas.

Pero esta última parte es mentira. Admito que su tono provocador me ha llamado la atención mucho más de lo que esperaba.

—Buscaba un artefacto que, según las leyendas, los mismos dioses dejaron en la tierra —explica, sin dejar de mirar el filo de mi daga, con la desesperación de un hombre que lucha por su vida—.

Un objeto que tiene la capacidad de aumentar la magia más allá de tu imaginación. Dicen que, con él, su portador tendrá el mismo poder que los dioses.

—Nadie debería tener un poder así.

Por los dioses, ¿por qué le estoy haciendo caso? Me levanto con la intención de llamar a Vataea para que la sirena ponga fin a esto, pero me freno en seco cuando el traficante añade:

—Pero imagínate de lo que tú serías capaz con un poder así. —Apoya la cabeza contra el mástil—. Quieres que vuelva tu magia, ¿no? No sirve de nada que intentes ocultarlo: Kaven te lanzó una maldición. Me amenazarías con algo más fuerte que una daga si todavía la tuvieras.

Sus palabras hacen que me invadan los recuerdos, oscureciendo su rostro y transformándolo en el de Padre. El humo envuelve su cuerpo. Aunque sé que no es real, el fuego devora sus pantalones y la sangre cae del filo de la espada que le atraviesa el estómago hasta el suelo. Me recuerdan que no pude salvarlo. Que está muerto por mi culpa.

Si no me hubieran echado un maleficio, si tuviera mi magia, esa noche podría haber salvado a Padre. Podría haber salvado muchas vidas.

—Mientes —digo tras un gran esfuerzo para encontrar mi voz y para mantener las manos pegadas al cuerpo para que Blarthe no se dé cuenta de que me tiemblan—. Tu lista de crímenes es tan larga que llegaría a Ikae. ¿Qué te hace creer que me fío de tu palabra?

A pesar del sudor que le empapa la frente, el traficante se encoge de hombros como si se encontrase en situaciones como esta todos los días.

—Porque, si hay trato, tú sales ganando mucho más que yo. Déjame aquí mientras lo buscas, si te sirve de garantía. ¿Para qué te mentiría, si soy el único que está arriesgando algo en esta situación?

Echo un vistazo hacia la puerta y miro a través de los huecos para asegurarme de que la sombra de Ferrick no está al otro lado. No veo nada. Sin embargo, me vuelvo a arrodillar y, en voz baja, digo:

—Lo que me ofreces suena a leyenda.

Pero incluso al pronunciar esas palabras sé por experiencia que hay algo de verdad en todas las leyendas. La misma daga que llevo está hecha de una bestia que durante años creí que era solo un mito.

Una risa cruel agita el pecho de Blarthe y le agrieta los labios.

—Si de verdad creyeras eso, no estarías escuchándome.

No quiero hacerme ilusiones, pero cada vez que cierro los ojos me encuentro con los de Padre, su cara envuelta en humo y su mano extendida suplicándome que lo ayude. Noche tras noche, el vacío en mi interior me recuerda que antes había magia, que Visidia no está entera y yo, tampoco.

Debo romper mis maldiciones, tanto la del linaje de los Montara que hace que mi pueblo no pueda usar la magia espiritual, como la que me conecta a Bastian del mismo modo que él antes estaba vinculado a su barco.

Aunque es demasiado bueno para ser verdad, ¿puedo rechazar esta oportunidad sin intentarlo siquiera?

—Si consigues este objeto, serás prácticamente una diosa —insiste Blarthe, como si notase mis dudas—. Con él, podrás ampliar la magia hasta límites insospechables. Si yo lo uso para aumentar la magia del tiempo, podría deshacer lo que le ha pasado a tu cuerpo. Podría hacer que recuperes tu magia.

Me dejo caer al suelo y me apoyo contra la pared porque no confío en mis piernas para mantenerme en pie.

—¿Por qué me cuentas todo esto? ¿Qué ganas con ello?

Soy tan tonta como los peces por morder el anzuelo con el que me ha atraído. Pero ya no hay marcha atrás.

Aunque estamos bajo la cubierta, es como si la mismísima tormenta le llenase los ojos.

—Soy un hombre que valora su propia vida. ¿Es que esto no basta? Prométeme mi libertad y yo te prestaré mi magia.

—Encontraré a otro…

—¿A otro traficante de tiempo? —interrumpe, y se ríe—. Pues buena suerte. Somos difíciles de encontrar.

La irritación me tensa los músculos de las manos, pero él sigue hablando como si ya hubiéramos hecho un pacto:

—Durante mis viajes conocí a alguien que decía ser descendiente de un hombre que había usado el poder de los dioses en el pasado. No recuerdo gran cosa de aquella historia, me imagino que llevábamos un barril de vino entre los dos. Pero si quieres descubrir dónde se encuentra el artefacto, lo mejor será que busques a esta persona.

—¿Y dónde puedo encontrarla? —pregunto. Blarthe no responde y me cubro la cara con las manos para ahogar un grito en las palmas—. ¿Por lo menos sabes cómo se llama?

Sin un nombre, intentar encontrar este amplificador será como continuar buscando el objeto a partir del cual Kaven creó mi maldición. Como buscar una aguja en un pajar.

—Te daré un nombre e incluso te enseñaré cómo usar el artefacto una vez lo hayas conseguido. Pero antes quiero que hagas algo por mí.

Aprieto los puños, consciente de que esta vez no me bastará la daga para amenazarlo. A pesar de que la piel bajo mis uñas está teñida de negro con la sangre de los prisioneros, Blarthe sabe que esta noche no comparte su destino. Los dioses saben que no le permitiría tocar el artefacto, pero, si voy a buscarlo, debo tener al traficante cerca, por lo menos hasta que descubra cómo se usa. Lo necesito con vida.

Tengo que hacer un esfuerzo sobrehumano y apretar la mandíbula para gruñir las siguientes palabras:

—¿Cuál es tu precio?

—Me basta con una promesa —contesta él—. La garantía de

que no solo me soltarás, sino que también obtendré el indulto real por cualquier indiscreción de la que se me acuse. Cuando volvamos a estar en bandos opuestos, no quiero que me busques.

—¿Indiscreciones?

Me muerdo el interior de las mejillas. La primera de sus «indiscreciones» que se me viene a la cabeza es Vataea, luego Kerost, y la culpa se acumula en mi interior solo de pensarlo. Indultar a Blarthe y fingir que no está ahí fuera aprovechándose de los demás y traficando con el tiempo no solo significaría ensuciar mi reino, sino también traicionar a mi amiga. Implicaría dejar libre a su maltratador.

Pero ¿cómo puedo negarme a esta oportunidad?

Visidia volvería a ser libre. *Yo* volvería a ser libre.

No más mentiras, no más maldiciones.

Aunque desearía desde lo más profundo de mi alma no tener que recurrir a esto, me he pasado la vida aplicando una creencia: que una vida no es más importante que Visidia entera.

Además, Blarthe confía demasiado en mi promesa. Puede que le permita vivir un poco más, pero que haya aceptado su oferta no significa que vaya a perdonarlo. De momento, mantendré su presencia en secreto, pero en cuanto haya obtenido lo que quiero de él, su vida llegará a su fin.

Al fin y al cabo, no solo soy la reina de Visidia. También soy su protectora. Su monstruo.

Vataea y Kerost pueden esperar, porque esto es más importante. Esta es la solución a todos los problemas.

Pongo la espalda recta y miro a Blarthe directamente a los ojos.

—Dame un nombre y cerraré el trato.

Su voz suena dulce como la savia:

—Ornell Rosenblathe.

CAPÍTULO SIETE

Tardo tres horas en limpiarme toda la sangre. Incluso después de haberme bañado todavía noto los restos de los prisioneros que he matado hace unas horas. Por mucho que haya frotado toda mi piel, siento que la sangre ahora forma parte de mí y que siempre estará ahí.

Hago todo lo que puedo para distraerme, así que me tumbo en el diván de mi sala de estar y hojeo varios tomos encuadernados en cuero que he tomado prestados de la biblioteca, intentando no fijarme en la piel bajo las uñas.

Aunque gran parte de la biblioteca quedó destruida en los incendios del pasado verano, conseguí salvar algunos libros sobre leyendas de viajes por el océano. Llevo horas concentrada en ellas, leyendo historias de marineros que aseguraban haber visto sirenas atraer a sus compañeros hacia el mar para, años después, volver a encontrar sus rostros fantasmagóricos en la superficie del agua. Mitos de una serpiente gigante que supuestamente vivía en los volcanes de Valuka e historias de caballos acuáticos que arrastran personas hasta las profundidades del océano y les roban el cuerpo durante un año hasta que se deteriora, y entonces deben buscar uno nuevo o volver al mar.

Con cada nueva imagen y con cada nueva historia, se me pone la piel de gallina, porque sé que hay parte de verdad en estas leyendas. Pero sobre este objeto que los dioses presuntamente dejaron en la tierra, no encuentro ni una palabra. Algunas páginas fueron arrancadas por marineros avariciosos o tienen manchas de tinta tan grandes, seguramente causadas por lectores que se volvieron locos por sus plegarias, que no se pueden leer. Quizás, si busco con más atención, encontraré más historias, pero, como dijo Blarthe, mientras yo investigo, él se está pudriendo en la prisión. Se está agarrando a esta oportunidad para vivir. No puedo hacer nada por él, sobre todo si fallo. Al fin y al cabo, puede que haya algo de verdad en su historia.

—¿Amora?

Mis manos se paralizan sobre el papel al oír la voz de Madre. Escondo los otros volúmenes detrás del diván y abro el que tengo en el regazo por la página menos ofensiva, un cuento fantástico y ridículo sobre un reino lleno de tesoros que reposa sobre las nubes y solo baja a la tierra cada cien años.

—¡Adelante!

La puerta se abre y los ojos de Madre se llenan de lágrimas al verme. Aunque sé que son de alivio, me duele que haya tenido que preocuparse por la ejecución. Cruza la habitación y casi se me tira encima para abrazarme. Con el camisón todavía parece más frágil que en la sala del trono y temo que sus delicados huesos se rompan si la abrazo con demasiada fuerza.

—Gracias a los dioses. ¿Lo has conseguido?

Me aparto ligeramente para poder verla mejor. O yo estaba demasiado distraída durante la reunión con el consejo para darme cuenta de las ojeras que le rodean los ojos y lo marcadas que tiene las mejillas, o es que su criada tiene un talento increíble para disimularlo. Parece que Madre no ha comido mucho últimamente.

A medida que pasan los días, me resulta cada vez más difícil mirarla porque, cuando lo hago, me recuerda a Padre.

La piel de Madre no habría perdido su brillo si él todavía viviera. Tendría un aspecto saludable y vivo.

Pero le quité a su marido.

Madre me observa tanto como yo a ella. Llevo más de un día entero despierta y tengo los ojos inyectados en sangre. No me hace falta ver mi reflejo para imaginarme que también los tengo hinchados y que mi piel va perdiendo el color poco a poco.

—Shanty lo ha hecho muy bien.

Escapo de su mirada escrutadora para fijarme en el movimiento que percibo detrás de ella. La tía Kalea entra en la sala, cabizbaja, con los labios apretados y cruzando los brazos, como si intentase abrazarse a sí misma, y cierra la puerta sin saber si es bienvenida.

Los músculos de mi garganta se tensan al ver cómo se acerca. Desde que me traicionó el pasado verano, nuestra relación no ha vuelto a ser la misma. No por falta de intentos ni porque yo no quiera que todo vuelva a ser como antes, pero mi confianza en ella se ha roto.

Antes de elegir su magia, Kalea debería haber esperado a que yo fuera nombrada heredera del trono de Visidia y demostrara al reino de qué soy capaz. En lugar de eso, aprendió magia de encantamientos, con lo cual rechazó la posibilidad de convertirse en gran animante en mi lugar. Por su culpa, pensaba que no tenía otra opción que emprender un viaje para salvar el reino. Por su culpa, perdí mi magia.

Por su culpa, Padre está muerto.

Aprieto el puño y clavo las uñas en la palma de la mano para calmarme mientras ella se acerca con paso vacilante. Por el bien de mi familia, me esforzaré en mantener la compostura en su presencia, pero me descubro agarrando las páginas del libro con tanta fuerza que las estoy arrugando.

¿Qué hubiera sucedido en verano si tía Kalea no me hubiera dicho nada y se hubiera guardado el secreto? Si no me hubiera obligado a cargar con la responsabilidad de todo el reino sobre los hombros, ¿llevaría yo la corona en la cabeza en este momento?

—Queríamos asegurarnos de que estás bien —dice tía Kalea en voz baja y cautelosa, un gesto de cortesía para Madre, y lo único que puedo hacer es tragarme la rabia que intenta salir a la superficie. Ya ha sufrido bastante, no necesita más dolor.

—Nadie ha sospechado nada —les digo a ambas, apartándome lentamente de Madre, cuyos brazos vuelven a reposar en los costados—. Pero no podremos continuar con esta farsa durante mucho tiempo. Lo que tenemos ahora es un parche, no una solución.

Madre me coge una mano y asiente con delicadeza.

—Encontraremos la manera de recuperar tu magia, Amora.

—O quizás puedes aprender un tipo de magia nuevo —sugiere tía Kalea.

Se pone tensa cuando mis ojos, que seguramente rebosan toda la rabia y el resentimiento acumulados dentro de mí, se clavan en los suyos.

—Ahora las leyes son distintas —continúa—. Podrías adquirir nuevos poderes, demostrar al reino que eres igual de fuerte y estás igual de capacitada con algo no tan… violento.

No puedo seguir tragando la rabia. Mi lengua se convierte en un objeto ácido y venenoso.

—Tú más que nadie sabe de qué hablas, ¿verdad? ¿Cómo te atreves a decirme esto, después de todo lo que has hecho?

Me niego a sentirme mal por la desolación en su rostro. La única punzada de culpa llega al ver como Madre se derrumba sobre las almohadas, una sombra de la mujer que había sido. La tensión se acumula en torno a nosotras, que se podría cortar con un cuchillo.

Falta una persona y las tres entendemos demasiado bien el significado de su ausencia. El dolor no solo es mental. Es físico, como si unas garras me triturasen el pecho por dentro.

—No puedo aprender magia si me falta media alma —rompo el silencio mientras me siento con las piernas cruzadas—. Aunque mis mentiras en la prisión hayan funcionado, lo único que han hecho las barracudas ha sido ganar tiempo para nosotras. No quiero estar en deuda con Shanty, solo podemos aprovecharnos de sus servicios por un tiempo limitado. Involucrar a tanta gente comporta demasiados riesgos.

Lo que necesito es una manera de cambiar Visidia. Encontrar el artefacto legendario y cambiar mi destino. Romper mis maleficios. Devolver Visidia a la normalidad de una vez por todas.

Pero no puedo hacerlo desde Arida.

—He estado pensando en la reunión de ayer —prosigo con duda en la voz, mirándome el regazo y escondiendo los pies, como si este plan me hubiera tenido toda la noche en vilo. Tengo que contarlo. Si finjo estar emocionada o que me he rendido con demasiada facilidad, Madre sospechará—. Los consejeros tenían razón: Visidia está demasiado dividida. Tengo que ganarme la confianza de nuestro pueblo más que nunca. Deben saber que estoy aquí por y para ellos, y que practicar varios tipos de magia es el futuro.

Madre envuelve mis manos con las suyas. No quiere demostrar lo emocionada que está, pero queda claro que es lo que quería. Cree que estaré más a salvo enamorando a Visidia mientras busco a un nuevo rey, uno al que los súbditos admiren y adoren. Uno que seguramente me protegerá.

La mera idea me provoca arcadas, pero mantengo la compostura.

—Sé que esto no es lo que quieres —dice Madre—, pero Visidia necesita una distracción. Estamos intentando cambiar demasiadas cosas en muy poco tiempo. El pueblo necesita un futuro estable con herederos que reinen algún día.

»Me gustaría que esto no fuera una carga para ti —continúa—. Para las mujeres en nuestra posición no es nada fácil. Todo el mundo vio en tu padre un gobernante capacitado y en quien se podía confiar desde el instante en que subió al trono. Pero ¿nosotras? Si nos mostramos demasiado firmes con nuestras creencias, tenemos el corazón helado; si no sonreímos, somos insensibles. Se usan varas de medir distintas para juzgarnos, especialmente para ti como reina de Visidia. Y entre los requisitos de tu trabajo, de tu deber, están el matrimonio y la descendencia.

Por respuesta, me pongo tensa y aparto la mirada deliberadamente. Este viaje para buscar pretendientes es tan indigno de una reina que me remueve el estómago.

—Padre nunca hubiera tenido que hacer algo así. Se habría reído.

—Tu padre tenía el privilegio de ser un hombre, Amora. Da igual de cuánto seas capaz: para ti, todo será más difícil que para él.

Madre tensa la mandíbula como si cada una de las palabras que ha pronunciado rechinase. Pero no tiene que convencerme. Una distracción es exactamente lo que me sacará de Arida para intentar encontrar al aventurero que nos guiará hasta el artefacto legendario: Ornell Rosenblathe. Ojalá también sea uno de los muchos solteros en edad de merecer que encontraré en mi viaje.

—¿O sea que quieres que me pasee por ahí agarrada del brazo de varios hombres y hacer de ello un espectáculo mientras el reino entero sufre? —protesto, con amargura deliberada en mi tono de voz para que no piense que me he rendido con facilidad.

—Quiero que juegues al antiquísimo juego del cortejo —me intenta tranquilizar Madre, que se ha creído mis nervios, y me aprieta la mano con más fuerza—. El linaje de los Montara está menguando y el reino necesita sentirse seguro. Así que les daremos una reina a la que querrán proteger, y una familia real ante la cual postrarse. No digo que sea justo ni correcto, pero para el público es más fácil admirar y confiar en una mujer que perciben como amable y vulnerable. Una que, además, tenga a un hombre encantador a su lado. Juega según sus reglas y muéstrales lo que quieren ver.

Haz un poco de teatro para ganarte su confianza mientras trabajas para reconstruir el reino. Haz que te quieran, Amora. ¿Podrás hacerlo?

No es justo. No debería sonreír o cambiar la percepción que los demás tienen de mí para ser considerada una gobernante fuerte. Me he ganado esta corona con algo más que el derecho de sangre. ¿A quién le importa si sonrío cuando doy órdenes?

Pero debo salir de la isla para romper los hechizos y, por ahora, esta es la mejor oportunidad de la que dispongo. Lo único que importa es que encuentre el artefacto. Y, por esta razón, inhalo profundamente y agacho la cabeza.

—Sí, podré.

El suspiro de alivio de Madre me oprime el corazón con un sentido de culpabilidad. Sus ojos se llenan de lágrimas cuando acerca mis manos a sus labios y las besa antes de llevárselas a la frente. Luego, murmura una plegaria en voz tan baja que no entiendo qué dice. Finalmente, se aparta y me suelta las manos.

—Ahora eres la reina. La mar está agitada en esta época del año y apenas estamos empezando a entender el nuevo estado de nuestro reino. Quiero que me prometas que tendrás más cuidado que de costumbre. Nada de *eso*.

Hace un gesto con la cabeza hacia *Rukan*, que sigue envainada y colgada de mi cintura. Me obligo a asentir, aunque seguramente es la mentira más grande que he dicho en todo el día.

—Por supuesto. Y me llevaré conmigo a la tripulación más fuerte de toda Visidia.

—Haré que los comunicadores telepáticos te sigan —añade Madre—. Estés donde estés, siempre habrá alguien vigilándote. Si ocurre algo, daré la orden de que te traigan de vuelta a casa o mandaré soldados inmediatamente. Llévate a Ferrick, ¿sí? Y también al chico ese.

Odio el tono de lástima con que lo dice. Me enciende una llama de rabia y me aparto de ella cuando menciona a Bastian.

—No es que pueda irme sin él —respondo. Cada una de las palabras encierra todo el rencor que siento. Esta vez, ni me molesto en ocultarlo—. Créeme, lo he intentado.

Madre levanta la mano como si quisiera ponerla sobre mi hombro, pero duda y, finalmente, la deja caer en su posición inicial. Basta con este movimiento para cortarme la respiración. ¡Me ha recordado tanto a Padre! Noto el peso de su mano en el hombro, como un fantasma. Un apretón, uno solo, y mis rodillas casi ceden. Es todo lo que puedo hacer para fingir que no me he dado cuenta. Para fingir que estoy bien. Que Padre no murió ni me dejó con un reino en ruinas.

—No desearía lo que te sucede ni a mi peor enemigo.

Madre cruza las manos encima de su regazo y tan lejos de mis hombros como puede. Pero estoy tan distraída por el fantasma de Padre que sus palabras me parecen remotas. Si me concentro lo suficiente, casi puedo olerlo, un rastro familiar de mar y sándalo. Casi siento la persistente calidez del sol en su piel cuando volvía de pasar el día en *La Duquesa*.

Ojalá todavía estuviera aquí.

El sonido que hace Madre cuando se levanta del diván me estremece y el fantasma de Padre vuelve a desaparecer, a quedar fuera de mi alcance.

—Dejo la tripulación en tus manos y tú déjame a mí la organización, la pompa y la circunstancia. Zarparás dentro de dos días. —Se agacha para darme un beso en la frente—. Dulces sueños, Amora.

Y, cerrando la puerta suavemente, se va. No es hasta ese momento que tía Kalea levanta la cabeza para mirarme directamente a los ojos. Entonces le devuelvo la mirada, apaciguando todo mi rencor.

—Debes cuidar de ella. —Soy una serpiente con un veneno tan letal que incluso mis palabras son mortales—. Me da igual lo que tengas que hacer o lo que cueste. La protegerás con tu vida.

Ahora que Madre se ha ido, no me importan los modales. La tía se estremece, pero no protesta. Se merece cada gramo de rabia y mucho más.

—Keira es fuerte —dice—. Céntrate en ti misma en vez de preocuparte por ella.

Me tengo que morder la lengua para reprimir la carcajada que quiere explotar dentro de mí.

—Deja que me preocupe por reconstruir mi reino. Al fin y al cabo, es lo que querías.

Una vez más, acepta el insulto con estoicismo, lo cual me sulfura y me hace hervir la sangre. Quiero que devuelva el golpe, que se enfrente a mí. Lo que pasó es culpa mía, pero también suya, y lo único que deseo es que lo sepa, gritárselo una y otra vez y enterrar mi ira tan dentro de ella que sienta hasta la última gota en sus entrañas.

Pero no se enfrenta a mí ni me devuelve los golpes. Kalea encaja mis reveses, uno tras otro, hasta extinguir las llamas de mi rabia. Cuando vuelvo a hablar, ya no es con ira, sino con la frialdad de los hechos:

—No tengo intención de volver hasta que mi pueblo esté dispuesto a morir por mí. En mi ausencia, confío plenamente en mi madre para encargarse de Arida. Pero te juro por todos y cada uno de los dioses, Kalea, que si le pasa algo mientras estoy fuera, el precio será tu cabeza. No volveré a perder a otro de mis progenitores por tu culpa.

Dicho esto, vuelvo a mi libro y la echo de la habitación sin siquiera mirarla.

CAPÍTULO OCHO

A la mañana siguiente me encuentro a Ferrick en su habitación. Gotas de agua le chorrean por el pelo acabado de cortar, indicando que se ha bañado hace poco. Mi amigo está de espaldas a la puerta y con el estoque en una mano, alzado en posición de ataque, mientras que la otra reposa en su espalda cuando Ferrick embiste, se retira, inspira profundamente y cambia de posición.

Me apoyo en el marco de la puerta y observo, fascinada, como no titubea. Como sus hombros desnudos, más fuertes que antes, se flexionan y se tensan. Sin ropa, es más fácil notar que ha ganado musculatura desde el verano. Aunque sigue siendo más desgarbado que Bastian, sus hombros y sus brazos casi han doblado su volumen desde que empezó a entrenar con Casem.

Detrás de él, estanterías llenas de hierbas y plantas, de botellas y tarros de cristal hasta arriba de musgo y otras cosas que no identifico, cubren una pared entera.

—¿Qué haces?

Ferrick emite algo que parece un aullido y da un salto hacia atrás tan violento que la espada se le resbala de la mano y se le cae sobre los dedos de los pies. Se me escapa la risa cuando él grita palabrotas y se derrumba sobre la cama. Agarra una túnica de su baúl y se cubre el pecho con ella, como si fuera una sábana.

—Por todos los dioses, Amora. ¿No te han enseñado a llamar a la puerta?

Sus mejillas se han encendido con un rojo tan vibrante que, a pesar de todo, no puedo evitar echarme a reír.

—Las reinas no llaman a la puerta —le contesto—. ¿Qué hacías?

—¿A ti qué te parece? —protesta, arrugando la túnica con las manos—. Entrenaba.

—¿Mojado y medio desnudo?

—No estoy medio... Escucha, nunca se sabe en qué condiciones tendremos que luchar, ¿me entiendes? Los dioses saben lo fácil que es encontrarse con problemas y, si voy a ser tu consejero, debo ser el mejor.

—Vale. Me siento mucho más segura sabiendo que puedes pelear en estas condiciones. —Por todas las estrellas, cómo echaba de menos a Ferrick—. Pero será mejor que no deshagas el baúl. Zarpamos mañana a primera hora.

Su rostro lleno de pecas cambia completamente de expresión. Ahora que está limpio, tras pasar media estación en alta mar, me doy cuenta de que tiene las mejillas muy quemadas por el sol y que le han salido arrugas alrededor de los ojos de tanto entornarlos.

—Ni hablar. —Es su primera reacción, y se gira. Al cabo de unos segundos, gruñe—. Por favor, dime que bromeas.

Al ver que no contesto, se pasa los dedos por el pelo y tira la prenda que sujetaba con las manos al baúl.

—Esto es un castigo cruel, Amora. Tengo pies. Los pies deben estar en la tierra. —Se lleva una mano al estómago y no hace falta tener magia para leer la mente para darse cuenta que piensa en sus continuos mareos—. ¿He de conseguirte un barco?

—Ya disponemos de uno. Nos llevaremos *La Duquesa* con

la mínima tripulación posible. Me gustaría que vinieras como curador; Vataea estará al mando de las aguas y Bastian… es necesario.

Poco a poco, los labios de Ferrick esbozan una sonrisa.

—Ahí está nuestra vieja tripulación.

Me pregunto si la idea lo reconforta tanto como a mí. Nuestra tripulación, unida de nuevo. Pero es poco más que un sueño porque el grupo es el fantasma de lo que había sido, y es por mi culpa. Yo soy la que no soporta estar en el mismo espacio que Bastian.

—Nosotros y alguien más —digo—. También cuento con Casem por su afinidad con el viento, que nos ayudará a guiar las velas. Además, Mira le está enseñando a comunicarse telepáticamente y Madre insiste en que me comunique con ella y con las islas. Y quizás añada a otra persona, si le apetece.

—¿Cuál es la misión?

Ferrick se sienta enfrente de mí y me ofrece una mano. No dudo en aceptarla y dejo que me sujete.

—Debo conseguir que mis súbditos me adoren.

Con una sonrisa ensayada, le explico el plan de ir de gira por el reino y conocer a los mejores solteros de oro. Cuando termino, hay algo en el semblante de Ferrick que lo distorsiona y le provoca arrugas en la frente, pero no sé si es curiosidad o incredulidad.

—¿Te vas a casar?

—Insisto, no tengo por qué casarme para tener…

—Ya sé cómo funciona —me interrumpe, rojo como un tomate—. Pero pensaba que querrías romper el hechizo que te une a Bastian para ver si lo vuestro funciona. Sobre todo teniendo en cuenta que te oponías rotundamente al matrimonio cuando estabas prometida conmigo. —Frunce el ceño y me mira de reojo—. Me estás tomando el pelo, ¿verdad? ¿Seguro que no bromeas?

—No bromeo —repito—. Es lo que todos quieren para mí. Pero… no es lo que va a ocurrir. —Hago una pausa para ver si le pica la curiosidad antes de añadir—: Creo que he encontrado una manera de romper el maleficio de los Montara. Mientras el reino piensa que me dejo cortejar, nuestro objetivo será otro.

Los hombros de Ferrick se relajan.

—Ah, sí, esta es la Amora que yo conozco. Por un instante pensaba que te había poseído algún espíritu marino.

Me río y le doy un golpe afectuoso en el brazo, ignorándolo, a lo que Ferrick responde con un cachete en la mano.

—Sabes que he buscado el amuleto por todas partes, ¿verdad? Menos deconstruir Zudoh hasta los fundamentos, lo hemos intentado todo para encontrar el objeto que usó Kaven para crear tu maleficio, pero no hemos encontrado nada. ¿Qué te hace pensar que lo encontrarás en Kerost?

—No hablo de eso —protesto—. Estoy segura de que, fuera lo que fuera, lo que usó Kaven se ha perdido para siempre. Me refiero a otra cosa.

—¿Algo que te ha revelado Blarthe? —Ferrick es demasiado listo. Mi silencio es la confirmación que necesita, y exhala—. ¿Y qué pasará con él una vez encuentres este objeto misterioso?

—Actuaré como estaba previsto —respondo tranquilamente—. No tiene ningún poder, solo lo necesito con vida hasta que compruebe adónde me lleva su pista.

Y por su ayuda con la magia temporal, pero Ferrick no necesita saberlo.

—Si te lo ha dicho es porque lleva algo entre manos, Amora. Tiene un gran instinto de supervivencia.

La idea también me carcome, pero cuando lo manifiesta Ferrick me pongo a la defensiva.

—Si intenta algo, estaremos preparados. De momento se encuentra en una mazmorra, atado y amordazado. Tenemos tiempo.

Ferrick, apoyado sobre sus manos, asiente. Todavía se muestra escéptico, pero no protesta ni dice que él tiene razón. Indistintamente de si está de acuerdo conmigo o no, mi amigo se ha metido de lleno en el papel de consejero real y apoya mi decisión.

El aprecio que siento por él es tan fuerte que podría agujerearme el corazón. Me entran unas ganas súbitas de contárselo todo, no solo sobre la noche en vela que he pasado examinando las leyendas, sino también lo que me pasa cada vez que cierro los ojos, que lo único que me espera detrás de ellos es muerte.

Me planteo contarle que veo a todos los caídos por Visidia, la figura de Padre de pie entre un mar de cadáveres. La sangre que fluye como un río de su estómago, el humo que cubre su cara y su cuerpo, pero nunca la mano que intenta alcanzarme y me suplica que lo salve. Me planteo contarle que respirar es más doloroso que nunca, y que a veces ni siquiera lo consigo.

Quiero decirle a Ferrick que sé lo ridículo que suena porque se supone que soy yo la que protege a Visidia. Se supone que debo reconstruirla. Pero a veces me preocupa que estas pesadillas se conviertan en algo permanente: cuerpos entrelazados en un mar de sangre roja.

Quiero decirle que estoy dispuesta a arriesgarlo todo, lo que sea, para compensar al pueblo por lo que hizo mi familia en el pasado y enviar estos recuerdos al fondo del océano, que es donde tienen que estar.

En lugar de eso, escojo el camino fácil, el camino seguro, porque lo último que necesito ahora mismo es que me juzguen. Especialmente Ferrick.

Le doy unos golpecitos suaves y rápidos en la rodilla, y me levanto para salir de la habitación.

—Dile a Bastian que se prepare, ¿sí? —añado en voz baja. No estoy preparada para decírselo yo misma—. Pero… Dile solo que nos encontraremos en el muelle. El resto quiero contárselo yo.

«No podrás ignorarme toda la vida, princesa».

El recuerdo de las palabras de Bastian me estremece. Tiene razón: a partir de mañana, no podré ignorarlo más. A partir de mañana, estaremos encerrados en el mismo barco durante quién sabe cuántos días.

Ferrick se pasa los dedos pálidos por el pelo mojado y rojo como una llama.

—Por supuesto. Que quede claro que esta idea no me gusta para nada y que estoy en contra de todas sus partes… Pero no, no le diré nada hasta que hayas hablado con él. ¿Qué hay de Vataea? —Noto un punto de esperanza en su voz, un brillo en sus ojos—. Ella y yo… Es decir, ya sé que nos lo estamos tomando con calma, pero me gustaría ver hasta dónde llega. Me estás pidiendo que guarde un secreto enorme, al ocultarle lo de Blarthe.

—Y lamento que sea así, pero sabes tan bien como yo qué sucederá si Vataea descubre que lo tenemos. Hasta que consigamos el artefacto, necesito a Blarthe con vida.

—Pero…

—Ferrick —lo interrumpo, y me giro hacia él—. Es una orden.

Ferrick se sorprende, pero se cuadra y hace una reverencia con la cabeza.

—De acuerdo, alteza. No diré ni una palabra.

Después de avisar a Ferrick y a Casem y de haber pedido que se añada un nuevo miembro a la tripulación, ha llegado el momento de ir a ver a Vataea.

La sirena se relaja en el balcón, tumbada con las largas piernas y el vientre plano descubiertos, llamando al sol para que le broncee la piel. Extiende los dedos de una mano hacia delante. Tiene una amabonia en la punta de cada dedo, insertada en las uñas. Cuando entro en su habitación, se está metiendo una en la boca, y al verme llegar, su sonrisa me muestra sus dientes. Me hace un gesto con la mano para que me acerque mientras coloca las piernas sobre el diván que ha arrastrado hasta el balcón.

Mi primo Yuriel es quien más provecho ha sacado de su presencia en el palacio, se han vuelto prácticamente inseparables. Ahora mismo está sentado al lado de la sirena y bebe sangría de un hondo cáliz como si fuera verano. Aunque Vataea tendría que haber salido de Arida para explorar el reino hace semanas, se ha acostumbrado al lujoso estilo de vida de los invitados al palacio, pero, después de todo lo que le sufrió con Blarthe, me alegro de que haya aplazado sus planes de viaje y se quede aquí una temporada más. Que esté en un sitio donde se siente cómoda y a salvo.

—¿Eres consciente del frío que hace? —le pregunto mientras cierro mi abrigo y me abrazo a mí misma para calentarme.

Las cortinas de satén de color azul zafiro que cuelgan de la ventana abierta de Vataea canalizan la fría brisa, pero ella, que solo se cubre lo suficiente para mantener un cierto grado de decoro, se mantiene imperturrita. Por lo menos Yuriel lleva un abrigo encantado para que parezca que está hecho de piel de zorro lila.

—La sangría te mantiene cálido por dentro —responde Yuriel con pereza en la voz, y sin molestarse a mirarme.

Mi primo gira la página de un pergamino ikaeri y se ríe de una de las imágenes en movimiento. Estoy a punto de estallar pero, cuando se lo pasa a Vataea, me doy cuenta de que no es el mismo que me enseñó lord Garrison. En este sale un hombre, aparentemente borracho, cuyos pantalones hechos de burbujas sufrieron un accidente en una fiesta. Vataea se apoya en Yuriel para ver el pergamino y solo le basta un vistazo para echarse a reír con malicia.

Cuando me aclaro la garganta, la sirena pone los ojos en blanco y deja el pergamino y sus imágenes móviles a un lado.

—Hace mucho más calor aquí que en el fondo del océano —afirma, metiéndose otra amabonia en la boca y apoyando la cabeza en el diván—. ¿Quieres vino? Como *invitada de honor* del palacio, solo tengo que hacer sonar esta campanilla y nos traerán tanta bebida como queramos. —Otra amabonia y una sonrisa enseñando los dientes—. No pongas esa cara tan seria, Amora. Quédate a comer y a beber conmigo, solo esta vez.

—Otro día será.

Cruzo el salón para quitarle una de las amabonias que tiene clavadas en las uñas y me la meto en la boca. El delicioso bollito esponjoso relleno de ciruela dulce casi se derrite sobre mi lengua. El gruñido que se me escapa hace reír a Vataea, que se termina las otras dos. Me da la sensación de que está demasiado relajada, e intento que ello no me haga sentir culpable. Si supiera que Blarthe se está pudriendo en la prisión de Arida en este mismo instante, la tarde sería completamente distinta.

—¿Qué me dices de otra aventura? —digo tras lamerme los restos de azúcar de los labios—. Una de verdad, esta vez. No hasta la boya y volver.

Vataea entorna los ojos y me mira de frente, analizándome. Juraría que dentro de ellos brilla un oscuro deleite.

—Cuando dices «de verdad», ¿a qué te refieres?

—Me voy de gira por todo el reino. Habrá solteros de oro, una posibilidad de visitar todas las islas y, seguramente, mucha más comida y bebida de la que podríamos terminarnos en una vida entera. —Al comprobar que tengo la atención de Yuriel, añado—: Pero con la mínima tripulación posible. Necesitaré tu ayuda para navegar.

Vataea sube las piernas al diván y estira los brazos. Este tiempo en tierra firme le ha sentado bien, su piel se ha vuelto cálida por el sol y está convenientemente alimentada y cuidada.

—No seré yo quien diga que no a una aventura —dice con melancolía, aunque, cuando me mira, veo júbilo en sus ojos—. ¿Cuál es la primera parada?

La culpa es como una piraña que me devora por dentro cuando cuento la verdad.

—Kerost.

No quiero pedirle que vuelva al sitio de donde la rescatamos, uno de los muchos en los que estuvo cautiva y donde Blarthe la exhibió como un trofeo. Entiendo perfectamente el tipo de venganza que busca Vataea y, cuando el contrabandista haya cumplido con su parte, ya le llegará el turno de actuar a la sirena. Pero, de momento, debo seguir la pista que me ha dado y buscar a Ornell Rosenblathe en Kerost.

—Puedes quedarte en el barco, si lo prefieres. No tienes por qué bajar con nosotros.

Me enseña los dientes afilados y peligrosos.

—Me niego a permitir que ese hombre me quite las ganas de disfrutar de la vida. Iré. Y me imagino que los chicos también, ¿verdad?

—Por supuesto.

El intenso recuerdo de Bastian y de su estallido de ira en la sala del trono hace que mis palabras parezcan casi un rugido.

Cuanto más pienso en Bastian, más vueltas le doy a mi maldición. Y cuanto más pienso en la maldición, más crece mi resentimiento y mi mente se cierra sobre sí misma. Se me nubla la vista, se convierte en un túnel oscuro hasta que solo veo humo. Fuego. Sangre. Bastian, retorciéndose en el suelo. Padre, muerto, con una espada entre sus costillas. Busco su cara entre el humo que la cubre, pero lo único que encuentro son las caras de miles de espíritus muertos que lo rodean. Que me observan.

—¿Amora?

Inhalo profundamente al oír la voz de Vataea y me centro en su tono cantarín, usándolo como un ancla que me ayuda a volver a la realidad. Siento opresión en el pecho y un vacío en el estómago, pero hago todo lo que puedo para ignorarlo y concentro mi energía en cuadrar mis hombros e incorporarme.

—Tenlo todo preparado para partir antes de la noche —digo con voz firme, suplicándole en silencio que no insista. Si lo hace, flaquearé—. Partimos al alba.

CAPÍTULO NUEVE

Las pieles que envuelven el cuello de la capa de Madre se erizan por el viento que sopla en el extremo del muelle. La expresión de su rostro la hace parecer un espíritu, no menos encantada que la neblina que nos rodea o la madera que gruñe bajo nuestras botas.

Madre está observando la marea agitada y las profundas arrugas de preocupación de su frente se han extendido hasta sus manos, que se tensan y destensan bajo la capa en un ritmo ansioso.

—Podemos posponer la gira hasta el verano. —Los chillidos de las gaviotas casi ahogan su voz—. Será más seguro viajar.

Sigo su mirada hasta la espesa espuma marina que azota la orilla e intenta arrastrar a los cangrejos que buscan refugio entre las rocas. Entiendo las dudas de Madre pero, a diferencia de los cangrejos, yo no tengo miedo al mar. El océano es lo que mantiene firme mi alma. La sal y la niebla me cubren como una segunda piel. Es algo que me reconforta. Me dejo envolver por este sentimiento, lo acepto con naturalidad.

—Cuanto antes tengamos el reino bajo control, mejor —digo

procurando que mis palabras no traicionen las ansias que se cuecen dentro de mí.

Liberar a Visidia está a solo un océano de distancia.

Liberarme de mis maldiciones está a solo un océano de distancia.

No esperaré hasta el verano para zarpar.

Nuestra partida es mucho más tranquila de lo que esperaba. Como todos los que viven en Arida trabajan para la familia real, no ha salido ninguna multitud a despedirnos entre júbilos. Los pocos que sí se pasan por el muelle lo hacen en silencio y no se quedan mucho rato; la mayoría son cocineros del palacio que nos obsequian con carne o dulces, mientras que las criadas traen jabón y ropa.

—Las islas están organizándose para que todo esté a punto para tu llegada. —Madre junta las manos para dejar de juguetear nerviosamente con su capa—. Pero todo está dispuesto y si necesitáis algo, o si sucede cualquier cosa, Amora, que Casem se ponga en contacto conmigo.

Ojalá no tuviera que ver el dolor en sus ojos o el miedo de perder a alguien más en esta vida. Ojalá yo pudiera mirar hacia cualquier sitio y no ver a Padre.

—Voy a poner todo en orden, te lo prometo.

Me cubro bien con la capa mientras los soldados trabajan a nuestro alrededor para cargar nuestras pertenencias en *La Duquesa*. Aunque el calor llegará a la isla a lo largo del día, a primera hora de la mañana mi aliento se condensa en gruesas nubes grises. Inhalo la salmuera con tanta intensidad que me pica la nariz y hace que mis dedos den golpecitos rítmicos sobre mis piernas.

No debería estar tan emocionada. He subido a *La Duquesa* prácticamente cada día desde que me recuperé de mi lucha contra Kaven. Pero cuando me acuerdo de ello, con el rabillo del ojo diviso el movimiento de unas velas blancas y mis dedos se congelan.

No había visto el barco que se aproxima desde que Arida se llevó una parte el pasado verano. No sé cómo, pero han arreglado la amura blanca con abedul zudita y todo el barco está perfectamente pulido. Han quitado los percebes que antes se comían la madera y la reluciente figura blanca de un dragón marino se alza imponente sobre nosotros, más grande y más feroz que nunca.

La *Presa de Quilla* es y siempre será el barco más brillante y cuando mis ojos se posan sobre su capitán, tengo que morderme la lengua.

Bastian no está detrás del timón, como esperaba, sino sentado encima de la escultura, impecablemente vestido con un abrigo ajustado escarlata y unos pantalones bombachos caqui. Ha lustrado sus botas de cuero y el viento riza mechones de su pelo castaño. Es bellísimo, pero eso no es lo que detiene mi corazón y hace hervir el deseo en mis entrañas.

Es su sonrisa. La misma sonrisa brava y arrogante que mostraba cuando nos conocimos. La sonrisa de alguien que es asquerosamente encantador, que quiere que lo vean y que goza de ello.

Es la sonrisa del pirata del que me enamoré, y que ha regresado después de tantísimo tiempo.

—Sin duda, este chico sabe cómo hacer una entrada triunfal —comenta Madre, sin poder disimular que le ha hecho gracia. Prefiero ignorarlo—. Supongo que es mi señal para que vuelva al palacio. Pero recuerda lo que te he dicho: ve con cuidado. Estoy a un tiro de barco.

En un gesto inesperado, Madre me aprieta contra su pecho, hundiéndome en la calidez de sus pieles un momento demasiado largo antes de soltarme, agachando la cabeza para que no la vean.

—Siento mucho que tengas que cargar con esto, Amora, pero te convertirás en una magnífica reina. Lo sé.

Cuando consigo procesar sus palabras, Madre ya baja por la dársena de regreso al palacio con paso ligero, sin mirar hacia atrás. Ambas sabemos que, si lo hiciera, intentaría detenerme.

Me obligo a devolver la atención al mar en vez de a la silueta menguante de Madre. Las velas de la *Presa de Quilla* se inflan a medida que el barco se aproxima. Vataea está en la proa, sus labios entonan una melodía constante. Aunque no la oigo, es evidente que domina las olas, que se mueven y se doblan a su voluntad para llevar a la nave hasta el muelle, justo al lado de *La Duquesa*, el navío de Padre.

—¡Ah del barco, alteza! —llama Bastian, proyectando la voz entre sus manos, y resisto la tentación de poner los ojos en blanco. No le hace falta gritar, los allí presentes lo oímos—. Ordena a tus soldados que lo carguen todo en mi bodega.

Una de sus piernas cuelga del dragón y se apoya en él sobre la rodilla de la otra con un aire perfectamente confiado. Perfectamente relajado. Simplemente… perfecto, y ya. Es increíblemente molesto.

Aunque en el pasado me había dicho que lo único que quería era descansar de la vida marinera y establecerse, viéndolo ahora queda claro que Bastian nunca disfrutaría de las ocupaciones en tierra firme. Quizás solo quería probarlo para comprobar si este deseo lo complacía, pero conozco muy bien este anhelo y sé que nunca lo podría satisfacer. Su alma está hecha para moverse, siempre en búsqueda de una nueva aventura.

La *Presa de Quilla* gruñe al frenar sobre la arena y yo me meto las manos en el abrigo por miedo a que el temblor delate cuán desesperados están mis dedos de tocar la fría madera del barco. O cuán desesperado está mi cuerpo por tomar posición en la cubierta, de volver a mi camarote y dormirme en una hamaca, arrullada por las olas y rodeada solamente de agua y de madera.

Sin política. Sin dolor. Sin magia falsa.

Pero tan rápidamente como el anhelo me ha invadido lo obligo a marcharse clavándome las uñas en el dorso de la mano para reprimir la expectación.

Esto no es una simple aventura.

—Vamos en *La Duquesa* —anuncio obstinadamente, y levanto la cabeza para ver a Bastian fruncir el ceño. Es imposible saber si es por diversión o por frustración.

—No, vamos en la *Presa de Quilla* —me reta con una voz ligera y llena de confianza en sí mismo propia de un hombre—. ¿No quieres causar una buena impresión a tu pueblo? ¿No quieres que todos te presten atención desde el instante en el que llegas, preparada para romper el corazón de unos cuantos pocos desgraciados?

Con la agilidad de alguien experimentado, Bastian se deja caer por el cuello del dragón. Sabe exactamente dónde tiene que agarrarse para bajar lo suficiente y poder saltar a la arena sin peligro.

—*La Duquesa* es una embarcación maravillosa —afirma—, pero no es la *Presa de Quilla*. Mi barco nos ha sido un gran apoyo en más de una aventura y está más que preparada para cualquier otra.

De cerca me doy cuenta de que su expresión no es tan segura como pensaba. Aunque mantiene una actitud relajada y su encanto habitual, las comisuras de su boca flaquean al sonreír. Aunque en sus ojos baila la esperanza, la ansiedad se le mete bajo la piel.

—Si crees que ir a bordo de la *Presa de Quilla* hará que las cosas mejoren por arte de magia entre nosotros…

Bastian sacude la cabeza.

—Deja de ser tan obstinada y da la orden. Sé que prefieres mi barco. Mi nave es más rápida, con lo cual el trayecto entre las islas será más corto.

Detrás de él, Vataea se parte de risa y le clavo una mirada por haberse dejado enredar por la labia de Bastian.

Abro la boca para protestar, pues tengo miedo de cómo me sentiré a bordo de la *Presa de Quilla* con Bastian. Antes de poder pronunciar palabra alguna, una mano se posa sobre mi hombro. Me sobresalto, pero suspiro aliviada al ver que solo es Ferrick.

Viste su uniforme de consejero real, una levita verde oscuro con un elegante bordado de oro con forma de hojas de hiedra que se enreda hasta su cuello. Ya no lleva un estoque, sino un hermoso sable cuya empuñadura está decorada con un zafiro en un lado y una esmeralda imponente en el otro.

Aunque el verde que ha escogido para su abrigo no pega del todo con sus bombachos de color amarillo dorado, su estilo ha mejorado. Nunca lo reconocerán, pero estoy segura de que él y Bastian han seleccionado el vestuario juntos recientemente.

—Creo que es una buena idea ir en la *Presa de Quilla* —dice Ferrick en un tono de voz tan bajo que solo yo puedo oír—. Queremos una tripulación reducida y este barco es más fácil de manejar. Además, ya lo conocemos y nos sentimos cómodos en él. Bastian tiene razón, no seas testaruda.

Me despeina los rizos con los dedos, provocando que se encrespen por la fricción, pero la tensión en mi pecho desaparece. Tienen razón. En vez de mirar a Bastian, me dirijo a los soldados.

—Gracias por vuestro trabajo pero ha habido un cambio de planes. Cargadlo todo en la *Presa de Quilla* lo antes posible.

Si se han molestado, no lo demuestran. Por suerte, acababan de empezar a cargar *La Duquesa*, así que los soldados cambian rápidamente su rutina y se ocupan de nuestras pertenencias. Mientras lo hacen, Ferrick me dedica una sonrisa pícara.

—Es normal que estés emocionada —dice como si notase el ansia que trato de ocultar desesperadamente—. Te encanta navegar, no debes avergonzarte por ello. Puede que tengas que mostrarte valiente ante el reino de Visidia, pero aquí estás entre amigos, ¿vale?

—Vale.

Levanto mi mano para ponerla encima de la suya en mi hombro. Aunque no me acabo de creer sus palabras, las agradezco.

Desde la muerte de Padre, Ferrick ha sido mi ancla, una pequeña luz en la que puedo confiar en medio de la niebla gris.

Bastian también ha intentado estar a mi lado, pero ¿cómo puedo dejar que me consuele si yo no puedo hacer lo mismo por él?

El amor entre Ferrick y yo no es romántico, nunca lo será, pero confío en él más que en nadie. Sin duda, es mi mejor amigo.

—Me alegro de que hayas vuelto —le digo, y me responde con una sonrisa y un rápido beso en la frente.

—Yo también —contesta, aunque su tono de voz no concuerda con sus palabras—. Pero… Me siento un poco culpable. Después de todo por lo que pasó Vataea, merece saber que tenemos a Blarthe.

—Tienes razón —asiento mirándolo directamente a los ojos—. Pero si se lo decimos ahora, saldrá corriendo hasta la celda de Blarthe y le rajará el cuello.

—¿Tendría algo de malo?

Espero que lo diga medio en broma. El verano pasado, Ferrick nunca hubiera manifestado una cosa así, pero ahora hay una sombra en sus ojos y aprieta los labios, formando una fina línea que me indica que, esta vez, lo dice en serio.

Parece que cada vez que pestañeo descubro una nueva faceta de Ferrick. Al fin y al cabo, fue él quien atestó el golpe final a Kaven. Aunque fuera para salvarme, se cobró una vida. Sé por experiencia cuánto puede llegar a cambiar a una persona.

—No, creo que no —admito finalmente.

Puede que Ferrick haya cambiado, pero yo también. Antes habría estado de acuerdo en que Vataea debería cortarle el cuello a Blarthe y terminar de una vez por todas. Por los dioses, podría arrancárselo todo con sus propios dientes y yo la apoyaría. Pero desde que descubrí la verdad sobre los Montara, desde que me di cuenta de que todos los condenados que maté no murieron por el bien del reino, como me enseñaron desde pequeña, ya no estoy tan segura.

Haré lo que sea para servir a mi pueblo y darle un futuro mejor. Si para ello tengo que matar o ensuciarme las manos, así sea.

Pero ¿significa eso que no esté mal? ¿Qué me hace mejor que aquellos a los que ejecuto?

—De momento, lo necesito con vida —digo luchando contra la tensión en mi voz, negándome a seguir esa línea de pensamiento—. Si queremos una tripulación pequeña, necesitamos la magia de Vataea, y que ella esté concentrada.

Con un suspiro, Ferrick cede. Su mano baja a mi espalda para empujarme hacia delante, para que suba a la *Presa de Quilla* junto al chico que espera en la arena, enfrente del navío.

«No olvides que yo también soy un pretendiente».

Al recordar las palabras de Bastian, me sube la temperatura. Todo mi cuerpo y mi alma quisieran dejarse caer en el peso de esas palabras y sentirlas. Ojalá pudiera ponerle las manos alrededor de la cara y besarlo, notar el sabor a sal y a mar que estoy segura de que nunca se han ido de sus labios.

Hay una desesperación en sus huesos y una pulsación hambrienta en su alma que me dicen que Bastian siente lo mismo que yo. Pero no puedo permitir que me tienten su sonrisa astuta o la forma en que las estrellas brillan en sus ojos, por mucho que mi cuerpo sí quiera ser tentado.

Bastian sube rápidamente por la escalera de cuerda y baja la rampa de la *Presa de Quilla*, y yo indico a los soldados que suban. Cuando yo hago lo mismo, él me dice «Bienvenida a bordo» al oído y así, sin más, vuelvo mentalmente a la noche que nos conocimos.

Aun así, me basta con ver su expresión pícara para saber que es perfectamente consciente de lo que me provoca. Sin mediar una palabra, obligo a mis pies a obedecer y avanzo para juntarme con Vataea.

—¿Estás segura de que podrás guiar el barco? —le pregunto. Su mirada cargada de veneno me hace levantar las manos en un gesto defensivo—. No pongo en duda tus capacidades, solo quiero evitar que te agotes.

—Llevo una buena temporada practicando —le responde la sirena, que se cruza de brazos y da un golpe altivo en el aire con la cadera.

En Arida ha cogido peso, gracias a lo cual ha adquirido unas curvas generosas de las que cuesta apartar la mirada. Detrás de mí, una soldado pierde la concentración al ver a Vataea, tropieza y deja caer una de las cajas. Los ojos de la sirena salen disparados hacia la soldado y la observan con atención antes de volver a dirigirse hacia mí.

—Practica tanto como necesites —digo—, pero eso no significa que no te canses. No eres invencible, Vataea.

—Puede que no —contesta, colocándose algunos mechones de su pelo negro como el azabache por encima del hombro—, pero casi. Además, él nos ayudará.

Vataea señala algo detrás de mí y cuando me giro veo a Casem y a Mira. Él lleva el arco colgado de la espalda, lo cual le deja una mano libre para coger la de Mira. Intento no escudriñarla demasiado mientras vuelve a la orilla. El color ha vuelto a sus mejillas y su piel tiene un brillo saludable, pero no puedo evitar recordar cómo la encontré, desplomada en el suelo, muriéndose por una puñalada en el pecho. Incluso con la ayuda de los suntosinos, ha tardado lo suyo en recuperarse. Se apoya sobre todo en el lado izquierdo y cojea un poco, lo cual me indica que no está tan bien como afirma. Ninguno de nosotros lo está.

Al otro extremo de la rampa, Casem coge a Mira y la estrecha entre sus brazos. Le dice algo al oído que no entiendo, pero sé que es algo íntimo y que debo apartarme. Pero no puedo, ni siquiera cuando Mira se pone de puntillas, rodea el rostro de Casem con las manos y lo besa con una intensidad que yo no sospechaba en ella. Cuando se separan, la luz del alba se refleja en el anillo de compromiso de perlas de Mira y me descubro a mí misma mirándolo con un deseo ardiente en mis entrañas.

Me alegro por ellos, de verdad, pero también siento un poco

de envidia por lo fácil que es para Mira. Ama a Casem y él a ella. No es confuso ni difícil.

Hasta que se ha asegurado de que Mira lleva el abrigo bien abrochado y le ha dado otro beso en los labios, Casem no se aparta de ella. Sus pasos son lentos, arrastra los pies en la arena.

Ojalá no tuviera que acompañarme, pero Mira le ha estado enseñando a comunicarse telepáticamente y, junto a su habilidad para manipular el viento, me resulta demasiado valioso en la tripulación.

—Ya casi estamos todos —digo en voz alta, aunque es más para mí misma.

Vataea aprieta los labios.

—¿Casi todos? —repite mientras una soldado real se acerca.

No la reconozco. Es la misma mujer que antes ha tropezado al observar a Vataea, alta, de hombros anchos, pelirroja y con el pelo corto. Toda su cara está manchada de pecas y, cuando nos mira, sus ojos verdes se vuelven brillantes y sinuosos. En la muñeca lleva una pequeña pulsera que parece hecha de delicadas espinas de pez bañadas en oro rosado.

—Disculpad que me meta —dice, y reconozco al instante el ronroneo en su voz—. ¿Esperáis a otro miembro de la tripulación?

Los ojos de Vataea se clavan en mí, preguntándome si esta persona habla en serio.

Intento no reírme cuando la soldado sonríe mostrando los dientes. El rojo de su pelo se vuelve más claro a la vez que los rizos de color rosa pálido le caen por la espalda. Sus ojos verdes se oscurecen hasta adquirir el tono de la sangre fresca, y sus curvas se amplían a la vez que ella se hace más pequeña. Poco a poco, su cuerpo se metamorfosea y queda claro que la soldado es, en realidad, Shanty.

—Hola, capitana —ronronea—. ¿Me presentas a tu amiga?

Me muerdo la lengua al descubrir que Vataea se ha puesto tensa por la sorpresa, pero la expresión de la sirena se convierte rápidamente en curiosidad. Sus ojos se toman su tiempo para analizar a Shanty de arriba abajo.

—Vataea —se presenta, pero sin dejar de cruzar los brazos ni ofrecer la mano.

—Tú debes ser la sirena. —Shanty sí ofrece la mano y sonríe con descaro cuando Vataea se la acepta—. Yo soy Shanty.

—Ella es quien nos indicó dónde encontrarte —añado—. Usa magia ikaerí de un modo que yo nunca había visto antes. Se autodenomina «cambiacaras».

—Ya no solo cambio mi cara —me corrige Shanty—. Ahora también puedo encantar partes de mi cuerpo. Me sale mejor con la de arriba que con la de abajo, pero progreso adecuadamente.

Cuando conocí a Shanty, estaba escondida en el Club Barracuda de Ikae. Entonces, rodeada de las luces de neón y como líder de una banda que no dudaría en rebanarnos el pescuezo si ella se lo ordenara, me pareció peligrosa, pero ahora que el sol asoma entre la niebla, me sorprende lo normal que es su aspecto.

Shanty es más baja de lo que recordaba, apenas me llega al hombro y, aunque el tono de rojo que prefiere para sus ojos me inquieta, es bastante accesible. Lista e implacable, Shanty también es bella. Sus mejillas redondas y rosadas y una sonrisa mentirosa convencen al mundo de que no representa una amenaza. Es el tipo de chica por el que la gente se siente atraída sin saber exactamente por qué, ese tipo de persona en quien confías enseguida, aunque también te traicionaría a la primera de cambio si se diera la ocasión.

Perdoné los crímenes pasados de Shanty y de las barracudas como agradecimiento por habernos ayudado a encontrar a Vataea, pero eso fue antes de saber que eran mercenarios. Por mucho que Shanty sepa que la vigilo de cerca, ni una parte de mí cree que las barracudas hayan dejado de aceptar encargos.

—¿Esperamos a alguien más? —pregunta Vataea mientras los soldados terminan de subir el equipaje a bordo, y yo echo un vistazo a la cubierta para contar mi tripulación: Ferrick, Casem, Vataea, Shanty, Bastian y yo. Seis personas, lo cual, en condiciones normales, no bastaría para manejar un barco de este tamaño. Pero es la tripulación perfecta.

Un curador.

Un comunicador telepático que también domina el aire.

Una sirena que puede manipular las mareas con una canción.

Una cambiacaras.

Un pirata con magia de maleficios y la magia que yo poseía antes.

Y… yo, quien, sin magia y con el único mérito de saber cómo y dónde apuñalar a alguien con la máxima eficacia, no aporto nada a las habilidades de la tripulación.

Pero eso es precisamente lo que voy a remediar.

Cuando recogemos la rampa de la *Presa de Quilla*, los soldados vuelven a la orilla y nos despiden y nos desean suerte, y Bastian se pone frente al timón.

—¿Primera parada?

Apenas puede esconder la esperanza en su voz. Aunque sé que lo que más desea es que regresemos a Zudoh, primero debo seguir la pista de Blarthe y descubrir todo lo que pueda sobre el artefacto.

—Rumbo a Kerost.

Bastian asiente y hace girar el timón.

—Vataea, eso significa que navegamos hacia el suroeste. Es un largo viaje, así que, si haces los honores…

La sirena toma posición rápidamente en la proa. Se apoya en la barandilla y se pone a cantar en un tono de voz tan bajo que, al principio, parece un susurro. Pero a medida que las olas se encrespan, su canto va subiendo de volumen hasta que el agua prácticamente se ha hecho con el control de la nave. La primera sacudida me hace salir disparada hacia Ferrick, que me atrapa mientras intenta mantener el equilibrio.

—Por todos los dioses —masculla, y me doy cuenta de que su rostro ha adquirido una tonalidad verdosa.

Ferrick casi me deja caer en la cubierta y sale corriendo hacia la barandilla. Llega a tiempo por los pelos. Bastian lo mira y pone los ojos en blanco. A pesar de todo, estoy contenta.

A pesar de todo lo que ha sucedido, me dejo envolver por este sentimiento porque, por primera vez desde el verano, por fin me siento en casa.

CAPÍTULO DIEZ

No soy consciente de que esto es real hasta que Arida desaparece en el horizonte y el mar se hunde bajo mi piel.

A medida que me acostumbro al aire húmedo, el feroz viento me despeina los rizos y me tengo que proteger con el abrigo. Miro la boya, que flota detrás de nosotros, y mi pecho se hincha con una sensación que casi no reconozco: la libertad. Ya no estoy enjaulada en Arida, sino en mar abierto, preparada para una nueva aventura.

La tripulación se relaja en la cubierta. Casem y Bastian planean la ruta mientras Shanty, apoyada contra el mástil, usa la magia de encantamientos para alterar una y otra vez el color de sus uñas, sin decidirse por uno en concreto.

A su lado, Vataea tiene la cabeza echada para atrás, disfrutando de la tenue luz del sol, y come arenques en escabeche con moderación de un tarro de cristal mientras Ferrick juguetea con los dedos y busca el coraje para hablar con ella.

Vataea lo ve con el rabillo del ojo y la diversión le dibuja una sonrisa en los labios. Ofrece el tarro a Ferrick.

—¿Un arenque?

Se me remueve el estómago cuando una aleta desaparece entre sus labios. La sirena suelta un gemido de satisfacción antes de comerse otro.

—Sí, gracias —dice Ferrick, aclarándose la garganta. Acepta el pescado y no duda en clavarle un mordisco. Al hacerlo, un escalofrío recorre su cuerpo y mi amigo se ve obligado a disimular su asco tosiendo en la manga de su abrigo—. ¡Delicioso! —jadea, y se obliga a terminarse el arenque entero por educación—. Algo… salado.

Tomo un poco de carne seca para disimular mi risa y me dirijo a la proa para dejar que charlen a solas. Hoy, la *Presa de Quilla* está guerrera. Cabalga por las olas invernales y la nave se sacude lo suficiente como para obligarme a agarrarme a la barandilla si quiero mantener el equilibrio mientras contemplo el horizonte.

«Algún día haremos un viaje juntos», me dijo Padre una vez mientras me bajaba a rastras de un barco en el que yo había intentado viajar de polizón. «Te enseñaré el reino entero, cada joya y cada uno de los secretos que hay en él».

Cierro los ojos e intento recordar cómo era apoyarse sobre su pecho. Con cada día que pasa persigo todavía más el recuerdo de Padre, su sonrisa o el sonido de su risa, que parece evitarme. Cuanto más intento mantener viva su memoria, más se distorsiona su imagen en mi cabeza.

La sangre impregna su chaleco y llega a mis manos, tiñéndolas de carmesí. Padre me suelta mientras la sangre mana de su boca y las sombras surgen como humo de las cuencas de sus ojos, ocultando su rostro. Detrás de él se levanta un ejército de visidianos muertos. Todos me miran intensamente, sin pestañear. Reconozco algunas de las caras de la masacre en Arida el verano pasado. En el lugar donde deberían estar sus ojos hay agujeros llenos de sangre que fluye como un río por sus mejillas.

Intento alcanzar a Padre mientras la sangre me rodea, pero cada vez que me echo hacia delante, los muertos lo apartan de mí. Su rabia retumba en mis huesos con un sonido tan penetrante que me podría abrir la cabeza.

Saben lo que los Montara les han hecho y las mentiras que ocultaba Padre. Saben que es culpa nuestra.

Lo último que veo es a Padre, agarrándose el estómago con una mano, mientras la otra me busca entre los muertos que lo sujetan. Con todas mis fuerzas intento avanzar hacia él y grito cuando los muertos lo devoran.

Por mi culpa Padre está muerto.

Por mi culpa todos ellos están muertos.

Por mi culpa…

—¿Amora?

La voz hace desaparecer la imagen de Padre y yo abro los ojos. Mis manos tiemblan por la fuerza con la que están agarradas a la barandilla, mis uñas están clavadas en la madera medio astillada. Oigo un jadeo entrecortado y no me doy cuenta de que soy yo quien lo produce hasta que alguien pone una mano en mi espalda y otra sobre mi hombro.

—Dioses… Respira, ¿sí? Intenta respirar. —Es una voz femenina, pero no lo bastante cantarina para ser la de Vataea. Apenas me concentro, pero hago todo lo que puedo para obedecer a Shanty—. Bien. Escucha mi voz.

Espero que siga pidiéndome que respire, pero, en vez de eso, me sorprende con una canción en voz baja. Al prestar atención, reconozco que se trata de una canción marinera muy popular.

Su voz no se parece en nada a la de Vataea. Es como un barco arrastrándose por la arena, completamente desafinada. Pero el conocido ritmo de la melodía late en mi cabeza y lo sigo.

Cuando la canción termina, vuelvo a ver con claridad y Shanty deja de sujetarme. Seguramente ella es el único motivo por el cual todavía estoy en pie.

—Gracias —consigo decir con la respiración entrecortada.

Dejo que las olas me arrullen otra vez y me tranquilicen. Poco a poco, el dolor de los recuerdos se desvanece. Sigue ahí, como un peso constante, pero más ligero que antes. A mi lado, Shanty se apoya en la barandilla.

—No tienes que dármelas. Ya sé que ahora no te lo parece, pero todo esto mejorará. Puede que tarde lo suyo, y puede que no se vaya del todo, pero mejorará.

Me quedo petrificada, casi tengo miedo de preguntar.

—¿A ti también te ha pasado?

Shanty mira hacia atrás, asegurándose de que nadie la oye, antes de pronunciar estas palabras:

—Diría que sufrimos por razones distintas, pero sé lo sofocante que es cuando parece que mis razones me sobrepasan. Ya no me ocurre tan a menudo, pero, en mi caso, la música me ayuda. Normalmente, si es una canción que me sé de memoria, me puedo concentrar en la letra en vez de en los recuerdos. Como mis pensamientos en ocasiones pueden llegar a ser muy oscuros, intento engañarlos para que se conviertan en algo más alegre.

Me sorprende lo cómoda que parece estar en el barco. Esperaba que se sintiera como un pez fuera del agua, pero, apoyada en la barandilla, se la ve relajada. Incluso ahora me cuesta entender quién es Shanty. Sé que no nos acompaña de buena fe, sino por la suma generosa que recibe por ayudar a una reina. Aun así, no parece que tenga motivos ocultos, sino que lo hubiera hecho por cualquiera que se encontrase en mi misma situación.

Siempre había visto a Shanty como una persona temible, alguien que no se inmuta por nada. Pero no es tan distinta a mí.

—No esperaba que vinieses —le digo con el tono de voz más alto que consigue emitir mi voz vacilante, apenas más fuerte que el viento—. ¿Las barracudas se apañarán sin ti?

—Las barracudas saben cuidar de sí mismas —responde—. Esto es un trabajo como cualquier otro. Saben que volveré con ellos y que, cuando lo haga, será con los bolsillos llenos.

Apoyo los brazos en la barandilla y pongo la cabeza encima.

—No cuentes a nadie lo que ha pasado, por favor. No lo entenderían.

Durante un instante no dice nada, y solo sé que no se ha ido porque noto la presencia de su cuerpo a mi lado. Finalmente, llega su respuesta:

—No soy yo quien debe contárselo, pero algunos de ellos te entenderían más de lo que crees.

—Has dicho que la situación mejoró para ti. —Me doy cuenta de que, detrás de ella, el resto de la tripulación nos mira disimuladamente, pero entre la distancia y el rugido del viento, dudo que hayan oído lo que ha sucedido—. ¿Cuándo?

—Cuando dejé de huir de ello —responde Shanty con un rastro de afecto en su voz—. Fue gracias a las barracudas. Me ayudaron a aceptar mi pasado cuando me agoté de huir.

Una vez más, mis huesos se ponen tensos. Un escalofrío me recorre la espalda y me sacude, aunque lo atribuyo simplemente al viento.

—¿Qué te parece si vamos a desayunar? —insiste Shanty—. Casem nos estaba contando los consejos para impresionar a los pretendientes que le está enviando tu madre y que se convertirán en una de las sensaciones del año en Visidia. De verdad, ven y escúchalos.

—Voy enseguida —digo—. Dame un segundo.

—Por supuesto.

Antes de irse, me aprieta el hombro de una manera que me encoge el corazón y me recuerda intensamente a Padre. En su ausencia, reflexiono sobre lo que ha dicho.

«Fue gracias a las barracudas».

Y yo tengo a mi tripulación, pero Shanty se equivoca. Ya están lo bastante frustrados conmigo y con la forma en que me las he tenido que apañar con el maleficio. Nunca lo entenderían.

«Dejé de huir».

Pero, para mí, esto no es una opción. Tengo las manos manchadas con la sangre de todos los que murieron en Arida la noche del ataque de Kaven. Están manchadas con la sangre de mi padre.

Si dejase de huir, significaría aceptar que solo tengo media alma y que la magia espiritual nunca me volverá a pertenecer, ni tampoco a Visidia.

Hasta que encuentre el artefacto, hasta que haya hecho todo lo que pueda para pagar por el daño que he causado a Visidia, no me puedo detener. No habrá perdón ni olvido.

De momento, debo seguir huyendo.

CAPÍTULO ONCE

Una vez hemos puesto rumbo a nuestro destino, bajo al camarote que Vataea y yo compartiremos y empiezo a deshacer mi equipaje. Con nostalgia, paso los dedos entre las cuerdas de mi hamaca, recordando la primera noche que dormí en alta mar. El principio de un viaje que me dio todo lo que quería a la vez que me quitó lo que más quería en el mundo.

Me detengo en seco al oír las suaves pisadas de unas botas por las escaleras y sé que se trata de Bastian incluso antes de que llegue con una segunda hamaca en las manos. Nuestros ojos se cruzan, pero él sigue su camino sin mediar palabra. Me estremezco con el sonido del primer martillazo con el que clava la tela a la *Presa de Quilla*.

Observo la tensión en su cuerpo y la rabia de sus golpes y sé que ha llegado el momento de contarle la verdad: que estoy aquí para buscar un artefacto que podría romper nuestro maleficio, no para encontrar marido. Pero justo cuando las palabras quieren salir de mi boca, Bastian rompe el silencio:

—Esto habría sido increíblemente doloroso el verano pasado.

Se seca el sudor de la frente y fija otro clavo a la madera. Tardo un instante en entender que se refiere a su maldición anterior, la que vinculaba su alma a la *Presa de Quilla*, y me siento delante de él con una mano encima de la otra.

—Supongo que te alegras de haber dejado de estar vinculado a tu barco.

Por los dioses. Como si hablar de trivialidades no fuera lo bastante malo de por sí, hacerlo con Bastian me provoca ganas de arrancarme un brazo. El suspiro que suelta Bastian casi suena a risa, pero demasiado amarga.

—Prefiero mil veces mi maleficio anterior, Amora.

«Díselo», insiste una voz en mi cabeza. «Cuéntale la verdad». Pero gana la duda e ignoro a la voz.

—¿Por eso nunca deshiciste las maletas? Los soldados apenas han subido equipaje tuyo a bordo.

Me siento estúpida por haberle preguntado eso. Quiero seguir ignorando a Bastian, como llevo haciendo desde el otoño. Pero querer algo y hacerlo son dos cosas por las que mi mente y mi cuerpo están en guerra, especialmente ahora que estamos confinados en un espacio tan reducido.

Sin dejar de clavar y sin quitar los ojos de su trabajo, Bastian responde:

—Era por si tenía que irme.

Me ponga tensa e intento reprimir la sorpresa.

—No puedes irte. ¿Qué pasa con nuestra maldición?

—No vamos a estar malditos para siempre. —Otro golpe de martillo—. Me estaba preparando para cuando encontremos la forma de romper el hechizo, y tú habías decidido que no me querías en Arida. Es imposible acomodarse en un sitio en el que tal vez no soy bienvenido.

Dejo de repicar ansiosamente con los dedos.

—¿Qué te hace pensar que no te quiero en Arida? Estaba convencida de que deseabas convertir Arida en tu nuevo hogar.

Finalmente, Bastian baja el martillo, pero su mirada es de agotamiento, sin rastro de la arrogancia que mostraba esta mañana en el puerto.

—¿Cómo puedo sentirme bienvenido si te esmeras tanto en evitarme, o si te apartas cuando intento tocarte? —Termina de colgar la hamaca de Vataea, se sienta en ella para comprobar su trabajo y se cubre la cara con las manos—. Zudoh es mi hogar. Si te molestases en escucharme ni siquiera cinco minutos, quizás te darías cuenta.

Estoy tensa, pero me doy cuenta de que no hay dureza en sus palabras. Las ha pronunciado en un tono llano y explicativo, y eso me basta para, por fin, relajarme un poco.

—Esta maldición también me afecta —continúa él—, y estaría bien que lo recordases. Vayas adonde vayas, no me queda más remedio que seguirte. Tanto si no puedes salir de Arida como si estás de gira por las islas con tus *pretendientes*, no olvides que yo también estoy ahí, aun si lo único que quiero es volver a Zudoh para ayudar a reparar el daño causado a mi tierra.

—¿Eso es *todo* lo que quieres?

Por todos los dioses, no sé por qué lo pregunto. Parte de mí quiere tragarse las palabras en el mismísimo instante que salen de mi boca, pero la otra parte quiere oírselo decir, porque no puedo frenar mis sentimientos. La rabia. El deseo.

La parte más despiadada de mí quiere saber que él siente lo mismo que yo.

«Díselo, Amora. Cuéntale la verdad».

—Sabes bien que no.

Bastian se levanta y se me corta la respiración cuando se me acerca. Cada paso hacia delante me hace recular hasta que estoy pegada a la pared, y estamos el uno frente al otro, pecho con pecho. Bastian apoya un brazo en la pared a la altura de mi cabeza y agacha la suya tan cerca de mi cara que noto su cálido aliento en mis labios. Sus ojos color almendra no se apartan de los míos ni una sola vez hasta que su mano se enreda entre mis rizos. Entonces, cierro los ojos y apoyo la cabeza contra la pared, mi cuerpo está a punto de romperse por el contacto físico y lo único que deseo es que me bese. Que me toque.

Estoy rígida, a la expectativa, pero no sucede nada. Me obligo a abrir los ojos y lo único que veo es que Bastian frunce el ceño.

—Te deseo. —Su voz se quiebra al decir esas palabras—. No sé si tú también me deseas. A tu lado, sería feliz en Arida, pero cada vez que me ves es como si prefirieses que yo no existiera. Pero ahora y aquí, en esta posición, no huyes. Así que dime de una vez qué intentas decirme con esto.

Se aparta y el pecho me duele por la separación, pero ahora que vuelve a haber distancia entre nosotros, mi mente deja de estar nublada y puedo volver a pensar con claridad.

—Dime qué quieres que haga y lo haré —insiste él—. Movería montañas por ti. Te bajaría las estrellas solo para que pudieras tocarlas. Pero si no es eso lo que quieres, por favor, dímelo ahora porque entonces dejaré de anhelarte. Hago lo que puedo, Amora, pero tienes que decirme qué es lo que quieres.

Son palabras que no había oído nunca. Palabras que me provocan un vuelco en el corazón, un aumento de la presión sanguínea. Una sensación sobrecogedora que en este instante es frágil y que podría romperlo todo con un solo movimiento equivocado.

—Ojalá fuera así de sencillo. —No es lo que quiero decir, sino lo que debo—. Siento cosas por ti que nunca había sentido por nadie más, pero parte de mi alma está *dentro de tu cuerpo*, Bastian. ¿Cómo puedo estar segura de que todo esto es real?

—Porque ha sido real desde el momento en que nos conocimos —dice él con determinación—. Sé que sentiste la misma llama que yo. No me refiero a nuestro primer beso, ni al segundo, ni a cuando casi nos acostamos en Zudoh. Los dos sentimos algo desde mucho antes de la maldición.

Tiene razón y, aunque quiero admitirlo, en el fondo sé que no es exactamente lo mismo. No estaré con alguien que bajaría las estrellas por mí si yo no puedo darle la luna. Si no estoy entera, no puedo estar con nadie.

Es mi última oportunidad para contarle la verdad, pero Bastian es una marea que no deja de arrastrarme, y tengo que mantenerme firme como un ancla. Quiero que sienta cómo crece la distancia entre nosotros porque no permitiré que este chico me haga suya. Si esto es lo que debo hacer para que se dé cuenta, así sea.

—Ojalá pudiera confiar en esos sentimientos. —Me veo obligada a arrancar cada palabra de mi interior. Cada una está dentada y me destruye por dentro—. Pero siempre que estoy a tu lado siento que te pertenezco, y no me parece bien vivir así.

Bastian se aparta y se pasa una mano por la boca y la barba incipiente. Me sorprende lo mayor que parece. Las ojeras se le han marcado más desde que perdió a su hermano y su mandíbula se ha convertido en acero. Siempre he considerado a Bastian fuerte, pero ahora está más musculado, sobre todo en la zona de los hombros.

Nadie miraría a Bastian y lo llamaría «chico». Durante el tiempo que lo he ignorado se ha convertido en un hombre, y ahora brilla una llama en los ojos de este hombre.

—No soy idiota, Amora —dice con voz fría como el hielo, y arruga la nariz como si hubiera probado un vino nuevo y no le hubiera gustado—. Si creyeras que sentar la cabeza es lo mejor para el reino, no habrías roto tu compromiso con Ferrick. Él es todo lo que Visidia busca en un rey.

Se me encoge el corazón. Sé que esta es mi oportunidad para contarle la verdad, pero... no consigo pronunciar las palabras. No quiero que sepa que hay una posibilidad de romper el hechizo. No quiero que sepa qué es lo que busco, porque no necesito su opinión. Bastian ya tiene suficiente poder sobre mí. Si le cuento la verdad, es como darle la llave de mi corazón. Compartiríamos este viaje.

Y no estoy segura de si estoy preparada.

—Te conozco lo bastante como para saber que me ocultas algo —dice él—. Sé que hay algo que no me estás contando, pero jugaré según tus reglas y espero que lo intentes en serio con los pretendientes, porque te llevarás una decepción tan grande cuando te des cuenta de que ninguno de ellos soy yo. —Su confianza aumenta a medida que habla—. Ellos nunca te harán sentir ni una parte de lo que yo te hago sentir.

Su arrogancia pirata vuelve cuando se acerca a mí. Un pie, el otro, y su mano acaba en mi cintura. Al principio, duda y me da la oportunidad de escapar, pero me tiemblan las rodillas y apenas puedo mantenerme en pie. Lo último que quiero es que me suelte.

—Y si encuentras a alguien que lo haga —ronronea—, dejaré de intentarlo. Aceptaremos que una parte de lo que sientes por mí es por el hechizo. Pero ¿la otra mitad? A esa la llamaré «real». Y si ahí fuera hay alguien capaz de hacerte sentir más de esa mitad, no intentaré evitar que estés con esa persona. Quiero que seas feliz —dice, agachándose hasta que su frente se apoya en la mía y la calidez de sus palabras me rozan los labios—, como esto es un juego, añadiré una nueva regla: voy a participar en él. Todo lo que hagan esos tipos para procurar seducirte, yo también lo podré hacer.

Sin saber si todavía respiro, cierro los puños y los apoyo contra la pared para que mis manos no me traicionen y lo toquen.

—Sedúceme pues —digo con sorna y, a la vez, haciendo todo lo que puedo para evitar que note cuánto poder tiene sobre mí—. Como si fuera tan fácil…

—Amora —interrumpe, y el sonido de mi nombre me frena en seco—. No queda nadie en mi familia. Mi hermano destruyó mi hogar y sin embargo no puedo volver a Zudoh para ayudar a mi gente porque la maldición me vincula a ti. Tu magia corre por mis venas y, como no soy un Montara, no tengo ni la más remota idea de cuánto tiempo podré contenerlo, o de qué me hará. No eres la única afectada.

»Como seguro que comprendes —continúa—, he vivido momentos mejores. Aun así, nunca te he pedido nada porque sé que has estado sometida a muchísima presión. Por todas las estrellas, la *siento* en mí. Solo tengo una petición, y es esta. No necesito ningún favor especial. Guárdate tus secretos, me da igual. Pero si vamos a mantener esta farsa, quiero una oportunidad, y quiero que sea justa. Por favor, dámela.

No puedo rebatir este argumento, por mucho que me esmere. Quiero mantener la distancia con Bastian, pero tiene razón: no se merece que lo trate como he hecho hasta ahora. No es culpa suya que estemos malditos. Nada de esto es culpa suya.

Es por mi culpa.

Pero esta vez tengo la oportunidad de remediar mis errores, de arreglarlo todo. Y si quiero que suceda, debo poner fin a estas riñas constantes con Bastian.

—Está bien —cedo al fin, obligándome a pronunciar las palabras—. Puedes participar en cualquiera de las actividades para los pretendientes, sea lo que sea.

—Perfecto.

Bastian disimula el alivio en su voz con una sonrisa y se separa de mí para recoger el martillo. Mis labios se enfrían y se quedan entumecidos cuando él se dirige hacia la puerta.

Por encima del hombro, Bastian me guiña el ojo, descolocándome completamente.

—Me alegro de que por fin estemos de acuerdo en algo. Que descanses, princesa.

CAPÍTULO
DOCE

Entre la velocidad de la *Presa de Quilla*, la fuerza de Casem para manipular el viento a favor de las velas y la magia de Vataea para doblegar la voluntad de las olas e impulsarnos, alcanzamos Kerost en poco más de dos días.

El aire es cortante y frío cuando llegamos y me araña el rostro, lo cual me recuerda la última vez que estuvimos aquí. El verano pasado se percibían signos de que algo no iba bien en el reino, pero no fue hasta que pisé la playa de piedra de Kerost, donde nos recibió un coro de martillazos, que entendí hasta qué punto se había deteriorado mi reino.

Por suerte, las cosas han mejorado. El repicar de martillos ya no impregna el aire, sino que oigo voces tristes y risas.

Los muelles, antes marchitos y olvidados, están llenos de barcos con estandartes esmeralda y rubí. En la costa hay curmaneses que hacen levitar objetos y valukeños con el poder de controlar los elementos, y usan su magia para reconstruir la isla, como ordené cuando subí al trono. Mientras bajamos la pasarela de la *Presa de Quilla*, el pecho se me hincha de orgullo, un sentimiento extraño teniendo en cuenta que en nuestra última aventura solo usamos la escalerilla por si teníamos que salir corriendo en un momento dado.

—¡Mirad cuánto ha cambiado!

Mientras nos acercamos a tierra firme, la satisfacción se apodera de mí. El suelo que pisamos es pavimento sólido y fresco en lugar de las piedras agrietadas y partidas que recordaba. La última vez que vi Kerost, era devastadoramente pobre y Blarthe se había abalanzado sobre ella para aprovecharse de sus ciudadanos. A cambio de las herramientas que los kers necesitaban para reconstruir su isla, Blarthe les robaba tiempo de vida. Pero los materiales que les daba no eran lo bastante fuertes para resistir las inclementes tormentas que azotan la isla cada pocos años.

Pero ahora están aprendiendo las habilidades que necesitan para sobrevivir.

También hay un pequeño grupo de maestros herreros de Valuka que ha viajado hasta Kerost y usa su afinidad con la tierra para reforzar las estructuras y que la isla resista mejor las tormentas.

Cerca de la playa, al otro lado de los muelles, otros valukeños imparten a los kers una clase de manipulación del agua. Sus movimientos parecen una danza elegante y me acabo apartando de mi tripulación para acercarme y escuchar lo que dicen.

—Muchos llaman erróneamente al agua el más amable de los elementos —explica una niña valukeña. Aunque es más joven que el resto, sus movimientos son de lejos los más gráciles y precisos—. Pero no es cierto. El agua puede ser feroz. Puede ser rebelde. Si desde el principio pensáis que podéis dominarla, nunca aprenderéis. Debéis pensar en ella como una extensión de vuestro cuerpo.

La niña levanta las manos y el agua marina asciende en espiral en un arco por encima de su cabeza. Cuando ella baja las manos, el agua la sigue. La niña clava un pie en la arena y hace pequeños círculos. El agua imita su elegante danza y crece hasta convertirse en un torbellino en el centro del cual está la chica. Casi no alcanzo a ver su mano alzada en el remolino pero, cuando la deja caer, el agua cae al mar con un golpe seco.

Los kers aplauden entusiasmados, les brillan los ojos por la emoción y las ganas de aprender por fin este nuevo tipo de magia.

—Venid conmigo a la orilla —indica la niña—. Vamos a empezar con los primeros pasos…

Observar cómo se colocan me causa un placer profundo. Esto es lo que Kerost necesitaba. Si hubieran tenido la oportunidad de aprender varios tipos de magia años atrás, se podrían haber ahorrado gran parte de su dolor y sufrimiento.

Por lo menos ahora sí los están aprendiendo.

Aun así, a pesar de todo lo que hay en Kerost, es imposible no darse cuenta de lo que falta.

No hay ninguna ceremonia de bienvenida para la *Presa de Quilla*, ni estandartes, ni consejeros reales o kers que esperen para recibirme y llevarme rápidamente a sus pretendientes.

Sería fácil pensar que la isla no sabía que yo llegaría hoy, pero estaba junto a Madre durante los preparativos y sé que una cosa así no se le pasaría por alto.

Reconozco a uno de los kers que entrenan: se trata de Armin, el chico que conocimos en nuestra primera visita a Kerost. Nos pasamos horas martilleando a su lado, después de lo cual Ferrick curó las manos heridas de Armin. Él no nos ve, pero la mujer mayor que lo observa desde una roca curtida por el mar, sí. Me da un salto el corazón cuando sus amargos ojos verdes me penetran y por un instante me quedo petrificada, con los puños cerrados, porque recuerdo sus últimas palabras:

«La próxima vez que vengas, hazlo con una flota».

Y cuando subí al trono, eso fue lo que le envié.

La mujer tiene la barbilla alzada en un gesto orgulloso y me sobresalto al detectar el brillante emblema dorado en el hombro de su capa amatista. Es la consejera de Kerost, la que no vino a la reunión en Arida. Y me espera.

—Quedaos aquí —ordeno a mis compañeros, pero Casem reacciona rápidamente.

—No podemos dejarte sola, Amora. Es peligroso.

Le dedico un ceño muy fruncido, pero él no se inmuta.

—Ella es la *consejera* —protesto.

—Y yo, tu guardián —dice él con los brazos cruzados, pero apartando la mirada—. Algo no está bien y es mi deber protegerte.

El tono de su voz me basta para leer entre líneas. Se me hace un nudo en el estómago cuando por fin me doy cuenta de lo que significa.

El padre de Casem, Olin, era el mejor amigo de Padre y en quien más confiaba, hasta que Olin lo traicionó. No le guardo rencor a Casem, que no descubrió que su padre se había unido a Kaven hasta que fue demasiado tarde. Como responsable de la muerte de tantos, solo puedo sentir empatía.

—Tú no eres tu padre —digo en voz baja, y Casem relaja los hombros—. Y yo no soy el mío. Estoy aquí para que mi pueblo me conozca. Deben percibir que he bajado la guardia a su alrededor y eso no ocurrirá si me sigues como una sombra. Llevo años aprendiendo a luchar contigo, Casem. ¿Crees que me has enseñado bien?

Su cara adopta una expresión confusa.

—P-por supuesto que…

—Pues deja de preocuparte por mí. Con o sin magia, sé cuidar de mí misma.

Casem aprieta los dientes pero al fin agacha la cabeza, admitiendo su derrota, y vuelve con el grupo. Ahora que tengo su consentimiento, sigo la línea de la costa hasta un acantilado arenoso hasta la consejera de Kerost. Durante el rato que he tardado en subir, me ha hecho sitio en la roca para que pueda sentarme. Lo acepto en silencio.

—O sea que ahora eres nuestra reina —rompe el silencio al cabo de unos instantes sin dejar de observar al chico, que deduzco que es su nieto.

—Lo soy. —No sé por qué estas palabras me chirrían, o por qué los nervios me comen por dentro—. Y parece que tú eres la nueva consejera.

El título provoca que se le tuerzan los labios de una forma tan feroz que me estremezco.

—No lo decidí yo, sino los que se han quedado en Kerost.

Ahora son mis labios los que se tuercen. Como en la familia Montara, los consejeros normalmente provienen del mismo linaje, pero no tengo que preguntar para saber que, fuera quien fuera, el último consejero murió durante la última tormenta. Kerost debe haber improvisado a la hora de escoger un nuevo gobernante.

Por lo menos esta mujer parece adecuada para el cargo.

—Me hubiera gustado verte en la reunión del consejo —digo, escogiendo las palabras con sumo cuidado, consciente de lo delicada que es la situación—. Nunca me dijiste tu nombre.

—Ephra Tost —responde ella, seca como una roca y sin dejar de mirar hacia delante.

Me doy cuenta de lo lentos que son los movimientos de Ephra. La última vez que la vi, usaba la magia temporal para acelerar su cuerpo. Ahora cada uno de sus movimientos parecen deliberados, pausados y dolorosos. Aunque es una anciana, su pelo es mucho más gris y su piel está más arrugada de lo que le corresponde por edad. Al verla, tengo que admitir que, a pesar de que Kerost por fin podría conseguir la estabilidad, llegué demasiado tarde. Demasiado tiempo fue robado a demasiada gente, y nunca lo recuperarán. Por mucho que me esfuerce, les he fallado. Pero cuando me dispongo a disculparme, lady Tost extiende una mano temblorosa y la coloca en mi regazo para coger la mía.

—Lo hiciste bien —dice sin quitar la vista de su nieto, sin mirarme directamente—. En dos estaciones has hecho más por mi gente que cualquier alto animante en toda una vida. —Intento apartar la mano con unas ganas crecientes de protestar, pero ella no me suelta—. Mi hijo y su mujer murieron durante una tormenta que destruyó su casa y todo lo que había dentro. Solo sobrevivió Armin. Estaba atrapado bajo sus cuerpos y, cuando lo encontré, lloraba.

Ephra señala al chico con la cabeza, que cae a la arena de la playa cuando el agua que intentaba manipular lo golpea en la cara con violencia.

—A pesar de ello, me temo que para Kerost no resulta fácil perdonarte —continúa lady Tost—. Nos hubiera bastado que alguien nos diera las herramientas necesarias para cuidar de nosotros mismos. Por eso no podía ir a Arida. Aunque te agradezco que finalmente fueses tú quien nos proporcionó las herramientas, no queremos que nos den instrucciones sobre cómo usarlas. Sé por qué estás aquí, lo sé todo sobre el marido que debes encontrar, pero te he invitado para que contemples nuestro progreso, no para celebrar tras tantísimo sufrimiento. Mientras te paseas por la isla con los pretendientes, seguiremos concentrados en reparar nuestro hogar. Kerost no quiere participar en esta farsa.

Cada palabra se convierte en veneno que se esparce por mi cuerpo. Consigo liberar mi mano de la suya, pero los nervios se han enrollado alrededor de mi garganta como serpientes.

Entiendo por qué lo dice: nos demoramos demasiado y provocamos mucho dolor a Kerost por ello. Si estuviera en su lugar, yo haría lo mismo por mi isla. Exigiría un trato mejor, igual que ella.

Pero no soy Ephra. Soy la reina de Visidia y mi plan de viajar por las islas para encontrar el legendario artefacto ya ha sufrido la primera interrupción, y ni siquiera llevamos una hora en tierra firme.

Si voy a seguir por este camino, no puedo permitir que el resto de Visidia sepa que Kerost me ha rechazado, o que crean que pueden tratarme del mismo modo con impunidad. Y está claro que no puedo irme de la isla hasta que haya descubierto algo sobre Ornell, la única persona que tiene información sobre el artefacto que busco.

—No espero que me perdonéis tan pronto —digo con torpeza por la tensión acumulada en mis hombros—. Y entiendo que no queráis participar, aunque te aseguro que no tengo intención de desfilar. Pero si me has invitado para que observe el progreso de esta isla, espero que también permitas que mi tripulación y yo pasemos aquí la noche. Me gustaría comprobar cómo van las cosas por Kerost.

El soplido de Ephra suena triste.

—No puedo evitar que la reina se quede tanto tiempo como desee, todavía no nos hemos independizado de Visidia. Haz lo que quieras. Pero debes saber que Kerost ya no es como antes, y creo que tú también notarás que se ha transformado por completo. Me atrevería a decir que la influencia de Blarthe en la isla nos ha dejado algo bueno.

Frunzo el ceño.

—¿A qué te refieres?

Me da unos golpecitos afectuosos en el regazo antes de colocar sus manos encima del suyo.

—¿Por qué no te pasas por Vicio?

Lo dice con tanta seguridad que parece que la reina sea ella. Le doy las gracias y deshago el camino por el acantilado hasta la costa, donde me espera mi tripulación.

Vataea es la primera que me divisa. Sus ojos van de un lado a otro de la playa y su cuerpo está en tensión, preparado para saltar en cualquier momento. Aunque no lo ha dicho, me imagino que volver a la isla donde la obligaron a vivir durante tanto tiempo debe ser un tormento para ella.

—¿Estás bien? —le pregunto en voz baja—. Nadie te juzgará si prefieres quedarte en la *Presa de Quilla*.

La sirena sacude la cabeza y dice:

—Si ese maldito bastardo todavía se esconde en Kerost, quiero ser la primera en encontrarlo.

Ferrick traga saliva en un gesto nervioso y le clavo una mirada amenazadora para que no diga nada. Le contaré la verdad a Vataea, pero solo cuando haya encontrado el artefacto.

—Si cambias de opinión, puedes irte cuando quieras, pero de momento parece que tenemos que ir a Vicio. •

No es nada fácil navegar hasta Kerost, en comparación con el resto de islas. Está situada en el extremo suroeste del reino y no cuenta con paisajes espectaculares como los hermosos jardines de Arida, los volcanes y las aguas termales de Valuka o el glamur extremado de Mornute. También es la isla más pequeña de Visidia, y sin atractivo natural, nunca ha sido un sitio de paso para los viajeros. Pero a medida que subimos por la colina hacia Vicio, cada vez es más evidente que Kerost ya no es lo que era antes.

—Por el amor de todos los dioses, ¿qué…?

Estoy tan sorprendida como Ferrick. Nos vemos obligados a juntarnos más para no perdernos entre la multitud que deambula por las calles. Para intentar evitar que me reconozcan, me oculto bien bajo la capa, a la que Shanty ha hecho un encantamiento para que se vea amatista en vez de zafiro, y me subo la capucha.

—¡BILLAR Y *BLACKJACK*! —anuncia una mujer que lleva un ajustado vestido de color amatista. La falda es tan corta por delante que me sube la temperatura. Nunca había visto a nadie lo bastante atrevido para llevar una cosa así. El resto de mi tripulación la mira sin vergüenza alguna, y me aclaro la garganta cuando la mujer grita—: ¡Entrad a probar suerte en el billar y en el *blackjack*!

Al lado de una estructura acabada de edificar, otra mujer capta la atención de la multitud con el mismo entusiasmo:

—¡Señoras, tenemos a los hombres más guapos de todo el reino y están preparados para servirlas! —Pasa los brazos alrededor de dos chicas que se han detenido y, con un gesto ensayado, intenta hacer que entren—. ¡Vamos, pasen y vean! ¡Por aquí!

Al otro extremo de la calle, los clientes de una taberna levantan sus jarras de cerveza en el aire para brindar entre sonoras risas. Tienen la piel enrojecida y los ojos inyectados de sangre, y gritan apuestas en lo que parece ser una carrera.

La mayoría de los transeúntes de las calles de Kerost llevan ropa del característico morado amatista que los identifica como residentes de la isla, gente que en el pasado se especializaba exclusivamente en la magia temporal. Pero también hay decenas de personas con vestimenta de otros colores. Por los estilos suntuosos es fácil deducir que la mayoría son de Ikae. Parece que la última moda ikaerí son las nubes, que todos reproducen con tonos rosados, azul claro, lavanda y crema. Muchos me recuerdan a los pastelillos, pero uno de ellos va vestido como el cielo en plena tormenta. De vez en cuando un rayo cruza su traje, haciendo que adopte un llamativo tono amarillo. Otra mujer ikaerí solo va vestida de tul gris y me imagino que ahora también conoce la magia de Valuka, porque ha creado una pequeña nube personal que flota por encima de su cabeza y de la que cae una intensa lluvia, aunque ella no se moja.

Asimismo hay muchos valukeños e incluso algunos aridianos que entran y salen de los edificios de piedra gris. Algunos, intoxicados, tropiezan, mientras que otros gritan que les han robado el dinero y que los juegos están amañados.

En una esquina, un joven aprovecha la ocasión para charlar con un grupo de chicas. Al otro lado, un niño vende pilas de pergaminos con imágenes móviles.

—¡La reina Amora busca esposo! ¡Solo cuesta un fragmento de cristal marino! ¡Una ganga, damas y caballeros! ¡No se queden sin el suyo!

El bullicio de la calle me desorienta y Casem se acerca a mí con actitud protectora.

—Parece que la isla ahora es un centro de apuestas.

No hay malicia ni crítica en las palabras de Bastian, más bien parece impresionado. Sigo su dedo, que señala un cartel que reza «vicio». Desde la última vez que estuvimos en el escondite de Blarthe, han repintado el letrero con un fondo plateado y unas llamativas letras de color amatista. Las mujeres que entran en el establecimiento llevan vestidos cortos o trajes brillantes bajo sus capas, que cuelgan en la entrada, mientras que los hombres lucen su ropa más elegante. Todo es llamativo de una forma que no había visto nunca; es apabullante, ruidoso y, con tanto alcohol y dinero en el ambiente, no puede ser seguro.

—No os separéis —nos ordena Casem, rodeando la empuñadura de su espada con los dedos—. Este sitio es peligroso.

—Este sitio es increíble —protesto.

—Es *excepcional* —opina Shanty, quitándose la capucha y agachando la cabeza para que los clientes no se den cuenta del encantamiento que actúa sobre su cara cuando ella apoya dos dedos en sus mejillas.

Sus ojos son más suaves; su pelo, más largo, y sus labios, más carnosos y estrechos. Se ha transformado en una mujer con una dulce inocencia de la cual los hombres intentan aprovecharse. Sin embargo, el vestido que lleva bajo la capa es de todo menos inocente.

—Si me necesitáis —nos dice con una sonrisa tan pícara que empiezo a lamentar haberla perdonado—, estaré en las mesas, sangrando a la gente.

—Te refieres a sus bolsillos —pregunta Ferrick con el ceño fruncido—. ¿Verdad? Sangrarás sus bolsillos.

—Depende de cómo vaya la noche. —Sonríe Shanty.

Se despide de nosotros con un disimulado gesto con la mano y desaparece entre la multitud, lo cual me recuerda lo peligrosa que puede ser mi tripulación. Shanty podría amenazarme con un cuchillo en la garganta en un momento dado sin que yo la viera venir.

Aunque sabía que el cambio llegaría a Visidia tras la muerte de Padre, suponía que lo haría más despacio, que las islas requerirían más apoyo. Pero Shanty tiene razón: lo que los kers han hecho por su hogar es tan necesario como ingenioso. A la vez, es un recordatorio de la velocidad a la que evoluciona el reino y del poco control que ejerzo sobre ello.

Ahora que están aprendiendo a protegerse de las peores tormentas, ahora que están a salvo, lo único que les quedaba por decidir era cómo aumentar los ingresos.

Y lo han conseguido.

Por detrás de los edificios de piedra el sol se pone y el crepúsculo se extiende sin pausa. Las luces resplandecientes se encienden, bañando la noche con neones que parpadean y de los cuales es imposible apartar los ojos. A diferencia de los de Ikae, no pretenden ser un bello espectáculo de colores, sino deslumbrantes y tan exagerados que rozan el mal gusto. Y a su vez tienen un no sé qué magnético, emocionante.

Esto es precisamente lo que necesita Kerost. Es su atractivo, su oferta para que los turistas vengan a gastar su dinero. Han tomado lo que Blarthe les dio y se lo han hecho suyo. Creo que nunca había estado más orgullosa de mi pueblo.

Como Shanty, quisiera bajar por las calles iluminadas y explorar todo lo que ofrece esta ciudad. Quiero encontrar a Ornell. Pero con la tripulación vigilándome, no puedo hacerlo con total libertad.

Debo encontrar la manera de buscarlo sin que los demás sospechen. De momento, Ferrick es el único que sabe cuál es mi propósito real.

—Te encanta.

La voz de Bastian, suave y melancólica, capta mi atención.

—Es increíble.

No intento ocultarlo, lo llevo escrito en la cara. Esta es la parte del viaje que más me gusta: no solo ver a mi reino y a su gente, sino también descubrir cómo funciona cada isla. Descubrir sus costumbres y vivirlas en persona. Aunque lea sobre la moda ikaerí o las monstruosas montañas de Valuka miles de veces, no es comparable a experimentarlas.

—Cuánto han avanzado en apenas dos estaciones.

Una sonrisa se dibuja en los labios de Bastian, pero desaparece cuando divisa algo en una esquina de la calle. Apunta con la barbilla hacia la izquierda y, con disimulo, dirijo mi atención a un vendedor ambulante que se ha sentado cruzado de piernas en un extremo de un callejón estrecho. Delante de él hay mesa con tres tazas de metal y las va cambiando de sitio. Cuando levanta uno de los cubiletes y revela una diminuta concha, se congrega una multitud a su alrededor.

—No pierdas de vista la concha —dice el hombre a la chica que tiene sentada enfrente.

El hombre tapa la concha y empieza a mover los cubiletes, la chica se concentra y entorna los ojos. Al principio, los movimientos son lentos y fáciles de seguir, pero su magia temporal actúa y los cubiletes cambian de sitio a tanta velocidad que se difuminan.

Cuando el hombre frena el ritmo y los cubiletes se detienen, la determinación de la chica no disminuye. Con un exceso de confianza señala el cubilete del medio. El mercader frunce el ceño y, al levantar el recipiente, no hay nada debajo.

—Estabas cerca —dice él como si lo lamentase—. ¿Quieres intentarlo otra vez?

Ella acepta.

—Es imposible ganar —masculla Ferrick en voz baja mientras nos acercamos para verlo mejor—. ¡No se ve nada!

—Y aunque así fuera, tampoco ganarías —dice Bastian, que se ha cruzado de brazos y observa al mercader como si acabase de descubrir su secreto—. Cuando los cubiletes se detengan y ella escoja, fíjate en sus manos.

La chica señala el cubilete en el extremo derecho y, efectivamente, con un movimiento tan rápido que es apenas imperceptible, el hombre usa la magia valukeña para alterar el aire y que la concha pase del cubilete del medio al interior de su manga. Al destapar el cubilete, se encoge de hombros.

—Parece que hoy no es tu día.

—Pero juraría que… Entonces, ¿en qué cubilete está? —pregunta la chica, desconcertada.

Observo las manos del hombre, que se sirven de una mezcla de magia temporal ker y magia del aire valukeña para sacarse la concha de la manga y ponerla bajo el cubilete del medio a la velocidad de la luz antes de revelarla al completo.

Al no estar acostumbrada a presenciar el uso de varios tipos de magia con tanta fluidez, me da un vuelco el corazón. No es más que un truco, pero está claro que el hombre es muy hábil.

Derrotada, la chica gruñe y se pasa los dedos por el pelo en un gesto dramático.

—Era mi segunda opción. Pensaba que esta vez lo había adivinado.

Y ambas veces, tenía razón.

—Debes entrenar tus ojos para que sean tan agudos como los míos —dice el vendedor ambulante—. Vuelve a intentarlo, si quieres.

Aunque la chica parece dispuesta a sacrificar el dinero que le quede en los bolsillos para demostrar que es capaz de adivinarlo, yo no tengo intención de permitir que se arruine por un juego amañado. Además, necesito encontrar la forma de explorar la isla sin Bastian y Casem, y esta chica me ha dado una idea.

—¿Te apetece jugar, Vataea? —pregunto, haciendo caso omiso del gruñido frustrado de Casem.

A la sirena se le dibuja una sonrisa maliciosa en los labios y me coge del brazo.

—Pensaba que no me lo pedirías nunca.

—Un momento —protesta Ferrick al vernos avanzar—. ¿Me he perdido algo? ¿Qué estáis haciendo?

Bastian se encoge de hombros.

—He llegado a la conclusión de que lo mejor es seguirles el rollo, tío.

Las hebillas de sus botas chocan con un suave sonido metálico cuando nos sigue. Casem y Ferrick lo imitan al instante. Vataea y yo hacemos caso omiso de sus bufidos y comentarios molestos, y nos abrimos camino entre la multitud. No nos detenemos hasta que estamos justo enfrente de la mesa del hombre. Sus ojos se posan en mí con escepticismo.

—¿Podría intentarlo yo también? —pregunto con la voz más dulce de lo que soy capaz pero sin esperar la respuesta para sentarme.

La chica que estaba jugando quiere protestar, pero me bajo la capucha y dejo que la sorpresa haga efecto. No pasa mucho rato hasta que los cuchicheos y los murmullos se empiezan a esparcir por la ciudad como un incendio descontrolado.

Gracias a los rollos de pergamino, ahora toda Visidia sabe cómo es mi cara.

—¡Alteza! —La chica se levanta rápidamente y empieza a balbucear disculpas a la vez que hace una torpe reverencia antes de apartarse—. Por supuesto.

Vataea se sienta detrás de mí.

—¿La reina quiere jugar a *mi* juego?

El vendedor intenta mostrarse encantador, pero unas gotas de sudor se alinean en su labio superior. A tan poca distancia, me doy cuenta de que es más joven de lo que pensaba, tendrá unos catorce años, y es evidente que está calculando si vale la pena dejarme ganar. Sería una estupidez por su parte no hacerlo. Al fin y al cabo, soy la reina de Visidia. Una reina nunca puede quedar mal ante su pueblo.

Ver cómo suda me confirma que lo sabe, pero cuando pongo una moneda de oro macizo encima de la mesa, una sombra hambrienta oscurece sus ojos. Supongo que se debe ganar bastante bien la vida con esta estafa, pero una sola moneda de oro debe ser equivalente a las ganancias de toda una semana.

—No me des ventaja —le digo con seriedad.

El mercader asiente y me enseña que la concha sigue bajo el

cubilete del extremo derecho, y quiero que se quede ahí. Al fin y al cabo, las conchas vienen del mar. Y las sirenas gobiernan el mar.

Los cubiletes empiezan a desplazarse por la mesa, primero despacio, luego increíblemente deprisa. En el momento en que la magia temporal empieza a hacer efecto y él está a punto de guardarse la concha en la manga, Vataea empieza a cantar en voz muy baja detrás de mí para que, con la ayuda de su magia, la concha no se mueva. Durante todo el rato finjo estar muy concentrada en los cubiletes, pero resulta imposible cuando la velocidad aumenta. Mis ojos nunca han aprendido a seguir la magia temporal, e incluso si mi vida dependiera de ello, moriría antes de poder asegurar bajo qué taza se encuentra la concha. Sin embargo, Vataea está preparada.

Cuando los cubiletes dejan de moverse, la sirena me frota el brazo izquierdo con una uña, un gesto tan sutil que casi parece que mi cerebro se lo haya imaginado, y tan discreto que casi nadie se daría cuenta.

Señalo el cubilete de la izquierda.

—Lo lamento, alteza —dice el chico mientras lo levanta—. Me temo que habéis escogido…

La multitud estalla en gritos y la cara del vendedor se vuelve blanca cuando mira hacia abajo y descubre la concha.

Vataea aplaude con entusiasmo fingido. Yo no quito los ojos de encima del chico, que aprieta los puños bajo la mesa. Me devuelve la mirada y le respondo con una sonrisa remilgada que confirma sus sospechas.

Se lame los labios cortados, su frustración se hace evidente en los movimientos bruscos con los que busca algo bajo la mesa, y saca una bolsa llena de monedas.

—Vuestro premio.

Apenas puede contener la rabia en la voz. Me inclino hacia delante pero solo recojo mi moneda de oro.

—No necesito tu dinero. —Señalo el callejón oscuro y casi desierto que hay detrás de él, bloqueado por su mesa y lo bastante alejado de las brillantes luces y de oídos curiosos—. Pero me gustaría hablar contigo un momento, si no te importa.

Me pongo la capucha y me adentro en el callejón. El vendedor me sigue. Con actitud derrotada, Casem obedece mi orden de montar guardia en la entrada mientras el resto de mi tripulación espera cerca de la mesa y vigila atentamente que nadie intente algo raro.

De todos modos, nadie sería lo bastante estúpido para intentarlo. Todavía creen que poseo mi magia. Incluso sin ella no estoy completamente indefensa: tengo un puñal de acero colgado a un lado de mi cadera y, al otro, está *Rukan* dentro de la vaina.

—Por favor, alteza… —dice el chico con voz nerviosa—. Tengo dinero, si es lo que queréis, pero debo cuidar de mi familia. Mi hermana está enferma, mis padres donaron demasiado tiempo en la reconstrucción de nuestro hogar tras la tormenta. Perdonadme la…

Me acerco al chico y le tomo la mano. Es piel y huesos, llena de callos, una mano de obrero, pero la sujeto con suavidad entre las mías.

—Soy tu reina —interrumpo—, no tu comandante. Como he dicho antes, no quiero tu dinero. Pero debes tener cuidado con ese truco que haces. Si yo me he dado cuenta tan deprisa, otros también lo harán, y estarán más sobrios y serán más listos de lo que parecen.

Bajo la tenue luz de las lámparas de aceite, sus mejillas adquieren un tono rojizo.

—Es un buen truco —añado, esperando que así se relaje—. Pero ¿qué te parecería no tener que volver a hacerlo?

Se queda petrificado de tal manera que cuesta saber si todavía respira.

—No puedo parar. Necesito el dinero.

—¿Y si no necesitases el dinero?

Le pongo una moneda de oro en la palma de la mano sin dejar de observar sus expresiones cambiantes. Hay mucha confusión en sus ojos, pero nada sobrepasa la llama del hambre o la forma en que sus dedos agarran la moneda.

—¿Cómo te llamas? —le pregunto.

—Ronan —responde cuando aparto la mano, y duda de si meterse la moneda en el bolsillo por si cambio de opinión.

—Bien, Ronan. ¿Y si te dijera que tengo muchas más monedas de oro como esta? Digamos unas treinta. No tendrías que volver a cometer esta estafa tuya ni arriesgarte. Podrías cuidar de tu familia.

Ronan se seca el sudor de la frente con la manga. Finalmente, cierra el puño alrededor de la moneda de oro y se la mete en el bolsillo. Cuando vuelve a dirigirse a mí, lo hace con determinación en la voz:

—¿Qué debo hacer?

Es un chico listo. Ha conseguido mi atención con un truco de feria, pero gracias a ello he notado varias cosas. Para empezar, que es un gran actor. Dos, que tiene una cara que no llama la atención en este entorno, sino que parece cualquier otro mercader de la zona. Y tres, que está desesperado por conseguir una moneda.

—Debo encontrar a alguien —digo en voz baja, aunque seguimos solos—. Pero me acompaña demasiada gente y no podría hacerlo sin levantar sospechas. ¿Te suena el nombre de Ornell Rosenblathe?

Ronan niega con la cabeza.

—No, pero si vive en Kerost, no debería ser difícil encontrarlo.

—No sé exactamente a qué se dedica —admito—, pero quiero que descubras antes del amanecer adónde ha ido.

—¿Antes del amanecer? —El chico mira las estrellas que empiezan a cubrir el firmamento y se estremece, pero un segundo vistazo a la moneda hace que se enderece—. Puedo hacerlo.

—Bien —digo, señalando la moneda que tiene en el bolsillo con la cabeza. Es la única motivación que necesita—. Si lo descubres, no tendrás que preocuparte por el dinero nunca más.

No le doy mucho tiempo para que cambie de opinión o intente que le proporcione respuestas que no tengo. No puedo hacer nada para ayudar. Solo puedo esperar y encontrar un motivo para quedarme otro día en la isla si Ronan vuelve con las manos vacías.

Sin embargo, el hambre que he visto en los ojos del chico me garantiza que eso no sucederá.

CAPÍTULO
TRECE

El tiempo no existe en Kerost.

Aunque han pasado varias horas desde la puesta de sol, las luces encantadas todavía pintan las calles de colores y el bullicio las mantiene completamente despiertas. Las casas de juego siguen abiertas, venden alcohol y aceptan apuestas sin intención de parar. Casem me pone la capucha para ocultar mi rostro cuando nos metemos en una de ellas, lo cual hace que mis ojos se abran como platos. A esta gente le interesa más bien poco la política y está demasiado ocupada con el juego para darse cuenta de mi llegada.

Las monedas pasan sin cesar de una mano avariciosa a otra y los trabajadores intentan captar nuestra atención gritando desde las mesas y las barras, nos ofrecen cerveza y vino, y pretenden atraernos a sus juegos. Pillo a Bastian mirando de reojo una mesa de *blackjack* con curiosidad y los rostros de todo aquel que nos cruzamos entre la multitud.

Yo intento no prestar demasiada atención, pero su curiosidad despierta la mía y hace que se me pongan los pelos de punta. Ya no lo aguanto más y le pregunto:

—¿A quién buscas?

Bastian se yergue.

—A Shanty. Si le damos rienda suelta en un sitio como este, se meterá en algún lío.

No lo dice con mala intención, sino que está preocupado de verdad. Incluso diría que había algo de afecto en sus palabras. Los celos se remueven en mi interior y me odio por ello. Aunque sé que Bastian y ella se conocían de antes, pero nunca me había planteado qué tipo de relación tenían. Hasta ahora.

—No olvides que tiene la habilidad de cambiar de cara. Precisamente, lo más interesante de su magia es que hace imposible reconocerla.

La voz melosa y aterciopelada de Vatea basta para llamar la atención de varios clientes sentados en la barra, que se giran y se quedan boquiabiertos ante la belleza deslumbrante de la sirena. Si ella lo ha notado, no les hace caso. Lleva tanto tiempo en la superficie que casi se ha vuelto insensible a las miradas lujuriosas de los humanos, aunque más de una vez la he pillado devolviéndolas como si tuviera puñales en esos desconcertantes ojos dorados, acompañadas de una sonrisa que muestra sus afilados dientes. Normalmente, esto es suficiente para que la dejen tranquila.

—A veces hay pistas que ayudan a identificarla —protesta Bastian—. Un tatuaje o su color de pelo favorito, o joyas que decide no ocultar. Para alguien que la busca con atención, suelen ser pruebas definitivas.

—¿Cómo de bien conocías a Shanty?

La incomodidad se asienta en mis entrañas. No hay motivo por el que deba preocuparme por algo tan trivial, especialmente si no deseo una relación con Bastian en este momento. Aun así, la curiosidad me come por dentro.

La sonrisa blanca y brillante que me dedica Bastian me desarma. Sabe perfectamente por qué lo pregunto pero, para mi sorpresa, no me provoca, sino que dice:

—Nos conocimos antes de que ella fundara las barracudas. Después de que me echaran de Zudoh, viví una temporada en Ikae. En aquella época, Shanty era mi mejor amiga, aunque me di cuenta bastante rápido de que no podía vivir mucho tiempo en tierra firme. Cuando conocí a Shanty, ella todavía estaba aprendiendo su magia y sé que a veces, si sabe que nadie sospechará de ella, le da pereza esforzarse con los cambios. Algunas características son su recurso fácil, o, por lo menos, lo eran entonces.

Es raro pensar en la vida que Bastian tenía antes de conocernos. Si no fuera por los problemas del reino y el caos que provocó su hermano, es altamente probable que nuestros caminos nunca se hubieran cruzado. Incluso si explorase todos los rincones de Visidia, no dudo que llegase a conocer a todo el mundo. Aun así, no me imagino una vida en la que no conozca a Bastian. Ni tampoco quiero intentarlo.

—Vamos.

Bastian señala con la cabeza hacia un tipo de mesa que yo no había visto nunca, con números en la superficie. Los jugadores hacen apuestas y tiran unos dados. No tengo ni idea de cómo funciona el juego pero, si nos fijamos en que más de la mitad de las personas sentadas a la mesa llevan varias copas de más, no puede ser tan complicado.

—¿Estáis seguros de que deberíamos estar aquí? —pregunta Casem, cuyos ojos van de un lado hacia otro sin parar. Sorprendentemente, todo su cuerpo está en tensión.

Con un gesto de empatía, Ferrick le coloca una mano en el hombro y sacude la cabeza.

—No te molestes, Casem. Bienvenido a una tripulación que no atiende a razones.

En un extremo de la mesa hay una chica con unas curvas irresistibles y el pelo ondulado de color lila. Va del brazo de un hombre ikaerí que lleva un delineado de ojos plateado afilado como un puñal. Su pelo, del mismo tono, contrasta con su piel rosada, y viste un elegante traje lila que estiliza su cuerpo en la misma posición erguida de los que hacen ostentación de su dinero.

Entre sus dedos tiene un dado que acerca a los labios carnosos de la mujer, pintados con brillo. Con una risita, ella sopla sobre los dados y él los hace rodar por la mesa. Cuando la multitud vitorea, me pongo de puntillas para ver mejor qué ha pasado, aunque nada tiene sentido.

—Es imposible que esa sea Shanty —digo a los demás en voz baja.

Bastian se encoge de hombros.

—Es una actriz excelente.

—¿Me podéis ayudar? —susurra Ferrick alarmado mientras alguien lo agarra por los brazos y le pone unos dados en la mano.

—Te toca —le dicen y le dan unos golpecitos en la espalda.

Ferrick se acerca a la mesa y la mujer que tal vez sea Shanty levanta una de sus cejas lila, llena de curiosidad, lo cual hace que Ferrick se ponga rojo como un tomate del cuello para arriba. Dubitativo, tira los dados y saca un siete.

—¡Siete fuera, siete fuera, siete fuera! —grita el público, y Ferrick consigue enrojecer todavía más.

—Otra vez —dice él, buscando el monedero en sus bolsillos.

Justo cuando voy a agarrarlo por el cuello de la camisa y arrastrarlo lejos de esta trampa en la que ha caído tan fácilmente, la mujer del pelo lila suelta al hombre ikearí, el cual se muestra decepcionado, y se pone al lado de Ferrick. Detecto una delicada pulsera de oro rosado con forma de espinas de pescado en una muñeca.

—¿Me dejas que les sople para darte buena suerte? —ronronea ella con tono seductor. Inmediatamente, todos asentimos.

—Sí —afirma Bastian—. Es ella.

Sin embargo, parece que Ferrick no se ha dado cuenta. Preso del pánico, mira a Vataea, como si intentase hacer evidente su desinterés por esta mujer. Solo sería capaz de ponerse más rojo si le explotasen los vasos sanguíneos, y se le tensa todo el cuerpo cuando Shanty le coge del brazo entre risitas. Al inclinarse, golpea sus manos con demasiado ímpetu y hace que a Ferrick se le caigan los dados. Ella los atrapa justo a tiempo y se los vuele a colocar en la palma de la mano.

—¡Lo siento! —dice al resto de jugadores—. Parece que me ha subido el champán a la cabeza.

Ferrick, rígido como una roca por el contacto físico, lanza los dados torpemente. No sé qué número ha sacado, pero sea el que sea, hace que al crupier se le salgan los ojos de las órbitas, mientras que los espectadores chillan y cogen a Ferrick por los hombros, animándolo y felicitándolo como si fueran amigos de toda la vida.

—Creo que no hemos bebido lo suficiente para soportar este sitio. —Vataea suspira y se escabulle hacia la barra—. Enseguida vuelvo.

—¿Necesitas dinero? —le pregunta Bastian rápidamente, a punto de sacarse el monedero del bolsillo.

—Ten un poco más de fe en mí, pirata. —Vataea sopla.

Y desaparece entre la multitud, que se aparta para dejarle paso, y con Ferrick felizmente distraído, soy más consciente de la presencia de Bastian a mi lado. Es un sentimiento agradable, un zumbido agradable en el cual anhelo dejarme envolver para no emerger nunca más. Hacer caso omiso de él requiere todas mis fuerzas, así que miro hacia delante y me centro en Ferrick, que vuelve a lanzar los dados y a ser vitoreado.

—De más joven, habría perdido hasta los zapatos en un sitio como este. —Suspira Bastian, esforzándose para conversar conmigo—. Por los gritos, supongo que la bebida corre a cargo de Ferrick esta noche.

No es mala idea. No sé qué está haciendo Shanty, pero funciona. Pero también llama la atención.

Doy un suave golpe con el codo a Casem y con mucho disimulo le señalo con la barbilla a dos hombres que observan a Ferrick desde el otro lado de la mesa, aunque más que hombres son moles an-

127

dantes, anchos y fuertes y con unos músculos duros como el metal. A juzgar por el color amatista de su ropa, son kers.

Uno de ellos se da cuenta de que lo observo y sus ojos se iluminan al reconocerme. Da un codazo a su compañero, que centra su atención en mí, pero no con interés, como sería de esperar al encontrarse a la reina en público, sino con malicia.

—Algo me dice que no vamos a disfrutar de las bebidas —digo en voz baja.

Bastian discretamente localiza a la persona que centra mi atención y, con una voz salida de la profundidad de su garganta, dice:

—Nadie pelearía contigo en público. Atacarte sería motivo de ejecución. —Los hombres se levantan, dejando atrás sus jarras llenas de cerveza en la barra para dirigirse peligrosamente hacia mí—. Pero de vez en cuando me equivoco.

—Conque jugándote el dinero de tu pueblo, ¿eh? —La voz del hombre más alto es áspera y chirriante—. No debería sorprenderme, pero esperaba algo más de la nueva reina de Visidia.

Los gritos victoriosos de la gente mueren al instante y un murmullo incómodo inunda la sala de juegos.

—Creo que voy a ir a cobrar mis ganancias —dice Shanty mientras recoge sus fichas y se las mete en el bolsillo o entre los pechos. Luego, desaparece entre la multitud.

Abro la boca para hablar, pero descubro que la tengo demasiado seca para formular las palabras que quiero pronunciar. En el pasado, no habría tenido problema para poner a estos hombres en su lugar. Ahora, la voz de Madre resuena en mi cabeza: «Haz que te quieran».

Este hombre busca pelea. Quiere que yo haga el ridículo, que pierda la compostura. Pretende que me convierta en el monstruo que la gente cree que soy. Casem y Bastian han agarrado la empuñadura de sus espadas, preparados para sacarlas si hiciese falta. La tensión del cuerpo de Bastian recorre mis venas como un punzante impulso eléctrico y hace que me estremezca.

—No me estaba gastando el dinero de nadie —empiezo a protestar, pero le pongo la mano en el pecho para que no diga más.

Hay demasiada gente que nos observa. Demasiada gente que se ha quedado petrificada en sus asientos, expectantes para ver cómo responde su reina.

—Estoy de gira por el reino —digo, bajándome la capucha y dejando que las palabras fluyan sin interrupción. Tengo que esforzarme para no agarrar mi daga al sentirme amenazada; en cambio, instintivamente intento llamar a mi magia pero no responde, solo una fría nada fluye por mis venas.

—Lo sabemos todo sobre tu gira —replica el segundo hombre con voz firme. Es más bajo pero está muy musculado—. Kerost no quiere saber nada de ella.

Una vez más, Bastian empieza a hablar, pero Casem le da un golpe con el codo en las costillas para que no diga nada.

—El único motivo por el que estoy aquí —continúo—, es para ver cómo puedo seguir ayudando a Kerost. Para ello, debo presenciar *in situ* qué sucede en la isla.

No defenderme ni prepararme para cortarles la lengua por sus calumnias es una sensación… rara. No estoy acostumbrada a ello, y es obvio que los hombres, tampoco. Parecen inquietos por mi forma de maniobrar contra sus argumentos, sin intentar eludir mi parte de culpa, pero sin aceptar todo lo que han dicho.

—Si me disculpáis —expreso con firmeza—, me gustaría continuar observando los juegos. Quiero que seáis conscientes de que entiendo vuestras frustraciones, y que estoy buscando una solución. Si no me importase, ahora mismo estaría en otra isla, puesto que sus planes para mí son fiestas y comida gratis.

Algunas voces entre los presentes responden a mi broma con risas y los clientes vuelven a sus juegos. Sé que he ganado esta partida.

—Ya veo —dice uno de los hombres, rascándose la nuca. El ruido vuelve a inundar la sala de juegos y la gente no le presta atención ni espera una pelea. Me podría haber convertido en la villana muy rápidamente en esta situación, pero en vez de eso lo he hecho quedar en ridículo. Y sin más, los hombres se van.

Bastian y Ferrick me contemplan, sorprendidos, mientras que Casem suspira aliviado. Poco a poco, Bastian suelta la empuñadura de su espada.

—Bueno, sin duda, es una nueva forma de enfrentarse a los problemas.

La clara risa de Ferrick me sobresalta.

—Por los dioses, ojalá lo hubieras descubierto años atrás. ¿Te imaginas la de peleas que nos podríamos haber ahorrado?

Pongo los ojos en blanco y me alegro de que Vataea se abra paso entre la multitud con cuatro enormes pintas de cerveza en la mano. Nos da dos a Casem y a mí y pone una de la que ya ha dado un par de tragos en las manos expectantes de Bastian. Él se dispone a protestar, pero ella lo hace callar con solo una mirada.

—No las has pagado.

—¿Y tú sí? —gruñe Bastian.

Vataea muestra los dientes con su sonrisa, lo cual nos da la respuesta.

La sala de juegos vuelve a funcionar sin interrupciones, pero ahora la gente me mira o intenta que me una a sus juegos. No piden dinero o fichas, sino que me las ofrecen, esperando a que me siente en la mesa con ellos. Me preguntan qué quiero tomar y piden por mí. Casem los observa sin parar, como un halcón, y se pasea de un lado a otro de la barra cuando alguien me sirve una copa para asegurarse de que no le meten nada dentro.

Ninguno de nosotros sabe adónde ha ido Shanty, pero ahora que sabemos con cuánto dinero se ha escabullido, estoy segura de que ha vuelto a cambiar de cara. Mientras tanto, Vataea y yo nos unimos a una partida de *blackjack*. Ferrick está detrás de mí y Bastian, de Vataea. Echa un vistazo a sus cartas con expresión neutral y se inclina para murmurar algo al oído de la sirena.

Noto que mis dedos se ponen tensos al agarrar las cartas, cada vez más fuerte, y mis pensamientos no se centran en el juego, sino en el recuerdo del cosquilleo de mi piel con su aliento, de cómo me decía cosas al oído.

Bebo, obligándome a apartar la mirada. Me obligo a reír cuando alguien cuenta un chiste y a relajarme tanto como puedo a pesar de la presión de sentirme observada por tanta gente que espera quién sabe qué de mí. Lo único que deseaba era que mi pueblo supiera quién soy y ganarme su cariño.

Si es así, ¿por qué tengo los pelos de punta? ¿Por qué parece que todas mis palabras salgan de mis labios con dificultad, como si estuvieran selladas?

Las horas pasan sin cesar. Nadie parece cansado y la multitud no se dispersa hasta el alba. La luz del amanecer se filtra por las ventanas y baña la sala, y con ella los gritos me parecen demasiado fuertes. El maquillaje y la brillante ropa de la noche ya no deslumbran, sino que se me antojan excesivos y fuera de lugar.

Ha llegado el momento de partir y de buscar a Ronan. Espero que haya encontrado las respuestas que necesito. Creo que no podría aguantar muchas noches sin dormir en Kerost.

He tomado la precaución de no beber demasiado, poco más que unos tragos por educación para que la gente crea que somos simpáticos, pero sin perder el control. A pesar de ello, siento un martilleo en la cabeza y me noto la vista nublada, aunque seguramente es por el agotamiento y no por el alcohol.

Por los dioses, me debería haber acostado hace horas. Nos espera un día largo en la *Presa de Quilla*.

Cuando la multitud mengua, salimos de la casa de apuestas, algunos de nosotros estamos medio atontados y otros, concretamente Ferrick y Vataea, todavía están activos y risueños. Arrastran los pies y tienen las mejillas rojas por el alcohol y por las risas.

—¿Lo has oído? —Se troncha Vataea, que se tiene que secar las lágrimas de los ojos.

Ferrick le responde con una risotada tan feroz que parece un ladrido, y tiene que sujetarse la barriga para controlarse.

—¡Eh, tú! —exclama en tono burlón—. ¿Tú no serás una sirena de esas?

Vataea casi aúlla y Bastian y yo intercambiamos una mirada que me provoca mariposas en el estómago, así que la aparto rápidamente. Ferrick y Vataea siguen en su mundo, que no tiene sentido para nadie excepto para ellos, agarrados del brazo. El de Ferrick rodea cómodamente la cintura de Vataea, pero noto que ella se mueve de forma que la mano baje hasta sus caderas. Espera una reacción y percibo un mínimo sollozo cuando Ferrick, todavía entre risas incontrolables, la vuelve a subir por educación. No es hasta que ella se la coge con intención y la coloca sobre su cadera que él se sobresalta. Pero esta vez no la aparta.

La parejita nos adelanta y yo me tomo mi tiempo buscando el pelo negro y despeinado de Ronan por las calles. Lo descubro en un callejón oscuro bajo el rótulo de Vicio, intentando no dormirse. Cuando me ve, gruñe y se levanta.

—¿De verdad tenías que pasarte toda la noche ahí dentro?

El resto de mi tripulación se detiene para mirar al chico que grita, y yo inspiro profundamente la fresca brisa del amanecer. Espero que no lo reconozcan, pero sí: Bastian frunce el ceño y se le acerca.

—Tú eres el chico de las conchas —dice bruscamente—. Es un truco muy astuto.

Ronan levanta la barbilla pero aprieto los dientes y le clavo una mirada para que me preste atención. Él se queda quieto y ojiplático cuando lo entiende: no podemos tener esta conversación delante de los demás.

—Dejadme un momento a solas con él —le ordeno a la tripulación en voz baja—. Tarde o temprano, alguien va a capturarlo y las cosas se pueden poner feas si hay dinero de por medio. Id a preparar el barco, ¿de acuerdo? Será solo un momento.

—No te dejaremos…

Pero no me quedo a escuchar las protestas de Casem. Agarro a Ronan por la muñeca, haciendo caso omiso del dolor de cabeza que me provoca la clara luz del amanecer, y lo arrastro hasta el callejón donde hablamos la noche anterior. No digo nada hasta que estoy segura de que nadie nos escucha:

—¿Has encontrado a Ornell?

Intento que no se note la prisa que tengo en mis palabras. Si tardamos demasiado, alguno de mis compañeros volverá a buscarme. Ronan asiente con la cabeza.

—He encontrado a una mujer que reconoce el nombre. Reveló que era amiga de la madre de Ornell y lo último que sabía es que la familia se había mudado a Curmana —explica con tensión en la mandíbula para que los nervios no lo traicionen—. Lo siento, es todo lo que he podido descubrir. Nadie sabe nada de él o de si sigue en la isla.

No es mucho, pero es una pista. De momento, me basta. Saco una bolsa con monedas de mi bolsillo y se la pongo en la palma de la mano.

—No te lo gastes todo, ¿vale? Y deja de estafar a la gente.

Se guarda las monedas en la camisa, pero la sonrisa que se ha dibujado en sus labios se desvanece al instante. Sus ojos están fijos en algo detrás de mí. El miedo se apodera de él, se encoge y se intenta apartar. Mis músculos se ponen en tensión cuando miro al suelo y diviso no una, sino dos sombras imponentes.

CAPÍTULO CATORCE

Poco a poco, mi mano se acerca a la empuñadura de *Rukan*.

—Corre —le ordeno a Ronan, que no necesita que se lo digan dos veces.

En el preciso instante que arranca a correr, me giro y evito por muy poco un puñal que se acerca a toda velocidad a mi cara y me arranca un mechón de pelo.

—Intentaba dejármelo crecer —gruño al hombre que pretendía apuñalarme.

Son los dos matones que nos han increpado antes en la casa de apuestas. Con los ojos entornados por el sol, uno de ellos sujeta un puñal y el otro, una espada. Agarro con fuerza la empuñadura de mi daga, me niego a que mi cara refleje el pánico que me provoca luchar contra un ker. El corazón me late a toda velocidad, como si fuese un monstruo.

«Nunca te enfrentes a un ker», recuerdo la advertencia de Padre. «Te pondrán un puñal en el cuello sin que lo veas venir».

La magia temporal no se debe usar a la ligera. Es la más difícil de controlar y supone un gran desgaste para el cuerpo de su usuario.

Pero ningún ker sería lo bastante insensato como para empezar una pelea que no pueden ganar usando su magia como ventaja.

Intento invocar mi magia, hago todo lo que se me ocurre y que he probado en mil y una ocasiones para despertarla. Una vez más, se niega a escucharme.

Sé que mi magia ha desaparecido, pero sigo tratando de llamarla y procurar que responda. Sin ella, no tengo nada que hacer en esta batalla.

El más alto de los hombres me ataca con el puñal y me alegro de que esta vez no sea tan rápido. Aunque me hace un corte profundo en el antebrazo, consigo esquivar gran parte del daño y me preparo para contraatacar con *Rukan*. Pero un segundo antes de que el filo atraviese la piel de mi adversario, la voz de Madre resuena en mi cabeza y vacilo: «Haz que te quieran. Estés donde estés, siempre habrá alguien vigilándote».

Me detengo justo a tiempo.

Mi titubeo no pasa desapercibido. El hombre alto duda, pero el otro, más bajo, gruñe:

—¿Crees que solo porque nos hayas enviado unos cuantos soldados nos postraremos ante ti y te daremos las gracias? ¿Y que esto basta para arreglar las cosas?

Envaino a Rukan y busco mi daga de acero. No será matando, sino hiriendo de gravedad, que podré ganar esta lucha. Pero no consigo agarrarla: a la velocidad del rayo, el hombre se ha colocado enfrente de mí y me empuja contra la pared. Al chocar contra la piedra, siento un crujido en la espalda y no puedo respirar.

—Vete de nuestra isla.

El hombre masculla cada palabra individualmente, envuelta por un hediondo aliento provocado por el alcohol. Me estremezco cuando se me acerca con la espada preparada en una mano mientras la otra se cierra alrededor de mi cuello, robándome el aire. A pesar de que se me nubla la vista, intento coger mis armas.

La sensación de pánico aumenta por mucho que trate de hacer

que mi magia me obedezca, que me proteja. Suplico a mi mano que se estire un poco más allá del hombre y se cierre sobre la empuñadura de mi daga de acero, si la alcanzo.

Su amigo, el alto, empieza a retroceder. En su rostro se refleja el miedo cuando su compañero levanta el filo de su espada y se acerca a mi abrigo. Me preparo para recibir el impacto del acero que, por desgracia, conozco demasiado bien.

Pero no es a mí a quien atraviesa.

Caigo de rodillas, intentando recuperar el aire. Mis dedos se hunden entre los adoquines mientras recupero la visión.

—No te pasará nada.

Reconozco al instante las manos de Bastian sobre mis hombros porque mis pulmones respiran mejor y mis ojos consiguen centrarse con su tacto. Dejo que me envuelva y me masajee la garganta dolorida.

Mi atacante está tumbado boca abajo en el suelo con dos largas agujas clavadas en el cuello. Detrás de él, Shanty guarda el resto de agujas en diminutos espacios entre las espinas de su brazalete, así como un pequeño vial lleno de un espeso líquido blanco en la manga.

Ferrick está a mi izquierda y me sobresalto por los agudos pinchazos de su magia de restauración en mi cuello. Su poder se focaliza en la zona donde más dolor siento, el cual, de repente, desaparece y pasa a ser una simple molestia. Aun así, mi voz suena ronca cuando pregunto:

—¿Está...?

—¿Muerto? No —responde Shanty, que da una patada a la mano del hombre y pisa uno de sus dedos con la punta de las botas hasta que el hombre gruñe—. ¿Lo ves? Solo está inconsciente. Puede que tenga un dolor de cabeza espectacular cuando despierte, pero lo pedía a gritos. Casem ha ido a por el otro tipo.

Bien. Podría haberlos matado a ambos con *Rukan*, pero los súbditos no pueden amar a una reina a la que consideran un monstruo. Mi gente espera que la reina sea amable y justa, no una persona dispuesta a ensuciarse las manos con sangre sin motivo.

Si uso el veneno de Rukan para matar, esos hombres conseguirán lo que quieren: el reino siempre me considerará una monarca despiadada y peligrosa. Iría en contra de todo lo que Madre desea que muestre a Visidia y me haría volver a Arida en menos que canta un gallo.

—No deberíamos haberte dejado sola —ruge Vataea, que enseña los dientes al hombre inconsciente—. Debemos arrestarlos.

Quiero detenerla, pero Ferrick se me adelanta:

—No podemos. Si se descubriera que han atacado a Amora en nuestra primera parada, después de que Kerost se haya negado a participar en la gira, ¿qué pensará la gente? Esto podría estropear el viaje antes de empezarlo.

Bastian prácticamente se alegra al oír la noticia, pero Shanty sacude la cabeza.

—Puede que no. —Se agacha a mi lado y me levanta la barbilla con un dedo para inspeccionarme—. Si mi magia me ha enseñado algo es que la gente siempre ve lo que les enseñas. —Se levanta y se dirige a Ferrick—: Consígueme tanto pergamino como puedas. Y tú —le dice a Vataea—, haz algo con el cuerpo de este hombre. No se despertará hasta dentro de varias horas; déjalo en un sitio soleado, que se queme.

Detecto un brillo en los ojos de la sirena mientras arrastra el cuerpo del hombre hacia el callejón, fuera de nuestra vista. Solo espero que no lo tire directamente al mar.

Por su parte, Ferrick no me deja hasta que ha comprobado que estoy recuperada de mis heridas.

—Quédate aquí —dice con tono serio antes de dirigirse a la calle.

No tengo ganas de seguirlo. En lugar de eso, apoyo la cabeza contra el pecho de Bastian, que me sujeta entre sus brazos, y me relajo con la sensación de entereza que me provoca su tacto. Con esta conexión, no sé si es mi curiosidad o la suya la que se despierta al ver el destello travieso en los ojos de Shanty.

—¿Qué estás tramando? —le pregunta Bastian. Por respuesta, ella se endereza.

—Confía en mí, pirata. Estoy a punto de demostrar que soy un genio.

———

Cuando Shanty me muestra su creación, estoy apoyada contra el mástil de la *Presa de Quilla*.

—No hace falta que me lo agradezcas —dice mientras me entrega un rollo de pergamino—. Bastará con una pequeña paga extra cuando llegue el momento, como por ejemplo esa daga azul marino tuya, y quedaremos en paz.

Noto el hambre en sus ojos cuando mira a *Rukan*. Oculto el puñal con mi chaqueta para esconderla de su mirada y extiendo el pergamino sobre mi regazo. Me sobresalto al ver la imagen móvil que se reproduce sin parar: soy yo. Pero no es un retrato hecho por un artista, sino una imagen a todo color, viva y deslumbrante.

Me enderezo. Me doy cuenta de que el pergamino es parecido al que Yuriel y Vataea miraban en Arida y como el que me mostró lord Garrison en la reunión del consejo. Este en concreto me presenta en la casa de apuestas, levantando una copa de cava con otros jugadores, junto a los cuales hago apuestas. Todos reímos alegremente, y parece que lo pasamos tan bien que cualquiera sentiría envidia por haberse perdido una fiesta así. Bajo la foto, el texto reza:

¡SU MAJESTAD, LA REINA
AMORA MONTARA, SE CASA!

¡Visidia podría tener rey mucho antes de lo que creíamos! La gira de su majestad por todo el reino empezó hace unos días y ya ha hecho amistad con la gente de Kerost. ¿Está el amor en el

aire para nuestra reina? ¡Que se vayan preparando los hombres solteros!

Al final del pergamino hay varios anuncios de estilistas y consultores de moda ikaerís que pueden ayudar a los lectores a prepararse para mi visita. Pongo los ojos en blanco, pero, como no se mencionan los aspectos negativos de mi paso por Kerost, he de reconocer que es una gran idea. Lo que aparece es corto, simpático y exactamente el tipo de espectáculo que se espera de mí. Sujeto el pergamino con fuerza y no es hasta que la satisfacción me invade que noto de verdad lo cansada que estoy.

—Es genial —le digo a Shanty.

—*Soy* genial —responde ella, colocándose los rizos rosas por encima del hombro—. De nada.

Casem se sienta detrás de ella. Tiene los iris blancos y vidriosos, característicos de los usuarios de la magia curmanesa.

—La noticia ya se ha extendido —nos informa con voz distante, aunque cuando los ojos recuperan su azul habitual, también lo hace su entusiasmo—. Los comunicadores telepáticos se lo han tragado. Los ikaerís han reproducido la noticia y la van a distribuir por toda la isla, y quieren más. Quieren que se documente cada una de nuestras paradas. Podemos manipular los hechos como queramos.

—Solo si mantenemos el control de la narrativa —advierte Shanty—. Este tipo de cotilleos es muy popular últimamente; la gente competirá por la información y, cuanto más jugoso sea el chisme, mejor se paga, así que tendremos que ser más rápidos.

Si el único propósito de mi viaje fuera asegurarme el favor de mi pueblo, sería una estrategia perfecta. Sin embargo, ahora se ha convertido en una molestia: hace que más ojos se fijen en mí y mis movimientos, lo cual implica que tendré que actuar con más cautela.

Le devuelvo el pergamino a Shanty, que lo contempla satisfecha.

—Ya hablaremos de esa paga extra —le digo—, pero gracias. Te lo agradezco de verdad.

—¿Para la reina? —responde burlona—. Lo que sea.

En la proa, de pie y con una brújula en la mano, Bastian echa una mirada amarga al pergamino. Al ver el titular, solo ha bufado, pero ahora se pasa todo el tiempo mirando la brújula, fingiendo que no está molesto.

—Según el itinerario, llegaremos a Zudoh dentro de tres días —avisa—. Tendremos que avisarlos de que llegaremos antes de lo esperado.

La nota de esperanza en su voz no me pasa desapercibida y la culpa me invade. Ojalá pudiéramos ir a Zudoh, como estaba planeado, pero mi objetivo principal es encontrar a Ornell y descubrir qué sabe sobre el artefacto legendario.

—Primero iremos a Curmana. —Intento que mi tono sea lo más distante posible, pero Bastian entorna los ojos por la sospecha y Ferrick, que está sentado delante de mí, se sacude y frunce el ceño—. Casem, ponte en contacto con ellos y diles que los planes han cambiado.

Casem se queda quieto.

—Pero tenemos un itinerario.

—Además, Curmana está al otro lado del reino; un pequeño detalle sin importancia —refunfuña Bastian—. Ir ahora no tiene sentido. Tanto tu madre como Zale nos cortarán la cabeza si ignoramos el plan.

—No lo ignoramos —contesto—. Nos estamos protegiendo. Si queremos ir un paso por delante de los pergaminos de chismorreo, no hace falta que los reporteros sepan adónde vamos. Nos asaltarían.

La mentira fluye con tanta naturalidad y es tan plausible que, de momento, nadie protesta. La primera respuesta, en voz baja y melancólica, es la de Ferrick:

—Por los dioses, ¿en qué lío me he metido?

No le hago caso y, a pesar de lo cansadas que están mis piernas, me levanto y alzo la barbilla al hablar con los demás.

—Mi madre querría que tomemos precauciones. Si algo vuelve a salir mal, lo último que necesitamos son miles de pergaminos de chismorreos. —Sin mencionar que, con tantos periodistas merodeando a mi alrededor, encontrar a Ornell será todavía más complicado—. Le diré que primero iremos a Curmana y que tendremos que flexibilizar el itinerario. Seguro que lo entenderá.

Pongo toda mi autoridad en mi voz y me niego a explicar más o a desarrollar mi idea, ya que eso requeriría inventarme una mentira que no tengo.

Bastian aprieta los dientes, pero incluso si es capaz de percibir que no le estoy contando toda la verdad, no es que pueda leerme el pensamiento.

—Pon rumbo a Curmana —le ordeno.

Lo dejo al timón y me dirijo a mi camarote para evitar que él o los demás intenten sonsacarme más información.

En el cuarto, Vataea está durmiendo la mona enredada entre las cuerdas de la hamaca como si la acabasen de pescar del océano. Más que tumbarme, trepo a la mía, a su lado. Noto el peso del cansancio en mis huesos.

Cuando cierro los ojos, rezo para que esta vez me reciba el sueño y no el fantasma de Padre.

CAPÍTULO QUINCE

El cielo nocturno, negro como una mancha de tinta, está cubierto por un polvo estelar cuyo destello se refleja en la superficie del mar. Cansada y debilitada por la falta de sueño y los restos de alcohol que todavía no han abandonado mi cuerpo, contemplo el firmamento desde la jarcia.

Como de costumbre, los rostros de los muertos me esperaban desde el instante en que he cerrado los ojos. El de Padre estaba entre ellos, cubierto de humo, y su desesperada mano ensangrentada intentaba alcanzarme bajo el peso de una masa informe compuesta por los caídos por Visidia, que se agarraba a él.

Hago todo lo que puedo para borrar el recuerdo, tarareo una canción marinera en voz baja con la cabeza apoyada contra las cuerdas.

La primera vez que subí a la jarcia, las manos me sudaban tanto que apenas podía sujetarme. El verano pasado, al trepar por ella con Bastian, fue la primera vez que me sentí viva de verdad. Recuerdo la calidez de su respiración sobre mi piel cuando me ayudaba a mantener el equilibrio para que no me cayera; el brillo de alegría en sus ojos cuando una gaviota nos vino a saludar y cómo le respondió con un chirrido; la forma en que el aire salado del océano me despeinaba los rizos y me rozaba la cara, indicándome que es aquí donde pertenezco.

Fue la primera vez que experimenté de verdad la libertad, mucho antes de descubrir la verdad sobre Padre y el linaje de los Montara.

Antes de que yo perdiera mi magia, Padre se clavó una espalda en el estómago para protegerme.

Entonces no quería ser reina. Era la princesa Amora, una chica lo bastante inocente como para creer que podía proteger a un reino al que apenas conocía con una magia que no era más que una farsa.

Parece que haya pasado una eternidad. Cuando despedimos el cuerpo de Padre en el océano, esa chica se hundió en las profundidades con él. Ahora ha ocupado su lugar una reina a la que apenas reconozco.

La luz plateada de la luna asoma entre una capa de nubes y cierro los ojos para evitar que caigan las lágrimas que se han acumulado. Por mucho que intente no pensar en ello, por mucho que intente sacar a mis pensamientos de este sitio oscuro y concentrarme en mi deber, mi mente vuelve a una única idea recurrente: aunque mi yo del pasado no deseara otra cosa que sentarse en el trono, puede que no sea la gobernante legítima de este reino.

Pero por ahora, y hasta que Visidia vuelva a la normalidad, soy la monarca que necesitan. Soy la única que sabe cómo reparar el daño que hizo mi familia. Hasta entonces, no voy a llorar; voy a luchar para dar a mis súbditos el reino que se merecen.

Al notar que la jarcia se balancea debajo de mí, abro los ojos y me agarro fuerte a las cuerdas para no perder el equilibrio. Miro hacia abajo, dando por hecho que es Bastian, pero freno mis protestas al darme cuenta de que es Ferrick quien trepa hacia arriba. Frunce el ceño por los nervios y cada ciertos pasos se detiene para mascullar entre dientes.

—Por las estrellas —suspiro, me suelto y bajo un poco para que no tenga que alcanzarme y el ascenso sea menos tortuoso para él—, deberías estar acostado.

—Podría decirte lo mismo —intenta pronunciar, pero le castañetean tanto los dientes que las palabras le tiemblan. Hace una mueca cuando una ola especialmente agresiva choca contra el barco, y se agarra desesperadamente a las cuerdas.

Pongo los ojos en blanco y lo sujeto por la espalda para ayudarle a recuperar el equilibrio. El mar no es amable con los viajeros durante el invierno. El agua oscura azota con violencia y cada movimiento se percibe con más intensidad en la jarcia.

—Casem ronca como un marinero borracho —masculla Ferrick mientras esconde la cabeza en el cuello de su chaqueta, como un cangrejo ermitaño. Su aliento se condensa y forma unas pequeñas nubes—. Iba a buscar una vela al camarote de Bastian para derretir la cera y hacerme unos tapones, pero entonces te he visto.

Me imagino que su sonrisa sería parecida a la mía si no estuviera más preocupado por cubrir su rostro tanto como sea posible con la chaqueta. No puedo evitar reírme por su tozudez.

—Agárrate a las cuerdas. —Son las mismas instrucciones que me dio Bastian la primera vez que subí—. El mar está agitado, así que será mejor ser precavidos. Pero podemos bajar más, si tienes miedo.

—Estoy bien.

Ferrick abandona la calidez de su abrigo y se protege del frío viento para agarrarse con fuerza a las cuerdas como le he indicado. Solo duda un instante antes de girarse y enfrentarse al mar. Cuando me apoyo en la jarcia, él me imita.

Sigo sus ojos hasta las olas, que ya no parecen tan oscuras. La luz de la luna brilla con más intensidad, con lo cual parece que haya miles de pequeños cristales sobre el agua e iluminan el océano como una piedra preciosa.

Ahora más que nunca desearía aprender la magia temporal.

Congelaría este instante en el que estoy iluminada por la luna y mirando el mar. Me convertiría en la figura decorativa de la *Presa de Quilla*, viviría unida al barco para toda la eternidad. Viajaría infinitamente en lugar de sentarme en un trono construido con sangre y quemado por mentiras.

—Esto me recuerda a la noche que luchamos contra Lusca —dice Ferrick con voz amable, como si fuera consciente de que me está sacando de mis pensamientos negativos—. El mar estaba en calma hasta que la bestia apareció, pero era una noche oscura como hoy. Igual de preciosa, exceptuando la parte en la que un monstruo nos quería matar.

Me sorprende lo genuina que suena mi risa. No es como en Arida, donde tengo que fingir.

Ferrick estuvo ahí la noche en que todo cambió. Ha estado a mi lado para todo. Con él, no tengo que fingir.

—Esa noche también te convertiste en la persona más valiente que conozco.

No esperaba que me resultase tan natural, tan cómodo, estar a su lado. La risa de Ferrick es tan suave que casi podría decirse que el viento se la lleva.

—Podría decir lo mismo de ti.

Recuerdo el momento en el que me lancé sobre Lusca. Pensaba que iban a contar historias sobre mi hazaña por toda Visidia, y que Padre estaría orgulloso de mí cuando le mostrase la prueba de que había matado a la bestia. Nunca tuve la oportunidad de enseñarle a *Rukan*.

El silencio pesa entre nosotros, pero no es tenso ni incómodo. Me acerco un poco más a Ferrick, cierro los ojos y apoyo mi cabeza sobre su hombro y dejo que me envuelva el silencio. Él me rodea con un brazo. No estoy segura de cuánto rato nos quedamos así, pero no es hasta que Ferrick se mueve de nuevo que levanto la cabeza para mirarlo.

—¿Estamos haciendo lo correcto?

Aprieta los labios y sus ojos verdes reflejan preocupación y distancia, como si intentase descifrar un enigma.

—Con «estamos», ¿te refieres a si *yo* estoy haciendo lo correcto?

Ferrick balancea un pie contra la jarcia y asiente con la cabeza.

—Me incomoda mentir a todo el mundo. Vataea tiene derecho a saber lo de Blarthe, e incluso Casem intenta hacer este viaje lo más fácil posible para ti. Está en contacto con tu madre y con el resto de islas todos los días para que todo funcione. Los Montara mintieron durante años; tú no tienes que ser como ellos.

Miro al cielo despejado y me pregunto si los dioses pueden oír mi suspiro.

—Hace mucho tiempo que no sé qué está bien y qué está mal, Ferrick. Lo único que puedo hacer ahora es lo que pienso que es correcto, y de momento se trata de dar prioridad a Visidia. No seré como el resto de mi familia, contaré la verdad cuando llegue el momento; pero, por ahora, esta es mi decisión.

Doy una patada a la jarcia y dejo que las cuerdas se enreden con mis botas. El bufido de Ferrick es casi imperceptible.

—Estás demasiado acostumbrada a hacer las cosas sola. Podrías darnos una oportunidad al resto, ¿no crees? Queremos ayudarte.

Intento esconder el ceño fruncido. Estoy harta de oírlo: llevo dieciocho años fiándome de otros, y mira adónde me ha llevado. Si no pueden seguirme el ritmo, no es mi problema.

—Os agradezco que os preocupéis por mí —respondo sin intentar ocultar el tono cortante que sirve de advertencia: esta conversación ha llegado a su fin—. Pero hago lo que creo que es lo mejor para mi reino.

—Entonces, dime cómo puedo ayudarte —insiste Ferrick—. Intento hacer todo lo que puedo para apoyarte, para ser un buen amigo, un buen consejero, un mejor luchador con más magia. ¿Qué más puedo hacer?

Se me encoge el corazón y cierro el puño alrededor de las cuerdas.

—Eres perfecto, Ferrick. De verdad, esto no tiene nada que ver contigo.

Ferrick se acurruca y se hunde más en la jarcia. Durante un rato, deja que reine el silencio; los únicos sonidos entre nosotros son el choque de las olas y el viento afilado. Cuando, finalmente, se gira para hablarme, sus ojos reflejan la astucia de un zorro. En voz tan baja que no estoy segura de si me he inventado sus palabras, dice:

—Si eso es lo que quieres, así sea. Pero cualquier día de estos, Amora, tu obstinación se nos clavará en el pecho como un puñal. Que los dioses se apiaden de nosotros.

CAPÍTULO DIECISÉIS

A la mañana siguiente, cuando subo a cubierta, inclusos mis huesos están cansados.

Pasé horas en la jarcia después de que Ferrick se fuera, hasta que mis dedos se quedaron entumecidos por el frío y no podían sujetarme más, hasta que no podía mantener los ojos abiertos. Solo entonces volví a mi hamaca y dormí un poco, hasta que los recuerdos de Padre y las visiones de los muertos me despertaron otra vez.

Lo primero que veo al llegar a cubierta es a Bastian, sentado solo a estribor. Vataea y Shanty están a babor con un saco lleno de frutas deshidratas, quesos y carne seca extendido entre ellas. Mientras juegan a un extraño juego de cartas que consiste en girarlas y ser la primera en poner la mano sobre el tablero al ver algunas en concreto, Bastian se entretiene con un objeto que me resulta familiar. Al identificarlo, se me corta la respiración: es mi faltriquera.

Ha vaciado todo su contenido y ha esparcido los huesos y los dientes sobre la tela. Aunque todavía no sabe usar la magia —si pudiera, yo lo notaría—, percibo que se lo plantea por la forma como sostiene un hueso entre dos de sus largos dedos y lo rasca suavemente con la punta de una daga que sujeta con la otra mano. Siento la pulsación de su deseo en mí y reconozco al instante que intenta invocar la magia espiritual.

Pero no llega.

—No me habías dicho que tenías problemas con la magia.

Dudo un instante pero me acomodo delante de él y paso los dedos por los pliegues de los huesos que tan familiares me resultan. Aunque parte de mí odia el anhelo que me despiertan, no puedo negar su existencia.

Odio lo que me obligaron a hacer con mi magia. Odio haber pasado dieciocho años de mi vida para aprender a matar en nombre de una bestia interior que ni siquiera era real. Odio que mi magia no fuera más que una mentira.

Pero no odio mi magia. Nunca aborrecería la parte más íntima de mi ser. Algún día, la recuperaré en su forma verdadera. Amable. Pacífica. Protectora. Tal y como debería ser la magia espiritual.

Bastian aprieta el hueso con los dedos, esta vez con más fuerza. Lo analiza como si fuera un rompecabezas y me da un salto el corazón al recordar que la última vez que le vi esta expresión fue cuando creé a *Rukan*. Fue la primera noche que nos besamos.

La piel me pica por la incomodidad y la necesidad de salir de aquí, de poner distancia entre Bastian y yo, pero el pulso de mi magia dentro de él hace que me quede sentada.

—Porque hasta ahora, que estás en un barco en medio del océano y sin sitios donde esconderte, no he podido hablar contigo.

El tono alegre de su voz me hace poner los ojos en blanco.

—Ahora estoy aquí. Cuéntame qué sucede.

Bastian chasquea la lengua ligeramente.

—Pareces más interesada en lo que tengo que decir que yo en las respuestas que tú me puedas dar. He tenido una idea, algo que satisfará las necesidades de ambos. —Mira hacia arriba y veo estrellas bailando en sus iris color avellana—. Pero tendrías que pedírmelo por favor, ¿no crees?

Lo que daría por poder tirar a este maldito pirata por la borda. Me muerdo la lengua y con una sonrisa falsa le pregunto:

—¿Me podrías decir por qué no puedes usar la magia espiritual, *por favor*? Maldito y arrogante hijo de…

—De verdad, tienes que aprender a parar cuando juegas con ventaja. —Suspira, pero se acerca más a mí—. No te preocupes, ya nos encargaremos de ello más tarde. En cuanto a tu pregunta, es muy sencillo: es solo que no sé qué hacer con esto.

Me enseña uno de los huesos y entorna los ojos cuando lo analiza a contraluz. Me inclino para determinar si veo algo distinto que él, pero no: es un dedo normal y corriente.

—¿Qué quieres decir con que no sabes qué hacer con esto?

—Me refiero a que sé invocar la magia, la siento. Pero cada vez que intento practicar, cuando he intentado experimentar qué se siente, no sé qué hacer. Tú tenías el fuego; tu tía, lo del ácido del estómago cuando se traga un hueso; tu padre usaba el agua… Pero yo no sé qué hacer. ¿Cómo supiste que tu arma era el fuego?

Me apoyo en mis manos, me echo hacia atrás e intento recordar si hubo alguna señal.

—Simplemente, lo sabía —reconozco al fin—. Fue algo instintivo.

El suspiro de Bastian es mucho más dramático de lo que hacía falta y me entrega el hueso.

—Lo único que quiero es romper esta cosa horrible —dice mientras recoge los huesos y los dientes, y los vuelve a meter en la faltriquera—. La magia de maleficios es mucho más sencilla.

—Porque la aprendiste de pequeño —protesto. Se me pone la piel de gallina al tocar los huesos, y tengo que extinguir el anhelo—. Todos los tipos de magia son difíciles de aprender al principio. Mira a Ferrick.

Señalo la proa con la cabeza, donde Casem intenta enseñar comunicación telepática a Ferrick. Lo único que ha hecho Ferrick desde que volvió a casa es matarse a entrenar. Me da un vuelco el corazón cuando lo observo. Debería haber adivinado que, si le daba el papel de consejero, mi compañero más leal, se lo tomaría más en serio que los demás. Ahora me doy cuenta de que no me equivocaba. No tengo ni idea de cuánto tiempo llevan así, pero la piel alrededor de la boca de Ferrick está teñida de rojo y pocos segundos después le empieza a sangrar la nariz. A mi lado, Bastian hace una mueca de dolor.

—Entendido. Aun así, es raro saber que tengo la magia más poderosa del reino, pero no sé cómo usarla.

—Yo que tú lo evitaría —contesto—. Se supone que nadie, excepto los Montara, debería emplearla. Cuando Kaven intentó que los demás la aprendieran, la mayoría de ellos falleció.

—Cierto. —Bastian asiente con la cabeza—. Pero no es lo mismo. No tenían la de verdad.

—Es demasiado arriesgado y no vale la pena. —Noto que la ira se enciende dentro de mí—. No sabemos qué pasará si la usas, y quiero que sigas vivo. Tenemos que romper un hechizo, así que déjalo. Si algún día tienes que usarla, ya descubrirás cómo. Y, por los dioses, espero que ese momento nunca llegue.

—Sí, eso has dicho, pero…

—Lo sabrás, y punto. Te lo prometo.

Sorprendentemente, sus ganas de seguir discutiendo mueren en sus labios y la tensión de su cuerpo se relaja.

—¿Vais a trabajar toda la mañana o pensáis venir a desayunar? —nos llama Shanty con las manos alrededor de la boca como un altavoz.

Hoy lleva el pelo de color verde menta a conjunto con los ojos, que están pintados con delineador rosa fluorescente. Sé que solo es una ilusión, pero su ropa es mucho más elegante de lo que debería estar permitido en un barco: viste una capa rosa reluciente que se levanta a su alrededor como una hermosa nube. Se ha desabrochado los dos primeros botones de una ancha blusa de un rosa tan pálido que parece blanco, y la lleva metida por debajo de unos bonitos pantalones de color lavanda que se hinchan por el dobladillo. Sin duda, hoy es ikaerí y su estilo es tan refinado como el mío y el de Bastian.

—¿Qué ocurre si los ikaerís os quedáis sin temas únicos para vuestros modelitos? —bromeo mientras Bastian y yo nos juntamos con ella y Vataea, seguidos de Ferrick y Casem.

Shanty se come un racimo de uva.

—Imposible. El mundo es demasiado interesante, siempre habrá demasiadas ideas y demasiado poco tiempo para todas ellas. ¿Desayunamos?

Una vez me he llevado un taco de queso a la boca, Shanty, satisfecha, vuelve a mezclar las cartas. Mientras lo hace, sus uñas van cambiando de color, de un precioso morado ciruela a un agresivo rojo oscuro.

—¿Intentas recuperar todo lo que perdiste anoche en Kerost? —le pregunta Bastian. Noto que está jugueteando con una cajita de amatista.

Sin apenas inmutarse, Shanty se coloca el pelo por encima del hombro.

—Ya te gustaría. No sé *perder* dinero, pirata. Lo único que hago es ganar.

Se aclara la garganta para que prestemos atención a algo que lleva en los bolsillos interiores de su chaqueta. Al abrirla, a un lado, revela un enorme monedero de oro rosado. Repite la operación con el otro lado y esta vez hay dos sacos de monedas. Todos nos quedamos boquiabiertos.

—¿Todo esto es de anoche? —exclama Bastian sin molestarse en disimular la envidia.

—La casa siempre gana, ¿no? —Shanty se encoge de hombros—. Me pasé parte de la noche haciendo de crupier y me guardé varias fichas para cuando volviera a ser jugadora. Junto a las ganancias de Ferrick, podríamos haber comprado la casa de apuestas entera. La verdad es que deberían encontrar la forma de contrarrestar la magia de encantamientos. Prácticamente me estaban entregando el dinero.

La risa de Vataea es tan clara y genuina que es imposible no unirse a ella.

—¡Por las estrellas, Shanty! —Bastian sacude la cabeza—. Eres un monstruo.

—Te lo agradezco.

En algún momento, sin que me haya dado cuenta, Shanty ha cogido un cuchillo. Lo clava en las uvas y las apila en el filo. Maniobra a toda velocidad pero nunca falla. Sin embargo, un par de veces pincha con demasiada fuerza y el acero se clava en la *Presa de Quilla*. Con cada golpe, Bastian frunce más el ceño.

—¿Qué noticias hay de Curmana? —pregunta Ferrick a Casem para intentar distraernos de los evidentes intentos de Shanty de enfurecer al pirata. Cojo un poco de queso y cecina de gaviota y me centro en mi guardián.

—Me puse en contacto con su consejero al zarpar de Kerost —responde Casem con la boca llena de cecina—. Nos esperan dentro de dos días y están «encantados de tener por fin a la reina en la isla». Aparentemente hace una eternidad de la última visita real y quieren enseñártelo todo. La baronesa Ilia Freebourne te recibirá y los pretendientes estarán preparados para robarte el corazón.

Hace una pausa para coger más queso sin molestarse a fingir entusiasmo. Para él, esto no es más que un viaje que lo aleja de Mira y de los preparativos de su boda que se muere de ganas de llevar a cabo. No tengo ninguna duda de que la mitad de sus comunicaciones telepáticas han sido para hablar con su prometida, ya que se ha vuelto un romántico empedernido.

—Habrá comida y vino y muchas provisiones para después de la fiesta —continúa—. Lo único de lo que debes preocuparte es de hacer que se enamoren de ti, Amora. Esto es una nota que me envía tu madre, por cierto. No está muy contenta con el cambio en el itinerario, pero se alegra de que tomes precauciones.

Por los dioses, espero que encontremos pronto a Ornell y que esta ridícula farsa termine de una vez. Cuando mi pueblo descubra la verdad de mis actos, puede que me quieran o que me odien por ellos. En cualquier caso, habré cumplido mi parte.

—Qué ilusión —digo sin perder la amargura en mi tono de voz mientras muerdo un trozo de cecina—. ¿Cómo es la isla? ¿Alguno de vosotros ha estado en Curmana?

Ferrick y Vataea niegan con la cabeza. Shanty, que se está metiendo una uva en la boca, dice:

—He estado allí por negocios. Si os interesa, con mucho gusto puedo compartir lo que sé.

Es evidente que se refiere a mucho más que la geografía de Curmana. Parte de mí odia admitirlo, pero sí me interesa. Ferrick, en cambio, parece mareado.

—He estado muchas veces —interviene Bastian, ahorrándonos los detalles. Mientras habla, me pasa la cajita de amatista, como si necesitase una distracción para dármela—. Está impoluta, pero no hay mucho que hacer. Cultivan centenares de hierbas en la jungla que se extiende en el extremo septentrional de la isla, y luego las usan para crear polvos, pociones y gran parte de los medicamentos que envían directamente a los curadores suntosinos. Sus balnearios son populares gracias a las hierbas; las meten en el agua en la que te bañas o las transforman en tónicos y aceites para masajear la piel y que con ello te relajes. ¿Recuerdas los polvos que usé con los guardias de las mazmorras de Arida el verano pasado? De ahí las saqué.

—¿Polvos somníferos? —se sorprende Shanty, y sonríe cuando Bastian no la corrige—. Oh, me encantan los buenos polvos somníferos.

—Es una isla hermosa —continúa Bastian—, pero tranquila. Piensa en Curmana con cierta y simple elegancia. No la recomendaría a los que buscan aventuras. Todo cierra temprano y son un poco estirados.

Ahora mismo, un sitio tranquilo y relajante suena mejor que nada. Además, si lo que dice Bastian es cierto, debería ser más fácil encontrar a Ornell.

—Suena genial —contesto, y aunque el pirata se encoge de hombros, en sus labios se dibuja una diminuta sonrisa. Cojo la cajita que me ha dado y la abro—. Casem, si fueras tan amable, me encantaría visitar esos balnearios.

Dentro de la cajita hay ginnadas y me da un vuelco el corazón.

—¿De dónde las has sacado?

Es una tontería, pero el dulce aroma de los pastelitos de almendra basta para emocionarme. Me recuerdan a Arida, al tiempo antes de Kaven. A mis padres y a cómo nos atiborrábamos con este postre que los cocineros preparaban cuando había una celebración.

A Padre le gustaban todavía más que a mí.

Inspiro profundamente el olor y cierro los ojos. Desde que perdí mi magia ya no tengo tanta hambre como antes, cuando mi apetito era prácticamente era insaciable y tenía que recargar energía para usar mis poderes. Pero incluso sin hambre sería capaz de zamparme un barco entero lleno de ginnadas si tuviera la oportunidad.

—Sé que te encantan esas cosas. —Bastian no me mira mientras habla. Aunque sus palabras no tiemblan ni son tímidas, su ansiedad resuena en lo más profundo de la media alma que me falta—. Los compré en Kerost, no es nada.

Pero se equivoca, porque lo único que veo en las ginnadas es el cálido color marrón de los ojos de Padre. Oigo su risa como un bramido.

Ojalá Bastian dejase de ser tan amable conmigo, ojalá dejase de preocuparse por mí hasta que yo recuerde cómo premiarle sus sentimientos. O, por lo menos, hasta que yo deje de estar vacía por dentro.

—No puedo aceptarla.

Le devuelvo la caja, apretándola contra su pecho con manos

temblorosas. No quiero mirarle a los ojos, pero eso no me evita sentir su dolor.

—Solo son ginnadas, no tienes que…

—Cómetelas, si quieres —interrumpo sin poder frenar la frialdad de mi voz. Cada inspiración me oprime tanto el pecho que podría explotar en cualquier momento—. O lánzalas por la borda, me da igual. Pero apártalas de mi vista.

Solo oigo la risa de Padre. Solo veo la sangre en mis manos, la espada en su estómago.

Por los dioses, ¿por qué no para de reírse?

—Amora…

Shanty pone una mano en el hombro de Bastian y sacude la cabeza.

Odio la lástima que observo en sus ojos.

Odio el dolor en los de Bastian, y odio que reflejen el mío.

Odio la forma en la que todos me observan como si fuera un animal herido que necesita que lo consuelen.

Y odio más que nada lo sola que me siento a pesar de tenerlos a todos delante.

Shanty dijo que lo entenderían, pero al ver sus miradas, sé que se equivocaba. Nunca lo entenderían.

—Estaré en mi camarote —digo mientras me levanto, esforzándome en no perder el equilibrio—. Que alguien me venga a buscar cuando lleguemos.

Me obligo a poner un pie frente al otro para alejarme de sus miradas. Bajo las escaleras, me dirijo al camarote. Alcanzo una palangana justo a tiempo para vomitar.

CAPÍTULO
DIECISIETE

Curmana es tan hermosa como había imaginado, casi idéntica a como Bastian la había descrito. Se lo diría a mis compañeros al abandonar el barco si no me hubiese pasado los últimos dos días sin hablarles.

Cuando bajamos de la *Presa de Quilla*, llegamos a una arena tan blanca y tan pura que cuesta creer que alguien viva en esta isla, a pesar de los cinco curmaneses que nos reciben.

—Bienvenida, alteza —saluda una mujer con el pelo rubio, casi blanco, y sedoso.

Se agacha tanto al hacerme una reverencia que la tela de sus pantalones de algodón, que terminan a la altura de las rodillas, roza la arena. Su piel de porcelana es tan suave y sin poros que más que un ser humano parece más un espíritu alto y con aspecto de pájaro, con la nariz afilada y unos ojos redondos y claros.

La mujer lleva una blusa de seda negra con tirantes hechos de delicadas cadenas de plata. Aunque en esta isla hace bastante más calor que en Kerost, el aire todavía es lo bastante fresco como para obligarla a vestir una capa de color ónice y un bordado plateado que representa la hoja de solo, la hierba medicinal más popular de Curmana, que se usa para casi todos los medicamentos por todo el reino. Reconozco inmediatamente que no se trata de un espíritu, sino de la baronesa de Curmana, lady Ilia.

Observo su barriga, todavía hinchada por su reciente embarazo, y las oscuras ojeras que ha adquirido después de tener a su bebé. Aunque me había cruzado con Ilia durante el reinado de Padre, apenas llegamos a intercambiar palabra alguna. En mi último consejo real en Arida, su hermano la sustituyó porque ella acababa de dar a luz.

Con una sonrisa en los labios, Ilia se endereza. Sin embargo, sus ojos no la reflejan.

—Espero que hayáis tenido una travesía agradable —dice por educación. Le respondo con otras fórmulas de cortesía a las que rápidamente me he acostumbrado.

—Sí, muchas gracias. Me alegro de estar aquí por fin, lady Ilia. Pero no tendríais que haberos molestado en recibirme en persona. Lo habría entendido perfectamente, por vuestro recién nacido.

—Podéis llamarme Ilia a secas, gracias. Y no ha sido ninguna molestia, alteza. Aunque ahora también sea madre, no he dejado de ser la consejera de esta isla. Mi esposa, Nelly, está con el bebé, no debéis preocuparos. Es un placer recibiros en Curmana, así como tener, por fin, la oportunidad de enseñaros nuestra tierra.

Incluso en su voz percibo una gélida brisa. Su elegante rostro se mantiene inmutable, sus palabras no concuerdan con su expresión.

Detrás de mí, mi tripulación espera en silencio, pero con el rabillo del ojo distingo la incertidumbre en la cara de Ferrick. Gracias a ello sé que no soy la única a quien la actitud de Ilia pone nerviosa. Su belleza etérea la hace todavía más aterradora. Me guía por la arena blanca; es tan densa que mis botas apenas se hunden en ella.

—Os mostraré vuestros aposentos, donde os podréis acicalar para la fiesta de esta noche. Conoceréis a…

—¿Hay una fiesta esta noche?

Odio la alegría que se ha encendido en mí como una llama, y quisiera apagarla. He venido para cumplir con una misión, no para ponerme un vestido y pasarme la noche bailando. Aun así, no puedo evitar sentir que la emoción recorre mis venas como si fuera electricidad, anhelando desesperadamente esta distracción. Además, en la fiesta habrá mucha gente, y puede que entre ellos encuentre a Ornell.

—¡Podría decirse que será la mejor fiesta que Visidia haya visto! —exclama una nueva voz, una menos astuta y mucho más escandalosa.

Otra mujer se acerca a la playa a toda velocidad con paso ligero que hace que sus rizos del color de la miel reboten en su espalda. Sus ojos son de un color verde que me resulta muy familiar, como si los hubiera visto antes, pero, por más que me esfuerce, no recuerdo dónde. Su sonrisa es tan cálida que podría derretir al iceberg de Ilia.

—*Nelly* —susurra Ilia, esta vez con un tono más amable—. Deberías estar vigilando al bebé.

—¡Bah, relájate! Elias está con él. ¡Yo quería conocer a la reina!

Nelly se acerca a Ilia para darle un fugaz beso en la mejilla. La consejera frunce el ceño pero, finalmente, cede y suspira.

—Yo soy quien ha organizado la fiesta. —Nelly no espera a que yo le extienda la mano, sino que me la coge y la estrecha rápidamente entre las suyas con firmeza—. Hemos tenido que hacer algunos cambios de última hora, pero os prometo que os encantará. Habrá de todo, lo mejor que Curmana tiene que ofrecer: pasteles y vino importado de Ikae, más postres de los que jamás os podríais imaginar, pescado fresco con rodajas de mango…

Cuanto más platos enumera, más intrigado está Casem, que avanza un poco para escuchar con atención.

—Majestad —interrumpe Ilia con delicadeza cuando ya no puedo imaginar qué quedará para comer en Curcuma después de la fiesta—, permitidme que os presente a mi esposa Nelly. Procede de Suntosu y es la curadora oficial de la isla.

Las mejillas de color melocotón de Nelly adquieren un tono más intenso.

—Disculpad, alteza. Estoy muy emocionada por vuestra visita. Sabemos cómo de importante es que encontréis al nuevo rey de Visidia, así que quiero asegurarme de que todo fluya a las mil maravillas para vos. Si vais a encontrar el amor esta noche, la atmósfera tiene que ser perfecta.

Detrás de nosotras, a Bastian se le escapa la risa.

Así como la mirada de Nelly está llena de determinación, en la de Ilia veo desconcierto y un cierto arrepentimiento. Sin embargo, la forma en que me mira me dice que sabe que mi presencia en Curmana no tiene nada que ver con el amor o el romance, sino que estoy aquí por Visidia. Seguro que su hermano Elias la puso al día al volver de la reunión del consejo.

—Mi esposa es una romántica empedernida —se disculpa Ilia, a lo que Nelly sonríe.

—¿Y qué tiene de malo? Además, nunca pasa nada en Curmana. Teneros aquí es un cambio de aires que nuestra gente agradecerá.

—Pero antes deberíamos enseñar a su majestad y a sus acompañantes dónde se alojarán.

Ilia mantiene los hombros y la espalda muy rectos cuando camina, como si intentase mantener el equilibrio con algo tan pesado como mi corona de anguila en la cabeza. Aunque las dos mujeres son como la noche y el día, en su forma de andar juntas hay una evidente complicidad. La forma en la que Nelly coge la mano de Ilia y entrelazan los dedos es completamente natural.

Dentro de mí explota una envidia tan amarga y tan extensa que tengo que apartar la vista e intentar controlar mis sentimientos antes de que Bastian se dé cuenta.

¿Cómo debe ser sentir las emociones con tanta libertad y naturalidad, confiar en el otro sin que interfiera una maldición?

Apenas lo recuerdo.

—Os alojaréis en uno de nuestros balnearios, si os parece bien —anuncia Ilia, rescatándome del oscuro abismo de mis pensamientos—. El lugar más adecuado para una reina y sus asistentes.

—¿Asistentes? —protesta Vataea, pero Shanty le clava un codazo para que se calle.

—Después de todos los lujos que tendrás esta noche, V, lo cierto es que te dará exactamente igual cómo te llamen —le susurra.

Medio distraída por la conversación, me dirijo a Ilia y asiento, esforzándome en que no se me noten mis ganas al no tener que compartir el diminuto camarote las próximas noches, así como de estar en uno de los balnearios de los que mi primo Yuriel y tía Kalea siempre hablaban con tanto entusiasmo.

—¿La fiesta también será aquí? —pregunto. La mueca de Nelly me indica que he preguntado algo fuera de lugar.

—Curmana se enorgullece de ser un lugar tranquilo y relajado —explica Ilia bruscamente—. Si habéis estado en Ikae, habréis visto su ritmo de vida frenético. Son frívolos; para ellos, todo es una fiesta. —Mi lengua se prepara para protestar, pero no tengo ocasión porque Ilia sigue hablando—: La gente que visita Ikae busca precisamente ese estilo de vida, pero los que vienen aquí lo hacen para relajarse, para sentir que cada día tiene la duración de tres, y que no existe la prisa. Los turistas llegan para probar nuestra calmada forma de vivir, una oportunidad para respirar. Por ello, nuestros balnearios son una zona sagrada y no queremos perturbar su tranquilidad con una fiesta. La celebración tendrá lugar cerca del agua, en la costa. ¿Os parece bien, alteza?

Hay un destello en sus ojos del color del ámbar cuando me mira. No deseo otra cosa que beber hasta perder la razón y bailar en brazos de varios hombres guapos, reír y sentirme como yo misma, cosa que no he hecho en meses. Pero, como han dicho, solo estaremos tres días en Curmana. Debo aprovechar el tiempo para encontrar a Ornell.

—El plan es perfecto —replico, y sonrío a pesar del cansancio que me pesa en los huesos—. Esta noche será maravillosa. Solamente necesito un par de horas para prepararme. No me gustaría oler a pescado al conocer a vuestro pueblo.

—Tiene gracia —dice Bastian con un tono burlón que me pilla por sorpresa. Pensaba que seguiría enfadado por lo de las ginnadas, pero ahora sonríe—. Si es así, yo debo oler a pescado todo el tiempo, aunque nunca te has quejado de ello.

—Yo *soy* un pez —añade Vataea con sequedad, y todos nos callamos sin saber si la hemos ofendido, pero una sonrisa se dibuja en sus labios—. Creo que a la gente le gusta.

Es estremecedor cómo me relajo con las risas de mis compañeros, sobre todo cuando Bastian hace que un escalofrío ardiente me recorra todo el cuerpo y que se me corte la respiración. Él me mira y el corazón me da un vuelco. Por los dioses, qué cosas me hace sentir este chico.

—No pasa nada, Amora. No estoy enfadado.

Sus ojos son cálidos bajos sus oscuras pestañas, pero dejo de fijarme en ellos. No es justo que perciba lo que siento con tanta facilidad.

Ilia y Nelly nos acompañan hasta el balneario donde nos alojaremos, así que tengo que concentrarme y aparcar mis pensamientos sobre Bastian.

El interior del edificio, construido de piedra natural gris y con un suelo de pizarra intercalada con guijarros, es todavía más hermoso de lo que me imaginaba. La chimenea más grande que he visto en mi vida ocupa una pared entera, mientras que la de justo enfrente está cubierta de un espeso musgo amarillo, hojas verdes y una oscura enredadera que dibuja patrones complicados. Por detrás de las hojas fluye tranquilamente el agua que cae de tres pequeñas cataratas, y el reconfortante sonido se amplifica por la enorme sala.

—¿Esto es el balneario? —pregunta Ferrick con escepticismo.

—Es solo la recepción. —Se ríe Nelly—. Los balnearios están más adentro.

Se me calienta la piel. Con o sin misión, no me iré de aquí sin haber visto los baños termales.

Cuando llegamos a las habitaciones, me doy cuenta de que somos los únicos huéspedes. Bajo el pretexto de que todavía queda mucho por hacer antes de la fiesta, Ilia y Nelly nos dejan para que exploremos nuestros aposentos.

—Tenéis que ir a los baños —insiste Nelly, emocionada, antes de que los sirvientes le tomen el relevo y nos ayuden a deshacer el equipaje—. Seguro que ya están preparados para vosotros.

No espero más y me abro paso por el camino empedrado hasta encontrar un baño de agua caliente cubierta de hierbas aromáticas. El aroma de citronela y salvia me guían hasta la profunda piscina termal de piedra, dentro de la cual el calor se arremolina y se me pega a la piel cuando me inclino para oler las hierbas.

Detrás de mí hay una pared de hierro cubierta de frascos con especias. Me fijo un poco más y contemplo una pequeña etiqueta con letra elegante que describe los contenidos de cada uno: sándalo, lavanda, romero, sal marina. Hay todo lo que podía imaginarme y más, incluso aceites aromáticos para el pelo y la piel. Un cuenco de un líquido cálido y centelleante promete que mis rizos brillarán más después de usarlo. También hay pociones y tónicos para exfoliar y limpiar mi piel y luego aliviarla, así como una pared llena de productos de belleza que me hace sentir mariposas en el estómago.

Hay botes de rubor de todos los colores imaginables, productos para los labios y lápices de ojos, cepillos y accesorios para el pelo, absolutamente todo lo que podría pedir. Si quisiera algo que no se encuentra en esta sala —aunque parezca imposible—, solo tendría que escribir una nota y colgarla de la cuerda que hay en un rincón. Da igual si se trata de comida, un trago, agua fresca para el baño, ropa limpia, un estilista o lo que sea: basta con tirar de la cuerda para que los encargados lo sepan.

Por las estrellas, no me extraña que mi tía y mi primo frecuentaran tanto este lugar. Si pudiera, viviría así para siempre.

Cuando me meto en el agua sin ropa, se me pone la piel de gallina y durante un breve instante dejo que mis pensamientos vayan a la deriva y que mi misión se desvanezca. No soy la reina, soy solo Amora.

A esto sí podría acostumbrarme.

No puedo imaginar qué clase de criatura silenciosa los ha traído mientras me bañaba, pero cuando vuelvo a mi habitación descubro una colección entera de trajes y joyas curmaneses extendidos sobre mi cama de cuatro postes.

No son para nada como los extravagantes vestidos que había llevado en fiestas en el pasado; a diferencia de aquellos, confeccionados con materiales gruesos como el crepé o el raso, esta ropa es cómoda, de lino o de seda suave como una pluma. No presenta las típicas partes de arriba ajustadas y entalladas a las que estoy acostumbrada, sino que todo fluye y es elegante.

Sin llegar a ser ostentosos, los detalles de cada pieza son exquisitos, desde los complejos bordados en el hombro hasta los escotes pronunciados y las espaldas descubiertas. Uno de los vestidos de satén apenas tiene tela en la parte de atrás, sino que se cierra con unos relucientes hilos de gasa dorada, como una telaraña cubierta de rocío.

Además de los vestidos, también me han proporcionado varios trajes pantalón como alternativa, e inmediatamente me siento atraída por uno de seda. La parte de arriba, que solo llega hasta el ombligo, es de un color negro como la tinta y con los tirantes hechos de pequeños ónices. A su lado hay una capa ligera, brillante y tan fina que no creo que tenga como finalidad darme calor.

Me pongo los pantalones a juego, que me llegan a los tobillos. Son tan anchos, ligeros y cómodos que me molesto porque Arida

164

todavía no ha adoptado esta moda. Por mucho que me gusten nuestros vestidos ajustados y hechos a medida, comer sin la sensación de estar a punto de ahogarse sería una mejora sustancial.

Acabo de ponerme las sandalias enjoyadas y de atarme el pelo de un modo que espero que parezca elegante cuando oigo golpes en la puerta.

—¡Cinco minutos más! —digo, suponiendo que Casem está al otro lado—. Todavía tengo que ponerme las joyas.

Pero el sonido se repite al cabo de unos instantes, esta vez tan suave que apenas lo oigo, y me doy cuenta de que no llamaban a la puerta.

Alguien está intentando hacer girar el pomo.

Mi reacción instintiva es pensar en los hombres que me atacaron en Kerost. Saco rápidamente a *Rukan* de la funda que reposa sobre mi cama y agarro con fuerza la daga. No soporto lo deprisa que me late el corazón. Me acerco a la puerta con sigilo y cautela y con todos los pelos de punta.

«Soy Amora Montara, reina de Visidia. Incluso sin magia puedo luchar». Y con *Rukan*, basta con un corte lo bastante profundo para que el veneno del filo fluya por la sangre y termine con una vida.

El pensamiento me da el coraje para abrir la puerta con la daga preparada, pero cuando la alzo y me dispongo a atacar, Bastian retrocede y se tambalea contra la pared.

—¡Por las estrellas! —exclama sobresaltado y la voz tres tonos más aguda—. Pensaba que ya habíamos superado la etapa de apuñalarnos.

Rukan se convierte en plomo en mis manos y la envaino.

—Pero ¿qué estás haciendo? ¿Por qué no has dicho nada?

—Teniendo en cuenta nuestra situación, pensaba que me notarías mi presencia—. Se endereza y se alisa las arrugas de la camisa con una sonrisa traviesa—. Sé que no te apasiona nuestro maleficio, pero seguro que hay una solución mejor que matarme.

Hago caso omiso de su comentario. La rabia me sube por la garganta como lava.

—¿Me estabas espiando?

—¡Por supuesto que no! —exclama, apartando la mirada y cerrando los puños— Solo quería… Por las estrellas, después de lo que ocurrió en Kerost, me parece que un poco de protección adicional no sobra de ninguna manera.

Esas palabras me cortan la respiración y me calientan la piel.

—¿Por qué no me lo has dicho? Soy perfectamente capaz de…

—¿De protegerte a ti misma? —Me mira directamente a los ojos—. Sabía que esta sería tu respuesta y por eso no te dije nada.

Mi reacción instintiva es echar los hombros hacia atrás en posición de defensa, pero entonces me doy cuenta de que el dedo de Bastian está sangrando y una gota ha manchado el pomo. Aunque quiero enfadarme con él, la vergüenza hace que mis mejillas enrojezcan y mi tono de voz baje.

—Gracias —murmuro y cruzo los brazos—. Y… siento lo del otro día. No quería perder la compostura.

Él se queda quieto, la tensión es palpable.

—No tienes por qué. Debería haber sabido que no era lo más adecuado.

—No podías saberlo, ¿vale? Solo… Entra y lávate.

Hasta ese instante no me permito mirarlo con detenimiento, y el calor se esparce por todo mi cuerpo. Nunca lo había visto tan acicalado. La lujosa chaqueta de ónice, decorada con botones y ribetes dorados, hace que sus hombros se vean anchos y su pecho, lleno de orgullo. Se ha peinado el pelo hacia atrás y su cálida piel bronceada reluce por los aceites y las cremas. Cuando entra en mi habitación, lo único en lo que puedo pensar es que parece un hombre completamente distinto, bello y seguro de sí mismo.

Parece un noble.

—¿Es cedro? —pregunto al acercarme a él y oler su aroma, buscando el perfume de sal marina que desprende su piel.

—No, es vetiver —responde, levantando la barbilla como si se alegrase de que me haya dado cuenta—. Huele bien, ¿no?

Frunzo la nariz.

—Pero no es tu olor.

En cuanto las palabras abandonan mi boca, quiero volver a tragármelas sin piedad. La sorpresa que reflejan los ojos de Bastian me calienta la piel con tanta intensidad que podría arder hasta convertirme en cenizas, aquí y ahora.

—Ah. —Bastian hace un chasquido con la lengua y arquea una ceja—. O sea que sí te gusta el olor a pescado.

Por los dioses, incluso su sonrisa parece distinta, más brillante, más aguda, más astuta. Su actitud traviesa me deslumbra y hace que mi corazón se dispare. Siempre he pensado que Bastian es guapo, pero verlo tan arreglado, vestido de pies a cabeza con ropa elegante y aterciopelada de color ónice, provoca sensaciones inesperadas en mi cuerpo.

Este no es el Bastian al que estoy acostumbrada, el pirata con la media sonrisa y la mirada pícara. Este es Bastian Altair, el pretendiente visidiano que ha venido a marcar territorio.

Por desgracia para mí, ha funcionado. Mis dedos se mueren de ganas de alborotarle el pelo tan bien peinado, desabrocharle un botón o dos de la camisa de ónice y ver hasta dónde se ha embadurnado de aceite.

Me alegro de tener un momento para recomponerme cuando él se va a lavar las manos en el cuarto de baño, pero resulta inefectivo cuando regresa

—Déjame ser tu acompañante esta noche.

Su declaración es como un jarro de agua fría sobre mi piel. Siento el pulso nervioso de su alma, pero no lo muestra. Me ofrece el brazo y, aunque mi reacción instintiva es cogerlo y me muero de ganas de tocar a Bastian, me obligo a apartarme.

—Joyas —digo con un hilo de voz, buscando una distracción. Ahora no puedo permitirme *estos* sentimientos.

—¿Joyas? —repite Bastian con el ceño fruncido, pero lo relaja cuando señalo las piezas que hay encima de mi cama—. Ah, ya veo. Puedo esperar en el pasillo, si necesitas más tiempo.

Empieza a dirigirse a la puerta y, sin entender exactamente por qué, sacudo la cabeza antes de que llegue. Me muerdo el labio inferior, mi voz me delata:

—Quédate. Así podrás decirme cuáles me favorecen más.

—No hay nada que no te favorezca.

Su sonrisa es puro encanto. Sin embargo, al ver que no contesto, vuelve a ponerse serio y se sienta en el borde de la cama, expectante.

Paso los dedos por encima de las joyas, fingiendo que las contemplo para distraerme. Pero, por todos los dioses, lo único en lo que puedo pensar es en cómo la proximidad a Bastian hace que el hielo de mis venas se derrita. No puedo parar de pensar en lo frustrante que me resulta que se vea tan guapo con esta ropa, y también me estoy imaginando cómo quedaría sin ella. Además, está en mi cama.

Puede que mis sentimientos por Bastian sean reales. Es como si su alma llamase a la mía desde el primer momento en que nos vimos.

«Espero que lo intentes en serio con los pretendientes», amenazó, «porque te llevarás una decepción tan grande cuando te des cuenta de que ninguno de ellos soy yo».

No hay una sola parte de mí que no quiera zarpar en la *Presa de Quilla* y explorar Visidia con Bastian a mi lado. Recuerdo los momentos en los que pensaba que él podría ser lo que yo buscaba, que entendía mi alma de una forma en la que nadie lo había hecho antes. Pero nuestra maldición ha enturbiado esos sentimientos.

Puede que esté enamorada de Bastian Altair, pero hasta que no rompamos el hechizo, no puedo confiar en mis sentimientos para tomar esta decisión.

Lo único que puedo hacer para que mis pensamientos se esfumen es coger el collar más cercano y enseñárselo como si lo hubiera analizado todo este rato.

—¿Este? —pregunto, y hasta ahora no me doy cuenta de que es una simple y elegante cadena de plata con una lágrima hecha de perla negra y unos pendientes a juego.

Bastian se toma su tiempo para observar el conjunto y asiente con la cabeza mientras me pongo los pendientes, unas simples perlas que cuelgan de una cadena de ónice, sencillas pero refinadas. Sin embargo, cuando voy a ponerme el collar, tengo serias dificultades con el cierre. Bastian, que me estaba mirando, se apiada de mí y se levanta.

—Trae.

Coge las delicadas joyas con sus grandes manos cubiertas de callos. Tengo un escalofrío cuando acarician mi nuca, y mis pulmones se contraen de tal manera que mi respiración se convierte en suspiros cortos y silenciosos.

Si Bastian nota mi lucha interna, no lo demuestra. Consigue cerrar el broche alrededor de mi cuello rápidamente y ajusta el collar para que me quede recto.

—Ya está —dice con voz ronca, que me provoca mariposas en el estómago—. Cuánta belleza.

Pero no mira el collar, y sus manos no se apartan de mis hombros.

No queda ni un rincón de mi piel de no se haya erizado y arda de deseo bajo el tacto de sus manos, al oír su voz.

No lo soporto ni un segundo más.

Me giro y Bastian debe saber exactamente qué quiero, porque él también lo desea. Sus manos me agarran con fuerza y me empujan hacia su cuerpo con el mismo anhelo intenso que recorre mis venas. Rodeo su cuello con mis brazos y me odio a mí misma por besarlo, y me odio por no haberlo hecho antes. Retrocedo hasta la cama y arrastro a Bastian conmigo, sin parar de besarnos para hacer una mueca de dolor por los pendientes que se me clavan en la espalda, aunque Bastian intenta apartar todo lo que hay en la cama.

Por miedo a romper este momento, ninguno de nosotros dice nada. Una palabra errónea, una respiración inadecuada, una mala mirada, y todo terminará.

Sus labios buscan la curva de mi cuello y suelto un suspiro de placer, ya que mi cuerpo amenaza con derretirse bajo el reconfortante peso del pirata. Al principio, sus labios dibujan un delicado patrón por mi piel, pero cuanto más tiempo lo hace, más crece y más exigente se vuelve nuestro deseo. Nos besamos, nos tocamos, nos abrazamos.

Pero entonces Bastian dice:

—¿Estás segura de esto?

Y nos soltamos. Mi piel arde, mis pulmones se expanden y se llenan de aire con más facilidad que cuando Bastian y yo estamos separados. Si pudiera meterme en la cama en contacto con su piel para el resto de la eternidad, lo haría.

Me paso la lengua por los labios resecos, buscando las palabras adecuadas. No estoy segura de lo que quiero. Mi fuerza de voluntad cuando se trata de Bastian es abismal.

—Ya lo pillo —habla él primero para ahorrarme tener que responder. Con dulzura, sus dedos cogen algunos mechones de pelo que se han soltado de mi tocado y enreda uno de ellos por mis rizos—. Puede que no me hayan vinculado a una persona con una maldición, pero estuve vinculado a la *Presa de Quilla*, ¿recuerdas? Por mucho que ame a mi barco, el hechizo me provocó sentimientos de aversión. No quiero que nos pase a nosotros.

»Sé lo aterrador que es lo que te sucede —continúa, cambiando de posición para ponerse a mi lado en vez de encima de mí—. Pero tenemos que trabajar juntos para salir de esta, Amora. —Mi nombre pronunciado por sus labios enciende una llama en mis entrañas—. Te guste o no, estoy en este lío contigo. No tienes que cargar el peso del mundo entero sobre tus hombros. Déjame que lleve una parte.

—Es más fácil decirlo que hacerlo —protesto, y me aparto de él, pero no me lo permite, sino que me agarra por los hombros y suplica que lo mire, pero no le doy esta satisfacción. Si lo hiciera, me temo que me romperé en mil pedazos.

—Puede que sea fácil para ti —dice—, pero, por las estrellas, yo también necesito ayuda. A diferencia de ti, no tengo miedo de admitirlo. Después de todo lo que ha pasado, a veces parece que el mundo explosionará en cualquier momento, pero estar contigo me calma. Sé que querías espacio, y me he esforzado al máximo para dártelo; pero no puedo, porque estar separados no solo te hace daño a ti. He intentado sin cesar estar a tu lado y darte tiempo pero… yo también necesito que alguien me apoye.

No soy capaz de imaginarme el valor que ha tenido que juntar para reconocerlo. Sin embargo, todavía no puedo mirarlo. Cierro los puños en la tela de mis pantalones.

—No tienes que amarme —dice ahora en un tono de voz amable y tan suave que es casi un susurro—. No tienes que hacer nada. Pero nos necesitamos el uno al otro en estos momentos, y hemos pasado por demasiadas cosas para que nuestra relación se tambalee por culpa de un maleficio que vamos a romper, y lo haremos juntos.

La súplica en su voz es suficiente para robarme el aire. El peso de su cuerpo ya no es reconfortante, sino sofocante. Aparto a Bastian con un empujón y me pongo una mano en el cuello, que está hecho un nudo.

Las paredes de la habitación se cierran sobre mí hasta que solo veo un túnel. Mi respiración se agita, me cuesta coger aire, y mi cuerpo se vuelve demasiado pesado y demasiado frío, no me concentro lo suficiente para detener la sensación.

Ya no veo a Bastian al final del túnel, aunque una parte de mi mente sabe que todavía está a mi lado en la cama. En lugar de eso, veo a Padre, tumbado en el suelo y muerto. Veo a Kaven encima de él, sonriendo y con una espada cubierta con la sangre fresca de Padre cerca de la boca. Cuando consigo ver a Bastian, se convulsiona en el suelo y pone los ojos en blanco, mientras un enjambre de cadáveres con sonrisas hambrientas lo rodea.

Y entonces, lo único que veo es sangre que me nubla la vista.

Rojo.

Rojo.

Rojo.

Rojo.

Ahora hay sonidos que provienen del túnel. Al principio me cuesta descifrarlos, pero se intensifican cada vez más hasta que me golpean la cabeza como el doloroso martilleo del agotado Kerost.

Intento ahogarlos tarareando en voz baja una conocida canción marinera, intento rebajar el ritmo, intento concentrarme en la melodía entre los golpes de martillo, pero pierdo la concentración. Pierdo...

El súbito peso sobre mi cuerpo basta para darme un respiro, para hacer que el túnel se abra lo suficiente para que los martillos dejen de repicar. Los gritos que oía se vuelven más claros y me doy cuenta de que no soy la única que tararea.

El túnel se abre de golpe.

Bastian me sujeta por detrás, rodeándome el pecho con fuerza con los brazos.

—No pasa nada —dice con un tono firme y balsámico—. No pasa nada, estoy aquí contigo.

Lo envuelvo con mis brazos y me hundo en su pecho hasta que los temblores se detienen y mis pulmones abandonan la tensión. Cuando no puedo seguir tarareando la canción marinera, él toma el relevo sin que yo tenga que pedírselo. Mi cuerpo parece de plomo contra el suyo. Estoy tan cansada y me siento tan pesada que apenas puedo moverme. Por lo menos he recuperado la visión. Por lo menos vuelvo a estar en la realidad.

—¿Estás conmigo? —me pregunta.

La única respuesta que consigo emitir es un suave gruñido. Sus hombros se relajan un poco y deja de sujetarme con tanta firmeza, aunque yo me agarro a él con fuerza, usándolo como un ancla a la realidad, para alejarme de los recuerdos que tanto me esfuerzo en reprimir en lo más profundo de mi cerebro.

—Tómate el tiempo que necesites —susurra Bastian—. Respira. Podemos quedarnos así toda la noche, si te hace falta.

Y, aunque sé que lo dice por mi bien, también sé que se equivoca. No soy una simple turista de visita en los balnearios. Soy la reina de Visidia y una isla entera me espera esta noche.

No quiero nada más en este mundo que quedarme en esta posición hasta el amanecer: inmóvil, protegida y entera, escuchando el reconfortante sonido de la melodía extremadamente desafinada de Bastian. No sé si será físicamente posible que me mueva. Cada inspiración es dolorosa, todavía tengo la vista borrosa y no estoy segura de si se normalizará en algún momento. Pero no puedo permitirme el lujo de quedarme encerrada y pensar en mis sentimientos, por mucho que lo necesite.

—Tengo que levantarme —le digo a Bastian, aunque ni él ni yo hacemos gesto alguno, sino que nos quedamos sentados en silencio un buen rato hasta que Bastian se sacude.

—¿Esto es lo que te pasó hace unos días, cuando viste las ginnadas?

Trago saliva para hacer bajar el nudo en mi garganta.

—Me ha pasado varias veces.

Temo que quiera más detalles, que le cuente qué veo cuando esto me sucede, pero no pregunta nada más. Me besa en la sien sin dejar de arrullarme.

—Siento muchísimo que tengas que pasar por esto, Amora. Pero todos estamos aquí para ayudarte.

No estoy segura de cuánto tiempo nos quedamos en esta posición, pero Bastian me sujeta hasta que mis músculos se relajan y la tensión se derrite lentamente. Cuando me obligo a separarme de su pecho y levantarme, el cuerpo me duele y las piernas me tiemblan. Él se levanta al instante y espera por si lo necesito mientras me arreglo el pelo alborotado y me aliso las arrugas de mis pantalones. Al verme en el espejo, mi reflejo me devuelve unos labios hinchados y unos ojos enrojecidos. Deseo que la oscuridad de la noche sea mi aliada para que la gente no se dé cuenta.

Cuando me siento preparada, cojo el brazo que me ofrece Bastian y dejo que me guíe por los pasillos. Agradezco su presencia. Mi cuerpo está cansado como si yo hubiera abusado de mi magia y me hubiera agotado. Concentro todas mis energías en poner un pie detrás del otro con la esperanza de que, al comer y distraer mis pensamientos, me relajaré lo suficiente para participar en la fiesta de esta noche de una forma creíble.

—Tú puedes —me anima Bastian, e intento que las palabras hagan efecto. Me envuelvo en ellas como si fueran una armadura—. Estaré a tu lado si me necesitas.

—Gracias —le contesto. Le estrujo suavemente el antebrazo una sola vez y noto que su cuerpo se relaja—. Yo también intentaré estarlo.

La expresión de Bastian se suaviza, y él mira hacia delante. Cuando saltamos a la arena, sabe tan bien como yo que ya no hay escapatoria, ni de él ni de los cientos de pretendientes que ansían el título de rey.

CAPÍTULO
DIECIOCHO

Las fiestas en Curmana no tienen nada que ver con los eventos ruidosos y ajetreados a los que hasta entonces había asistido.

No hay mercaderes detrás de tiendas de dulces ginnadas azucaradas, ni cocineros con sudor acumulado en la frente de tanto asar carne fresca, ni postres glaseados ikaerís, ni las risas desinhibidas de los bailarines que se juntan alrededor de los barriles de vino y cerveza que se encuentran a lo largo de toda la calle.

Los curmaneses, en cambio, van vestidos con ropa elegante de color ónice y usan la magia de la levitación para hacer flotar pequeñas porciones de comida y copas medio llenas de un vino rosado espumoso entre la multitud. En lugar de la intensa percusión y los cuernos a los que estoy acostumbrada, en un rincón hay una arpista que toca una música tan suave y hermosa que podría dormirme sin problemas. Casi nadie habla, y cuando lo hacen, es en voz baja y calmada, siempre acompañada de una sonrisa educada.

En Arida no llamaríamos a esto una «fiesta». El silencio hace que me estremezca.

—¿Por qué nadie habla?

—Te equivocas —responde Bastian sin dejar de inspeccionar la sala, de pretendiente en pretendiente. La tensión se ha apoderado de sus hombros—. No hablan en voz alta porque saben comunicarse por telepatía, ¿lo recuerdas?

Por los dioses, no quiero imaginarme lo que deben estar diciendo sobre mí. He podido disfrutar de la magia de la mente gracias a Mira, que siempre me traía los cotilleos más jugosos del reino. Pero desde mi perspectiva actual, puede que sea mi tipo de magia menos preferido.

Observo a Ferrick, que ha entablado una conversación con la risueña Nelly, que de vez en cuando se gira para mirar de reojo a Vataea, de quien indudablemente está hablando Ferrick. La cara de mi amigo se pone roja como un tomate cuando Nelly se acerca para susurrarle algo al oído en tono conspirativo. Ferrick asiente mientras escucha los consejos románticos que le está dando su interlocutora.

A su lado, Ilia escucha la conversación con una media sonrisa divertida. A diferencia de Nelly, que lleva un vestido de gasa negra con detalles esmeralda, Ilia se ha puesto un traje aterciopelado de ónice y una delicada capa del mismo color. Su pelo está recogido en una larga trenza que le cae por uno de sus hombros, mientras que Nelly se lo ha rizado y se ha hecho un elegante tocado en un estilo que, en principio, no debería funcionar, pero que a ella milagrosamente le queda bien.

Ferrick viste ropas muy parecidas a las de Bastian, aunque este color tan agresivo hace que su piel pálida sea casi fantasmagórica. A pocos metros de distancia está el objeto de su deseo, Vataea, de pie junto a Shanty, que ha cogido una bandeja entera de comida de uno de los camareros y la sujeta entre ellas mientras beben vino espumoso. A su alrededor se ha juntado un enjambre de admiradores que lanza miradas esperanzadas a las chicas, incluso algunos se arman de valor para pedirles un baile. Vataea tiene un aspecto realmente feroz con el vestido de seda, que en ella parece una segunda piel. Está acostumbrada a las bajas temperaturas, así que se ha negado a ponerse una capa o una chaqueta, con lo cual puede presumir de la totalidad del escote y de las tiras de diamantes. Shanty ha optado por ignorar el color y el estilo tradicional de Curmana y ha encantado su provocativo vestido para que sea de un extravagante lila, a juego con su pelo y sus ojos. La diminuta pieza se ciñe a sus curvas, y Shanty se deleita por la atención que recibe.

Detrás de ellas, veo que Nelly da un empujoncito a Ferrick y él se dirige a las chicas, casi arrastrando los pies y ajustándose sin parar el cuello de la camisa, como si le apretase. Parece un pez fuera del agua. Sin embargo, consigue llegar hasta Vataea y, con las mejillas rojas como tomates, le dice algo que no consigo oír pero que hace sonreír a la sirena. Cuando él le ofrece la mano, ella se la coge con ímpetu y prácticamente lo arrastra hasta la pista de baile.

Es el pequeño apoyo moral que necesito para soltar el brazo de Bastian a medida que nos acercamos al grupo. Mi piel se enfría inmediatamente por la ausencia, y me tengo que esforzar para no volver a cogerme de él.

—Quiero bailar contigo más tarde —me dice con una sonrisa tan tensa que le arruga la comisura de los ojos—. Estaré por aquí.

Desaparece entre la multitud en el mismo instante que Nelly llega apresuradamente a mi lado. Detrás de ella está Casem con un impoluto aspecto de guardia y el reluciente emblema real en el hombro, y guardando toda la compostura que es posible con un plato con cinco brochetas de carne en la mano.

—Es hermoso, ¿verdad? —Nelly no puede esconder la emoción en su voz mientras admira los centenares de farolillos que flotan sobre nosotros. Parecen estrellas diminutas, y la magia de la mente hace que se sostengan en el aire y se balanceen con la suave brisa—. Qué maravilla de luz de ambiente. El escenario está listo, los hombres están aquí y la homenajeada por fin ha llegado. ¿Estáis preparada para vuestra gran noche?

Detrás de ella, veo que los labios de Casem luchan por reprimir una sonrisa mientras muerde un bocado de la brocheta, pero no le hago caso.

—No quepo en mí de la emoción.

Hago un gesto con la mano a uno de los camareros curmaneses, que usa la magia de flotación para hacerme llegar un pastelito relleno de crema tan diminuto que roza lo ridículo. Aunque todo es delicioso, la comida es demasiado pequeña y refinada, está pensada para permitir la conversación. Si quiero llenar el estómago, cincuenta camareros tendrán que hacerme llegar bandejas flotantes enteras.

Otro pastelito flota hacia mí y me sobresalto al descubrir que este no está relleno de crema, sino de una deliciosa carne estofada. El camarero se ríe por mi reacción, y en un instante me veo rodeada de pastelitos que bailan a mi alrededor y que esperan a que los cace en el aire.

Qué maravilla de servicio. Sin embargo, cuando levanto la mano para coger uno, Nelly frunce el ceño y me la agarra.

—Ya tendréis tiempo de comer más tarde.

Con inesperada fuerza y determinación en los ojos, me arrastra y me guía hacia el centro de la sala. La emoción vibra en su piel mientras me hace atravesar la multitud hasta un rincón del agitado mar de cuerpos. Casem se apresura en seguirnos el paso. Cuando Nelly me suelta la mano, da unas fuertes palmadas para llamar la atención de los asistentes.

—Estimado pueblo de Curmana —dice con una sonrisa tan amplia que muestra los dientes—, esta noche tenemos el honor de presentar a nuestra invitada más ilustre, la reina de Visidia: su alteza Amora Montara.

Todos los ojos se posan en mí. Las conversaciones verbales decaen y la gente se endereza, levantando la barbilla y sacando pecho, cuando se giran para verme. Me esfuerzo en no fulminar a los que me observan demasiado rato o me comen con la mirada. Aquí, frente a un público tan numeroso, seré educada. Sin embargo, cara a cara no me responsabilizo de si mi daga accidentalmente raja a los que me contemplan como un premio, o de si les piso los dedos de los pies.

Cuando la multitud se inclina para hacerme una reverencia, respondo con un gesto de cortesía con la mano. En el pasado, habría disfrutado de ello y su muestra de respeto me habría provocado un gran orgullo y satisfacción.

Ahora, al mirarlos, lo único que diviso es un reflejo de los rostros de los muertos.

¿Cuántos de ellos perdieron a seres queridos durante el ataque de Kaven, o durante las tormentas de Kerost?

Soy una mentirosa que no debería estar aquí. Los Montara no son más que una farsa, no son más poderosos que los demás. La bestia de la que nos advirtió mi antepasado Cato solo era una estratagema para hacerse con todo el poder.

Y aun así, toda esta gente se inclina ante mí porque ninguno de ellos conoce la verdad.

Hago todo lo que puedo para quedarme en tierra firme en vez de salir corriendo y huir de las miradas penetrantes. Pero puede que Ornell esté entre los asistentes, así que seguiré haciendo el paripé hasta que loe encuentre, cueste lo que cueste.

Cato Montara era un cobarde. Tía Kalea fue una cobarde. *Padre* fue un cobarde.

Yo no lo seré.

—Por favor —digo con lo que espero que suene como una risa amable—. Todo esto no hace falta esta noche. No llevo la corona, ¿veis? —Espero sin dejar de sonreír—. Llamadme Amora. A lo largo de la velada, espero tener el placer de conoceros a cada uno de vosotros, no en cualidad de reina, sino… —Hago una pequeña pausa e inspiro para que parezca que estoy nerviosa. Aprieto los labios y los miro con la cabeza ligeramente inclinada hacia abajo, inmersa en el papel de la reina amable y tímida que espera encontrar a su futuro rey—. Sino a título personal.

Casem sube al estrado para acompañarme hasta la playa. Se está aguantando las ganas de sonreír, lo cual interpreto como una señal de que estoy haciendo bien mi parte. No sé cómo ha hecho desaparecer el plato de comida que sujetaba, pero me pone una mano en el hombro y se dirige al público para decir:

—Como todos saben, su majestad busca un pretendiente, alguien que se convertirá en rey.

Levanta las cejas y yo intento no atragantarme porque es imposible que alguno de estos pretendientes se convierta en rey, como si esto fuera un concurso, sobre todo cuando llevo tanto tiempo entrenando y he dedicado tantos esfuerzos a prepararme, aunque la mayoría de las veces no tenga ni la más remota idea de lo que estoy haciendo. A pesar de todo, mantengo la sonrisa en mi rostro como si mi vida dependiera de ello. Nelly se une.

—La noche es joven —dice—, y a todos les llegará el turno. Por favor, sed pacientes, ¡y que comience la fiesta!

Casem me aprieta la mano afectuosamente y me ayuda a bajar los últimos escalones.

—Toma un poco de vino —me anima—. Lo vas a necesitar.

Casem tenía razón.

Aunque esperaba más cortejo y menos política, tres horas y dos copas de vino espumoso más tarde he bailado sin parar con un hombre tras otro, he escuchado los motivos por los cuales se consideran el mejor candidato a ser el futuro rey, y las mil cosas que estoy haciendo mal con Visidia.

De momento, no he encontrado a nadie llamado Ornell.

Como suponía, la mayoría de los pretendientes son lo bastante estúpidos como para creer que me ganarán con una lengua afilada, pero no les dejo mucho tiempo para escuchar su propia voz. Esta noche hay mucha gente, pero solo debo encontrar a una persona. Tengo que mantenerme en movimiento.

—Pienso que las fuerzas de seguridad de Visidia deberían recibir un entrenamiento organizado más duro —me dice uno de los hombres. Nelly lo ha presentado como lord Gregori. Como está emparentado con la nobleza, aunque de forma muy lejana, se cree con el derecho de actuar como un patán pomposo. Tiene poco más de veinte años, la piel blanca como la nieve y el pelo tan ondulado que estoy segura de que se ha pasado horas peinándoselo a la perfección—. Después de lo que ocurrió el año pasado, creo que ha llegado el momento de que nos preparemos mejor. Deberíamos implementar un servicio militar obligatorio y estudiar la creación de armas de largo alcance más efectivas. Tengo un diagrama de una que podría gustaros; se opera con pólvora. Imaginaos un cañón que se puede manipular con solo una mano…

—Fascinante —interrumpo su lluvia de ideas con un gesto con la mano—. ¿Por casualidad os suena el nombre de Ornell? ¿Ornell Rosenblathe?

Lord Gregori arruga la nariz, molesto, pero niega con la cabeza. Cuando retoma sus propuestas, me termino la segunda copa de vino y pido la tercera y unos pastelitos a uno de los camareros para ahogar las palabras altaneras de mi compañero de baile. Parece que no se ha dado cuenta, pues continúa hablando sin parar de las armas que quiere desarrollar y la necesidad de dedicar una parte del presupuesto al armamento. Alcanzo uno de los pastelitos flotantes y, al metérmelo en la boca, me sobresalto al descubrir un nuevo sabor.

—¡Este es de menta! —exclamo, feliz de haber encontrado una distracción razonable.

—¿Disculpad? —pregunta lord Gregori, ofendido, y entorna los ojos.

Señalo lo que queda del pastelito y lo muerdo para enseñarle la gelatina verde que fluye de su interior. Luego, tomo otro trago de vino.

—Es gelatina de menta. ¿Queréis probarlo? —le pregunto, y le ofrezco la mitad del postre. Sus ojos van del pastelito a mi copa de vino y hacia arriba. Lord Gregori hace una mueca.

—Me alegro de que nuestra reina se tome el cortejo tan en serio.

Las palabras son tan ridículas que no puedo evitar reírme. Puede que mi mente esté un poco nublada por el vino, pero todavía me queda el ingenio. Al fin y al cabo, esto es una misión.

—Y yo me alegro de ver que no sobran hombres que se creen mejor preparados que yo para hacer mi trabajo —replico con desinterés—. Decidme: ¿ya teníais estos delirios de grandeza al nacer o los adquiristeis más tarde?

Gregori se queda con la boca abierta pero, por la sorpresa, es incapaz de articular otra palabra. Incluso el suave *pop pop pop* del vino espumoso hace más ruido que él, y tomo otro trago antes de decirle:

—Todos los días de mis dieciocho años de vida he entrenado para llevar la corona. Soy yo quien derrotó a Kaven y puso fin a su amenaza sobre Visidia. Así que, por favor, seguid menospreciándome. Contadme más sobre vuestras armas y cómo solucionarán nuestros conflictos políticos. —Le pongo la copa en la mano—. De hecho, mejor que no sea así. Disculpadme.

Lo dejo atrás sin girarme. La rabia me escuece la piel. Hace medio año, hubiera cortado los dedos a este chico por injuriar de este modo a la corona. Lamentablemente, ya no tengo esta opción.

No tenía ganas de asistir a esta fiesta pero, por las estrellas, esperaba que, por lo menos, habría un poco más de baile y flirteo. Me hubiera gustado tomarme un pequeño respiro de la obligación de debatir los cambios que suceden en el reino.

—Sonríe, Amora —me digo entre dientes—. Ríete, Amora. Haz que te quieran, porque se usan varas de medir distintas para juzgarnos, Amora.

En medio de la multitud, detecto a un hombre bajo y rechoncho, vestido de un suave azul pastel de los pies a la cabeza. No sé en qué se inspira para su estilo, pero el ancho cuello y las hombreras hinchadas que lleva son lo bastante raros como para saber que viene de Ikae. Sus ojos amarillos se cruzan con los míos, y se escabulle por detrás de mí, donde un enfadado Gregori sigue sujetando mi copa de vino con la mano.

Al ver que el ikaerí escribe algo en un pergamino, entiendo al instante que es uno de los periodistas de los que me advirtió Shanty, y me muerdo la lengua y aprieto los dientes para no gritar de rabia. Le he dado una muy buena noticia.

Con el corazón en un puño, intento avisar a un camarero, pero choco contra el pecho de alguien. Retrocedo con paso torpe, pero el hombre me sujeta la mano para evitar que me caiga y me ayuda a recuperar el equilibrio.

—Cuidado —dice con voz oscura y ronca—. No quisiera que me acusaran de lastimar a la reina por accidente.

Al levantar la vista me doy cuenta de que su rostro me resulta familiar: es lord Elias, el hermano menor de lady Ilia y el hombre que la sustituyó en el consejo real en Arida.

Tiene una mandíbula fuerte y cuadrada y los hombros anchos. La última vez que lo vi estaba tan concentrada en el consejo que no le presté mucha atención. Ahora que lo tengo más cerca, su rostro es lo bastante hermoso para que se me seque la boca. Aprieto los labios e intento recomponerme sin dejar de mirar sus profundos ojos del color de la espuma marina, que resaltan sobre su piel bronceada. Es bastante más alto que yo y me dedica una sonrisa que me hace notar que lleva una barba de dos días. Me sorprende descubrir que quiero tocársela.

—Os encerrarían en las mazmorras —me obligo a pronunciar estas palabras. Siento mariposas en el estómago cuando oigo su risa, profunda y grave. Quiero ignorarlo, pero hay una familiaridad en él que me afecta. Me recuerda a un Bastian rubio, más fuerte y ancho, con una risa intensa y la voz ronca.

—Estoy seguro de que me rescataríais —flirtea—. Sé que mi reina es benevolente y no permitiría que me pudriera bajo tierra.

Entorno los ojos y finjo que sospeso las alternativas.

—Parece que no conocéis a vuestra reina. Pero os diré una cosa: podría solucionar vuestro problemilla si vos me ayudáis a encontrar otra copa de…

—¿Vino? —Nelly aparece detrás de Elias con una sonrisa reluciente como la luna y nos da a cada uno una copa de vino rosado espumoso—. Me alegro de ver que conversáis. Pero la pista de baile está un poco vacía…

La risa de Elias es grave y está teñida de incomodidad.

—Disculpad a mi cuñada —dice frunciendo el ceño y clavando una mirada en Nelly—. Lleva todo el año intentando colocarme.

—Solo intento ayudar. —Nelly se ríe con tono inocente entre trago y trago—. Necesitas a una buena chica a tu lado, Elias.

—Y soy capaz de encontrarla solo, te lo aseguro. —Suspira, aunque el modo en que sus mejillas se sonrojan me parece encantador. Extiende su copa hacia mí—. En cualquier caso, alteza, espero que con este gesto hagamos las paces.

—Es un comienzo.

Brindamos y, mientras Nelly se empieza a alejar, noto cómo se me calienta la piel.

—Os dejo solos.

Se retira y se mezcla con la multitud para volver al lado de Ilia, que rápidamente le sujeta la mano. Leo una expresión seria en el rostro de la consejera, que me observa durante unos segundos.

Nelly aprieta los labios. Aparta el brazo de su compañera con delicadeza y murmura algo entre dientes, pero no consigo oírlo. Es evidente que están discutiendo, pero en voz baja para no llamar la atención. Luego, desaparecen entre la gente.

Aunque me ha despertado la curiosidad, no puedo hacer nada porque vuelvo a detectar al reportero ikaerí merodeando cerca de mí. Echo un vistazo a Elias. Tiene todo lo que Madre y Visidia buscan en un futuro rey: es carismático, guapo y de sangre noble. La presencia del reportero me indica que he perdido la oportunidad de descubrir sobre qué discuten Ilia y Nelly. En esta fiesta no hay lugar para la política, y teniendo en cuenta que Ornell no parece estar aquí, solo me queda dar a Visidia el espectáculo que quiere.

—Debo admitir que no esperaba encontraros en la fiesta de esta noche, lord Elias —digo con un tono de voz pausado y una mirada más amable—. No me disteis la impresión de tener un gran interés por la corona.

—Nunca me lo había planteado —responde encogiéndose de hombros. Ha mordido el anzuelo y se acomoda a mi lado—. Pero después de conoceros en Arida, decidí interesarme por *quién* llevará la corona, así que darle una oportunidad a la fiesta de esta noche para ver si hay algo entre nosotros me pareció lo más lógico.

—Tiene gracia. No parecíais muy interesado la otra vez.

—¿Me creeríais si os digo que soy terriblemente tímido?

Puede que sea parte del juego, pero su sonrisa traviesa casi me ahoga. Aunque haya pasado la noche hablando con otros hombres, ninguno de ellos ha conseguido sacarme a Bastian de la cabeza ni una sola vez. He comparado todos los rostros con el suyo. Cada voz, con la forma que sus palabras me provocan mariposas en el estómago. Cada par de ojos, con lo que disfruto mirando los de Bastian. Hasta ahora, no había punto de comparación.

Por lo menos, Elias es parecido; tanto que, si no lo miro o lo escucho con demasiada atención, podría ser una distracción bienvenida.

—¿Sabíais que el nombre de Amora significa «bello sol»? —Sin haber tocado su copa, ha cambiado el vino espumoso por otro del color de la sangre—. Incluso coincide con vuestro aspecto. Radiante y hermosa, como una enorme bola de luz solar.

Pretendía tomar solo un pequeño trago de vino para mantenerme serena, pero al inclinar la copa me atraganto y sin querer me llevo a la boca tanto líquido que casi lo expulso por la nariz.

—Por la sangre de los dioses, ¿quién os ha dicho tal cosa?

Una sonrisa coqueta se dibuja en los labios de Elias.

—Nadie, pero es lo que debería significar vuestro nombre.

Y, por todos los dioses, me río sin parar, aunque en parte es culpa del alcohol y de la absurda sensación ardiente en mi nariz.

—¿Cuántas veces habéis intentado conquistar a una chica con un piropo tan ridículo? —le pregunto, acompañando mis palabras con un suave golpe con el codo a su barriga. Él se la frota y suelta una risa profunda.

—Os prometo que este era solo para vos.

A nuestro alrededor, el volumen de la música aumenta. Por suerte ya no es insoportablemente lenta y suave, sino que se anima lo bastante para que la arena se convierta en una pista de baile improvisada. Los asistentes parecen tan desconcertados que cualquiera diría que no conocen la danza. Cuando me giro para pedirle a Elias si quiere bailar conmigo, él se ha adelantado y me ofrece su mano.

—Las damas con las que he bailado en el pasado coinciden en que soy muy torpe —me advierte con media sonrisa—, pero no sé si debería creerlas. ¿Estaríais dispuesta a evaluarlo?

Vaya labia tiene.

No me detengo a pensar en su oferta porque, si lo hago, cambiaré de opinión. Debería pasar a mi siguiente interlocutor y seguir buscando a Ornell. Pero no sé si es porque debo participar en este espectáculo, porque me ha hecho reír tanto que casi me atraganto, porque me recuerda a Bastian, o porque no huyó horrorizado esa noche en la que tuve que fingir mis poderes en las mazmorras de Arida frente a los consejeros: por el motivo que sea, acepto su mano.

Todos los ojos se posan sobre nosotros cuando Elias me guía hasta la pista de baile, incluidos, seguramente, los de Bastian. Pero no quiero pensar en él.

Cuando Elias sitúa las manos en mi cadera, me tenso y se me pone la carne de gallina. Coloco una mano en el brazo que sujeta mi cintura y la otra en su ancho hombro y me acerco a él. Aunque

186

la música es más rápida que antes, es lo bastante tranquila y acompasada como para bailar en los brazos del otro.

Elias me sujeta con fuerza pero no resulta incómodo, sino más bien familiar, aunque apenas nos conozcamos. Me voy relajando mientras bailamos y el mundo lentamente se convierte en una borrosa nube de luces y joyas. Elias no es para nada torpe, sino un excelente bailarín y mejor conversador. Al principio no tengo problemas para responderle con ingenio, pero cuanto más rato pasamos en la pista, más pesadas y cansadas se sienten mis extremidades. Mis pies se ralentizan y la nube de luces y joyas ya no es hermosa, sino lo bastante dolorosa para hacerme entornar los ojos. Incluso cuando nos detenemos, el mundo no deja de dar vueltas.

Por las estrellas, debo haber bebido más de la cuenta.

Cuando la melodía termina, me aparto de Elias. Me falta el aire y estoy sudando. No es la primera vez que bebo, sé perfectamente cómo me pongo cuando llego al límite. He comido bastante y he espaciado las copas, pero no ha sido suficiente.

—Tengo que parar —consigo decir—. Lo siento.

Aunque abre mucho los ojos por la sorpresa, me alegro de que Elias no se haya ofendido.

—No os preocupéis, pero tenéis mala cara. ¿Puedo hacer algo por…?

Niego con la cabeza. No quiero que me vea así.

—Sois una gran pareja de baile, pero debo seguir con la ronda de presentaciones. —Al parar de bailar, el mundo se ha estabilizado un poco. Todavía tengo la vista un poco borrosa, y pierdo el equilibrio si me muevo demasiado deprisa, pero me encuentro mejor—. ¿Me vendréis a buscar mañana? Quizás podríais enseñarme la isla.

A pesar del mareo, no paso por alto la forma en la que su pecho se hincha de orgullo, y sonrío por su entusiasmo.

—Sería un honor —responde sin dudar—. Os esperaré aquí a media mañana, si os parece.

No tengo ocasión de contestar. El ácido ardor de la bilis me sube por la garganta y cierro los ojos para intentar controlarlo. No quiero hacer un numerito ante toda la isla.

—¿Alteza? ¿Estáis segura de que no puedo hacer nada por…?

—Puedes apartarte y dejarla respirar.

La súbita ola de calidez y alivio que me invade me indica que la voz pertenece a Bastian. Al abrir los ojos, veo que está delante de mí con un vaso de agua que pone entre mis manos. Cuando Elias titubea, los ojos de Bastian se encienden con una llama oscura y su voz se convierte en un gruñido profundo:

—Date la vuelta y vete. Llamas más la atención si te quedas aquí mirando.

Pero es demasiado tarde. En un rincón, el reportero de Ikae está empleando su magia para rellenar el pergamino, y estoy segura de que hay otros tantos como él repartidos por la sala que hacen lo mismo.

—Nos vemos mañana, Elias —digo rápidamente, e intento sonreír, pero no lo consigo porque una nueva ola de náuseas se apodera de mí. Por suerte, esta vez lo entiende y, tras una reverencia con la cabeza, se aleja.

—Hasta mañana, pues. Que os mejoréis pronto, alteza.

Cuando se va, me tambaleo, pero no llego a caerme. Las manos de Bastian me sujetan por los hombros para ayudarme a mantener el equilibrio. Por su mirada deduzco que me ha vigilado toda la noche. No esperaba que hiciera lo contrario.

—Bueno, es obvio que te gusta un perfil concreto. —Aunque gran parte de su rabia se ha marchado con Elias, todavía no es conciliador—. ¿Qué ha sucedido?

Me agarro a su brazo para enderezarme.

—Creo que el vino ha hecho efecto de golpe. Pensaba que me estaba moderando, pero…

Mi voz se apaga paulatinamente. Bastian asiente con la cabeza y me pone una mano en la cintura. La sensación provoca que una llama se encienda en mis entrañas al recordar todas las partes de mi cuerpo que estas mismas manos han tocado hace apenas unas horas en mi habitación.

—¿Cómo te encuentras ahora?

—Mareada. Pero hay tanta gente que debo conocer. Tengo que hablar con todos.

He bailado demasiado con Elias. Debería haber aprovechado ese tiempo para asegurarme de que conocía a todo el mundo. Intento soltarme de Bastian para mezclarme con la gente, pero sus manos se posan en mis caderas. Los observo con todo el cuerpo en tensión.

—¿Qué haces?

Él se endereza y mira hacia delante para evitar mirarme directamente a los ojos.

—Arrastras las palabras, Amora. Lo último que queremos es que la gente chismorree sobre cómo la reina se emborrachó en su primera visita oficial a Curmana o que compartan esas malditas imágenes móviles. No dejaré que vayas a hablar con la gente sola. —Se gira y se dirige a la multitud en voz alta, sin darme tiempo a protestar—: Este será el último baile de la noche para la reina. Tiene mucho que hacer por la mañana pero habrá tiempo de sobra para conocer a todo el mundo. Si ella desea pasar más tiempo con ustedes, se les hará saber mañana.

Es evidente que está molesto al pronunciar estas últimas palabras, que salen a regañadientes y con mucho esfuerzo.

—¿Otro baile? —gruño. Siento un martilleo en la cabeza y me duelen los pies.

—No podemos irnos de aquí sin más, levantaríamos sospechas —contesta Bastian, esta vez con un tono más amable—. Concédeme este baile y haremos una salida decente. Te traeremos comida y agua para que puedas dormir la mona y estar presentable para que mañana puedas pasar el día con mi doble.

Aunque mantiene un tono jocoso, percibo miedo en sus palabras. Por culpa del hechizo, sus sentimientos se expanden por mi cuerpo como si fueran los míos.

Esta vez, cedo y me apoyo en el pecho de Bastian. Por encima de su hombro detecto a Ferrick, que nos observa y está preparado para actuar si lo necesito. Pero ahora mismo lo que me conviene para que se me pase este malestar es el contacto con Bastian. Sentir su piel contra la mía calma mi visión borrosa, pero no basta para amortiguarla del todo.

Me había emborrachado en otras ocasiones, pero nunca de esta manera. Nuestro «baile» no es más que estar de pie con Bastian sujetándome hasta que el mundo a mi alrededor vuelve a nublarse.

—¿Has comido? —pregunta con una sonrisa falsa en los labios, ancha y profunda, para quien nos esté mirando.

—He oído a Ilia y a Nelly discutir —respondo, porque no recuerdo qué me ha preguntado.

—¿Sabes por qué?

—Puede que estuviera enfadada porque todo esto es falso. —Empiezo a reírme contra su hombro. Ya no lo veo. Mi piel está caliente, sudada. Todo es blanco—. Debe haber gastado tanto dinero en esta fiesta, pero todo es falso.

Vuelvo a reírme cuando la música se detiene y noto que los músculos de Bastian se tensan.

—Aguanta un poco más. Te sacaré de aquí.

—Disculpen —dice otra voz. ¿Ferrick, tal vez? Por los dioses, cómo quiero a Ferrick—. Tenemos órdenes estrictas de llevar a su majestad de vuelta a sus aposentos a una hora razonable para que se prepare para el resto de su visita a Curmana. Pero, por favor, sigan disfrutando de esta maravillosa fiesta. ¡Coman, beban, bailen!

Dice algo más que provoca un estallido de risas entre el público, pero no lo oigo. Bastian me obliga a dar la espalda a la multitud cuando ya no puedo fingir más. Lo único que puedo hacer es cogerme de su brazo y dejar que me guíe.

—¿Qué le pasa?

Reconozco la voz de Vataea en la distancia y me pregunto cuánto tiempo lleva a mi lado.

—Ha dicho que ha tomado demasiado vino —responde Bastian en voz baja—. Actuad con naturalidad. Reíd o algo por el estilo. Por las estrellas, Vataea, llamas demasiado la atención.

Ella se ríe discretamente, como ha sugerido Bastian. Pero a medida que nos alejamos, murmura:

—¿Estás seguro de que es vino?

—Me encuentro bien —trato de protestar, pero no soy consciente de si las palabras llegan a salir de mis labios o si me están ignorando.

—¿Una intoxicación, tal vez? —pregunta Casem. Debemos estar ya lo bastante lejos de la fiesta porque mis pies flotan y mi cuerpo se llena de calidez cuando Bastian me rodea con sus brazos y me acuna contra su pecho.

—Tenemos que llevarla a su habitación sin que nadie nos vea —dice Bastian—. Shanty, ¿una ayudita?

Esas palabras y la presión de dos cálidas manos en mis mejillas son lo último que recuerdo.

CAPÍTULO DIECINUEVE

A la mañana siguiente, cuando me levanto, lo primero que hago es vomitar en un cubo de metal que han dejado al lado de mi cama.

Aunque no lo recuerdo, algo en la forma en la que he cogido la palangana, como si lo esperase, me indica que no es la primera vez que me ocurre.

Después de unas arcadas secas, me doy cuenta de que Bastian está sentado en la cómoda a mi lado. Me sobresalto al verlo, mi estómago se cierra y él aprieta la mandíbula.

—Parece que ahora sí estás despierta.

Se levanta para recogerme los rizos y atarlos con una pinza que no tenía anoche.

—Toma, bebe un poco de agua.

Sin mediar palabra, coge la palangana y desaparece con ella. Al cabo de dos minutos, regresa y me deja un cubo limpio al lado de la cama.

—¿Cómo te encuentras?

—Mejor, creo.

Con el estómago vacío, las náuseas han frenado un poco. Mi piel ya no está cubierta de sudor frío, aunque todavía está algo pegajosa.

—¿Qué pasó anoche? Recuerdo que estaba bailando y luego nos fuimos y… después de esto, todo se vuelve difuso.

Oigo un estrépito proveniente del cuarto de baño, y tanto Shanty como Vataea asoman la cabeza.

—Te he dicho que estaba despierta. —Vatea bufa, y se acerca a nosotros. En su rostro aprecio arrugas de preocupación. Incluso Shanty, que sigue a la sirena, parece afectada, lo cual me pone la piel de gallina.

—Me estáis asustando, con esas caras tan serias —intento bromear, pero no funciona—. Tranquilos, seguramente tomé demasiado vino, pero ahora estoy bien.

Es entonces cuando Ferrick aparece. Abre la puerta de mis aposentos con cuidado y con una pesada bandeja de comida en las manos. Aunque esperaba uno de los copiosos desayunos gurmet de los que tanto hablaban tía Kalea y Yuriel, me sorprende ver que todo lo que ha traído ha salido de la despensa de la *Presa de Quilla*: carne seca, pescado, queso y frutos secos. Casem le sigue con un pequeño barril lleno de agua que guardábamos en el barco.

Levanto las cejas en señal de desconcierto. Estoy sorprendentemente hambrienta por haber vomitado tanto.

—¿No nos han ofrecido desayuno?

—Sí, pero esto es lo que te damos nosotros —contesta Ferrick mientras deja la bandeja delante de mí.

A regañadientes, muerdo un poco de cecina. A pesar del hambre, no dejo que la comida me distraiga. La tripulación me mira con tanta pena que me recuerda a cuando Lusca casi me mata, o a cuando me hirió Kaven. Todos ellos están nerviosos, como si creyeran que mi cuerpo podría desplomarse en cualquier momento. Quiero tranquilizarlos, decirles que estoy bien y que pueden ir a prepararse para el resto del día, pero sus miradas me frenan.

No se están pasando de protectores. Algo va mal.

—Amora, tenemos que contarte algo. Pero no te asustes y, por favor, confía en nosotros.

Un escalofrío recorre mi espalda al reconocer que el temblor en la voz de Ferrick es miedo puro y duro. Me tiende la mano y se la cojo sin dudarlo. Vataea me pone una mano en el regazo. Incluso Shanty, a quien no le gusta especialmente el contacto físico, aprieta con fuerza los labios, más enfadada que triste.

—Sabíamos que el nivel de tensión en el reino era muy alto —dice Ferrick—. Cuando zarpamos, sabíamos que tendríamos que ir con pies de plomo pero, Amora: creemos que tu enfermedad de anoche no tuvo nada que ver con el alcohol. Pensamos que te envenenaron.

Aparto la mano con un gesto brusco y se me corta la respiración, oprimiéndome los pulmones.

—¿Por qué? —exijo saber con un tono más cortante de lo deseado—. ¿Por qué lo pensáis?

Bastian se inclina hacia delante con los codos clavados sobre las rodillas y me mira con la expresión más seria que he visto en toda mi vida.

—Vomitaste sangre. Ferrick estuvo toda la noche a tu lado para mantenerte con vida. Sin él, seguramente habrías muerto. No has parado hasta que ha salido el sol.

—¿Tú también lo viste? —pregunto a Ferrick, que retrocede sobresaltado. Empieza a responder, pero lo interrumpe la voz áspera como la gravilla de Bastian:

—¿Crees que miento?

No tiene motivos para mentir, pero me niego a creerlo. Anoche no me sentí amenazada. Estaba haciendo el paripé que Madre dijo que el pueblo quería ver, exceptuando algún desliz como la bronca con lord Gregori.

La mayoría de los asistentes parecían receptivos. ¿Puede que alguno de los rostros ocultase la mentira?

—No —contesto en voz baja—. Pero ¿podría ser que lo hayáis confundido con otra cosa? Había muchos pastelitos rellenos de carne estofada.

Bastian arruga la nariz y se apoya en la butaca.

—No era estofado. La especialidad de Curmana son las hierbas, ¿lo recuerdas? La mayoría de las que puedes encontrar por aquí tienen fines terapéuticos. En pequeñas dosis, son relativamente inofensivas, como la hoja de zolo del emblema de Curmana. Pero… no todas son seguras, y digamos que conozco el mercado de Curmana. Si sabes dónde buscarlo, no es difícil encontrar veneno.

Miro a Shanty, que aprieta todavía más los labios.

—Tiene razón —reconoce—. He comprado más de una vez, oculta bajo varios rostros. Hay muchos tipos de veneno, pero este era letal. Tienes suerte de que Ferrick estaba aquí, y de haber consumido poco de lo que fuera que te dieron.

Vuelve el sudor frío y el desconcierto me recorre la columna vertebral al darme cuenta de que anoche podría haber fallecido. Si Ferrick no hubiera estado aquí, seguramente ahora estaría muerta.

Vataea me cubre los hombros con una manta. En su mirada hay un feroz destello protector que, si no supiera que es por mí, sería aterrador.

—Mataré a quien haya hecho esto —dice en un tono neutro e informal, como si manifestase que va a comerse una tostada para desayunar. Ferrick le pone una mano en los hombros.

—Si no lo haces tú, lo haré yo. —Bastian aprieta los puños—. Pero primero tenemos que encontrar a los responsables.

Ferrick asiente con la cabeza y se acomoda en el borde de la cama.

—Sí, los encontraremos —afirma sin dudarlo y con la barbilla bajada para que sus palabras suenen con más determinación—. Los encontraremos, Amora. Esto es algo que no puedes hacer sola. Si quieres descubrir quién ha hecho esto lo más rápido posible, debes dejar que te ayudemos.

Sorprendentemente para mí, y también para él, no encuentro palabras para protestar. Durante tanto tiempo me he sentido sola, incluso cuando tenía a mi tripulación conmigo. Pero ahora, viendo la rabia en sus ojos y sintiendo su miedo, quiero su apoyo. Quiero encontrar a los responsables de lo que me pasó anoche, y este obstáculo no deseo superarlo sola.

Padre murió por el trono y las decisiones que tomó durante su reinado. En el preciso instante que colocaron la corona sobre mi cabeza, supe que yo era la siguiente a quien la muerte buscaría. Tener el poder te da una cierta fuerza, pero también te brinda nuevos peligros. Y sin mi magia, sin ningún tipo de magia, no quiero enfrentarme sola a estos riesgos.

Más que nada, quiero compartirlo con mis compañeros. No quiero encontrarlo todo sola. Es complicado, pero tal vez en pequeñas dosis. Este podría ser el primer paso.

Ferrick suspira aliviado y la tensión de su cuerpo se relaja. Si yo no tuviera el estómago delicado, seguramente me habría reído de lo exagerado que ha sonado.

—Bien —dice en voz tan baja que todos tenemos que acercarnos para oírlo. Toma esta precaución por si alguien nos escucha al pasar—. Nos reuniremos por la tarde para ir de visita al mercado y descubrir dónde compraron el veneno y a quién se lo vendieron. —Luego se dirige a Shanty—: Necesitaremos tu ayuda.

—Solo tienes que pedírmela —responde con una sonrisa letal como un cuchillo dentado, aunque desaparece al instante cuando me mira a mí—. Pero antes de nada, hay una cosa que debes ver.

Ferrick gira la cabeza hacia Shanty con expresión contraída y seria.

—Pensaba que íbamos a esperar.

—Debe saberlo.

Por su gesto resentido, suspiro.

—Enseñádmelo, sea lo que sea. Este día ya no puede ir a peor.

Shanty saca un pergamino y empieza a desenrollarlo. Al ver la imagen móvil, me doy cuenta de lo equivocada que estaba.

SU ALTEZA, LA REINA AMORA:
¿HÁBIL GOBERNANTE O NIÑA CON CORONA?

Anoche, los acompañantes reales de la reina Amora escoltaron a su majestad al salir de la fiesta en su honor varias horas antes del final. Según el personal de Curmana, la reina Amora estuvo vomitando hasta altas horas de la mañana, lo cual hace surgir una duda: ¿podría la reina estar embarazada?

Es sabido que el clan Montara mengua y es un secreto a voces que la reina necesita tener un heredero al trono lo más pronto posible. Algunas fuentes apuntan que el padre del bebé podría ser el joven de pelo oscuro que entró solo en la habitación de su majestad antes de la fiesta.

Pero podría haber otra respuesta. Según lord Gregori, nieto del representante de Suntosu, su majestad estaba en un estado etílico avanzado durante la celebración.

«Intenté que parase», reveló en una exclusiva. «Pasamos juntos casi toda la noche hablando sobre las mejores estrategias para Visidia y comentando el desarrollo armamentístico. Al principio, parecía que Amora estaba bien: sonreía y se reía mucho, pasamos un rato maravilloso. Pero puede que la noche fuera demasiado para ella porque, a medida que la fiesta avanzaba, me di cuenta de que bebía cada vez más. Cuando quise detenerla, llevaba casi seis copas de vino y cada vez se mostraba más irritada conmigo. Al ser consciente de que algo iba mal, fui a buscar a sus acompañantes y ellos se la llevaron. No sé cómo se encuentra, pero hoy iré a visitarla. Tenemos una cita esta tarde».

Si lo que dice lord Gregori es cierto, debemos preguntarnos lo siguiente: ¿hasta qué punto está segura Visidia en manos de una recién estrenada reina de dieciocho años? ¿Es demasiado

...

Arrugo el pergamino sin terminar de leerlo. Odio la imagen móvil en la que se me ve empujando la copa de vino vacía contra el pecho de lord Gregori.

—Tu madre no está nada contenta —dice Casem con timidez—. Lleva toda la mañana gritándome.

Tiene los ojos vidriosos característicos de los usuarios de la magia de la mente. Cuando el color regresa a ellos, suspira y se frota la sien con un gesto cansado.

—Dile que fue una intoxicación —le ordeno. Me tiembla la voz por una rabia que no intento dominar, sino que la uso de combustible—. Si descubre que fue otra cosa, o si cree que estoy haciendo el ridículo, intentará que vuelva a Arida.

—¿Y sería malo? —pregunta Ferrick con una mano sobre la vaina de su espada—. Ya han intentado asesinarte dos veces. Quizás deberíamos regresar a casa y planear otra cosa.

—No me dejaré acobardar por mi reino.

Ferrick, más que nadie, debería entender por qué este viaje es tan importante. Cuando abre la boca para protestar, le clavo una mirada, y otra a Bastian, que parece dispuesto a posicionarse a favor de Ferrick en cualquier momento.

—Soy la reina de Visidia —continúo—. Estoy aquí con una misión y no pienso volver hasta que haya conseguido todo lo que me he propuesto. —Intento levantarme, pero todavía estoy demasiado débil—. Seguiremos con los planes para esta mañana y nos encontraremos por la tarde para descubrir a la persona que intentó envenenarme. Y, Casem, mientras tanto, hazme un favor: localiza al reportero que escribió este pergamino, ¿sí? Me gustaría decirle un par de cosas.

CAPÍTULO VEINTE

Da igual que esté agotada: debo presentarme con una sonrisa y continuar con esta farsa, fingir que todo va bien.

Después de echar a todo el mundo de mi habitación, excepto a Vataea, que está tumbada en el diván y con la mirada clavada en la puerta como si fuera a cobrar vida para atacarme sin aviso, voy al cuarto de baño de mis aposentos para despertar a mi piel.

Lleno la bañera de polvos y tónicos que supuestamente tienen la función de darme energía y me froto la piel con cremas aromáticas y el pelo con aceites brillantes. Al salir, me peino los rizos y me los ato en un moño. Uso agua de rosas y colorete para dar vida a mis mejillas. Al terminar, parezco menos cansada de lo que estoy en realidad, y me encuentro en condiciones para mi paseo por Curmana. Sobre todo para mi cita con lord Freebourne.

Aunque debería haberla cancelado, Ferrick ha insistido en que no podemos levantar sospechas. Sin embargo, no debo ingerir nada, ni agua ni comida, a menos que me lo proporcione la tripulación.

—Tienes buen aspecto —dice Vataea, levantándose para estirar las piernas, cuando salgo del baño vestida y maquillada—. Parece que realmente quieras impresionar a ese hombre.

La entonación de pregunta en su voz hace que me escueza la piel. ¿Intento impresionar a Elias? Es guapo y elegante, de eso no cabe duda, pero mis pensamientos no se centran en él. Fue una bonita distracción para la noche, pero poco más.

—Intento quedar bien con toda Curmana —le contesto.

Las palabras dejan un gusto amargo en mi boca. ¿Hasta qué punto debería esforzarme tanto cuando alguien intentó envenenarme? Odio no poder actuar de una forma más atrevida para alertar al reino y encontrar a quien lo hizo. Odio tener que fingir.

Vataea se ata una faltriquera a la cintura y pasa los dedos por encima de su puñal para asegurarse de que está en su sitio. En Arida, Casem y yo la ayudamos a diseñar el largo filo dentado. Es fino y lo bastante ligero como para que no le pese si se lo lleva al océano. Pero hay peligro en los puntiagudos y letales bordes del acero. Por mucho que las armas de Vataea sean su voz y el agua que la rodea, necesitaba algo para protegerse en tierra firme. Para mi sorpresa, le ha cogido bastante cariño.

—Bueno, pues vamos a impresionarlos.

Se calza un par de botas negras, me pasa mi chaqueta y salimos. Shanty nos espera fuera, sentada con las piernas cruzadas en el suelo y mordiéndose las uñas. Parece aliviada de poder levantarse, y yo estoy aliviada de tenerla conmigo. Estas dos chicas son las más feroces y más capacitadas de mi tripulación en caso de pelea. Si alguien intenta algo, me alegro de poder contar con ellas.

Por desgracia, Shanty no está sola. A su lado espera Bastian con los brazos cruzados.

—Tenemos que hablar —dice, levantando una ceja justo cuando Shanty se le acerca furtivamente para escuchar la conversación—. A solas.

—Tengo que ir a un sitio —protesto, pero él hace caso omiso a mis palabras, me agarra por la muñeca y me arrastra de vuelta a mi habitación. Cuando cierra la puerta, oigo que Vataea gruñe un par de palabras malsonantes.

—Freebourne puede esperar. —Me suelta la mano. Su mirada es seca y dura—. Sé que dije que no me importa si te guardas tus secretos para ti, pero mentí. Estamos jugando con fuego, ha llegado la hora de que me cuentes la verdad. ¿Por qué estamos aquí, realmente?

Se me paraliza el pecho. No puedo hacer nada más para que mis acciones no me delaten.

—Visidia necesita un heredero…

—No me vengas con esas —interrumpe con un brusco gruñido cargado de veneno—. Ambos sabemos que todo esto es solo una farsa, Amora. Y no olvidemos que siento tu *alma*. Anoche buscabas algo, pero no era un pretendiente. Cada vez que alguien se presentaba, sentías *decepción*. Buscabas a alguien, y quiero saber a quién. Basta de juegos.

Me pesa la lengua y se vuelve inútil ahora que el peso de la verdad se interpone entre nosotros.

—¿Por qué me has mentido todo este tiempo? —insiste. Por suerte, para esto sí tengo una respuesta.

—Porque necesitaba espacio, Bastian, alejarme de ti —contesto tan rápidamente y sin respirar entre cada una de las palabras que casi me quedo sin aire—. ¡Necesitaba sentir que soy yo misma otra vez, que no estás constantemente a mi lado cuando tomo decisiones!

—¿Y crees que yo no deseo lo mismo? ¿Para ambos? —exclama con los puños apretados, intentando frenar el temblor de rabia—. Haces como si yo te hubiera ofendido por algo, como si yo hubiera elegido esto. No fui yo quien nos hechizó, Amora; no quiero esta situación para nada, igual que tú. Pero sobre todo sé sincera conmigo para que trabajemos juntos en vez de cargártelo todo tú sola. ¡Solo los dioses saben cómo de abatido me siento porque la mujer a la que amo ha salido de viaje para fingir que busca *marido*, por tener que observar como se pasea por ahí mientras el reino intenta asesinarla, y sabiendo que ella ni siquiera me deja intentar protegerla!

No es hasta que las palabras han abandonado su boca que se queda helado y con los ojos muy abiertos al darse cuenta de lo que acaba de decir. Parece que incluso las paredes succionen el aire, esperando a que alguien rompa el silencio.

Empiezo a sudar, y no sé si lo correcto es sostenerle la mirada o apartarla. Bastian no me da tiempo a decidir, porque se gira, se cubre la cara con las manos y gruñe. Luego, se pasa los dedos por el pelo en un gesto de frustración.

—¿Sabes qué te digo? No tengo tiempo para esto. Espero que te lo pases muy bien con el guaperas. Parece verdaderamente encantador.

Quiero detenerlo. Puede que las palabras hayan salido de mi boca, no estoy segura, pero Bastian abre la puerta de todos modos, sale a toda velocidad de la habitación y cruza el pasillo a zancadas, dejando a Vataea y a Shanty confundidas. Las chicas me miran desde el otro lado del umbral.

—Bueno... —dice Shanty mientras la silueta de Bastian se aleja, y se dirige a mí con una mueca en los labios—. Entiendo que esto significa que estás preparada para tu cita.

Furiosa, cojo mi capa de la cama y me la tiro por encima. Ojalá tuviera magia valukeña para poder prenderle fuego a algo ahora mismo.

—Acabemos con esto de una vez.

___

Elias espera en la fina arena blanca con los labios apretados y caminando en pequeños círculos. Al vernos aparecer, se endereza, casi sorprendido.

—¡Amora! He leído las noticias esta mañana. ¿Cómo os encontráis? He intentado pasarme por vuestros aposentos para asegurarme personalmente de que estabais mejor, pero vuestro guardia no me lo ha permitido. Creo que no le gusto mucho.

Tiene un aspecto sorprendentemente juvenil, y mi piel se enfría al verlo y recordar cómo lo ha llamado Bastian: «guaperas».

No se equivoca, y aunque una parte de mí quiere regodearse por lo que evidentemente son celos, la otra quiere perseguir a Bastian y… No estoy segura de qué. ¿Prenderle fuego a su ropa? ¿Tirarlo al mar? ¿Besarle esa cara que tan de los nervios me pone?

Por los dioses, odio esta incertidumbre.

Por encima del hombro veo que Elias saluda a las otras dos chicas inclinando la cabeza, aunque su atención se centra un segundo de más en Vataea. Por mucho que su ropa oculte a la perfección las cicatrices de su cuello y sus piernas en los sitios donde estaban sus branquias y sus aletas, es evidente que hay algo diferente en ella.

—¿Vuestras doncellas?

Vataea entorna los ojos con una mirada peligrosa.

—Si las doncellas son las que os arrancarán el corazón con los dientes u os clavarán una daga en el ojo si miráis mal a la reina, entonces sí: somos sus doncellas.

La nuez de Elias sube y baja cuando traga saliva.

—Entonces no son doncellas. Lo tendré en cuenta.

Debería decirle que no se preocupe, que Vataea y Shanty ladran más que muerden, pero sería muy fácil deducir que es mentira, así que me agarro del brazo que me ofrece, aunque con pocas ganas.

—Debo admitir que me sentí algo decepcionado al no veros otra vez anoche —dice mientras empezamos a caminar por la playa—. Os fuisteis muy deprisa, pero me alegro de tener el día para nosotros solos para visitar la isla.

Hay un entusiasmo verdadero en su voz, y ojalá pudiera responderle al mismo nivel. Anoche, bajo el efecto del vino y, aparentemente, del veneno, una visita guiada por Curmana con Elias me pareció una idea maravillosa. Ahora, sin embargo, estoy demasiado distraída y no paro de pensar en Bastian.

El maldito ha dicho que me ama. Pero no puede ser. Seguro que sus sentimientos están tan confusos como los míos, así que, ¿cómo se atreve a decirme algo así? ¡Y luego se ha ido sin más!

Tengo que invertir todas mis fuerzas en alejar a Bastian de mis pensamientos, meterlo en un cajón y arrinconarlo para poder concentrarme en el paseo con Elias, que conoce Curmana mejor que nadie gracias a su posición en el gobierno de la isla. He venido para encontrar a Ornell Rosenblathe, y hoy tengo que conseguir avanzar.

—¿Habéis vivido aquí toda vuestra vida? —pregunto en voz baja, aunque Vataea y Shanty guarden una respetuosa distancia. De esta manera, la conversación parece más íntima: cuanto más relajado esté Elias, más información conseguiré.

—Un total de veintidós años —responde con una encantadora sonrisa—. He viajado a casi todas las otras islas, pero Curmana es mi hogar. Si algo le pasase a mi hermana, soy uno de sus potenciales sucesores en el consejo, así que procuro pasar el máximo tiempo posible en Curmana, para estar siempre al corriente de lo que ocurre en este lugar.

La curiosidad me pone los pelos de punta, pero procuro que no se me note, así que le pregunto:

—¿Ha pasado algo interesante, últimamente?

«¿Algo que tenga que ver con un veneno, por casualidad?».

Puede que no sepa que su isla tiene un lado oscuro, del mismo modo en que yo ignoraba lo mal que estaban las cosas en el reino mientras estaba atrapada en Arida. Observo su cara buscando una señal, una pausa o una duda que indique que es consciente de que algo se cuece en Curmana, algo de lo que todavía no se ha informado a las autoridades. Pero su expresión se mantiene inquebrantable y llena de confianza, no revela nada.

—Nada particularmente especial, no. Estamos más al norte y el clima es más suave, así que las tormentas que azotan las islas del sur no nos afectan. Los ingresos han crecido exponencialmente a lo largo de los años gracias a la expansión de los balnearios y la inflación de los precios de nuestros servicios más lujosos. Tenemos una economía estable y autosuficiente, ya que también producimos la mayor parte de hierbas y aceites que vendemos en la isla.

—¿Y qué hay de la criminalidad?

Ahí está. Es breve, tanto que casi me lo pierdo: un ligero tic involuntario en su mandíbula.

—¿A qué os referís, alteza?

—La tasa de criminalidad —repito—. ¿Cómo es?

—Me atrevería a asegurar que Curmana es uno de los sitios más seguros que se pueden visitar. No hace mucho estuve en Ikae y es sorprendente la cantidad de pequeños robos por los que los turistas no reciben compensación alguna. La tranquilidad de Curmana satisface tanto a sus habitantes como a los turistas; gracias a ello, nuestra tasa de criminalidad es tan baja.

Los residentes de Curmana nos miran a Elias y a mí de reojo mientras caminamos por la suave arena blanca, tan fina y polvorienta que me pregunto cómo debe ser la nieve de Zudoh. La mayoría hace reverencias, aunque varios niños me contemplan boquiabiertos, y sus padres, horrorizados, se apresuran a obligarlos a agachar la cabeza.

Shanty también los observa y analiza sus rostros con los ojos entornados. Busca a los usuarios de la magia de encantamientos que solo han venido a buscar una historia para publicar en los pergaminos de cotilleos de esta noche. Por un instante, me imagino qué dirán.

LA REINA AMORA Y LORD ELIAS FREEBOURNE: HAY ALGO EN EL AGUA DE CURMANA. ¿SERÁ AMOR?

O tal vez:

UN NOBLE O UN PIRATA.

¿CUÁL DE ESTOS ENCANTADORES PRETENDIENTES SE CONVERTIRÁ EN NUESTRO REY?

Me obligo a abandonar esos pensamientos antes de que mi rostro traicione la rabia que siento, y me vuelvo a concentrar en mi misión.

—Un amigo de la familia era de Curmana y siempre nos contaba lo maravillosa que es la isla —digo con un tono de voz ligero, fingiendo que rememoro el pasado—. ¿Os dice algo el apellido Rosenblathe, por casualidad? ¿Ornell Rosenblathe? Siempre me hablaba de la comida y de los balnearios, y que en Curmana meterse en una bañera llena de barro caliente parecía la experiencia más placentera del mundo. Me encantaría verlo, aprovechando que estoy aquí.

Todo mi cuerpo se tensa cuando Elias entorna los ojos y frunce el ceño, rebuscando en su memoria. La esperanza se hincha como un globo y amenaza con explotar dentro de mí. Cierro los puños y clavo las uñas en mis palmas para contenerme.

Pero el globo se deshincha cuando Elias frunce los labios y suspira.

—Lo lamento. Me suena, pero no estoy seguro de qué.

Intento que no se me note la decepción y no me queda otra alternativa que retomar el paseo.

Curmana realmente es otro mundo, uno maravilloso, relajante y hermoso.

Un grupo de turistas se tumba en la arena y se pone al día con los papiros o con libros. Muchos de ellos llevan sombreros gigantescos y gafas para protegerse del sol, a la vez que se cubren la piel con pantalones anchos y tops vaporosos. Los trabajadores curmaneses, vestidos en lino negro, usan la magia mental para hacer flotar una amplia oferta de comida y bebida por encima de las cabezas de los turistas.

Varios de ellos están sentados alrededor de una fogata, y más allá otros se relajan, tumbados en camillas mientras los asistentes les hacen masajes con aceites aromáticos y les ponen piedras calientes sobre la espalda.

Puede que sea muy relajante, pero es difícil no notar lo silenciosa que es Curmana. En cierta manera me recuerda a cuando conocí a Zale en el campamento de Zudoh, con la diferencia de que, aquí, el silencio no lo provoca el miedo. Como la mayoría de curmaneses se comunica mediante telepatía, los visitantes se han adaptado al silencio. Incluso cuando hablan alto, sus voces suenan como un susurro.

—Podríamos entrar, si queréis —dice Elias al darse cuenta de que observo una hermosa cabaña de piedra de la que sale vapor—. Es un edificio de meditación. Se supone que ayuda a desintoxicar la mente y el alma. Algunos afirman que también lo usan para intentar comunicarse con los dioses.

Se me escapa una risita.

—Seguro que los dioses tienen mejores cosas que hacer que hablar con humanos.

Elias se ríe.

—Pues pasaremos de largo. No pasa nada, hay mucho más que ver.

Y me guía hacia el interior de la isla, lejos del muelle.

Nos pasamos la mañana de un lado para otro, lo cual me obliga a fingir que no me muero de dolor de cabeza por el veneno.

No me lo paso mal con Elias, pero cuantos más enclaves turísticos visitamos, más se desvían mis pensamientos hacia Bastian y me pregunto cómo sería una cita con él. Si me enseñase su isla natal, Zudoh, seguro que no me llevaría a las atracciones más concurridas, sino a la caverna que exploraba de niño o al punto con las mejores vistas de la isla. Aunque tardásemos dos horas en llegar, valdría la pena. Nunca me mostraría los sitios fáciles de encontrar, sino los que contienen pedacitos de su alma.

Estoy segura de que incluso en Curmana hay lugares más fascinantes que un pintoresco restaurante donde no he podido comer nada o una ruta por los baños termales.

Al lado de Elias, no puedo evitar preguntarme dónde está la diversión en esta isla. ¿Dónde está el lado oscuro? ¿Dónde están los cotilleos y los secretos que solo se descubren cavando sobre la superficie?

Estar con Bastian me ha malcriado. Cualquier cosa que sepa a menos no merece mi tiempo.

—Tienes la cabeza en las nubes —me dice Shanty al oído mientras levanta la vista hacia el cielo, entornando los ojos por el sol—. Si buscamos con detenimiento, ¿crees que la encontraremos?

Ahora que mi atención vuelve a tierra firme, pongo los ojos en blanco, ignorando su sonrisa arrogante.

—Ja, ja, qué graciosa.

Más adelante se extiende un bosque de plátanos que crecen descontrolados y cuyas grandes hojas cuelgan anárquicamente. Detrás de ellos, más al norte, hay un paisaje de vegetación tan frondosa que cuesta encontrar espacios libres en su interior.

—Ahí está el mercado —explica Elias, siguiendo mi mirada—. La mayoría de nuestra gente vive en esta zona. Procuramos que las áreas cercanas al mar queden despejadas para los turistas, mientras que los curmaneses prefieren vivir en el interior: ahí pueden ser más ruidosos y las normas son menos estrictas. Además, así están más cerca del mercado y de los trabajos que se desarrollan en la jungla, como la recolección de hierbas para los medicamentos suntosinos.

—Y para los venenos —digo entre dientes a Vataea, que se endereza y echa un vistazo a nuestro alrededor con cautela.

Cuando la arena deja paso a las raíces serpenteantes y a las hojas secas que crujen bajo mis botas, se empiezan a apreciar los edificios humildes que indican que estamos en un extremo del mercado. En el centro se levanta un pequeño edificio de piedra decorado con musgo y centenares de hojas de los árboles que lo rodean. En el cartel de madera que cuelga sobre la puerta hay una taza humeante dibujada.

—Este es uno de mis sitios favoritos en toda la isla —dice Elias mientras abre la puerta—. Y también es privado. Me ha parecido que sería más...

«Íntimo» es la palabra que busca, pero se me pone la piel de gallina al pensarlo.

Lo único que oigo es la voz de Bastian, y sus palabras resuenan en mi cabeza.

«La mujer a la que amo».

«La mujer a la que amo».

«A la que amo».

Inspiro profundamente e intento despejar mis pensamientos.

A pesar de que el delicioso aroma del pan de miel en el ambiente me hace la boca agua, quiero sugerir a Elias que cambiemos de planes al ver aparecer la silueta larga, gélida y fantasmagórica de Ilia que emerge del interior de la tienda. Elias, tan sobresaltado como yo, se endereza.

—¿Li? —Entorna los ojos al verla—. ¿Qué haces aquí?

—Te estaba buscando —responde ella con la voz fría como un carámbano—. Como acordamos, hoy tienes otras obligaciones. Deberías estar en el bosque ayudando a los recolectores. No hay tiempo para... esto.

Hace un gesto con la mano para señalarnos y tiene una expresión tan sombría que se le marcan todavía más los pómulos. Elias parece dispuesto a amotinarse.

—Amora solo estará aquí unos días y...

—Estoy segura de que lo entenderá —interrumpe ella. Su mirada es tan agresiva que casi me hace retroceder.

Hay algo letal en sus ojos que no percibí anoche e inmediatamente me pregunto si está enfadada porque hoy sigo aquí. Si le molesta que haya sobrevivido.

Parece asqueada por la mera idea de que su hermano esté a mi lado. Incluso Vataea y Shanty se han quedado petrificadas a mi lado, pero preparadas para actuar.

—Lo entiendo perfectamente —digo bruscamente.

La sospecha se arremolina bajo mi piel. Podría ordenarle que se vaya y me deje a solas con Elias, pero, incluso con mis compañeras como refuerzo, no vale la pena. No las pondré en esta situación si puedo evitarlo.

—¿Quizás podríamos seguir durante la cena?

La voz de Elias se tiñe de arrepentimiento. Tiene los hombros caídos y una expresión de disculpa.

—Ya veremos —contesto sin mirarlo.

Mis ojos están clavados en los de Ilia, pálidos y gélidos. La consejera levanta la barbilla con un gesto de orgullo y actitud desafiante. Espera que la rete.

—He leído los pergaminos esta mañana —dice con frialdad—. Me alegro de que os encontréis mejor, alteza. Seguid explorando nuestra humilde isla hasta quedar satisfecha, pero me temo que me tengo que llevar a Elias. Seguro que vuestras doncellas os harán compañía.

Vataea frunce el ceño, pero Ilia no se da cuenta, sino que se dirige a su hermano, lo agarra por el brazo y lo arrastra lejos de mí como si yo estuviera apestada. A los pocos segundos, Elias está fuera y Vataea, Shanty y yo nos quedamos de pie en medio de este diminuto y vacío salón de té. Es entonces cuando veo a una anciana flacucha detrás de la barra. Tiene los ojos muy abiertos porque la hemos pillado mirándome directamente, y parece que esté a punto de desmayarse.

Con voz ronca y nerviosa, pregunta:

—¿Un té, majestad?

CAPÍTULO
VEINTIUNO

—Puede que tardemos menos de lo que había previsto —dice Ferrick, observando el mercado que se levanta a ambos lados del camino.

Por la tarde, el mercado es mucho más bullicioso. Han pasado varias horas desde que hemos fingido que tomábamos té en el salón para distraer a la propietaria. Solo Shanty, que asegura ser inmune a todo tipo de venenos, ha conseguido degustar algunas de las infusiones sin problema.

El mercado se encuentra en el límite de la densa jungla, en el sitio donde se encuentran la arena y las raíces. Algunos comerciantes venden su mercancía directamente en cabañas de madera, mientras que otros se apoyan contra los gruesos árboles torcidos, aprovechando que las grandes hojas les dan sombra. Nadie vende ropa delicada ni deja probar cerveza en una calle llena de competencia.

El mercado de Curmana, como el resto de la isla, es tan desconcertantemente tranquilo que los nervios que me recorren los huesos no se tranquilizan. No hay un silencio absoluto; se oyen algunas conversaciones y risas, incluso a gente que regatea. Pero muchas de las conversaciones son telepáticas. De vez en cuando observo que las miradas se cruzan y los interlocutores asienten a lo que la otra persona les debe haber comunicado con la mente. Una niña corre entre las tiendas, pero nunca le da tiempo a alejarse demasiado porque su padre usa la magia de levitación para levantarla por los aires y hacerla volver a su lado. Ella apenas se inmuta, y vuelve a salir corriendo cuando toca el suelo.

Si han hablado, también ha sido en silencio. Aunque admiro la privacidad de este tipo de magia, se me hace raro que la gente esté tan… callada.

—Este sitio es horrible. —Oigo la voz ronca de Bastian, que se esfuerza en hablar bajo para que no se le escuche entre tanto silencio. Los sonidos más fuertes a nuestro alrededor provienen de los insectos en los árboles que nos rodean—. ¿Seguro que no estamos atrapados por un maleficio?

Todos estos cuerpos silenciosos son más aterradores que cualquier maleficio, pero no se lo digo. Desde nuestra conversación en mis aposentos, apenas nos hemos mirado.

Con el rabillo del ojo apenas percibo los gruesos rizos rubios y los ojos azul claro con los que le ha encantado Shanty. Ya no tiene una barba incipiente, sino que una densa mata de pelo le cubre la barbilla y las mejillas. No puedo dejar de mirarlo. Nunca he besado a nadie con una barba tan espesa y me muero de curiosidad por descubrir qué se siente.

La apariencia de Bastian no es la única que Shanty ha manipulado con sus poderes. Ella misma se oculta bajo una apariencia dócil con el pelo marrón para no llamar la atención. Con los rasgos de sirena de Vataea no ha tenido tanto éxito: aunque ha conseguido esconder sus cicatrices, cualquiera que mire a Vataea, que ahora luce una larga melena caoba, los ojos redondos y unas mejillas rellenas, se preguntaría cómo es posible que un ser humano sea tan hermoso.

Ferrick y Casem, con gruesas ropas de ónice que combinan con su pelo negro como la tinta, parecen gemelos. Casem lo lleva corto, mientras que el de Ferrick es lo bastante largo para hacerse una coleta. Shanty ha ensanchado su largo rostro, y sus hombros parecen más esbeltos. Aunque no me he visto en un espejo desde que la Shanty nos ha alterado el aspecto y la ropa al salir del salón de té, una melena pelirroja ondulada cae por mis hombros, y sé que mi rostro y mi cuerpo están tan bien disimulados como los demás.

—Llamamos demasiado la atención como grupo —dice Bastian—. Vamos a separarnos. Así será más fácil conseguir información. Si ocurre algo, Amora y yo podemos encontrarnos el uno al otro.

Supongo que la maldición tiene una cosa positiva. Esté donde esté, percibo a Bastian como un faro en una noche sin luna.

—No vayáis muy lejos —añado. Me pongo las manos sobre el estómago al recordar el ardiente dolor que siento cuando nos alejamos demasiado.

—Aseguraos de volver aquí antes de la puesta de sol —indica Ferrick, llevándose una mano a lo que seguramente es la empuñadura de su espada, aunque queda oculta bajo su ropa.

Sus ojos, azules gracias al encantamiento, se cruzan con los míos y no se relaja hasta que yo asiento con la cabeza. Bastian pone una mano en el hombro de Ferrick y la otra, en el de Casem.

—Vámonos. Y vosotras tres —añade, mirándome directamente a los ojos una fracción de segundo antes de apartarse un mechón de pelo de la cara—, id con cuidado.

Vataea se pone una mano en la cintura.

—Como si fuéramos a dejar que suceda algo.

Dicho esto, nuestro grupo se divide y se adentra en el mercado en direcciones opuestas. Pasamos al lado de varias cabañas de madera que aprovechan los árboles de la entrada de la jungla, y están pintadas de blanco para resaltar entre las hojas que hacen de toldo y los monstruosos troncos torcidos. En la mayoría de ellas venden productos cotidianos, como especias para cocinar, medicamentos o elixires. Shanty señala una botella de zumo de semilla de zanahoria silvestre, un método anticonceptivo bastante popular, y me mira, subiendo y bajando las cejas rápidamente para tomarme el pelo.

—Concéntrate —gruño, haciendo caso omiso del calor que invade mi pecho y mi cuello.

Excepto por la falta de ruido, este sitio no parece extraño ni peligroso, pero las palabras de Bastian resuenan en mi cabeza: «Toda ciudad tiene unos bajos fondos».

—¿Qué se supone que estamos buscando? —pregunta Vataea, apartándose los mosquitos de la cara.

Me alegro de que lo pregunte porque, mientras Shanty avanza lentamente pero segura de sí misma y con determinación, yo llevo rato intentando averiguarlo.

—Buscamos algo obvio —interviene Shanty—, pero no es eso.

Gran ayuda.

Cuanto más rato pasamos explorando y rechazando amables ofertas de especias y elixires, más evidente se hace que no estoy al mando de este grupo. A pesar de su aspecto dócil, Shanty busca entre las tiendas como un depredador en plena caza. Vataea y yo intercambiamos una mirada de complicidad: las dos sabemos que no nos queda más remedio que seguirla.

Shanty finge que examina un carro lleno de frutas y hortalizas. Mientras admira un pequeño melón con una mano, con la otra se mete un melocotón en el bolsillo con un gesto casi imperceptible. No lo saca hasta que nos hemos alejado lo bastante para clavarle un mordisco. Se seca con la manga el jugo que le chorrea por los labios y la barbilla.

—Bastian también hace eso.

Pienso en la destreza de sus dedos, la astuta forma en la que puede pasarse una moneda de una mano a otra sin que se note.

Shanty suelta una carcajada sonora y genuina. Luego, muerde el melocotón y, con la boca llena, dice:

—¿Quién crees que se lo enseñó?

Casi tropiezo por la sorpresa. No es ningún secreto que Bastian y Shanty se conocían de antes. Cuando la conocí, lo primero que le dijo a Bastian es que le debía dinero, lo cual me llevó a pensar que había sido algo efímero. Pensé que él había pasado unos días en Ikae y se cruzó con ella, o que la había contratado para un trabajo. Pero resulta que hay más.

Shanty tira el hueso del melocotón en la arena.

—Sucedió cuando éramos niños, sucedió mucho antes de que las barracudas tuviesen un nombre. Yo me había ido de casa la estación anterior, y él llevaba más o menos el mismo tiempo en su barco.

»Nos conocimos en el mercado —continúa tras una pausa para limpiarse la mano en los pantalones—. Él quería robar un poco de pan y yo tenía los ojos fijos en unos pendientes de diamantes de color rosa. También estaba muerta de hambre, no me malinterpretes, pero me pareció que Bastian no pensaba a lo grande. ¿Por qué ir a por el pan cuando puedes robar algo con lo cual comprar la panadería entera? Yo todavía no controlaba del todo mi magia, pero desde pequeña había aprendido a cambiar mi cara lo suficiente para evitar que me reconocieran. Me aplicaba un encantamiento, me metía en las tiendas y fingía que estaba de compras. A veces, si tenía dinero de sobras, compraba algo de verdad para que aprendieran a confiar en mi rostro y no me prestaran tanta atención cuando me acercaba a las joyas.

»Me pasé una semana averiguando cómo funcionaba esa tienda. Entraba cada día con una cara distinta para ver quién trabaja en ella y descubrir cuál de los tenderos era la presa más fácil. Bastian también estaba ahí todos los días, merodeando por las calles, robando cosas pequeñas como pastas o fruta. Pensaba que no me había reconocido; la que estaba acostumbrada a observar era yo porque, normalmente, nadie se daba cuenta del engaño. Hasta que, un día, Bastian lo notó.

Shanty sacude la cabeza al decirlo, y se le dibuja una sonrisa nostálgica en el rostro.

—Cuando hube robado los pendientes, volví a mi escondite. Creo que era un chiringuito que había tenido que cerrar y que no conseguían vender. No me di cuenta de que me habían seguido, pero Bastian me encontró. Se presentó en mi escondite y me dijo que había visto cómo aplicaba la magia de encantamientos en mi rostro la primera noche, y que desde entonces sabía que era yo. Aunque yo lo había observado y lo había considerado tonto por ir a por objetivos tan triviales, resultó que él había sido más listo. Sabía que yo tenía los pendientes y había visto lo que era capaz de hacer. Si hubiera querido, me podría haber denunciado a las autoridades y lo habrían recompensado. Esos pendientes no eran las primeras joyas que robaba: las tiendas se quejaban de los hurtos y los soldados habían empezado a buscarme en serio. Bastian lo sabía, estoy segura, pero cuando le pregunté si iba a entregarme, se rio y me contestó que no, con la condición de que formásemos un equipo. Es un tío astuto. Intenté quitármelo de encima un par de veces, al principio, pero siempre conseguía encontrarme. Era más listo de lo que parecía.

Tardo un instante en darme cuenta de que estoy sonriendo e intento borrar la expresión antes de que mis amigas lo noten. El Bastian del relato de Shanty es exactamente como el pirata del que me enamoré.

—¿Y luego qué pasó? —susurra Vataea para que no se oiga su melodiosa voz en público—. ¿Por qué os separasteis?

Shanty se da cuenta de que yo también siento curiosidad.

—Nunca hubo sentimientos románticos entre nosotros, si es lo que os imaginabais. Los hombres no son mi tipo. Bastian y yo fuimos compañeros de negocios durante una temporada, pero él nunca se asentó en Ikae como yo. Todas las noches volvía a dormir a su barco y regresaba a primera hora de la mañana, preparado para trabajar. Guardaba muchos secretos, pero no era un problema, porque yo también era conocedora de muchos otros. No intentábamos sonsacarnos información; ser socios era una gran ventaja y supongo que ninguno de los dos quería perder eso. Me espabilaba bien robando sola, pero entre dos se consigue mucho más. Uno podía crear una distracción mientras el otro robaba. Empezamos a robar no solo joyas, sino también armas. Ropa cara. De todo.

»Sin embargo, a medida que Bastian se hacía mayor —continúa Shanty—, nos dimos cuenta de que con su sonrisa no solo distraía, sino que también podía robar corazones. Cuando empezó a flirtear con hijas de familias influyentes, los dos llegamos a la conclusión de que no necesitaba ayuda para modificar su rostro, pues sabía muy bien cómo usarlo. Tomó lo que necesitaba de Ikae y, cuando no quedaba nada más en la ciudad para él, se marchó. Dejó de necesitarme, lo cual suena mal, pero no me molestó demasiado. —Se encoge de hombros—. Nunca tuvimos lo que se diría una amistad verdadera; creo que Bastian no sabía cómo mantenerla. Pero trabajar con él me enseñó lo mucho que yo disfrutaba trabajando con otra gente y que un equipo podría reportar mejores beneficios. Cuando Bastian se fue, encontré a otros que vivían en la calle como nosotros y creé las barracudas.

—¿Y el dinero que te debía? —pregunto—. ¿El que le pediste la última vez?

—De vez en cuando se pasaba por mi club. En una de esas, me robó el maldito pendiente. —Me sorprende que lo diga con una sonrisa—. Los del diamante rosa de la noche que nos conocimos. Nunca llegué a venderlos, me gustaban demasiado. Todavía tengo uno, pero Bastian se las apañó para robarme el otro.

Recuerdo haber visto un pendiente así el verano pasado mientras trabajaba en su escritorio para crear a *Rukan*. Entonces no le presté mucha atención, solo sospeché que era un recuerdo de alguna conquista pasada, o tal vez una joya cara que pretendía vender en cuanto tuviera ocasión.

No creo que Bastian estuviera en contra de hacer amigos. Sé más que nadie cuánto quería establecerse en algún sitio, pero también que pensaba que no podía. Si pasó tanto tiempo con Shanty no fue porque la necesitara o porque se sintiera obligado. Era porque quería que funcionase.

Quería a Shanty, y seguramente por eso no solo le robó el pendiente, sino que también lo conserva. Un recordatorio por si no vuelve a tener la ocasión de verla.

A pesar de su fachada como pirata, Bastian es un buen hombre.

—¿Amora? —Oigo la voz de Vataea, dulce como el azúcar, que me calienta la piel—. ¿Te encuentras bien?

Empiezo a hacer un gesto con la mano para indicar que no pasa nada, pero algo me detiene. Si alguien me va a decir la verdad, esa es Vataea. Por lo que sé, las sirenas raramente mienten y no tienen la necesidad de esconder la realidad para evitar herir los sentimientos ajenos.

—¿Crees que, sin el hechizo, ahora estaría con Bastian? —le pregunto. La única forma de sacar las palabras es obligarlas a que contesten rápidamente, sin pensar demasiado en lo que digo—. ¿Crees que todavía lo quiero?

Se me queda mirando con inexpresividad en los ojos y, sin inmutarse, contesta:

—Creo que ya sabes la respuesta.

Y me adelanta sin mirar atrás, sin darse cuenta de que se me ha cortado la respiración.

¿Cómo puede estar tan segura?

—No tenemos tiempo para revelaciones personales. —Shanty llama mi atención con un golpe con la cadera y señala hacia arriba con la cabeza—. ¿Ves aquello? ¿En la manga de la vendedora? Es nuestra señal.

Tardo más de lo que debería en percatarme acerca de lo que habla: una hoja de zolo dorada bordada en la manga de la larga túnica de ónice de la comerciante.

—¿Esa es la marca que buscamos? —pregunta Vataea con el mismo escepticismo en la voz—. Esas hojas están por todas partes.

—Esa es la gracia —contesta Shanty casi con admiración—. Las hojas de zolo son famosas por sus dos venas centrales. Si os fijáis, esa hoja solo tiene una. La mejor manera de esconder algo es hacerlo a la vista de todos.

Pestañeo al entender que tiene razón. Pero, sin ella, no lo habría visto.

La mujer que porta el símbolo sonríe con la misma amabilidad que los otros mercaderes, aunque no se refleja en sus ojos.

—¿Pan de romero? —ofrece. No tiene una tienda oficial, sino que está apoyada contra un tronco con una cesta de madera llena de pan delante de ella.

Shanty coge un panecillo y lo huele.

—Debe ser complicado mantener el negocio a flote con tanta competencia. Creo que es el cuarto puesto de pan que hemos visto.

Con el rabillo del ojo compruebo que Vataea ha retrocedido poco a poco y se ha colocado a la izquierda de Shanty. Me hace una señal con la cabeza para que la imite y me ponga a la derecha de la cambiacaras. Entre las tres, formamos un triángulo que atrapa a la mujer contra el árbol.

—Cuando vendes el mejor, los clientes no faltan —responde la vendedora.

—Qué túnica más hermosa. Me encanta el bordado —dice Shanty.

Luego, toma un bocado de pan y, tras reflexionar un momento, lo escupe al suelo.

—Sí, es este. ¿Qué lleva? ¿Menispermum? Debe ser una dosis pequeña, cuesta detectarla por el romero. Es un sedante, ¿verdad?

La expresión de la vendedora cambia por completo y suspira profundamente.

—Tú eres la chica de quien todos me han advertido, ¿verdad? —dice—. ¿La cambiacaras? Tenemos órdenes de no venderte nada.

La sonrisa de Shanty se amplía, satisfecha por haber hecho algo que merece una advertencia.

—Buena suerte, pues. Llévanos a tu tienda y todo será muy fácil. Si no, tendré que convencerte, y créeme que puedo ser muy persuasiva.

—Eres una ladrona. Si crees que vamos a ayudarte después de robar todo…

Shanty chasquea la lengua.

—Uy, uy, no hablemos del pasado y centrémonos en el presente.

Me mira, señala mi daga con los ojos y levanta una ceja. Pongo los ojos en blanco y saco a *Rukan*, pero solo porque es la más llamativa de las dos. Agarro la empuñadura con fuerza y la vendedora traga saliva.

Shanty coge mi arma, que entrego a regañadientes. Sin ella, que es mi segunda mejor defensa, y sin mi magia, me siento desnuda. Intento calmar mi respiración agitada por la ansiedad en aumento.

La visión empieza a nublarse, pero antes de que pueda empezar mi ataque, detecto a Vataea, que clava sus ojos en los míos. Intento calmarme.

Intento pensar en su risa, en la canción con la que manipula las olas que empujan nuestro barco. En la que canta cuando se sienta al lado de la figura del casco al atardecer, cuando cree que nadie la escucha.

No hablo su idioma ni entiendo las palabras, pero reproduzco la melodía en mi cabeza hasta que el pecho deja de estar tan oprimido y se hincha con las inspiraciones profundas que consigo hacer. Levanto la barbilla y me enderezo, y asiento con la cabeza para indicar a Vataea que estoy mejor.

Ella me devuelvo el gesto y, aunque la tensión en sus hombros delata que no me cree del todo, lo deja correr.

—Conoces bien los venenos —dice Shanty a la vendedora con tono despreocupado sin dejar de apuntarla con *Rukan*, admirando los curiosos destellos azules e iridiscentes del filo dentado y ondulado—. Dime, ¿conoces las leyendas sobre Lusca? ¿Sabías que cada uno de sus tentáculos tiene ganchos con púas llenas de un veneno letal como ningún otro? Es muy improbable que se descubra el antídoto: la única forma de evitar la muerte es cortarse la zona infectada o drenar la sangre antes de que el veneno se expanda por todo el cuerpo. Este filo *es* una de esas púas de Lusca, porque esta mujer, nuestra *reina*, derrotó al monstruo en alta mar.

Cuando Shanty, que se está divirtiendo demasiado, me señala con la cabeza, la vendedora palidece. Sus dedos se clavan en la tierra y sus pies se colocan en una posición evidentemente preparada para huir.

—Con un simple corte en el cuello, solo una puñalada, bastaría para…

La mujer se levanta a toda velocidad, pero estoy lista: arremeto contra ella y la tumbo con una patada rápida y limpia. La mujer cae de bruces al suelo cubierto de hierba y arena, y antes de que vuelva a levantarse, me siento a horcajadas sobre su espalda con una mano en la empuñadura de la daga de acero. La otra agarra su pelo y levanta su cara de la arena.

—La próxima vez haz un discurso más corto —le recrimino a Shanty, que me responde con un ligero bufido.

—Inventarse amenazas creíbles es mucho trabajo. —Suspira—. Deberías mostrar aprecio por ellas.

El calor me recorre el cuello y me mantiene concentrada. Mi sangre late con fuerza por mis venas, llenas de pequeñas chispas de energía. Por primera vez en quién sabe cuánto tiempo, me siento *viva*. Aunque en el fondo sé que está mal, aunque no debería gustarme la pelea, disfruto con ello.

Anhelo este sentimiento más que nada.

La comerciante maldice e intenta atacarme con sus largas uñas. A lo largo de una de ellas se extiende una fina y elegante pieza de metal en la punta que parece decorativa. Consigue arañar mis pantalones y, aunque no desgarra la tela, empieza a crepitar. No sé de qué veneno se trata, pero arde, y reniego al ver que se extiende por mis pantalones a toda velocidad. Solo puede significar que luego pasará a mi piel.

Suelto su pelo y corto la tela del pantalón con la daga antes de que eso suceda. La mujer intenta aprovechar la ocasión para hacerme perder el equilibrio y escapar, pero Vataea le pone un pie en el cuello para detenerla. Sus ojos dorados tienen un brillo letal.

—Empiezo a tener hambre —dice con voz gélida—. Vuelve a hacer eso y te despellejaré viva y te cortaré la carne a filetes como un pez.

—Ooh, muy buena, V —celebra Shanty—. Déjala para más adelante. Puede que la necesitemos en el futuro.

La vendedora se queda helada y palidece.

—No eres humana.

—Me alegro de que te des cuenta —dice Vataea. Sus palabras son tan letales como sus ojos dorados—. Y ahora, si tu vida tiene algún valor para ti, vamos a hacer las cosas fáciles. Mis amigas y yo tenemos un par de preguntas.

Levanta la bota del cuello de la mujer y yo me yergo lo suficiente como para que pueda respirar y enderezarse.

—Os llevaré allí —responde la mujer con voz ronca y frotándose la garganta—. Y os diré lo que queráis. Pero daos prisa, por favor, antes de que nos vean.

CAPÍTULO
VEINTIDÓS

La humedad se me pega a la piel a medida que dejamos el mercado atrás y nos adentramos en la jungla de árboles descuidados y exuberante vegetación. Nos rodea un enjambre de insectos que se siente atraído por nuestro sudor, y los aparto con la mano y con maldiciones cada vez que consiguen probar mi piel.

Cuanto más avanzamos, más crece la distancia que me separa de Bastian y más me pesan las extremidades por el efecto de la maldición en mis huesos.

—¿Queda mucho? —exijo saber cuando la vendedora duda mientras inspecciona la corteza de un tronco caído.

Entornando los ojos, detecto una pequeña hoja de zolo tallada burdamente en la madera. La tensión de mis hombros se relaja. La mujer no nos está tendiendo una trampa: está buscando. En una jungla tan extensa, es casi imposible distinguir las cosas. No sé adónde vamos, pero está bien oculto.

—Ya casi hemos llegado.

—¿Cómo encontraste este sitio la última vez? —pregunto a Shanty.

—Nunca he estado en la base —contesta mientras mata de un manotazo a un mosquito que le ha picado en el cuello—. Usé mis poderes para disfrazarme como uno de los comerciantes y les robé la mercancía. De alguna manera tenía que ganarme la vida, Amora —añade con una sonrisa cuando levanto una ceja—. Nadie que no lo mereciera no salió herido.

La ausencia de mi magia espiritual me provoca un dolor agudo en el pecho. ¿Qué no daría por poder analizar el alma de Shanty con ella y ver cómo es por dentro.

A medida que nos adentramos en la jungla, las hojas de los árboles se vuelven más espesas y cubren el cielo. La luz del sol apenas las atraviesa y se hace imposible determinar cuánto rato llevamos aquí dentro o cuánto falta para la puesta de sol. Siento una opresión en el pecho.

—Por los dioses, más vale que te apresures —exijo a la mujer.

Aunque aligera el paso, la vendedora gruñe. Arrastro los pies tras ella, aunque me cuesta seguirle el ritmo a través del denso musgo y las malas hierbas que se arremolinan bajo nuestras botas. Vataea, que tropieza con algo y ya debe ser la cuarta vez, mascula unas palabras entre dientes y clava su puñal en los hierbajos.

—Sabes que son inanimadas, ¿verdad? —le dice Shanty—. ¿Y que no tratan de herirte?

A pesar de ello, Vataea escupe al suelo.

—La tierra está demasiado llena de desorden. En el mar, por lo menos, hay espacio vacío y se ve adónde vas.

Me estremezco al recordar la última vez que nos llevó al mar para poder cruzar la barrera de Kaven y entrar en Zudoh. El océano me pareció amplio, pero para nada vacío. Sus profundidades ocultan demasiados misterios, cosas que no podía ver pero que sé que nos observaban.

Por suerte para Vataea, no queda mucho camino. La vendedora golpea la corteza de otro árbol con los nudillos y, esta vez, las tres nos quedamos calladas cuando el vacío responde como un eco. La mujer mete los dedos en la corteza gris y tira de ella como si quisiera abrir el árbol.

—¿Escaleras?

Vataea entorna los ojos y, sin soltar la daga desenvainada, se acerca a la mujer. Ahora que he recuperado a *Rukan*, la sujeto con fuerza en la mano y echo un vistazo a la base del árbol. En efecto, hay unas escaleras en el interior que descienden por las raíces hasta las oscuras profundidades de lo que parece ser una sala vacía.

Es ingenioso: por mucho que alguien buscase este sitio, nunca lo encontraría.

—Bajaré primero —digo—. Si sabe comunicarse telepáticamente, nos espera compañía ahí abajo.

Hago el gesto para empezar a bajar, pero Vataea me pone una mano en el pecho y me frena.

—Eres la reina —me recuerda con un tono seco y frío—. Tienes que sobrevivir.

No acepta un no como respuesta, me adelanta y baja las escaleras. Rápidamente la sigo, con Shanty y la vendedora a la cola.

—Si intentas algo sospechoso —advierte Shanty a la mujer con un tono engañosamente amable pero sin dejar de apuntarla con la daga por la espalda—, morirás en menos que canta un gallo.

Las escaleras están hechas de tablones de madera medio podrida, colocados sobre una tierra apenas estable. Las bajamos despacio y con las armas preparadas a pesar del silencio que nos recibe.

Una oscuridad sofocante cubre el túnel, tan estancada que mis pulmones se comprimen. Todo está tan negro que, antes de dar el siguiente paso, vigilo dónde pongo los pies. Cuando llegamos al fondo de las escaleras y el suelo se nivela, mis ojos se ajustan lo suficiente a la oscuridad como para intuir las siluetas de una pequeña mesa de madera y una lámpara de aceite. La mujer enciende la lámpara con una facilidad que indica que no es la primera vez, y una tenue luz ámbar baña la estrecha sala.

No nos reciben caras que estén dispuestas a atacarnos. Excepto por las nuestras, no hay armas a la vista ni se presenta la ocasión de pelear.

—Están aquí —dice la vendedora, señalando con la cabeza un pequeño espacio tallado en un rincón.

Dedico a Vataea una mirada cargada de sospechas, y su expresión cómplice las confirma; algo no va bien, es demasiado fácil.

—No nos entretengamos —le digo—. Tenemos que darnos prisa y salir de aquí.

Las paredes están llenas de viales con venenos líquidos y bolsitas de algodón llenas de polvos, cada uno de ellos etiquetado no con el contenido, sino con los efectos. Se me pone la piel de gallina al ver que más de la mitad posee el símbolo de una calavera y se me ocurren mil maneras de quemar este sitio hasta que desaparezca por completo. Y pensar que algo así existía frente a mis narices…

¿Estaba Padre al corriente? Después de todo, no me extrañaría para nada. ¿Cuánto tiempo ha permitido el clan Montara que el reino se autodestruya? Con cada día que pasa, crece más la sensación de que reparar el daño es cada vez más complicado.

—Alguien intentó matar a la reina —comenta Shanty mientras echa un vistazo a las estanterías y sin disimular que se ha metido tres viales y dos bolsitas de polvos en los bolsillos, a pesar de las protestas de la vendedora.

Me muerdo la lengua. Después de todo lo que ha hecho Shanty para ayudarnos, no puedo evitar preguntarme para qué los quiere. Le pago demasiado bien para que represente una amenaza para mí.

A menos que alguien le ofrezca más…

Odio tener estos pensamientos, pero Vataea observa a la cambiacaras con la misma intensidad que yo. Ha entornado los ojos e intenta descubrir qué ha cogido Shanty exactamente. El aire alrededor de Shanty se enrarece, pero intento ignorar el martilleo en mi sien que me provocan los restos de veneno de anoche.

—Creemos que le pusieron algo en la comida —dice Shanty—. Algo que se podía ocultar con facilidad.

La vendedora responde con un bufido.

—¿De verdad crees que alguien conseguiría hacer algo así en una fiesta? ¿Poner veneno en su comida concretamente? Había muchísimos invitados, era demasiado arriesgado. Habría más gente afectada.

De repente, *Rukan* se siente pesada en mis manos.

—Si no era la comida o el vino, entonces, ¿qué?

—¿Cuáles eran los síntomas?

La mujer examina las estanterías y mira las etiquetas entornando los ojos. Vataea se mantiene cerca e inspecciona los viales con una mueca en los labios.

—Vomité sangre y todo me daba vueltas. Al levantarme era como si no hubiera bebido agua en todo un año. Anoche, por más que comiera, no me sentía llena, pero hacia el final no era consciente de lo que sucedía a mi alrededor. Me desmayé.

—Eso descarta el veneno en la sangre. Tarda demasiado en surtir efecto, y te has recuperado muy deprisa. —Se dirige a otra estantería con la misma expresión en el rostro—. Podría ser veneno por vía oral pero… no, demasiado arriesgado. Tuvo que entrar en el cuerpo por otra vía. Tal vez…

—Por la piel —completa Shanty.

Al oír las palabras, se me encoge el estómago: ahora todo encaja.

El baño. Había algo en los aceites y los tónicos que puse en el agua, los que inspiré por el vapor de agua y que me empaparon el cuerpo.

El que lady Ilia dejó preparado para mí al llegar a Curmana.

No sospeché nada al encontrarme la bañera lista cuando llegué a la habitación. Al fin y al cabo, soy la reina. Es normal.

Pero no tenía como objetivo causar una buena impresión: alguien intentó asesinarme.

Me agarro a una estantería para recuperar el equilibrio y choco con tanta fuerza que uno de los viales, lleno de un líquido amarillo fluorescente, cae al suelo y estalla en varios pedazos.

La vendedora se pasea entre otras estanterías y chasquea la lengua cuando encuentra lo que estaba buscando.

—¿Olía así?

Me ofrece una bolsita, pero Shanty se adelanta e inspira profundamente antes de dármelo.

Huele a citronela y salvia.

La bilis me sube por la garganta.

—¿Quién fue la última persona a la que le vendiste esto?

—Hace mucho tiempo —contesta la vendedora—. No recuerdo…

La interrumpo con un puñetazo seco en la estantería, de la que caen otros viales.

—Esto no es un juego.

Cojo la mano de la mujer y la tiro hacia mí, haciendo caso omiso de su respiración agitada y de sus súplicas cuando paso el filo de *Rukan* por el interior de su dedo índice. Aprieto lo bastante para que le salga sangre. Unas líneas azules se dibujan a toda velocidad por su piel cuando el veneno entra en su cuerpo. Grita y le tapo la boca con la otra mano para amortiguar el sonido. Cuando me muerde, clavo la daga todavía más hasta que me suelta y empieza a llorar. Estoy a punto de cortarle el dedo.

—Tienes un minuto para darme un nombre.

Le aparto la mano de la boca, pero cuando vuelve a chillar, le clavo un golpe con la rodilla en el estómago que le corta la respiración.

Una vida no es más importante que el reino entero. Si yo muero, también lo hará la posibilidad de liberar a mi pueblo. A diferencia de la pelea en Kerost, aquí, lejos de miradas inesperadas, puedo atacar con total libertad después de todo lo que la mujer ha hecho, y voy a hacerlo.

Poco a poco, asegurándome de que la mujer siente cada centímetro del puñal, repito la operación en otro dedo.

—Cuanto más veneno en la sangre, más deprisa actúa. Inténtalo otra vez y no tendrás otra ocasión de hablar porque te rebanaré el cuello.

Intenta fulminarme con la mirada, pero el miedo es más fuerte cuando le pongo el filo de *Rukan* cerca de la garganta. La mujer tiembla, su determinación flaquea.

—Alguien lo encargó hace unos días, ¡es todo lo que sé! No vino a la tienda, pero sabía quién soy. Nos comunicamos por telepatía, y el comprador ocultaba el rostro con una capa. Solo fue un intercambio de bienes, nada más.

No aparto mi arma, sino que la aprieto más contra su cuello.

—Por tu bien, espero que tengas algo más que ofrecer.

—Amora. —Escucho la voz de Vataea, pero no me giro.

El pánico se apodera de la voz de la mujer, toda su piel está empapada de sudor.

—¡R-rubio! Tenía el pelo rubio, y era una figura alta. Y… ¡Dioses! ¡No sé nada más! Creo que su voz estaba encantada de algún modo: cada vez que hablaba con esa persona, la voz sonaba diferente. Nunca vi su rostro, ¡lo juro!

Me aparto para mirar a mis compañeras.

—Era alguien que sabía que veníamos a Curmana y en qué habitación me alojaba.

—*Amora* —repite Vataea con tensión evidente en la voz y los ojos clavados en las escaleras—. Ha dicho que se comunicaba por telepatía.

Las implicaciones de esas palabras me frenan en seco. Dejo de sujetar a *Rukan* con tanta fuerza porque el miedo se extiende de la punta de los dedos de mis manos hasta los pies.

—Tenemos que salir de aquí.

La mujer no estaba perdida por la jungla: estaba ganando tiempo.

—¡V, Shanty, vámonos!

Este sitio tan diminuto es el último lugar donde quiero luchar. Las chicas no dudan. Envainan sus armas y salen disparadas hacia las escaleras, y yo aparto a *Rukan* de la cabeza de la vendedora, que cae al suelo con una risa fría y llena de dolor.

—Había oído que la reina era violenta —dice con tono burlón—. Tendría que haberle dado un veneno más fuerte a mi cliente.

La dejo en el suelo y cojo la lámpara.

—No nos iremos sin ti —avisa Vataea desde la base de las escaleras. A su lado, Shanty parece nerviosa y no del todo convencida por esa promesa—. ¿Qué haces?

Echo un vistazo a la pared llena de venenos y polvos. No puedo detener su producción, pero sí reducir el ritmo de las ventas.

—Si consigues salir de aquí con vida, suerte al cortarte la mano —le digo a la mujer—. Es la única forma de detener el veneno.

Ella se levanta haciendo grandes esfuerzos. Ríos de sangre emanan de sus dedos como si fueran vino. Emite un gemido, como si se ahogase, cuando doy una patada a las estanterías para que los viales caigan y se estrellen contra el suelo.

No me giro para contemplar su horror. Me limito a rezar una plegaria a los dioses, tirar la lámpara entre los charcos de veneno, y echar a correr escaleras arriba tan deprisa como pueden mis piernas, empujando a Vataea y a Shanty. Por suerte, el fuego tarda más en prender de lo que esperaba, pero la explosión casi me tira de la escalinata. Alguien grita en la oscuridad, y al instante la negrura está envuelta en rugientes llamas rojas.

La vendedora nos ha seguido. Vataea abre la puerta falsa del tronco y nos agarra a Shanty y a mí, ayudándonos a salir. Apenas tengo tiempo de hacer lo mismo con la vendedora antes de que Vataea cierre la puerta con fuerza, como si quisiera frenar las llamas.

El veneno se ha esparcido por todo el cuerpo de la mujer, unas líneas azul marino devoran su piel, empezando por los dedos y subiendo hacia el brazo. Si quiere salvar la vida, tendrá que darse prisa. Pero la única ayuda que estoy dispuesta a darle es rescatarla del fuego. Se ha cavado esta tumba ella solita.

En algún momento, mientras estábamos distraídas, el encantamiento de Shanty ha perdido el efecto. No me doy cuenta hasta que se me acerca torpemente y, sin dejar de toser, hace que la calidez de su magia se extienda por mi piel como si fuera cera derretida. Por los sitios donde me toca, deduzco que también ha alterado mi mandíbula y mi nariz antes de trabajar en mi ropa.

Con Vataea termina más deprisa: la cara de la sirena se vuelve más pequeña y redonda, y su pelo, de un marrón cálido. Finalmente se ocupa de sí misma, hace que su piel envejezca con bolsas bajo los ojos, y se aclara el pelo mediante canas.

—Me horrorizas —le digo mientras recojo mis cosas. Los ojos me pican por el humo y el veneno, no estoy segura de si es por el de anoche o por los vapores que acabamos de respirar—. Los encantamientos de los chicos también se habrán desvanecido. Tenemos que darnos prisa y...

Algo me golpea la cara con fuerza y me hace perder el equilibrio. Intento coger aire e, instintivamente, me llevo una mano a la mandíbula dolorida, donde espero encontrar sangre. Pero no hay nada, ni tampoco una amenaza frente a mí.

—¿Habéis visto...?

Otro golpe. Esta vez me roba el aire y me rodeo el estómago con los brazos, buscando la fuente del impacto con los ojos llenos de lágrimas.

Tardo demasiado en darme cuenta. Me cuesta respirar y empiezo a jadear. No me pegan a mí, sino a Bastian.

—Los chicos tienen problemas.

CAPÍTULO VEINTITRÉS

Aunque mi cuerpo protesta por un dolor que no es mío, obligo a mis piernas doloridas a correr. Ni Vataea ni Shanty hacen preguntas, y se mantienen cerca de mí mientras salimos de la jungla. A diferencia de cuando hemos entrado, ahora no estoy perdida. Mi alma sabe adónde tiene que ir: es mi cuerpo el que tiene dificultades para seguir el ritmo.

Siento que nos acercamos a los chicos cuando mis pulmones se quedan sin aire. Caigo de rodillas y me llevo las manos a la garganta. La oscuridad se cierne sobre mí, lo que me recuerda mi lucha contra Lusca en el océano, ahogándome bajo el agua entre sus garras.

Y, de repente, desaparece. Me agarro con fuerza a las raíces del suelo mientras intento recuperar el aire.

Bastian se está ahogando.

—Sigamos —digo con voz ronca, y sin parar de temblar al apoyarme en un árbol y obligar a mis pies a ponerse el uno frente al otro hasta recuperar las fuerzas para correr—. No os alejéis. Estad atentas…

Otra oleada de golpes que cortan el flujo del aire. Empiezo a flaquear, pero Vataea y Shanty me cogen por los brazos y hacen que me apoye en ellas hasta que mis rodillas se estabilizan y dejan de temblar.

Maldito hechizo.

Se me encoge el pecho y la piel sube de temperatura, indicándome que Bastian está cerca. Pero la jungla es densa y oscura bajo las gruesas y tupidas hojas de los árboles, y no lo veo.

¿Por qué no lo veo?

—¡Cuidado!

Es la voz de Ferrick, pero la advertencia llega demasiado tarde. Unas raíces gigantescas se levantan del suelo bajo nuestros pies y nos obligan a retroceder. Levitan en el aire y me doy cuenta de lo que pretenden justo a tiempo para apartar a Vataea y a Shanty. Las raíces triplican su tamaño antes de dejarse caer al suelo con fuerza, y me golpean el pecho. Resoplo, pero apenas tengo tiempo a recomponerme porque más raíces se han alzado y se estiran para alcanzarnos.

—¡Es magia de encantamientos!— exclama Shanty, sorprendida.

Se encoge y evita por los pelos una cepa que se enrolla alrededor de mis piernas, y le clava un cuchillo para liberarme. Rápidamente, se mete la mano en el bolsillo y saca uno de los viales de veneno que ha robado, uno con una calavera en la etiqueta. Baña agujas en él y las guarda en la parte de debajo de su pulsera con forma de espinas de pez, excepto dos, que sujeta entre los dedos.

—Y magia de levitación, por lo que veo —añado con voz ronca mientras me arrastro hacia mis compañeras.

—¿Cuál de vosotras es la reina? —pregunta una voz grave que me resulta familiar, lo cual provoca un nudo en el estómago tan grande que me corta la respiración—. Muéstrate y soltaré a los demás.

No contesto, Vataea me clava las uñas en la muñeca.

—Ni una palabra.

Como nadie da un paso adelante, las hojas se apartan y se abre un pequeño hueco. Agarro con fuerza la empuñadura de *Rukan* justo cuando veo a los chicos flotando en el aire y ahogándose por las lianas que amenazan de estrangularlos en cualquier momento.

Si cayeran, Ferrick podría llegar curarse gracias a su magia y Casem podría frenar el impacto por su afinidad con el viento, pero no hay duda de que sería letal para Bastian.

—¡No os mováis! ¡Es…! —grita Bastian, pero lo interrumpe una cepa que se le mete en la boca y le baja por la garganta.

Bastian se atraganta con ella, se ahoga. Noto su dolor en mis huesos como si me atacasen a mí directamente. No demostrarlo, no dejar de respirar a pesar de la sensación fantasma de las ramas bajando por mi garganta, requiere todas mis fuerzas.

No revelaré nuestra maldición al enemigo. Además, no necesito que Bastian me diga contra quién luchamos. Con un gran dolor en mis entrañas, me doy cuenta de que ya lo sé. Mucha gente sabía que venía a Curmana y en qué habitación me alojaría, pero solo una persona ha estado en Ikae hace poco y ha tenido la oportunidad de estudiar magia de encantamientos.

—¡Deja de ser tan cobarde y muéstrate, Elias! —grito, y me suelto de la mano de Vataea.

Por mucho que la magia de encantamientos de Shanty me oculte, Elias acepta que soy yo. Con la magia de levitación, baja de la gruesa rama en la que estaba sentado y se posa en el suelo. Sus ojos vidriosos encuentran los míos.

—Esperaba encontrarte muerta esta mañana —dice él—. Eres más lista de lo que pensaba.

—Eso me dicen todos los chicos. —Agarro con fuerza la empuñadura de *Rukan* e intento calcular hasta dónde puedo acercarme para atacar—. Pensaba que solo sabías comunicarte telepáticamente.

—¿Nunca te habías planteado que algunos dominamos ambos tipos de magia? —dice con orgullo con esa voz que me da asco.

Odio no poder reprimir un grito por la sensación de que la tierra se hunde bajo mis pies cuando la magia de la levitación me empuja hacia delante. Sin embargo, cuando Elias detecta a *Rukan*, cambia de opinión y me suelta, con lo cual vuelvo a estar en pie. Detrás de nosotros se oye un silbido agudo del viento, seguido de maldiciones por parte de los chicos, que caen en picado al suelo a tanta velocidad que todo mi cuerpo se pone tenso. Casem apenas tiene tiempo de crear un remolino de aire para frenar el impacto de Ferrick y Bastian.

Pero llega tarde para protegerse a sí mismo y amortiguar la caída. Por su grito, sé que ha sido muy dura y que se ha roto algo, pero, por suerte, no lo bastante para matarlo.

Elias frunce el ceño al ver que han aterrizado relativamente a salvo y su frustración me brinda una pausa. Elias no es un necio. He luchado en suficientes combates como para saber que, sin conocer la magnitud de la magia de tu oponente, no te arriesgas de un modo innecesario. Aunque no sabía nada de mis tres compañeros, ha apostado por dejarlos caer en el campo de batalla, fuera de su alcance.

De golpe, recuerdo la sangre que le salía a Ferrick de la nariz mientras aprendía a comunicarse telepáticamente en la *Presa de Quilla* y los dolores de cabeza que tiene Casem cuando usa demasiado rato la magia.

La magia necesita un tiempo de adaptación al cuerpo, ya que puede resultar agotadora. Y Elias no es una excepción. Ha revelado el punto débil de su magia demasiado rápido: tiene límites. El peso, el tiempo o la distancia; uno de estos factores, o quizás todos, impide que Elias luche conmigo sin soltar a los chicos.

No será una batalla fácil, pero Elias no es invencible.

—¿Por qué haces esto? —grito, buscando mi voz en las profundidades—. Intento ayudar a Visidia.

Su respuesta no está cargada de rabia, sino de un profundo y perturbador resentimiento:

—¿De verdad crees que eres lo mejor para Visidia? Durante siglos, mi isla ha vivido en paz a pesar del gobierno de tu familia. Hemos tomado todas las precauciones necesarias para protegernos y mantener la tranquilidad. Pero desde que subiste al trono te has convertido en una amenaza para Curmana. Nos has robado la independencia, el poder. Eres lo último que este reino necesita.

—¿Vuestro poder? —No contengo mi rabia en el tono de voz—. ¿Y qué ocurre con las otras islas? ¿Deben seguir en ruinas para que mantengáis vuestra independencia? ¿Por qué deben sufrir solo para que vosotros estéis cómodos? Mira a Kerost: contar con varios tipos de magia los está ayudando.

Airado, se pone una mano en la cintura.

—Tú misma dijiste que Curmana siempre ha sido autosuficiente. ¿Por qué no pueden las otras islas hacer lo mismo? ¿Por qué debemos compartir nuestros recursos y nuestra fuerza, solo porque tú te sientas en el trono? ¿Por qué no podemos gobernarnos nosotros mismos?

Noto la garganta seca y dolorida por el humo y las cepas que han intentado ahogar a Bastian. Intento hablar, pero no obtengo una respuesta. Solo una pregunta:

—¿Quieres que Curmana se independice?

—Quiero que *todas* las islas se independicen —responde con furia, casi escupiendo las palabras—. Estoy harto de que mi isla se tenga que responsabilizar de las vidas ajenas. Trabajamos mucho y deberíamos poder recolectar el fruto de nuestros esfuerzos. ¿Por qué tenemos que compartirlos?

—No entiendo cómo puedes ser tan cruel y que estés dispuesto a ver sufrir a los demás a pesar de poder ayudarlos.

—Y yo no entiendo cómo tu familia ha conseguido convencer a todo un reino de que siguiera a los Montara, cuando nunca nos habéis dado nada a cambio. ¡No os necesitamos!

Por mucho que lo intente, mi mente tiene dificultades para seguir sus argumentos, pues todavía reflexiona sobre la idea principal. Nunca me lo había planteado en serio, pero las palabras de Elias me abaten: ¿por qué necesita el reino a un gobernante?

¿Para protegerlos de los soldados reales? ¿Para garantizar la seguridad en las prisiones? ¿Cómo elemento decisivo a la hora de aprobar leyes?

¿Qué hacemos por las islas que ellas no puedan conseguirlo de forma autónoma?

¿Estoy haciendo algo bueno para mi pueblo, al fin y al cabo?

Unas fuertes pisadas me distraen de mis pensamientos y al girarme veo a Bastian, con la espada alzada y preparado para atacar. Pero sus movimientos son demasiado lentos, y con el corazón encogido me doy cuenta de que siento cómo corre el veneno por sus venas, cómo lo ralentiza. Aunque sé que no está en mi cuerpo, me afecta igualmente y hace que me maree. Si esto se convierte en un combate cuerpo a cuerpo entre Elias y yo, tengo todas las de perder. Además de la ausencia de magia, el hechizo me ha nublado la mente y ha debilitado mi cuerpo por el veneno que afecta a Bastian. Para poner fin a esto, tengo que ser rápida.

—Tu muerte bastaría para que las cosas se revuelvan en el reino —continúa Elias, protegiéndose con las cepas encantadas, que empiezan a crecer por encima de nuestras cabezas, gruesas como troncos—. Podríamos dar lugar a una revolución que libertara a cada una de las islas. Seríamos responsables de nuestras propias islas, no de las demás.

Su convencimiento me brinda una pausa. La seguridad en sus palabras y su posición corporal, con los hombros echados hacia atrás, me recuerdan a Kaven. A alguien que quizás tenía una buena idea de base pero que se dejó llevar por su ideología hasta perderse en ella.

—No quieres la libertad —digo mientras avanzo. Él me observa con cautela—. Quieres poder.

Incluso sin magia, no me detendré. Al levantar a *Rukan*, en mi mente proyecto toda la sangre que ha vertido su filo. Puede que yo sea débil, pero no estoy indefensa. Derrotaré a Elias.

Pero cuando doy el siguiente paso, el aire abandona mis pulmones y una fuerza invisible me levanta del suelo y la magia de levitación de Elias hace que me tambalee. Casem levanta una mano para tratar de detenerlo, pero su cuerpo cede y no consigue invocar el aire a tiempo. Mi espalda choca contra un árbol y grito por el dolor que se extiende por todo mi ser. Mi hombro se rompe en varios pedazos.

Vataea y Shanty me recogen, pero Ferrick no se ha movido de las cepas que lo apresan. Tiene los ojos cerrados y me temo lo peor. Pero, cuando me fijo bien, percibo los ligeros pliegues de concentración entre sus cejas y me doy cuenta de que no está herido, sino que se está curando de los efectos del mismo veneno que afecta a Bastian. Es evidente que Casem lucha contra lo mismo.

Miro a Elias mientras Bastian se mueve detrás de él, aunque no entiendo cómo se mantiene en pie. Debe ser el poder de la adrenalina lo que lo impulsa a atacar a Elias con la espada, pero no consigue atestar el golpe: en pocos segundos, las cepas se alzan, golpean a Bastian en la mandíbula y se arremolinan a su alrededor. El pirata se desploma en el suelo con un impacto tan doloroso que tengo que agarrarme el pecho y acabo jadeando angustiosamente.

Mientras Bastian se intenta poner en pie con dificultad y temblando en todo su cuerpo, me doy cuenta de tres cosas.

Para empezar, superamos en número a Elias, pero, como usa la magia telepática, tenemos que distraerlo lo suficiente para que no llame a los refuerzos.

Segundo: Bastian debe curarse del efecto del veneno que le está subiendo por la garganta y amenaza con dejarnos a ambos fuera de combate en cualquier momento.

Tercero: sé cómo ganar esta batalla.

Cuando Shanty me ayuda a levantarme, le cojo con fuerza la mano y le quito el brazalete tan disimuladamente como puedo. Sus ojos me mandan una advertencia silenciosa de que vaya con cuidado, pero no hace preguntas ni revela que sabe lo que voy a hacer cuando me escondo las agujas entre los nudillos.

—Bastardo —exclama Bastian, obstinado, al levantar la espada contra Elias una vez más.

Tiene la misma expresión que cuando luchamos contra Kaven: rabia en los ojos y el cuerpo en disposición de matar. Sus movimientos son torpes y es imposible que venza, pero se niega a rendirse, con lo cual gana tiempo para nosotros.

—Arderás por lo que le intentaste hacer.

—Después de hoy, se acabarán los intentos.

Sin levantar ni siquiera un dedo, Elias vuelve a arrojar a Bastian al suelo, y saca una pequeña daga de acero de su cinturón.

El miedo se apodera de mí, frío como el hielo, al ver que el curmanés sale disparado hacia Bastian y lo ataca con el puñal. Rápidamente me levanto, con la respiración entrecortada, pero no llegaré a tiempo.

Pero no es miedo lo que llena el cuerpo de Bastian: es orgullo.

Hábil como una anguila, da una patada en el pecho a Elias, se saca un puñal de un bolsillo interior de su chaqueta y lo clava en la mano de su rival. Elias se tambalea hacia atrás y se lleva la mano ensangrentada al pecho.

—¡Morirás por esto!

Bastian me dedica una mirada veloz, casi de disculpa, y coge algo que le cuelga del cinturón: una faltriquera.

Entiendo lo que quiere hacer en el instante en que noto la pulsación de mi magia despierta en sus venas, agresiva y absorbente. Es un fuego en mis entrañas que me abrasa hasta que me obliga a ponerme de rodillas, sofocante.

Intento controlarla, abrirme a su presión, que me resulta tan familiar. Pero la magia se niega a obedecerme, porque no reside en mi interior, sino en el de Bastian. Y él no tiene ni idea de cómo usarla.

Coge unos cuantos huesos con la mano y los cubre con la sangre de Elias que ha quedado en el filo de su espada, y me doblo. Los músculos de Bastian se tensan con determinación, pero percibo su confusión por la forma en la que observa los huesos.

«Lo sabrás», le dije. «Si tienes que usarla, y los dioses no lo quieran, lo sabrás».

Y, con una comprensión nauseabunda, lo descubre.

Bastian se pone un extremo del hueso ensangrentado en la boca, lo rodea con los dientes y lo parte por la mitad con tanta brusquedad que casi se rompe una muela.

Elias grita a la vez que se oye una serie de crujidos en su brazo, que se retuerce de una forma tan grotesca que los huesos le sobresalen de la piel. Ruge y cae de rodillas. Bastian escupe el hueso y se atraganta con la sangre que le cubre los labios y la lengua.

Elias respira con dificultad, apretando la mandíbula, desesperado y furioso. Perdido en el calor y el poder de la magia, con mano temblorosa Bastian saca otro hueso de la faltriquera, pero se detiene antes de usarlo; la magia se propaga por su cuerpo con rabia.

Los ojos de Elias vuelven a adquirir el aspecto vidrioso de los usuarios de la magia telepática y, con un gesto de la mano que no está herida, me vuelve a empujar contra mi voluntad. Me arrastra por el suelo de la jungla hasta que su mano rodea mi cuello, y lo aprieta para inmovilizarme a la vez que me clava un puñal en el muslo.

—Si haces otro movimiento —amenaza con la respiración agitada y furibunda, escupiendo cada palabra—, la mataré.

No soy capaz de esconder mi dolor cuando Elias clava el puñal más profundamente en mi muslo y lo arranca de golpe para enfatizar sus palabras. No sé si es por el dolor de Bastian o por el mío propio, pero se me nubla la vista. Siento la totalidad del frío acero en mi cuerpo.

Con las manos temblorosas, me agarro a Elias como si me cayera.

Y, por los dioses, preferiría caerme. Rendirme. Pero no he soportado toda esta angustia para que él no se venga conmigo.

Vuelve a clavarme el puñal en el muslo y lo saca con brusquedad otra vez, pero en esta ocasión, cuando se inclina, lo agarro por el pelo con una mano y, con toda la fuerza de voluntad que me queda, me levanto lo suficiente para clavarle las agujas cubiertas de veneno en la garganta.

Elias se echa para atrás violentamente con los ojos inyectados en sangre cuando el efecto vidrioso se desvanece. Temblando, se lleva los dedos al cuello y se ahoga por el contacto con las agujas. Un escalofriante ruidito escapa de sus labios.

—¿Qué me has hecho?

El temblor de sus manos se acentúa, aunque Elias intenta controlarlo para coger su espada.

—¿Qué me has hecho? —repite.

Casi delirando, me echo a reír y dejo que mis dedos absorban la calidez del pequeño charco de sangre que forma mi herida abierta. Si sigo así, no tardaré en desangrarme. Solo puedo esperar que el efecto actúe lo antes posible.

—Es lo que tiene el veneno, ¿no?

Grandes gotas de sangre borbotean de su cuello, tiñéndolo de rojo. Entornando los ojos e intentando centrar la vista nublada, sonrío al contemplar que la sangre no es roja, sino negra.

Elias chilla y coge la empuñadura de su daga con ambas manos, y sé exactamente lo que pretende. Pero antes de que pueda volver a apuñalarme, un filo le atraviesa el estómago.

Jadeando, Bastian suelta la empuñadura. Su mirada empieza a desvanecerse por el efecto de la magia espiritual sobre un cuerpo que no debería usarla. El veneno también lo carcome por dentro, y la niebla que me ciega crece. Como un reflejo de Bastian, me cuesta respirar e, involuntariamente, pongo los ojos en blanco.

Cuando él pierde el conocimiento, yo también.

CAPÍTULO VEINTICUATRO

Cuando me despierto, me rodean un aroma de sándalo y unos cuchicheos que delatan preocupación.

Por un instante me planteo mantener los ojos cerrados a la espera de volver a dormirme profundamente, pero al reconocer la voz de Bastian entre los murmullos, llama mi atención sin que yo pueda evitarlo; está más ronca que de costumbre. Cuanto más escucho, más encajan las piezas del rompecabezas hasta que recuerdo el veneno. La espada. Mi muslo. Y que otra persona ha muerto por la acción de mi mano.

—¿Amora? —me llama la voz de Nelly—. Majestad, ¿me oís? Creo que se está despertando.

Oigo el ajetreo de unos pasos sobre el suelo de madera y el aire que me rodea me oprime. Poco a poco, aunque desearía no tener que hacerlo, abro los ojos y llevo a cabo una ronda de reconocimiento sobre las caras que me observan: Vataea, Shanty, Ferrick, Casem, Ilia y Nelly. Frunzo el ceño al ver que falta una, pero me doy la vuelta en el momento en que unos cálidos dedos se entrelazan con los míos.

Bastian está tumbado en una camilla al lado de la mía. Lleva el pelo hecho un desastre.

—Deberíamos trabajar esto de desmayarnos. ¿Qué te parece una sola vez por aventura?

—¿Qué os parece no hacerlo nunca más? —mete baza Ferrick, haciendo caso omiso de la nariz arrugada de Bastian—. No estoy aquí para haceros de curador personal.

—No sé si lo podríamos llamar aventura si nunca hubiera desmayos, colega.

Cierro la mano alrededor de la de Bastian y dejo que la calidez de nuestra conexión me invada. Mi risa forzada suena como una rana, ronca y dolorosa.

—¿Cuánto tiempo hemos estado inconscientes?

—¿Tú? —El tono jocoso de Bastian se vuelve serio de repente—. Dos días. Yo me desperté el primer día, pero me obligaron a guardar cama por mis… síntomas.

—Los dos tuvisteis ataques epilépticos —especifica Nelly con severidad, y mira mal a Bastian cuando este intenta quitar importancia a sus palabras.

Mi pecho se hunde cuando él se gira y se niega a mirarme a los ojos. Pero no necesito que Nelly me diga que le pasa algo malo. Me siento como si un cañón me hubiera atravesado el cuerpo, todos mis movimientos son lentos y me provocan un dolor distante.

Esta dolencia es de Bastian, y reconozco al instante que es porque usó la magia espiritual.

Aunque Bastian puede acceder a ella gracias a la maldición de Kaven, no es un Montara: su cuerpo no está preparado para soportarla. Todos los seguidores de Kaven que intentaron aprenderla murieron o quedaron severamente afectados. Incluso el mismo Kaven sucumbió a ella al final: distorsionó su percepción de la realidad y guio su sed de sangre hasta que lo consumió por completo.

Intento llamar la atención de Bastian, pero, una vez más, desvía la atención y me evita a propósito.

—Fuiste demasiado temeraria. —Ferrick rompe el silencio. Agarra las sábanas de mi camilla con tanta fuerza que los nudillos se le han puesto blancos—. Ahora eres la reina, Amora. Debes dejar de lanzarte de cabeza al peligro.

—Pero parece que siempre salgo indemne, ¿no? —No puedo evitar que las palabras, tensas y amargas, salgan de mi boca—. Los que acaban heridos son los que me rodean.

Bastian aprieta tanto los labios que entiendo que no ha estado bien decirlo. Pero es verdad: da igual en cuántas peleas me involucre, siempre hay alguien que termina peor que yo. Padre. Tía Kalea. Mira. Bastian.

Nelly se aclara la garganta para intentar rebajar la tensión. Se sienta junto a mí y limpia mi pierna con una tela bañada en un espeso líquido amarillo. Enfrente de ella está Ferrick, que observa con atención.

—Puedo cerrar tus heridas tantas veces como sea necesario —gruñe, como si fuera consciente de mi mirada intensa—, pero no quiero ver más sangre. Te agradezco lo que hiciste por nosotros, pero es *nuestro* trabajo protegerte. Tu reino te necesita.

El tono de advertencia me da una pausa, y lucho contra un escalofrío que no quiero que perciba.

—Lo siento —contesto a regañadientes, asqueada por el mal sabor de boca que me dejan las palabras.

La rabia late visiblemente en la mandíbula de Ferrick.

—Tus heridas están cerradas. —Se levanta pero no se mueve, pues no tiene adónde ir—. Entre tú, Bastian y Elias, solo tenía energía suficiente para evitar que murieses. Te quedará una cicatriz, pero los ungüentos te ayudarán a disimularla, y cuando nos vayamos de aquí puedo intentar curarla, pero podría ser un proceso lento.

Me incorporo demasiado deprisa. La sangre me sube a la cabeza y siento un martilleo que me hace reprimir una maldición.

—¿Elias sigue vivo?

La espalda de Ferrick se endereza, la culpa le carcome las arrugas del ceño fruncido.

—No sabía qué otra cosa hacer. Me observaba mientras os curaba a ti y a Bastian. Me estaba mirando y… bueno, que está vivo.

Giro la cabeza hacia Bastian, y sus ojos gélidos encuentran los míos. Elias vio como Bastian usaba la magia espiritual. Si se corriera la voz antes de que estemos preparados para contar la verdad al reino, podría estropearlo todo.

—Hay algo que deberías saber —dice Ferrick con tono tranquilo, aunque hay algo en su voz que me llama la atención—. El veneno… afectó su mente. Parece que no recuerda quién es.

Si es cierto, es un alivio, pero no me puedo arriesgar. Me estrujo el cerebro para buscar la forma de mantener esto en secreto.

—Lo que le hiciste a Elias… ¿Lo tenías planeado?

Hasta ahora, Ilia se ha mantenido en silencio. Las sombras llenan las arrugas de su cara y hacen que parezca mayor.

—Hice lo que tenía que hacer para sobrevivir —le respondo, recordando la rabia en sus ojos cuando nos encontramos en el salón de té y la forma en la que casi arrancó a Elias de mi lado. Pensaba que me odiaba, pero quizás estaba preocupada por mí en realidad.

—¿Sabíais que era él quien me envenenó?

Su sillón prácticamente la engulle y los rastros de lágrimas en su rostro me indican que lo agradecería.

—Lo sospechaba —contesta mientras se incorpora, y pone una mano en el hombro de Ferrick. Le tiembla la voz—. Nunca te podré agradecer lo suficiente que lo salvases. No esperaba… Sabía que deseaba cosas para Curmana y para el reino con las que yo no estaba de acuerdo. Pero no me imaginaba que llegaría tan lejos.

Nelly coge a Ilia de la mano y se la coloca en el regazo para que su esposa sepa que está a su lado.

—Es mi culpa, alteza. Ilia me advirtió de sus temores, en lo que se estaba convirtiendo Elias, pero no quise creerla. Lo conozco desde que era un niño, es prácticamente mi propio hermano. Pensaba que si os conocía, o si os escuchaba, entendería que hay más soluciones que la suya. Quería que aprendiese.

El sentimiento de culpabilidad de Nelly es tan palpable que su ola expansiva me golpea cuando le pregunto:

—¿O sea que ambas estabais al corriente de los venenos que hay en la isla? ¿Y de los cambios que Elias quería para Visidia?

Nelly deja caer la cabeza y empieza a llorar, mientras que Ilia aprieta la mandíbula y levanta más la barbilla.

—Intentábamos detener la expansión de los venenos por nuestra cuenta, sin que los soldados reales tuvieran que intervenir —dice la consejera—. No quería creer que mi hermano sería capaz de una cosa así. Pero os prometo que haré todo lo que pueda para compensaros no solo a vos, sino a la isla entera. Pensaba que era un buen momento para darle la oportunidad de demostrar sus capacidades y escalar posiciones en el gobierno. Quería que viera los retos que conlleva el cargo… Pero parece que infravaloré su arrogancia. Es tan joven, le habrá subido el poder a la cabeza.

—Yo soy todavía más joven y soy la monarca de todo el reino. —Las palabras otorgan un respiro a Ilia, que deja caer los hombros cuando me dirijo a Casem—. A veces, los hombres no necesitan aprender una lección; a veces merecen un castigo. Su edad no es excusa por el intento de regicidio. Casem, quiero que te lo lleves a Arida inmediatamente. Que espere en las mazmorras hasta que yo regrese. Me encargaré personalmente de su juicio.

Ilia se encoge como si le hubiera pegado. Ambas sabemos que Elias tiene las de perder en este juicio. Abre la boca, la cierra, y finalmente se queda en silencio. A Nelly le tiembla el labio.

Ojalá pudiera hacer una excepción por ellas, pero las acciones de Elias no fueron cualquier cosa. Y, aunque no sea consciente, sabe demasiado. Incluso si lo encierro en la prisión de Arida, puede comunicarse telepáticamente. Podría compartir la información con demasiada facilidad.

—Debería quedarme contigo —protesta Casem sin subir el tono de voz, aunque le falta convencimiento. Su rostro está pálido y sabe tan bien como yo que debemos encontrar una forma permanente de silenciar a Elias. Si todavía conserva veneno en su cuerpo, sería creíble que muriera por el efecto durante la travesía hasta Arida.

—Ferrick ocupará tu cargo como comunicador telepático —ordeno—. Esto es prioritario.

Ilia hace un extraño sonido con la garganta, como si se ahogase, y Ferrick le aprieta suavemente el hombro. En este momento, lo odio por ser capaz de hacer algo así, por ser capaz de disculparse con ella y por no ser responsable de esta decisión. Yo soy la que está tumbada en esta camilla, la que casi murió desangrada, por intentar detener a un hombre que quería cometer regicidio, pero Ferrick es el bueno de la película.

Nelly coge la otra mano de Ilia, como si con ello se rompiera la tensión en el aire. Ferrick la señala con la cabeza y manifiesta:

—Nelly es parte del equipo de curadores de Curmana y ha estudiado personalmente el desarrollo de las hierbas y los medicamentos de la isla. Fue ella quien preparó el ungüento para tu pierna.

Pestañeo y me miro la pierna, que está cubierta por una densa pasta verde con efecto anestesiante y que huele a menta y albahaca.

—Si Amora decide que quiere a otro consejero real, vendré a estudiar aquí —añade Ferrick. Su fascinación por el ungüento es innegable—. Hay mucho que aprender, tantas hierbas y plantas para preparar tónicos, medicamentos, y…

—Veneno —lo interrumpo, y Ferrick levanta las cejas.

—Sí… Y veneno. Pero hay muchas cosas buenas en esta isla, Amora. Las hierbas han hecho cosas espectaculares.

—Debería haberos avisado la primera vez que oí hablar de ellos —interviene Ilia con voz temblorosa. La pena y la culpa son los sentimientos más palpables que la he visto expresar—. Por cada

248

increíble medicamento que creamos, siempre hay alguien capaz de encontrar la forma de pervertirlo y convertirlo en algo terrible. Envié a un grupo de soldados a investigar, algunos de ellos de forma encubierta, y siempre hemos arrestado a los delincuentes por cuenta propia. Pensaba que podíamos solucionarlo internamente, no queríamos asustar a nadie. —Hace una pequeña pausa y continúa hablando—: Pero ahora veo que no fue suficiente. Ahora sabemos mejor cómo encontrarlos, pero ellos han aprendido a esconderse mejor. Y nunca pensé que mi propio hermano se mezclaría en algo así.

—Tenéis razón —digo—. Deberíais habernos alertado al descubrir que era un problema, pero ahora solo podemos buscar la forma de controlar esas sustancias. Podemos cerrar el acceso a la jungla, poner soldados a patrullar y prohibir el paso a todo aquel que no esté autorizado para usar las hierbas con fines medicinales. Además, nadie debería entrar solo en la jungla; todo el mundo accederá en grupo.

—Amora… —Bastian pone los ojos en blanco. Hasta ahora no me había dado cuenta de lo oscuras que son sus ojeras—. Estuviste a punto de morir desangrada. La política puede esperar hasta que te recuperes. —Se incorpora con cuidado y hace una mueca de dolor al tenderme la mano—. Creo que deberíamos curarnos lo más rápido posible y seguir nuestra marcha. Cuanta menos gente sepa acerca de este incidente, mejor. Los únicos que deben saberlo somos los que estamos en esta sala.

«Seguir nuestra marcha».

Me pongo tensa.

Cuatro días en Curmana. Cuatro días perdidos y que no me han acercado a Ornell Rosenblathe. No es un resultado aceptable.

—¿Dónde cree el pueblo que estoy? —pregunto con incertidumbre, casi con miedo.

—Les dijimos que te habías intoxicado gravemente con la comida —explica Nelly en voz baja—, y que estábamos tratando de curarte lo más rápido posible y de evitar que salieras, porque lo que más deseabas era verlos.

—Es lo que dicen todos los pergaminos —añade Shanty—. Son buenas noticias. La gente está indignada con Curmana, no contigo. Te ha hecho ganar popularidad.

Aunque me siento agradecida, no hace que la opresión en el pecho disminuya. En todos los sentidos, estoy fracasando estrepitosamente: ya sea para conocer a mi pueblo y dar un buen espectáculo o para encontrar a Ornell y el artefacto, nada de lo que he intentado hasta ahora ha salido bien.

En Kerost, me atacaron por haber interactuado con mi pueblo.

En Curmana, fui envenenada por alguien que quería poner fin a mi reinado.

No quiero imaginar qué pasará en el próximo destino.

Estoy tentada de rendirme, aceptar mi maldición y la pérdida de mi magia, y sentarme en el trono hasta que alguien venga a por mí. Que se encargue otro pobre desgraciado de poner solución a los problemas del reino.

Aun así, no consigo convencerme de tomar este paso. No puedo convencerme de que no me importa.

Porque, en el fondo, todavía soy la reina de Visidia. Mi pueblo se lo merece todo y aún más por lo que mi familia les ha causado y, por desgracia, soy la única que puede dárselo. Debo seguir intentándolo hasta mi último respiro.

—Elias me comentó que sois buena recordando nombres —le digo a Ilia. Encontrar las palabras me cuesta como si nadase en el barro, pero consigo llegar a lo que quiero—. ¿Habéis oído hablar de alguien con el apellido Rosenblathe? Busco a un aventurero llamado Ornell Rosenblathe y sospecho que se encuentra en Curmana. Antes de irme, me gustaría conocerlo.

Al ver la expresión de sorpresa en los ojos de Ilia, me invade una sensación de alivio tan feroz que podría llorar. En silencio, agradezco a los dioses que se hayan apiadado de mí esta vez.

Ilia reconoce el nombre. No me hace falta oír su respuesta para darme cuenta. Pero, curiosamente, dirige su mirada a Nelly, cuyos ojos llorosos se han abierto como platos.

—¿Cómo? —pregunta Nelly—. ¿Por qué sabéis mi nombre real?

CAPÍTULO VEINTICINCO

Fui una estúpida por esperar que Ornell fuera un hombre. Todo este tiempo he dado por supuesto que sería un pretendiente, pero no: resulta que estaba ante mis narices.

—Si quieres que te ayude —me dice Bastian bruscamente—, ahora sería un buen momento para contarme qué está pasando.

Nos hemos quedado solos en la habitación. Por orden mía, Nelly espera fuera y los demás se han ido. Al mirar a Bastian, se me pone la piel de gallina y se me hace un nudo en el estómago. No puedo evitar pensar en la última vez que estuvimos a solas y en las palabras que dijo.

«La mujer a la que amo».

«La mujer a la que amo».

Algo ha cambiado entre nosotros en Curmana. Desde que lo pillé poniendo hechizos protectores en mi puerta hasta que distrajo a Elias lo bastante como para salvarme a pesar del veneno que recorría su cuerpo y del agotamiento por haber usado la magia espiritual, mi frustración con él ha menguado. Con o sin maleficio, confiaría mi vida a Bastian, por mucho que haya intentado lo contrario.

—He encontrado una forma de romper la maldición de los Montara.

Ha llegado el momento de contárselo todo: sobre Blarthe y las pistas que me dio; sobre mis problemas para dormir, los rostros que me persiguen cada vez que cierro los ojos. Le hablo de un poder que se considera un regalo de los dioses y de cómo, con él, conseguiré reparar el daño que mi familia ha provocado. Durante todo este rato, Bastian mantiene los ojos en el suelo, en silencio, contemplativo. Hablo para los dos porque cuando la verdad empieza a salir, no puedo detenerla. Hay algo liberador al revelarla en voz alta.

—¿Sabe Vataea que cooperas con Blarthe? —es lo primero que me pregunta Bastian—. Debes contárselo.

Mis hombros se hunden. Sé que debería hacerlo: Vataea merece ser conocedora de que he capturado al hombre que le causó tanto daño y desesperación durante tanto tiempo. Pero estoy más cerca que nunca de mi objetivo, no puedo arriesgarme a perder esta oportunidad. Además, ¿qué pensará cuando sepa que he ocultado el secreto todo este período?

—Cuando llegue el momento —contesto—, se lo explicaré todo.

Me pongo tensa al observar que Bastian se levanta y se pasa una mano por la oscura barba que toma forma alrededor de su mandíbula, y espero su reacción. Aguardo que me grite o que me diga que he sido una ilusa al arriesgarlo todo basándome solo en la palabra de Blarthe.

—Yo también lo quiero —dice finalmente—. Quiero mi libertad y poder viajar sin impedimentos. Pero si hacemos esto, tú y yo tenemos que estar al mismo nivel. Te ayudaré, pero debes prometerme que trabajaremos juntos de ahora en adelante. Basta de secretos.

Me encojo al recordar que yo misma pronuncié unas palabras idénticas el verano pasado. No me podía imaginar lo culpable que me sentiría en el lado opuesto.

—¿Me perdonas? —le pregunto con inseguridad—. ¿Así, sin más?

A Bastian se le escapa una risa silenciosa.

—Tú me has perdonado por cosas peores, Amora. ¿Hay trato o no?

Asiento con la cabeza. La piel me arde.

—Trato hecho.

—Pues es hora de descubrir qué nos puede contar Ornell.

Bastian se levanta y va a buscar a Nelly, que espera ansiosamente al otro lado de la puerta.

—¿Lo has traído? —pregunta él.

Nelly asiente y le entrega una gran piedra lisa. Sin perder ni un momento, Bastian la deja en la pequeña mesa que ha arrastrado hacia nosotras, y se sienta al lado de Nelly.

—Lo único que tienes que hacer es pensar en lo que quieres que veamos —le indica—. Deja que los recuerdos fluyan libremente. ¿Podrás hacerlo?

Mientras habla, coloca las manos sobre la piedra y se esfuerza en procurar que le dejen de temblar por el efecto rebote de la magia espiritual que se apodera de su cuerpo, y por el efecto de la maldición parece que el mío hierva. Exhalo con la respiración agitada, pero Bastian hace como si nada, solo sujeta la piedra con más fuerza.

Aunque Nelly podría limitarse a contarnos la historia, los recuerdos llenarán las lagunas allí donde no puedan llegar las palabras. Gracias a la magia de maleficios de Bastian, Nelly puede enseñarme todo lo que sabe sobre el artefacto, pero tendré que descifrar yo lo que significa.

—Nelly, como vamos a acceder a tus recuerdos, solo tienes que verter un poco de sangre sobre la piedra —dice Bastian—. Serás tú quien haga el trabajo, yo me limitaré a guiarte y a vincular los recuerdos con la piedra. No te apartes hasta que nos lo hayas enseñado todo.

Nelly asiente y me mira. Estoy medio tumbada en la camilla con una pierna levantada y me esfuerzo en que no se me note el dolor.

—¿Estás seguro de que esto funcionará? —pregunto—. Nelly no posee magia de maleficios.

Bastian me dedica una mirada brusca. Coge la mano de Nelly y, con delicadeza, le pincha el dedo índice con la punta de su daga, lo suficiente para conseguir unas gotas de sangre. Luego, levanta la piedra y esparce la sangre sobre su superficie.

—Funcionará porque yo la guío. No será tan diferente de cuando viste los recuerdos de Sira sobre Cato el verano pasado.

Me resulta curioso lo versátil que es la magia de maleficios. Durante años pensé que tenía un único propósito, una inquietante y aterradora capacidad de atrapar a la gente en un tránsito durante el cual el portador les hacía ver extrañas imágenes. Pero descubrir que también sirve para transferir pensamientos, imágenes o recuerdos de una persona a otra es una nueva demostración de lo diversa que puede ser la magia: siempre cambia y evoluciona, nunca es estática. Deseo que mi reino también sea así.

Nelly coloca los dedos alrededor de la piedra y cierra los ojos, y Bastian la imita.

—Amora, toca la piedra —me ordena, y yo obedezco.

Me concentro profundamente, haciendo que se me arrugue la frente, y dejo que la distante pulsación de mi magia se apodere de mi cuerpo. La magia de Bastian es fría y plácida, no como la bestia hambrienta y sofocante magia espiritual, y se me hace raro recordar que es así como debería sentirse la magia. Que lo que he practicado toda mi vida no era magia de verdad, sino un maleficio. Aunque este poder puede ser agotador para Bastian en cualquier momento, le basta con dormir para recuperarse. No es la fatiga extrema y letal que provoca el mío.

La magia llega a su punto álgido y, cuando Nelly vierte sus recuerdos, me arrastra con ella.

Su nombre es Rogan Rosenblathe y lo único que quiero es que me mire.

He entrado en el recuerdo del mismo modo que cuando accedí a los de Sira el verano pasado, pero esta vez no soy una mujer, sino una niña de unos ocho años, y la atención que tanto anhelo, como si fueran mis propios sentimientos, es la de mi padre.

Observo a papá por el espacio de la puerta de su oficina, que ha quedado lo bastante abierta como para que yo pueda espiar. Como de costumbre, está sentado en su escritorio, apoyado sobre un caos de papiros: anotaciones, mapas, cartas de navegación, guías de las constelaciones e incluso gruesos volúmenes sobre viejas leyendas marineras, encuadernados en piel.

Me han contado que papá había sido marinero muchos años antes de que yo naciera, pero nunca habla de ese tiempo.

Por el suelo y por encima del escritorio hay varios decantadores de vino y cerveza vacíos, y papá se ha despeinado el pelo de tanto pasarse los dedos entre los mechones y tirar de ellos mientras grita palabras que mamá me ha prohibido repetir.

—Debería estar aquí —masculla para sí mismo con una voz tan baja y agitada que me pone la piel de gallina—. Debería estar aquí. Maldito divino, ¿por qué no está aquí?

Se levanta con un movimiento brusco y golpea con el puño la mesa astillada. Una lámpara que por suerte no estaba encendida cae al suelo, y el aceite se derrama por el piso cubierto de paja. La seca madera la absorbe, pero papá no se da cuenta. No es hasta que oye mi suspiro sobresaltado que levanta la cabeza y dirige la mirada hacia la puerta.

—¿Mariah? —El tono afilado de su voz hace que me aparte rápidamente de la puerta, y que me pregunte si debería huir. Pero no hay tiempo: oigo como sus pasos de borracho se aproximan, sus botas impactan con fuerza contra el suelo—. Te he dicho mil veces que nunca…

Papá abre de golpe la destartalada puerta y la confusión se adueña de su rostro. No me ve hasta que mira hacia abajo. Sin dejar de temblar, yo apoyo la espalda contra la pared e intento hacerme tan pequeña como me siento.

—N-no has bajado a cenar —tartamudeo—. Q-quería… comprobar…

Papá suspira y ahora, gracias a la luz del pasillo, me fijo en que tiene los ojos cansados e inyectados en sangre.

—Entra —dice mientras abre completamente la puerta, pero no hay afecto en su voz. Ni rastro de la calidez que sigo anhelando encontrar algún día.

Pero me da igual: papá nunca me había dejado entrar en su despacho, y apenas recuerdo cuándo fue la última vez que hablé con él. Me agarro a lo que puedo.

—También me gustan los mapas. —Con el rabillo del ojo, intento ver si mis palabras lo han impresionado—. Y me sé todas las constelaciones más importantes y cómo navegar dejándome guiar por ellas. Algún día, mi amiga y yo seremos marineros como tú. Ella será la capitana y yo, la piloto. A menos que vuelvas a navegar; entonces, me encantaría ser tu piloto… Si quieres.

—Volveré a navegar —afirma con una seguridad que mi corazón se emociona—, en cuanto deduzca adónde voy. Pero no vendrás conmigo.

Mi corazón se rompe y se me hace un nudo en la garganta. Aunque nunca me había permitido creer lo contrario, esta vez esperaba de verdad que papá me tuviera presente. Estudio por mi cuenta todas las noches, como él. Sé que, si me dejara intentarlo, le sería de gran utilidad.

Mi tristeza se incrementa, pero no permito que papá la perciba. Al fin y al cabo, él nunca muestra sus sentimientos. Puede que los marineros lo tengan prohibido. Quizás esto es una prueba y yo no debería mostrar los míos.

—¿Buscas algo? —le pregunto mientras me siento en el borde

de la pequeña cama que hay detrás de él, y levanto la barbilla para que comprenda que hablo en serio y que merezco su atención.

Sorprendentemente, funciona. Papá no me grita que me vaya ni me dedica una mirada fulminante. Se sienta de nuevo, se pasa ambas manos por el pelo rubio, tirando de las puntas, y suspira.

—Sí —dice secamente, y yo dudo si debería insistir o dejar el tema.

Al final, escojo una solución intermedia. En una voz tan baja que casi espero que no lo oiga, le pregunto:

—¿Qué es?

Bajo su peso, la silla chirría cuando papá la arrastra hacia atrás para tomar un largo trago de un decantador. Incluso desde aquí huelo el dulce rastro del ron en su aliento.

—¿Lo quieres saber de verdad, Ornell?

Algo se remueve en mi estómago y me dice que debería irme. Nunca había visto a papá así, y algo no está bien. Pero no alcanzo a moverme porque papá continúa hablando y no me atrevo a molestarlo. Nunca había cruzado conmigo tantas palabras de una sola vez; debería querer que siga.

Asiento lentamente.

—Busco a la que tiene mi corazón —manifiesta con voz suave e informativa. Cada palabra es como un puñetazo—. Busco la forma de resucitar a la mujer que amo.

Todo mi cuerpo se queda entumecido.

—Pero… mamá no está muerta.

Sé que son palabras inocentes incluso antes de pronunciarlas, pero no puedo evitarlo. Papá nunca había hablado así, nunca había mencionado conceptos como el amor. Será que el ron lo impulsa a decir estas cosas, pues sus ojos cada vez están más vidriosos e inyectados en sangre, y su lengua se vuelve más torpe y veloz con cada trago.

—No, pero Corina sí —gruñe—. Y da igual cuántas veces haya intentado salvarla, siempre fracaso. Dime, ¿has leído esto?

Pone los pies en la mesa y con la punta de las botas señala el lomo de un grueso tomo sobre navegación. Está abierto por una página con un dibujo a mano de un pájaro que vuela hacia una ciudad entre las nubes. Nunca lo he leído, pero lo he hojeado lo suficiente para saber que habla de las leyendas de Visidia: cosas como los kelpies, las hidras o Lusca. Mitos que, según mamá, inventaron los marineros para entretenerse durante las largas y solitarias noches de travesía.

—Existe una leyenda sobre los divinos, cuatro divinidades que fueron las primeras creaciones de los dioses. Cada uno se encargaba de un deber: la protección de la tierra, del mar, del cielo o de la humanidad. Protegían nuestro mundo y sus cuerpos poseían el poder de los dioses. Solo con una escama de su piel o una pluma de sus alas, el poseedor se convertía en el ser humano más poderoso del mundo. —Sus ojos brillan con un hambre que me provoca un temblor en las manos. Desesperada, las pongo en mi regazo para tranquilizarme—. Pero la magia tiene un precio: para conseguir lo que más anhelas, debes renunciar a lo que más quieres.

»Cuando tenía dieciocho años —continúa—, estaba comprometido con una mujer por la que habría bajado las estrellas del cielo, Corina. Nos íbamos a casar en verano, pero un día se fue a pescar con su padre y nunca más regresó. Ni ella ni yo sabíamos que no era una jornada de pesca cualquiera, sino la caza furtiva de sirenas para robarles las escamas. Al final, las sirenas usaron sus voces para ganar la batalla y se cobraron las vidas de cada uno de los marineros a bordo del barco. Yo sabía que no volvería a ver a Corina, pero me negaba a aceptar ese destino. Desde el instante en que me enteré de su muerte, supe que debía encontrar la forma de devolverla a la vida, costase lo que costase.

»Tardé cinco años en descubrir el secreto de los divinos. Si conseguía su poder, podría ampliar la magia temporal con él. Volver atrás en el tiempo y recuperar la vida de Corina. Y lo conseguí.

—Ahora su voz es solo un susurro, como si no contase una historia, sino como si hablase consigo mismo—. Lo conseguí. Atrapé a la divinidad del agua, una bestia hecha de coral y de algas marinas, y le robé una escama de la espalda. Ese día cambió mi destino.

Sus largos y pálidos dedos rodean el cuello del decantador.

—Pero los dioses son unos malditos tramposos. Nunca dejé de amar a Corina, era la razón por la que vivía, la razón por la que respiraba. No sabía en qué me había metido con esta magia. Pensaba que podía sacrificar cualquier otra cosa, y que, si Corina regresaba, todo iría bien. Pero lo que más quería era a ella, y lo que más amaba era a ella.

»Hice que el reloj diera marcha atrás y que Corina volviera a la vida. Pero ella no me recordaba. Por mucho que intentase ganármela, ella siempre me rechazaba. Hiciese lo que hiciese, no conseguía conquistarla y, al final, daba lo mismo. Se subió otra vez al barco de su padre ese fatídico día y las sirenas me la quitaron de nuevo.

»Así que lo intenté una segunda vez. Se dice que la divinidad guardiana del cielo tiene unas alas tan suaves y tan blancas como las nubes. Navegué a una isla más allá del reino, a un lugar donde las montañas rozan el cielo. Era el último sitio donde la habían divisado, y pasé dos años buscando hasta que encontré lo que quería: una pluma caída, imbuida de magia y poder. Por segunda vez hice que el tiempo volviera hacia atrás, y por segunda vez Corina estaba fuera de mi alcance y de nuevo se subió a ese maldito barco. No recuerdo qué perdí en esa ocasión, pero gané algo todavía más importante: la certeza de que debía amar otra cosa, algo nuevo, antes de un tercer intento. Si lo conseguía, podía ofrecer a esos malditos guardianes algo distinto a cambio de Corina.

El destello de la lámpara parece más tenue y la fría corriente de aire me cala los huesos. La habitación se estrecha por las sombras que surgen de las grietas más oscuras y se extienden hacia el suelo. Me agarran por la garganta y mi voz se vuelve ronca.

—¿Querías intercambiarnos a mamá y a mí? Pero... moriríamos.

Mi voz no parece la mía, chirría demasiado. ¿Lo he entendido mal? Seguro que no ha querido decir esto.

Papá nunca me cambiaría por...

La tenue luz ámbar ensombrece su perfil y lo convierte en poco más que unos ángulos puntiagudos y oscuros: un monstruo en plena noche. No me mira, no intenta calmar el miedo que burbujea en mis entrañas y me entumece tanto que no puedo moverme.

—Solo debo encontrar al guardián.

Centra su atención en los pergaminos desplegados sobre la mesa, y ahora veo que uno de ellos es un mapa con anotaciones a mano. Muchas de las islas están marcadas con un círculo o con una cruz, y hay varias palabras por todo el mapa, expresiones como «leviatán» y «¿serpiente de fuego?» seguidas de números que indican las páginas de las fuentes, comentarios y dibujos de las bestias. La divinidad del aire es hermosa incluso en la ilustración, sus alas son tan gruesas y blancas que parecen el pelaje de un animal, y su curvado pico es de obsidiana. A pesar de sus cuatro inmensas garras, no parece una bestia feroz. Tiene un aspecto pacífico, y parecería que solo plantearse cazarla debería estar penado.

En el más absoluto de los silencios, espero a ver si papá empieza a reír o si añade algo más. Su espalda se mantiene curvada mientras estudia los pergaminos y va de uno a otro sin dejar de murmurar cosas en voz baja y demasiado deprisa para que yo no las entienda. No tardo mucho en darme cuenta de que ya me ha olvidado.

Rezo a los dioses para que siga así y mis pies y mi respiración se vuelvan lo más silencios posible, me bajo de la cama sin hacer ruido y salgo de la habitación. El corazón me late con tanta fuerza que temo que papá lo oiga incluso cuando ya estoy a la mitad del pasillo, corriendo hacia la habitación de mamá.

Ella siempre ha dicho que papá tiene su propia manera de amar, pero cuando me subo a su cama, las lágrimas caen más deprisa de lo que puedo procesar mientras le cuento lo que ha sucedido. Ahora me doy cuenta de que ambas sabemos la verdad: papá no nos quiere, y nunca lo hará.

Eso es lo que le quitaron los dioses la segunda vez que intentó robar su magia: el corazón.

Rogan Rosenblathe era un hombre desalmado.

Me da la sensación de que han transcurrido varias horas cuando Nelly suelta la piedra con un soplido que Bastian y yo emulamos, y el encantamiento termina. Al volver a la realidad, mi mente todavía merodea por la última parte de los recuerdos de Nelly.

Ella y su madre huyeron esa misma semana y dejaron a Rogan atrás, lejos. Se fueron a vivir con la familia de la madre en Suntosu, donde Ornell cambió su nombre y aprendió magia de restauración a los doce años, hasta que se mudó a Curmana por trabajo. Nunca volvió a ver a su padre, y me alegro.

Aun así, Nelly no es el foco de mis pensamientos cuando los recuerdos llegan al final, ni tampoco el hecho de que usar la magia de los divinos tiene un precio elevado que yo no conocía: «Para conseguir lo que más anhelas, debes renunciar a lo que más quieres».

Ahora mismo, todo esto da igual. Lo único que importa es que Rogan Rosenblathe usó la magia de los divinos con éxito para reencontrarse con los muertos.

Si él pudo, ¿qué me detiene a mí si deseo intentarlo?

CAPÍTULO
VEINTISÉIS

Las mejillas de Nelly están empapadas de lágrimas y sus grandes ojos esmeralda reflejan sorpresa.

—Lo siento —dice mientras se seca una mejilla con la manga—. Lo siento, no sé qué me ha pasado. No me gusta pensar en él.

—No tenéis por qué disculparos —la tranquiliza Bastian con empatía—. Es mejor que algunos recuerdos queden olvidados.

No me pasa por alto que su rostro se ha ensombrecido y sus ojos parecen hundidos. Noto dentro de mí como sus sentimientos se mezclan en su interior y, aunque no puedo leer sus pensamientos, su anhelo me indica que está pensando en una época remota, una época en la que todavía estaba en Zudoh con su familia.

Una época anterior a que su hermano le robase esa vida y me arrebatase a Padre.

—En cierto modo ha sido catártico —confiesa Nelly con un tono seco, a pesar de su fina sonrisa—. Era un hombre horrible, y aun así estuve años obsesionada con él y sus malditos mapas. Supongo... que veía una parte de él en Elias. No había podido ayudar a mi padre, pero pensé que quizás sí lo conseguiría con Elias, ¿entendéis? A veces cuesta admitir que los demás no son responsabilidad tuya. No podía hacer nada por ninguno de ellos.

Bastian tiene los ojos fijados en mí. A diferencia de Ferrick, que me estaría enviando mensajes para que continuara con tacto, Bastian parece tan intrigado como yo cuando pregunto:

—Nelly, ¿descubristeis algo en esos mapas?

La mujer aprieta los labios con una expresión oscura.

—Majestad, fuera lo que fuera lo que buscaba mi padre, no deberíais tocarlo. La magia que usó es algo que no pertenece a este mundo. Ningún ser humano debería conocerla.

Me enderezo tanto como puedo para mirarla directamente a los ojos y cargo mi voz con todas las fuerzas que me quedan:

—Si descubristeis dónde encontrar a los divinos, necesito que me lo digáis. No me obliguéis a convertirlo en una orden.

Aunque dura solo un instante, su determinación se quiebra y las lágrimas vuelven a caerle por las mejillas.

—Valuka —susurra al cabo de una larga espera, como si hubiera librado una lucha interna para soltar las palabras—. Como he dicho, estaba obsesionada con él. Incluso después de huir con mi madre, leí todo lo que pude encontrar sobre los divinos. Malgasté muchos años de mi vida tratando de encontrarlos, como si con eso pudiera ganarme el amor de mi padre o hacer que me valorase lo más mínimo. —Da un bufido y agacha la cabeza—. Corrían muchos rumores de gente que aseguraba haberlos visto, sobre todo en Kerost. Muchos creían que las frecuentes tormentas en esa zona tenían algo que ver con un divino furibundo que vivía en las aguas de alrededor de la isla. Pero nunca me gustó esa leyenda: es demasiado fácil.

»Pero otro rumor sí me llamó la atención: el de la mítica serpiente que vive en las profundidades de los volcanes de Valuka —continúa Nelly—. Los volcanes están activos, así que es difícil confirmar si tal criatura existe. Pero una vez viajé hasta ahí, solo para comprobarlo. No conseguí acercarme a los volcanes, el humo es demasiado denso. No parece natural. Pero… hay una presencia. No lo puedo explicar, pero es como si hubiera algo en el humo, algo poderoso. Me apostaría mi propia vida que se esconde ahí. Pero, por los dioses, Amora, espero que nunca la encontréis.

Dicho esto, se levanta y se dirige a la puerta. Antes de marcharse, añade:

—No olvidéis poneros el ungüento dos veces al día para que os ayude a cicatrizar. Y seguid haciendo los estiramientos. No os forcéis, majestad, y buena suerte.

Cuando la puerta se cierra, los ojos de Bastian se clavan en los míos, buscando una señal.

—¿Sabías lo que puede hacer el artefacto?

El anhelo crece dentro de él, igual que el mío. Con el poder de los dioses en nuestras manos, podríamos cambiarlo todo.

—No, no lo sabía todo.

Podríamos devolver la vida a los muertos. Podría hacer que Padre regresara.

El hambre que se refleja en los ojos de Bastian me indica que sus pensamientos no son muy distintos y, por primera vez desde que compartimos esta maldición, me gustaría poder echar un vistazo a las profundidades de su alma para saber en qué piensa.

—Los echas de menos, ¿verdad? —pregunto.

Bastian estira los hombros y se endereza antes de contestar:

—Todos los días.

—¿Y nunca se vuelve más llevadero?

Durante un largo instante, no dice nada, solo abre los labios mientras piensa. Finalmente, poco a poco, se acerca a la camilla en la que estoy tumbada y se sienta en el borde. Cuando me coge la mano, se me enfría la piel.

—A veces, la pérdida provoca que la gente haga cosas vergonzosas. —Su pulgar me acaricia lentamente los nudillos, pero su mirada está perdida, inmersa en sus propios pensamientos—. En mi caso, me hizo huir de casa y dejar que mi gente sufriera. Rogan sacrificó su capacidad de amar y estaba dispuesto a sacrificar a su esposa y a su hija.

»No sé si las cosas realmente se vuelven más fáciles —continúa—. Si es así, todavía espero. Indiferentemente de todo lo que hizo Kaven, a pesar del dolor que causó y todo lo que nos quitó, todavía echo de menos la época anterior a que encontrara el maldito cuchillo de Cato y decidiera que su misión era cambiar Visidia. Todavía me pregunto si hubiera conseguido cambiar algo, o si yo hice algo mal, o si perdí una oportunidad que podría haber salvado a mi familia.

Bastian no me mira. Siento que su alma se desgarra internamente. Con la mía pasa lo mismo. Incluso sin la maldición de por medio, Bastian y yo somos iguales.

—La pérdida te rompe por dentro, Amora. —Sus ojos de color avellana reflejan apremio—. Tomará todo lo que le des, y nunca estará satisfecha. Así que ni se te ocurra dárselo.

Me estruja la mano con más intensidad y sé a qué se refiere sin tener que preguntárselo. A Bastian no le hace falta leer mis pensamientos para entender mi alma. Si él hubiera podido resucitar a sus padres, estoy segura de que lo habría hecho.

Padre no siempre fue un hombre perfecto, y estaba lejos de ser un rey perfecto. Pero, por los dioses, ¡cómo lo quería!

Estaría dispuesta a vivir para siempre con mis maldiciones si con ello pudiera usar la magia de los divinos para verlo otra vez.

Para pedirle ayuda. Para navegar con él. Zarpar en busca de aventuras y cazar las bestias más feroces del mar.

Por los dioses, qué no daría por oír su risa una vez más.

Pero no importa para qué quiera usar la magia de los divinos: el precio que hay que pagar es más alto de lo que me imaginaba.

«Para conseguir lo que más anhelas, debes renunciar a lo que más quieres».

Amo muchas cosas, pero ¿qué es lo que más? ¿Qué, exactamente, me vería obligada a pagar si uso este tipo de magia?

—Prométeme que no usarás el artefacto —dice Bastian con la voz más suave que he oído hasta ahora—. Cuando lo encontremos, ya descubriremos la manera de usarlo sin que tengas que pagar un precio tan elevado. No quiero que lo toques, Amora. No sin antes encontrar una solución mejor.

El miedo emana de él en oleadas, pero no me ofendo. Está en su derecho de poner en duda mis intenciones.

Si tuviera el poder de resucitar a Padre, él y yo curaríamos Visidia juntos. Encontraríamos un modo distinto de restaurar la magia espiritual en el reino. Él podría reparar todo el daño causado.

—Te lo prometo. —La mentira se escapa de mis labios sin pensar—. Cuando encontremos el artefacto, buscaremos otra forma de usarlo.

Me levanto de la camilla, alejándome de la mirada escrutadora de Bastian y poniendo fin a esta conversación, para apartar la gruesa cortina de satén de la ventana y confirmar que es de noche.

Ilia tomó la precaución de no alojarnos en el ala de rehabilitación, sino en su propia casa. Aunque solo he visto la habitación de invitados, el suelo de piedra blanca y el techo de entramado me bastan para confirmar que esta edificación es espléndida.

Mi pierna se ha curado casi del todo, pero todavía noto un dolor en los músculos del muslo izquierdo que se intensifica con cada paso. Aprieto los dientes por la tensión, y me agarro al antebrazo de Bastian para bajar las escaleras de caracol de piedra.

—Los otros deben estar esperando —dice él, que va tan despacio como necesito. Lamentablemente, parece que me arrastre.

Cuando Bastian abre la puerta, espero encontrar una noche silenciosa al otro lado, pero me recibe todo lo contrario.

A lo largo de la playa, y hasta la *Presa de Quilla*, me esperan centenares de curmaneses vestidos con sus mejores galas, con la cabeza inclinada y las manos levantadas y cargadas de ofrendas: sedas, frutas, dulces.

Tropiezo al verlos, la sorpresa me corta la respiración. Bastian me pone una mano en la espalda para ayudarme a recuperar el equilibrio, y sonríe por el espectáculo.

—Sé que no debería haber dicho nada —interviene Ilia con voz tímida y suave desde el porche—, pero vuestro pueblo no ha tenido mucho tiempo para disfrutar con vuestra presencia, y querían despedirse de vos.

Con cuidado, me suelto del brazo de Bastian y me enderezo para ocultar mis heridas al bajar hasta la playa.

La primera persona que espera en la fila es un hombre de la fiesta al que reconozco, recuerdo que entablamos una conversación cordial. Se arrodilla y me ofrece un hermoso pañuelo de seda.

—Para que no paséis frío en vuestro viaje —dice cuando me entrega el pañuelo. Paso los dedos por la delicada tela.

A su lado, una mujer con el moño suelto se arrodilla y me ofrece una botella de un vino rojo espumoso.

—Para que seáis libre en vuestro viaje.

Me río y le doy la botella a Bastian, que me sigue con actitud protectora. Incluso el reportero de Ikae me espera en la orilla. Le tiemblan las manos cuando me ofrece sus disculpas en forma de dulces. A él le giro la cara y sigo mi camino. Nunca tuve ocasión de decirle nada, pero parece que Casem le ha echado un buen rapapolvo.

Ojalá pudiera probar toda la comida que me ofrecen mis súbditos, o las lociones y los aceites que depositan en mis manos. Quiero confiar en ellos, pero el dolor en mi muslo me recuerda que, si no lo hago, estaré a salvo. Sonrío y acepto sus regalos, pero más tarde tiraré cualquier cosa susceptible de estar envenenada. Por mucho que me duela, es mejor así.

Incluso los soldados curmaneses nos ayudan a cargar las ofrendas en la *Presa de Quilla*, y, por primera vez desde el verano, el pecho se me hincha de orgullo.

Puede que Elias fuera la nota discordante. Quizás no todo el mundo cree que lo hago tan mal.

Casem nos espera en el principio de la rampa de la *Presa de Quilla*.

—Rezaré para que vuestra estancia en las próximas islas sea segura y mejor de lo que hemos experimentado hasta ahora.

Me tiende los brazos y me abraza con fuerza. Río débilmente apoyada en su pecho al devolverle el abrazo.

—Dale recuerdos a Mira de mi parte —le digo al soltarme y lo dejo en la base de la rampa—. E informa a mi madre que nos dirigimos a Valuka.

La expresión en el rostro de Casem se mantiene seria mientras se pasa los dedos por el pelo ondulado del color de la miel.

—Los avisaré para que se preparen. Si necesitas cualquier cosa, que Ferrick se ponga en contacto conmigo. Es un pésimo comunicador telepático, siempre parece que grite a través de una caracola, pero no debería tener problemas para contactarme.

—Así sea. Y siento pedirte esto, Casem, pero… ya sabes qué hacer con Elias.

Casem mueve la cabeza con un gesto firme. No es necesario que diga nada más.

—Me ocuparé de él. Tú concéntrate en cuidar de ti misma, ¿vale? Vamos a superar esto.

Asiento y me suelto para empezar a subir la rampa. Shanty y Vataea me esperan en la cubierta con sonrisas llenas de orgullo.

Mientras levamos el ancla y nos alejamos del muelle, Bastian me mira por encima del hombro.

—¿A Valuka?

—A Valuka.

Bastian sostiene la brújula en el aire y gira el timón rumbo al oeste.

—Agárrate, Ferrick, e intenta mantener a raya el estómago, que nos espera una travesía movida.

CAPÍTULO
VEINTISIETE

Ni siquiera el suave meneo de las olas me basta para dormirme. Llegados a este punto, estoy convencida de que nunca más volveré a dormir una noche del tirón si no estoy envenenada o enferma. Debería haber robado polvos somníferos en Curmana cuando tuve la ocasión.

El dolor en mi muslo me mantiene despierta y en alerta, me pongo en tensión con el crujido en las tablas del suelo y con cada golpe de viento contra el barco. Sé que es irracional, nada me puede atacar en alta mar, a menos que Lusca decida retarme de nuevo. Aun así, los recuerdos de Kerost y Curmana resuenan en mi mente y hacen que mis ojos vean movimientos raros de monstruos que realmente no se esconden entre las sombras.

Algunos de los kers ya habían dado la espalda a mi reinado porque creían que era demasiado efímero y demasiado tarde.

Elias intentó envenenarme para sacudir las cosas en el reino y derrocar la monarquía. Pretendía que Curmana fuera independiente y para ello estaba dispuesto a asesinarme.

Y por mucho que trate de darle la vuelta, a pesar de que Elias tenía una gran sed de poder, no dejo de pensar que tal vez tuviera razón.

Después de tanto tiempo y de todo lo que hemos hecho, ¿por qué deberían los Montara seguir reinando en Visidia?

Pero otro pensamiento se sobrepone al recuerdo de Elias.

Pensaba que mi plan no tenía fisuras: solo debía encontrar el artefacto, romper los hechizos y hacer que Visidia vuelva a ser lo que debería ser desde el principio. Pero la duda ha calado en mí y cada vez es más profunda.

Si encuentro este artefacto, conseguiré el poder para resucitar a Padre. A pesar de la advertencia de Bastian, a pesar de que me invade la terrible sensación de que romper la maldición es lo mejor para Visidia y que Padre fue un mal rey, quiero ser egoísta. Quiero oír su risa una vez más. Quiero ver sus ojos reales, no los dos agujeros llenos de humo y sombras que me esperan en mis pesadillas.

Pero si me hago este regalo, ¿qué pasará con Visidia? Sin la verdad, sin restaurar la magia para mi pueblo de una vez por todas, ¿qué me hace mejor que a cualquier otro Montara?

Sin mencionar que, decida lo que decida, tendría que pagar un precio.

«Para conseguir lo que más anhelas, debes renunciar a lo que más quieres».

Pero ¿de qué se trata, exactamente?

—¿Piensas contarme qué te ocurre o te vas a pasar toda la noche suspirando? —Vataea rompe el silencio de nuestro oscuro camarote. Incluso estando medio dormida sus palabras suenan como una canción de cuna.

—¿Qué sucederá si continúo suspirando?

Seguro que pondrá los ojos en blanco o me comerá viva por el chiste, pero, en cualquier caso, sabré que está lo bastante despierta para tener esta conversación. Sorprendentemente, solo resopla.

—Pues derretiré una vela para hacerme tapones de cera. Entonces podrás suspirar tanto como quieras.

El camarote sin ventanas está demasiado oscuro para verla, aunque deduzco que se ha girado por el crujido de su hamaca. Cuando habla, lo hace en un tono más alto y concentrado:

—¿Qué te pasa?

Mi pierna herida late cuando me giro para mirarla. Aunque no nos veamos, me siento mejor así.

—¿Por qué sigues aquí, V?

A juzgar por el largo silencio que sigue, sé que no esperaba estas palabras. Vataea duda un momento y, cuando parece que nunca obtendré una respuesta, pregunta en una voz sorprendentemente baja para ella:

—¿Preferirías que estuviera en otra parte?

—No quería decir eso. Pero podrías estar en cualquier otro sitio ahora mismo y hacer lo que quisieras. ¿Por qué sigues con nosotros? ¿Por qué arriesgas tu vida por nosotros cuando tienes otras alternativas?

Tras una larga pausa, llega un largo y dramático suspiro.

—Si llego a saber que íbamos a compartir nuestros sentimientos a lo largo de toda la noche, me habría quedado dormida.

Pongo los ojos en blanco y me siento tentada de tirarle una almohada a la cara, pero, recordando sus dientes afilados, me abstengo.

—Sígueme el rollo —le digo—. Solo esta vez.

Vataea se gira y, aunque no tengo forma de saberlo, estoy segura de que sus ojos amarillos pueden verme en la oscuridad.

—Si realmente quieres saberlo, te lo contaré. Pero una sola vez, y nunca repito las cosas. —Al principio, las palabras suenan como una amenaza, pero poco a poco se vuelven tímidas hasta convertirse en poco más que un susurro—. Nunca pensé que querría tener amigos hasta que te conocí, Amora. Mi especie es distinta: existen vínculos entre nosotros, pero no son como los lazos de parentesco de los humanos. Y supongo que… me gusta. Por alguna molesta razón, siento aprecio por vosotros. Además, siempre había querido ver el reino y, a veces, es mejor hacerlo desde un barco que con mis aletas.

Sus palabras se me clavan en lo más profundo de mi alma y me rompen en dos pedazos. Al instante sé que debo contarle la verdad a Vataca. Debe saberlo todo.

—V, hay algo que…

—Basta de esta conversación —me interrumpe con un tono brusco que implica vergüenza—. Cuéntame qué te pasa. ¿Por qué suspiras tanto?

—Yo no…

—Dímelo o me voy a dormir a cubierta.

La culpa me carcome por dentro, pero el momento de contarle la verdad ha pasado, así que hago lo que ella quiere y pregunto:

—¿Crees que Elias tenía razón?

Su respuesta llega al cabo de un proceso de reflexión.

—Creo que Elias quería poder.

—Pero ¿crees que tenía razón al decir que el problema de Visidia es que hay un único gobernante?

Esta vez, la pausa es tan larga que temo que se haya dormido.

—¿A qué viene esta pregunta?

Me pongo tensa y me giro hacia las sombras del techo. Los pensamientos se arremolinan en mi cabeza.

—Creo que sus métodos eran erróneos, pero quizás no estaba tan equivocado en una cosa: los Montara han gobernado durante siglos, pero puedo contar con una mano todas las cosas buenas que han hecho por el reino. Mi familia tiene demasiado poder y Visidia se ha estancado bajo nuestro reinado. Mira cómo ha mejorado Kerost desde que pueden usar varios tipos de magia, desde que pueden ayudarse a sí mismos. ¿Te imaginas un mundo en el que todos tuvieran esta posibilidad desde el principio? No dejo de pensar en lo distinto que sería este mundo si… si mi familia no hubiera estado al mando de todo.

Vataea reflexiona sobre mis palabras y luego pregunta:

—Pero ¿sería realmente un mundo mejor?

Y es justo eso. Esa es la pregunta a la que regreso sin parar. Da igual cuántas vueltas le dé, es imposible dar con la respuesta.

—¿Qué harías? —digo mientras intento encontrar sus ojos en la oscuridad, y consigo percibir muy ligeramente un tenue brillo dorado—. Si fueras yo, ¿darías un paso al frente o un paso al lado?

—Si yo fuera tú, dejaría de culparme por las acciones de los muertos, aunque compartiera su sangre. —Son palabras duras, pero por eso me resulta tan fácil hablar con Vataea. Con ella, no puedo fingir—. A veces, un paso al frente es lo mismo que un paso adelante. Debes descubrir tú sola qué es lo mejor para ti y hacer las paces con tu situación, Amora. Pero debes soltar el pasado si deseas llegar a ver un futuro mejor. Quieres a tu reino más que nada en el mundo: harás lo correcto.

Parece que la *Presa de Quilla* se detenga con estas palabras.

«Quieres a tu reino más que nada en el mundo».

Las náuseas me paralizan al darme cuenta de que tiene razón: no hay nada que quiera más que a Visidia.

Si uso la magia de los divinos, el precio que debería pagar sería perder mi reino.

Pero ¿qué significaría eso? ¿Sería incapaz de reinar en Visidia? ¿Me obligarían a vivir en otro sitio, en un reino lejano y desconocido? ¿O podría quedarme pero entonces perdería mi amor por el reino? Y, si así fuera, ¿podría soportarlo?

—¿Amora?

El sueño endulza las palabras de Vataea. Sé que se está durmiendo.

—Descansa, V —le digo mientras me pongo las manos detrás de la cabeza, deseando poder hacer lo mismo—. Estaré bien.

De algún modo u otro, lo conseguiré.

———

Como cada vez que cierro los ojos, sueño con Padre.

Sueño con el humo que se arremolina a su alrededor mientras se clava una espada en el estómago. Sueño en el fuego que le quema la piel, centímetro a centímetro.

Me tiende la mano e intenta alcanzarme mientras el humo cubre su cara y los rostros de los muertos de Visidia cubren su cuerpo como un abrigo.

Corro hacia él, desesperada para salvarlo, para que el humo se retire y me permita ver su rostro una vez más. Rezo a los dioses para que me lo permitan, para que me den un último momento con él.

Pero cada paso me aleja cada vez más, hasta que su cuerpo no es más que humo, cenizas y el recuerdo de una mano que me pedía que lo salvase.

Otra vez tengo que ver a Padre arder y descubrir que no he sido lo bastante rápida como para rescatarlo.

Y, otra vez, me despierto.

CAPÍTULO VEINTIOCHO

La bahía de Valuka está bañada de llamas turquesa cuando llegamos de madrugada, tres días después de zarpar de Curmana. El movimiento de las llamas parece una danza en la que hilos de fuego salen disparados del agua hacia el cielo para luego volver a caer en forma de cegadoras brasas rosadas. Me aguanto la respiración al verlas por encima de la *Presa de Quilla*, pero se apagan justo antes de tocar el barco.

Los valukeños cubren sus muelles con delicadas telas de color rubí, que de lejos parecen un mar de sangre. Cambian el rumbo de las olas y hacen que se arremolinen en pequeñas y relucientes pozas de marea que nos atrapan en vórtices de aire. El viento me tira del pelo con tanta intensidad que, sin dejar de reírme, me tengo que agarrar a la barandilla de la *Presa de Quilla*.

El viento es música en el agua, la empuja y tira de ella, aúlla y susurra. En la costa, un grupo de valukeños tienen los brazos levantados hacia el cielo y dejan que el mar fluya entre sus dedos y responda a la llamada de la magia. Las olas se expanden y retroceden hasta formar un cuerpo; luego, una cara. Una boca. Un dragón de agua salada toma forma frente a mí, el viento silba en su mandíbula. Cada vez que los valukeños hacen un movimiento, el dragón los imita hasta que se enrolla alrededor del barco. Se hunde en el océano para volver a salir ante mis ojos. Su furiosa boca y sus bigotes acuáticos se ciernen a pocos centímetros de mi rostro. Mi corazón late a toda velocidad y amenaza con explotar.

El viento gime alrededor de la bestia, en cuyo pecho nace un fuego que expulsa hacia el cielo con la cabeza echada hacia atrás. El vapor crepita alrededor del dragón mágico y, admirada, doy un paso atrás.

—¿Esto es para nosotros?

—No —responde Bastian mientras me ayuda a recuperar el equilibrio poniéndome las manos en la cintura delicadamente, y contemplamos como el dragón extiende unas enormes alas de agua—. Es para ti.

No le pido que se aparte.

Con un último aliento de fuego, el dragón sale volando hacia las nubes. Su cuerpo explota y cae al mar como una lluvia. Los miles de gotas que aterrizan en la cubierta brillan como si fueran las escamas de la bestia.

De pronto, y a pesar de la gente que nos espera, cuando la bestia desaparece, el mar simula ser un lugar demasiado silencioso. Las olas se desplazan para arrastrarnos hacia el muelle, donde una docena de valukeños rápidamente anclan la *Presa de Quilla*. Es imposible no darse cuenta, sobre todo cuando me aparto del rígido cuerpo de Bastian, que la gran mayoría de ellos son jóvenes.

Vataea llega a la barandilla de babor, se coloca a mi lado y silba.

—Que pasen los pretendientes.

Ferrick se acerca a ella y echa un vistazo a la multitud.

—No quieren perder el tiempo.

—No se andan con chiquitas. —Bastian bufa—. Por las estrellas, no hace tanto calor. ¡Poneos de nuevo la camisa, que hay damas a bordo! —grita a un joven valukeño, el cual le dedica una sonrisa.

Una sonrisa traviesa se dibuja en los labios de Vataea.

—¿Estás celoso, Bastian?

Él se endereza con actitud desdeñosa.

—Por supuesto que no. ¿No has visto cómo Amora me desnuda con la mirada? No tengo de qué preocuparme.

Mientras bajan la rampa de la *Presa de Quilla*, me tomo mi tiempo para admirar el espectáculo desde la barandilla y así molestarlo. Uno de los jóvenes valukeños me ve y me dedica una sonrisa traviesa. Tiene la piel marrón oscuro y lleva el pelo negro tan corto que casi parece rapado. Los dioses hicieron su sonrisa encantadora. Cuando me saluda con la mano, le devuelvo el gesto.

—¿En serio? —pregunta Bastian.

—Tengo que mantener las apariencias, ¿no? —susurro.

Vataea captura mi mano y sin dejar de reírse me hace bajar por la rampa hasta el muelle, donde inmediatamente nos reciben por lo menos cincuenta valukeños. A la cabeza, con un gesto de orgullo, están lord Bargas y Azami. Están espléndidos con sus chaquetas escarlata con bordados de hilo dorado muy parecidos a los que llevaba Bastian la noche que nos conocimos: el emblema de dos anguilas enrolladas a un volcán en erupción en el puño de las mangas.

—Bienvenida, majestad —me saluda Azami con el entusiasmo genuino que he experimentado en todo este viaje.

Sin respetar las formalidades, me da un abrazo fugaz pero fuerte. Lord Bargas nos observa con una sonrisa.

Ahora me doy cuenta de algo que no percibí en Arida: sus hombros se curvan hacia delante hasta formar una pequeña joroba, y tiene la piel bajo sus ojos arrugada por la edad y el cansancio. Las manos le tiemblan ligeramente, aunque estén quietas.

—¡Y pensar que la niñita que he visto crecer está ahora aquí ahora y es la reina de Visidia! Vuestro padre estaría muy orgulloso —exclama, y pone una mano en el hombro de Azami—. Debéis disculparme, majestad, pero mis viejos huesos ya no son lo que eran. He pedido a Azami que se encargue de vos durante vuestra estancia en Valuka. Será una buena oportunidad para que se conozcan mejor: pronto, ella se convertirá en la nueva consejera de nuestra isla.

Azami prácticamente reluce por la emoción.

—Bienvenida, alteza. Espero que os haya gustado nuestro espectáculo.

Me río, disfrutando del brillo enérgico en sus ojos.

—Ha sido increíble. No hacia falta que os molestaseis por nosotros.

Atracada en el centro del territorio del agua y de la tierra, Valuka se extiende en todas las direcciones a nuestro alrededor. La isla se divide en cuatro cuadrantes, cada uno dedicado a uno de los elementos, y en el extremo derecho diviso un bosque de árboles que conduce al pantanoso territorio del agua. A la izquierda, una cadena de montañas rocosas se eleva hacia el cielo y desaparece entre las nubes que marcan la frontera entre el territorio de la tierra y el del aire, que no veo.

Al norte en el lejano territorio del fuego, se ciernen tres imponentes volcanes. Si bien los dos más pequeños parecen inactivos, el tercero, y más grande, parece una gran torre que vigila Valuka de la cual salen gruesas columnas de humo gris que se arremolinan a su alrededor como serpientes.

—Eso no puede ser una buena señal —afirma Vataea con escepticismo.

La atención de lord Bargas y Azami se centra en el volcán durante un breve instante. Ambos parecen bastante confusos, pero se echan a reír.

—No hay de qué preocuparse —asegura Azami—. Parece más aterrador de lo que es en realidad.

—¿El humo no os resulta molesto? —insiste Vataea.

Mientras nos guía hacia el extremo oriental de la isla, hacia el territorio del agua, la suave voz de Azami nos explica:

—Para nada. Las leyendas hablan de una bestia que vive en las profundidades de ese volcán y que protege a la isla del peligro. Entendemos el humo como la señal de que la bestia sigue ahí.

Estoy tan cerca del artefacto, tan cerca de tener el poder de los dioses entre mis manos, que los huesos me duelen por el anhelo de girarme y salir corriendo hacia el volcán y no parar hasta que encuentre a la serpiente de fuego. No solo es un protector legendario, presuntamente también es una divinidad hecha por los dioses, uno de los divinos.

De niña, Padre me leía las leyendas de la serpiente de fuego y siempre decía que algún día encontraría a la bestia y le robaría una escama del lomo para poder demostrar de qué era capaz. Decía que me llevaría con él, sería una aventura solo para nosotros dos.

No teníamos ni idea de que la bestia era uno de los divinos, pero, para mí, la serpiente de fuego estaba al mismo nivel que Lusca en el plano de las leyendas: algo tan poderoso y extraordinario que no podía existir en realidad. Pero siempre creí en su existencia, y desde que Padre me habló de ellas por primera vez, siempre he querido enfrentarme a esta bestia. Pero quería que Padre estuviera a mi lado cuando lo hiciera.

—¿La habéis visto? —pregunto para evitar que mis pensamientos me distraigan.

Si hubiera venido a Valuka por primera vez con Padre, y en otras circunstancias, para mí habría significado muchísimo contemplar su cara al encararse con la serpiente. Daría lo que fuera para vivir ese momento con él.

—Preferimos darle su espacio —contesta Azami con un tono de voz dulce, como si notase la pena en mis palabras—. Muchos consideran que la serpiente protege la isla, pero los valukeños creemos que, en realidad, no es así. Si el volcán entrase en erupción, toda la isla quedaría destruida. No creemos que la serpiente proteja a los volcanes de nosotros, sino que nos protege a nosotros de los volcanes, así que le dejamos espacio para que trabaje. Además, aunque quisiéramos, es imposible acercarse a esas columnas de humo.

Este cambio en el mito me pilla por sorpresa. Crecí con historias que aseguraban que la serpiente tenía unos colmillos más largos que un cuerpo humano; que el veneno corría por sus venas, y que tocar una sola escama bastaba para derretir la piel. Las historias decían que nunca se había divisado a la bestia porque la gente tenía demasiado miedo de perseguirla, no porque ella estuviera ocupada protegiendo a una isla entera de los peligros.

—Pero no os preocupéis por el volcán, alteza. ¡Tenemos algo todavía mejor que enseñaros! —añade Azami con un entusiasmo palpable en la voz—. Esta estación ha sido una de las mejores que recuerda la isla en mucho tiempo. Sé que ha habido una cierta reticencia a las nuevas leyes, pero han sido maravillosas para Valuka. Por favor, permitid que os lo mostremos.

—Por favor —digo—, llamadme Amora.

Azami sonríe e inclina la cabeza en una reverencia.

—Reconozco que, al principio, cuando presenté esta idea, tuve mis dudas —interviene lord Bargas con su característica voz grave—. Las cosas siempre han funcionado del mismo modo en el reino, incluso antes de que yo adquiriese mi título. En parte es por eso que me retiro del cargo. Azami es joven, está cualificada para adaptarse a los tiempos cambiantes de un modo que yo soy incapaz de ver.

—El verano pasado estuvimos a punto de sufrir una crisis cuando muchas de nuestras fuentes termales empezaron a secarse. Pero, ahora… —Azami interrumpe su explicación con una sonrisa que me calienta la piel—. Os lo tenemos que enseñar. Es por aquí, ¡seguidme! Llevarán vuestras pertinencias a vuestros aposentos.

Me duelen absolutamente todos los huesos, y la última cosa que quiero hacer en este momento es charlar de cosas sin importancia con desconocidos, especialmente porque tengo que darme prisa y encontrar a la serpiente de fuego. Aunque todavía no estoy segura de cómo voy a usarlo, no puedo hacer nada hasta que el artefacto sea mío.

Pero, al fin y al cabo, estoy aquí en una misión falsa, y es prácticamente seguro que no todos los asistentes serán valukeños. Aunque todos visten ropa del mismo tono rubí brillante, no tengo dudas de que algunos de esos rostros pertenecen a reporteros ikaerís que intentan pasar desapercibidos. Mientras me observen, debo esperar que llegue el momento oportuno.

Además, el entusiasmo de Azami es contagioso. A pesar de todo, siento que me empuja y quiero seguirla, así que contesto:

—Será un placer.

¿Será muy diferente si espero una noche más? Solo una noche antes de verme obligada a escoger mi destino.

—Vamos, pues —contesta Azami, cogiéndome de la mano—. Valuka te espera.

Los inviernos en Valuka son demasiado calurosos para llevar capa. Incluso la fina blusa de lino se me pega a la piel sudada a cauda del bochorno y la humedad.

No quiero imaginarme cómo son los veranos en esta isla.

Nos adentramos en el pantanoso territorio del agua, que es tan densa y verde que resulta imposible ver el fondo. Inmensas cepas y raíces torcidas emergen del suelo como serpientes y crean caminos irregulares sobre el agua. Han talado la mayoría de los árboles, lo cual crea una extensión de ciénagas y pantanos, y la tierra húmeda llena de barro nuestras botas.

—Nuestra isla es la más grande del reino —explica lord Bargas, que camina con las manos en la espalda, mientras evalúa el terreno que nos rodea y arruga la nariz por el lodo en sus zapatos y sus pantalones—. Por eso, hemos adoptado medios de transporte alternativos. Me temo que aquí se separan nuestros caminos, jovencita, pero no sin antes entregaros un regalo.

Levanta ambas manos y, a su alrededor, los pantanos cobran vida y el agua turbia brota de ellos en espiral, pero no cae, sino que, como en la bahía, toda se convierte en un pequeño dragón de agua verde que planea por el aire. A su lado, más agua emerge de las ciénagas vecinas y toma la forma de cuatro caballos que clavan las neblinosas pezuñas en el suelo y se sacuden la crin hecha de algas y ramas.

—Os llevarán al lugar que les pidáis —dice lord Bargas—. Azami, dejo a la reina y a sus compañeros en tus manos.

Azami sonríe, cierra el puño y golpea la tierra. Un fragmento se abre bajo sus pies y empieza a flotar.

—Estará en buenas manos, tío. ¿Estás preparada, Amora?

El dragón se enrolla alrededor de mí, pasa por debajo de mis piernas y hace que me suba a su espalda con un movimiento veloz. Me sobresalto y espero quedarme empapada, pero cualquier parte del dragón que toque se convierte en hielo sólido.

—¿Estás segura de que no hay una forma más… higiénica para viajar? —pregunta Ferrick con una mueca en el rostro mientras contempla el agua turbia.

Shanty, en cambio, se sube con alegría a uno de los caballos. Vataea siente más curiosidad que una necesidad de tener precaución al pasar los dedos por el agua. En realidad veo cómo su mente trabaja para descifrar si podría crear algo así con sus poderes.

—No sabía que la magia valukeña fuera tan versátil —dice Bastian sin dejar de observar a su caballo.

—Ah, ¿no? —Lord Bargas finge sorpresa—. Pensaba que alguien que se hacía pasar por valukeño estaría bien informado.

El anciano no deja tiempo a Bastian para contestar, sino que hace un ligero gesto con la mano, y el caballo acuático mete la cabeza por el estómago del pirata para obligarlo a montar en su lomo.

—Ni se te ocurra, viejo…

Un agudo aullido corta las palabras de Bastian cuando el caballo empieza a correr y el chico se ve obligado a agarrarse con fuerza. Lord Bargas se echa a reír con tanto deleite que la barriga no para de moverse.

Nuestros corceles también empiezan a galopar y lord Bargas, sin dejar de troncharse, nos despide haciendo adiós con la mano. Me sujeto con fuerza a la bestia improvisada con las piernas para no caerme.

El viento me azota las mejillas y los dedos se me entumecen por el helado cuerpo del dragón que surca el aire, por encima de los demás.

Shanty chilla entre risas y utiliza la crin de su caballo como si fueran las riendas.

—¡Más rápido! —grita, y el animal obedece con un bufido neblinoso, cabalgando por el agua pantanosa como si fuera tierra firme.

Vataea y yo nos lo tomamos como un reto; nos miramos rápidamente antes de salir disparadas tras Shanty, sin dejar de reírnos. Levanto y extiendo los brazos cuando mi dragón las adelanta. El viento contra mi rostro hace que parezca que vuelo. Pasamos entre troncos caídos y torcidos, cubiertos de musgo que se dispersa por sus ramas.

Debajo de mí, el fragmento de tierra empuja a Azami hacia delante de un modo grácil. Ella cierra el grupo, puesto que su método de transporte requiere más trabajo para evitar los obstáculos del camino.

Entorno los ojos por las ráfagas de viento, escondo la cabeza y cierro la boca para que no me entren los mosquitos que merodean por las ciénagas. En pocos minutos, recorremos varios kilómetros hasta que, finalmente, divisamos a los valukeños que nos aguardan en una empapada marisma. Se apiñan en una gran explanada sin árboles, y anchas sonrisas se dibujan en sus rostros cuando nos ven llegar. Mi dragón tiembla al aterrizar, y se convierte en una nube de vapor bajo mis pies cuando tocan el suelo. Me tambaleo un poco, en parte mareada por el viaje, pero también por la subida de adrenalina.

Por las estrellas, pagaría por volver a hacerlo.

—¿Te gusta nuestra humilde isla, de momento? —pregunta Azami con tono de complicidad.

Le contesto con una risa abrupta y jadeante.

—Ya estoy planeando mi próxima visita.

La sonrisa de Azami no podría ser más deslumbrante.

—¡Pues te encantará lo que viene a continuación! —exclama mientras devuelve su lodo volador a la tierra, como si no hubiera sucedido nada—. ¡Bienvenida al mayor espectáculo de toda Visidia!

Al oír esas palabras, todos los valukeños que esperaban pasan a la acción. Los que tienen afinidad con la tierra clavan un pie en el suelo pantanoso y abofetean el aire con intensidad. El suelo tiembla bajo nuestros pies y la superficie se quiebra hasta formar un semicírculo con bancos hechos de lodo. Otros valukeños lo endurecen con las llamas ardientes que expulsan por la boca o de sus palmas. Azami nos hace un gesto para que nos sentemos y no es hasta ahora que me doy cuenta de que Bastian está chorreando, con el pelo liso y pegado a su rostro.

—Ni una palabra —gruñe mientras toma asiento y se cruza de brazos.

Mientras tanto, otro grupo de valukeños se colocan en sus puestos, quietos como estatuas. Azami se une a ellos, de espaldas a nosotros, que contenemos la respiración, y durante un segundo me pregunto si esto no será una trampa. Rodeados de tantos valukeños, nos dominarían enseguida.

Pero cuando Azami se gira, ya no estamos en los pantanos de Valuka, sino que nos transportamos mágicamente al espectáculo más impresionante que he visto en mi vida. Es como la ilusión acuática con la que nos han recibido, pero mucho más grande y elaborada de lo que me podría imaginar.

En perfecta sincronía, los valukeños con afinidad por el agua que estaban arrodillados se levantan y arrastran con su movimiento masas de agua turbia de los pantanos. En las palmas de sus manos, el agua se convierte en esferas perfectas que lanzan en todas las direcciones. Al hacerlo, el agua se divide y adopta nuevas formas hasta que, finalmente, todos los valukeños tienen un pequeño delfín de agua, cada uno de un color distinto.

Varios valukeños se inclinan hacia delante y soplan dentro del agua. Su aliento se transforma en hielo que congela a los delfines. Las figuras caen de las manos de los artistas, pero, en vez de romperse, parece que la tierra se las trague. Luego, las escupe otra vez a la superficie, creando la ilusión de que nadan por el lodo. El suelo se retuerce y se levanta a su alrededor como si fuera olas de verdad.

—Por las estrellas —murmura Shanty, inclinándose hacia delante.

En sus ojos brilla un deseo que he aprendido a reconocer, un deseo que aparece cuando la cambiacaras se encuentra ante algo valioso que ambiciona para sí misma.

Llega el turno de los valukeños con afinidad por el fuego, que expulsan bolas de fuego perfectamente esféricas y las pasan a los valukeños con afinidad por el aire. El aire atiza las llamas, creando un pequeño infierno bajo ellas. Nos sobresaltamos al contemplar como cuatro valukeños se adentran en las llamas, gráciles como cisnes. Exhalo aliviada al darme cuenta de que el fuego no los quema, sino que los valukeños manipulan el aire que los rodea para salir disparados como torpedos hacia el cielo. Se separan de él justo cuando el vórtice los expulsa y se ayudan del aire para que parezca que caminan por las nubes.

Algunos valukeños también practican la magia de encantamientos: moldean el aire y le dan forma para que se transforme en nubes de color azul marino llenas de estrellas, o en una feroz bestia marina para dar la impresión de que cabalgan hacia la batalla.

Cuando caen, lo hacen con delicadeza, aterrizan de pie sin hacer ruido, y saludan con una reverencia y una sonrisa de satisfacción.

Mis amigos y yo nos levantamos para ovacionarlos, y Azami se lleva una mano al pecho, orgullosa.

—¿Os ha gustado de verdad?

—¡Claro que sí! ¡Ha sido increíble!

—Tengo muchas ideas —interrumpe Shanty. Las palabras prácticamente explotan en su boca—. Nunca había visto la magia elemental y la de encantamientos combinadas de esta forma. ¡Es genial! Creo que deberíais llevarlo a cabo por la noche para que los colores sean más intensos. ¡Y añadir música que se sincronice con los movimientos!

Aunque la sorpresa se apodera del rostro de Azami, se echa a reír cuando Shanty le pasa un brazo por encima del hombro y, emocionada, le dice:

—Vais a seguir desarrollando esta idea, ¿no? ¿Sacar provecho económico de ella?

—Ese es el plan. Tenemos que mejorar nuestras habilidades con la magia de encantamientos, pero por algún sitio se empieza. Queremos adaptarnos a los nuevos tiempos y demostrar que el cambio no tiene por qué dar miedo.

Bajo la guardia cuando Azami se gira hacia mí, tan emocionada y satisfecha que no sé cómo he podido sospechar por un solo instante que sería capaz de herirme.

—Quiero que Valuka sea un lugar repleto de magia —dice con cautela, como si hubiera apostado contra mis expectativas—. Quiero que se convierta en un sitio donde poder montar los caballos de agua o volar por el aire. Quiero que haya espectáculos, y que sean tan hermosos que la gente desee volver una y otra vez.

—Es ingenioso —asiente Shanty con una sonrisa tan malévola y retorcida que estoy a punto de apartar a Azami de ella.

Pero la futura consejera está demasiado emocionada y temo que si sigue sonriendo tanto se le rompa la cara. Azami se agarra del brazo de Shanty alegremente.

—¿Todo esto fue idea tuya? —le pregunto.

La actitud tímida de Azami desaparece cuando contesta. Alinea los hombros y se aparta algunos mechones de pelo del rostro para mirarme directamente a los ojos.

—Visidia ha estado estancada durante años —dice con confianza en sí misma—. Muchos de sus habitantes también; tienen miedo a aceptar los cambios y a comprobar lo que podría ser Visidia si le permitimos prosperar. Estás cambiando los fundamentos de este reino, y yo creo en tu misión. Creo en lo que haces y quiero formar parte de ello.

La sonrisa que acompaña a sus palabras me da de lleno en el corazón y llena un vacío del que no he sido consciente hasta ahora.

—Quiero ayudarte a dar forma a la nueva Visidia —dice con voz suave pero con la seguridad de la lluvia—. Juntas, estoy segura de que podemos cambiar Visidia para bien.

Y, sorprendentemente, la creo.

—Azami Bargas —contesto—, creo que vas a ser una de las mejores consejeras que ha tenido Visidia.

CAPÍTULO
VEINTINUEVE

Nuestro primer día en Valuka solo acaba de empezar.

Varios hombres dan vueltas a nuestro alrededor, emocionados, sin dejar de comprobar si van bien peinados o si les huele el aliento cuando creen que no los miro. A diferencia de los curmaneses, no llevan sus mejores galas, sino túnicas sueltas y pantalones de algodón: ropa que permite una libertad de movimientos y la flexibilidad que requiere su magia.

—Queríamos ofrecer nosotros el espectáculo —me dice Azami—, y no al revés. Sé que has venido a Valuka con un propósito, Amora, pero no quería que te sintieras expuesta, sino que todo fluya con tanta naturalidad como sea posible.

—¿Por eso no me has dado tiempo para acicalarme?

Azami muestra una sonrisa como disculpa.

—De todos modos, vas a sudar. Me pareció que sería divertido pasar el día probando la magia con nosotros. ¡Podemos descubrir tu afinidad!

Me da la sensación de que toda la calidez de la isla desaparece al instante y me deja helada y en tensión.

—Pero… Yo pensaba que cada uno escogía el elemento que practica.

Azami se recoloca un mechón de pelo negro detrás de la oreja.

—Sí, claro, es posible, pero normalmente la gente se siente más atraída por un elemento en concreto que por los demás. Lo sabrás cuando lo sientas. Cuando encuentras tu elemento, te consume. Es como si te hubiera esperado, como si siempre hubiera formado parte de ti.

Azami me coge la mano y no puedo detenerla, pues me guía de la ciénaga a tierra firme.

—Yo tengo afinidad con la tierra —anuncia mientras un grupo de hombres valukeños se nos acerca. Hacen reverencias y nos dicen sus nombres cuando se sientan a nuestro lado.

En condiciones normales, Azami tendría razón. Esta sería la mejor manera de conocer a la gente de cada isla: relajados y durante su día a día. Pero me falta la mitad de mi alma y no puedo practicar la magia, por mucho que lo desee. Se supone que la alta animante es la más poderosa del reino. ¿Qué pensará mi pueblo cuando descubra que no puedo aprender la magia valukeña?

Azami tampoco se equivocaba al decir que sudaría, y todavía más de lo que esperaba. A pesar de que mi cuerpo está entumecido y frío, gruesas gotas de sudor me resbalan por la frente, y me provocan náuseas.

—Para empezar debéis encontrar el equilibrio con la tierra —me indica un joven con una hermosa piel bronceada y pecas debajo de sus ojos verdes—. Dejad que os centre. Sentid su fuerza en los dedos de los pies. —Inspira profundamente de forma exagerada y espera a que lo imite—. ¿Lo sentís?

Hundo los dedos de los pies en la tierra, pero lo único que noto es una necesidad de limpiármelos.

Echo un vistazo a los demás. Vataea ha decidido sentarse tras afirmar dramáticamente que hace demasiado calor y que deberíamos devolverla al mar antes de que se seque.

Shanty, Ferrick y Bastian están muy concentrados y se esfuerzan al máximo a pesar del sudor que empapa sus cuerpos. Al cabo de una hora, descubrimos que ninguno de nosotros tiene afinidad con la tierra. Los valukeños nos dan unos golpecitos afectuosos en los hombros como premio de consolación y, aunque Azami parece decepcionada, sus ánimos no decaen.

—No pasa nada —exclama con la determinación que me imagino que ayuda a crear coreografías para los espectáculos—. ¡Tenemos todo el día para descubrir vuestra afinidad!

Pero tampoco la encontramos en los pantanos, donde un hombre encantador nos guía a través de una magia que, según nos cuenta, es suave y fluida, o furiosa y precisa. Reconozco la lección: es la misma que daba la niña valukeña en Kerost.

Vataea lo pilla rápidamente, lo cual impresiona a un grupo de hombres valukeños que la aplauden con la mirada enamorada. Cuando no la observan, me doy cuenta de que mi amiga mueve ligeramente los labios y susurra una canción al agua, y entiendo que es solo un truco, algo que puede llevar a cabo con su magia de sirena.

Aunque me encantaría poder crear mi propio dragón de agua para montar en él y surcar los aires, no es hasta que llegamos a una hoguera encendida que siento que el deseo se remueve dentro de mí. Cuando tenía magia, necesitaba el fuego para usarla. Si hubiera tenido el poder de crear fuego, habría sido invencible.

Todos extendemos los brazos hacia la hoguera, siguiendo las instrucciones para calmar nuestras mentes y buscar dentro de nosotros mismos el calor que supuestamente tenemos en lo más profundo de nuestras entrañas, y es la mano de Ferrick la que arde. Me sobresalto por su soplido, y los celos me invaden al ver que unas pequeñas llamas se encienden a lo largo de su brazo.

—Mantened la calma —dice uno de los valukeños que nos guía mientras sujeta a Ferrick por los hombros—. Respirad profundamente. La mente debe estar despejada para poder controlar este tipo de magia. Concentraos en la sensación en las palmas de las manos. Respirad y soltadlo.

Inspiro profundamente e intento hacer lo que nos indica, espero y deseo que la magia vuelva. Odio no ser yo quien ha conseguido este poder, pero me invade la culpa de sentirme celosa al contemplar la emoción en los ojos de Ferrick. Estas llamas abren todo un abanico de posibilidades para él.

Una gota de sangre emana de su nariz, pero se la seca rápidamente. La dificultad de practicar un nuevo tipo de magia no consigue hacer tambalear su determinación.

Mi frustración y mi culpa crecen todavía más cuando llegamos a la última afinidad: el aire. Azami me observa expectante, con curiosidad palpable en los ojos, pero son Bastian y Shanty los que consiguen tejer hilos de aire entre sus dedos y levantar hojas sobre las palmas de sus manos. Se ríen mientras lanzan remolinos de aire al pelo del otro.

La sonrisa de Bastian se ensancha con entusiasmo y, a juzgar por las emociones que crecen dentro de su alma, entiendo por qué: si domina la magia del aire, podrá guiar las velas de la *Presa de Quilla*, y seguramente nunca más necesitará una tripulación completa. Es un plan brillante, pero no puedo evitar sentirme abandonada.

Todos me abandonan.

¿Y por qué no deberían? Tanto Ferrick como Bastian ahora practican tres tipos de magia, mientras que yo ni siquiera poseo uno. Mi sangre es directamente responsable de la ruina de Visidia. Mis propios súbditos intentan asesinarme.

Yo también me abandonaría.

—¿No has sentido la chispa con ninguno de ellos? —pregunta Azami con una cierta insistencia—. Quizás lo hemos pasado por alto. Si necesitas más tiempo, estoy segura de que los demás no tendrán inconveniente en quedarse más rato para ayudarte a aprender.

Sé que Azami lo dice de corazón. Como todos los demás, cree que he venido hasta aquí a buscar un rey para Visidia, y ha sido lo bastante amable como para dejarme conocer a los posibles pretendientes de la manera más natural posible al hacerme colaborar con ellos. No está haciendo nada mal. Aun así, la presión aumenta en mi pecho y se abre paso por mi cuerpo, dejando un rastro de veneno que me encoge el corazón de tal manera que apenas puedo respirar.

Leo la decepción en los ojos de los valukeños: una expectativa persistente que ha reemplazado su deseo de caerme en gracia. Se supone que la alta animante de Visidia es la persona más poderosa del reino y acaban de presenciar mi fracaso.

Notar cómo me observan me lleva mentalmente a la celebración de mi decimoctavo cumpleaños, durante la cual mi magia se apoderó de mí frente a la multitud. El recuerdo pesa como un ancla en mi pecho, y se hunde más y más hasta que quiebra la armadura que he construido a mi alrededor. Me agarro el estómago, la garganta, intento que el aire vuelva a mis pulmones mientras los recuerdos de aquella noche resuenan en mis oídos.

«¡Lo destruirá todo!».

«¡Deberían ejecutarla! ¡Nos matará a todos!».

La cabeza de Bastian se levanta de golpe y sus ojos encuentran los míos a la velocidad del rayo justo cuando mi visión empieza a nublarse. No necesita que le diga que preciso su ayuda; aparece a mi lado inmediatamente y me pone las manos en los hombros para que yo sepa que está conmigo.

¿Por qué hago esto?

¿Qué más da si todo el mundo piensa que soy débil al no poder aprender su magia? ¿Por qué es mi culpa?

¿Para qué hago esto?

¿Qué importa lo que piense Visidia de mí cuando estoy tan cerca de encontrar la llave de su destino? Podría liberar la magia espiritual para ellos. Podría hacer que Visidia vuelva a ser lo que siempre debería haber sido y contarles la verdad. Podría guiar al reino al futuro que siempre deberían haber tenido.

O podría ser egoísta. Podría resucitar a Padre y, con su regreso, el peso de la corona ya no recaería solo sobre mis hombros. Madre volvería a sonreír. Yo oiría la risa de Padre y le enseñaría a *Rukan*. Juntos podríamos reconstruir Visidia, y yo no me sentiría tan sola.

Da igual lo que los demás piensen. El destino de Visidia está en mis manos, y haré lo que quiera con él. Una reina no está obligada a sonreír. No tiene por qué jugar a juegos.

Una reina debe gobernar.

—No quiero seguir con esto.

Las palabras no parecen mías. Son un susurro amargo, lo bastante bajo para que Azami tenga que aproximarse.

—¿Amora?

Mis rodillas ceden.

—Se acabó la fiesta —interviene Bastian. Su voz suena distante—. Volved a vuestras casas. La reina os recibirá mañana, y…

—No.

Cuando la palabra sale de mis labios, vuelvo a respirar con facilidad. La libertad que me provoca hace que la risa me suba por la garganta.

—No, creo que no los veré mañana. Creo… creo que ya hemos terminado.

El rostro de Azami palidece. Detrás de ella, los demás también parecen perplejos.

—¿Os ocurre algo, majestad? Seguro que podemos arreglarlo…

—Os habéis portado genial conmigo. —Con cada palabra, el nudo en mi pecho se destensa. Con cada inspiración, vuelvo a ser un poco más yo misma—. Os agradezco mucho todo lo que me habéis enseñado y lo que hacéis por Valuka. Estoy segura de que cada uno de estos hombres es maravilloso, pero he trabajo demasiado duro para el trono. He sacrificado demasiado de mí misma por mi pueblo. Nadie, por increíble que sea, lo entenderá jamás ni entenderá la carga que supone llevar la corona. Y estoy harta de fingir que lo permitiría. Decid a lord Bargas que haga saber al reino que aquí termina esta farsa.

En cada una de las islas que he visitado hasta ahora he perdido demasiado tiempo manteniendo las formas. He estado a punto de morir dos veces intentando convencer a los demás de que me quieran. Estoy harta de fingir ser alguien que no soy solo para que me acepten.

Soy Amora Montara, y no seré más su peón. Seré la reina.

———

—Ya era hora de poner fin a esta farsa —dice Vataea mientras nos acomodamos en nuestra habitación por la noche—. Me sorprende que hayas aguantado tanto tiempo.

Me coloco una almohada encima de la cabeza e inhalo el olor a lavanda de la ropa recién lavada, hago todo lo que esté en mi mano para desaparecer. Aunque estoy contenta por la libertad y por no tener que pasearme con los pretendientes, sé que mañana todos los pergaminos hablarán de mí.

Pero no importa. No puedo permitir que me importe. A partir de mañana debo encontrar el divino y cambiar el destino de Visidia de un modo u otro.

Al oír el crujido de la cama por el peso añadido, me aparto la almohada lo suficiente para ver los ojos dorados de Vataea clavados en mí.

—¿Sientes pena por ti misma? —pregunta con un tono tan seco que me recuerda que en realidad no es humana—. ¿O estás así porque echas de menos a tu padre otra vez?

—Siempre lo echo de menos. —Me incorporo, y ella me imita.

—Hay mucha gente a la que yo echo de menos —contesta con despreocupación, aunque con los hombros caídos, como si llevase una pesada carga.

La luz parpadea y se atenúa en sus ojos. Durante siglos, ha existido la caza furtiva de sirenas con el objetivo de conseguir sus escamas para fines abominables. Teniendo en cuenta los años que ha vivido, estoy segura de que Vataea ha sufrido muchas pérdidas.

—Sé que este reino se construyó sobre una base de mentiras y que Padre hizo lo que pudo para mantenerlas —digo finalmente, esforzándome para que mi voz se oiga—. Lo sé, pero… Daría lo que fuera para verlo una vez más. Con un solo segundo me conformo.

No sé qué lo provoca, pero algo dentro de mí se rompe bajo la mirada escrutadora de Vataea. Los sentimientos fluyen en mi interior como si se hubiera roto una presa, vaciándose de golpe y con total libertad.

—A pesar de todo lo que hizo, es mi padre —continúo—. Tengo la sensación de que, si estuviera aquí conmigo, me ayudaría a arreglar este desastre.

—No puedes reparar el daño de varios siglos en apenas dos estaciones —afirma Vataea mientras me pone las manos sobre los hombros—. Estás haciendo todo lo que puedes, Amora. Y eso es suficiente. He perdido a mucha gente a lo largo de mi vida, pero no me permito perderme con ellos. No querrían que detuviéramos nuestras vidas solo porque las suyas han terminado. Debes pasar el duelo, pero no puedes perderte en él.

Es más fácil decirlo que hacerlo. Aunque Vataea haya perdido a tantos seres queridos, nunca ha sido responsable del dolor, por la muerte, de tantos.

—Los dioses fueron crueles al robármelo. —Mis palabras suenan patéticas, pero las pronuncio con toda la intención; las envío a los dioses como si fueran puñetazos, y espero que sientan todo el peso de la rabia que contiene cada una de ellas—. Ojalá me lo devolvieran.

Juntos podríamos restaurar la magia. Derrotar a Kaven. Salvar tantas vidas…

Si no la conociera, pensaría que la expresión en el rostro de Vataea es de lástima.

—Incluso yo sé que no es buena idea maldecir a los dioses,
Amora —responde la sirena mientras se levanta de mi cama y
vuelve a la suya. Por el camino, apaga la vela—. Nunca se sabe si
están escuchando.

CAPÍTULO
TREINTA

Alguien me observa.

Me incorporo en la cama, me falta el aire.

La única luz que entra en la habitación es el reflejo de la luna, que se extiende por el suelo a través de los espacios entre las cortinas. Entorno los ojos en medio de la confusión plateada, pero lo único que veo es a Vataea, profundamente dormida en la cama que hay al lado de la mía. Su respiración es fuerte y regular.

Con cautela, regreso a la cama. Estoy segura de que solo son nervios, e intento calmar mi respiración. Pero me vuelvo a levantar al divisar una sombra en mi ventana, agarro a *Rukan* y me dispongo a despertar a Vataea, y entonces la sombra se ríe.

Es un sonido explosivo y orgulloso que me sacude los pulmones y casi me hace caer de rodillas. Reconocería esta risa en cualquier lugar, pero… no puede ser.

—¿Padre? —susurro con voz ronca.

Por respuesta recibo el eco de la risa. Necesito todas mis fuerzas para no ponerme a llorar.

Al comprobar que Vataea no se inmuta, me pellizco la muñeca.

Esto no puede ser otra cosa que el más cruel de los sueños. Me sobresalto por el dolor del pellizco, y no espero ni un segundo más: me paso la capa por encima de mi ropa para dormir, me ato la funda de *Rukan* y empiezo a correr. Salgo de la casa a toda velocidad. El frío suelo de mármol me hiela los pies descalzos.

—¡Padre! —grito más alto ahora que me he alejado de los dormitorios.

Él vuelve a reírse, y ahora sé que solo puede ser él: una mezcla borrosa de luz y sombras que sale disparada por el terreno que se extiende frente a mis ojos.

No pienso, solo lo sigo, alejándome cada vez más de la casa hasta que el suelo se convierte en poco más que una montaña de piedra. El dolor se me clava en las plantas de los pies. En el fondo de mi alma sé que esto no puede ser real. Es un hechizo. Un espejismo. *Algo.*

Pero tengo a Padre frente a mí. Se mueve tan deprisa que, si quiero atraparlo, no puedo dudar.

—¡Espérame! —jadeo sin dejar de correr. Aprieto los puños cuando se me clava una piedra en el talón—. ¡Espera un momento!

Justo al pronunciar estas palabras, una silueta resplandeciente se alza delante de mí: una bestia hecha de llamas fulgurantes se yergue ante mis ojos. Ha adoptado la forma de un lobo demasiado grande, y arde con tanta furia que me tengo que esforzar para no cerrar los ojos.

Sus patas humeantes chocan impacientemente contra el suelo y un flujo constante de brasas cae de su pelaje reluciente. En lugar de ojos tiene esferas de llamas blancas. Cuando me mira, de un modo inconsciente busco mi daga.

Al notar el movimiento, la bestia bufa y le sale humo por la nariz, como para indicarme que ni me moleste. No ha venido a luchar.

—¿Me llevarás con él?

Acorto la distancia que nos separa y extiendo la mano tímidamente hacia su cuello. Me sorprendo al darme cuenta de que las llamas no me queman la piel. Me obligo a reunir el coraje para subirme a la bestia: no quiero perder de vista a Padre.

En el instante que me monto en su lomo, el lobo sale disparado a una velocidad que rivaliza con el viento, y esparce sus ascuas azules por donde pasa. Es aquí, encima de este ser feroz, que mi mente se acomoda a mi cuerpo y presiento que he sido una estúpida por seguirlo sin más. El lobo no ha aparecido de la nada, y claramente sabe adónde va. Pero la risa de Padre era demasiado real. Demasiado cercana.

Ahora, que por fin está a mi alcance, ya es tarde para dar marcha atrás.

Cuando lo encontramos, Padre está de espaldas. Su cuerpo está hecho de las mismas llamas rojas que su montura, un alce gigante con astas de plata. Juntos cabalgan por las montañas, rodeando géiseres de los que salen desbocados chorros de agua hacia un cielo lleno de estrellas fugaces. El vapor del agua me rocía la piel y hace que las llamas de la bestia siseen y se evaporen.

—Mírame —le digo a Padre para que se gire.

Le pido, le suplico, que me enseñe su rostro, que demuestre que es él, pero tengo miedo de despertarme cuando lo haga.

Y, durante mis ruegos, Padre se da la vuelta y las llamas a su alrededor desaparecen. Por primera vez desde que lo vi arder, contemplo su rostro.

Ahí está su piel bronceada y arrugada por los años pasados en alta mar. Los cálidos ojos marrones que brillan con orgullo al mirarme. Y una sonrisa amplia, maravillosa y preciosa.

—Eres tú. Eres tú de verdad.

Padre no responde, sino que levanta una mano hacia el cielo y, usando una magia que nunca había visto, baja algunas constelaciones del firmamento y las sujeta en la palma de su mano. Las estrellas se entrelazan en sus dedos y bailan alrededor de sus brazos y sus hombros, su brillo cambia de color: rosa, azul, verde. Una vez más, Padre se ríe y abre la mano: las constelaciones se enredan en mi pelo, y se me contagia la risa cuando empiezan a bailar a mi alrededor antes de salir disparadas de vuelta al cielo, engulléndome en un océano de magia y estrellas.

Cuando levanto la cabeza para mirarlas, apenas soy consciente de que tengo las mejillas empapadas, pero no me importa.

Aunque sé que, tarde o temprano, debo despertar de este sueño, rezo a cualquier dios que me esté escuchando para que el momento no llegue todavía. Quiero quedarme en él tanto tiempo como sea posible y escuchar la risa de Padre, admirar su sonrisa.

Toda mi vida he anhelado esta aventura con Padre. Ahora que se ha hecho realidad, espero que dure para siempre, hasta que la galaxia nos trague y el mundo deje de existir.

Pero incluso los dioses tienen límites, y ya han sido demasiado generosos conmigo.

La silueta del cuerpo de Padre empieza a transformarme en humo. Azuza a su corcel y empieza a galopar otra vez, pero ahora se eleva más y más, como una carrera hacia las estrellas. El lobo lo imita y lo sigue, y yo me apoyo en él y me agarro fuerte a su piel.

Con cada segundo que pasa, más humo emana del cuerpo de Padre, se vuelve más espeso, me constriñe los pulmones y me abrasa la garganta. Sin embargo, no me detengo porque no permitiré que se me escape una segunda vez.

—No te detengas —le ordeno al lobo, tumbándome en su lomo a medida que el humo empieza a cubrirnos—. Llévame hacia él.

La reluciente bestia arde contra la columna de humo. Al adquirir velocidad, me quema las puntas de los dedos, y la sensación solo termina cuando frena y se detiene frente a la figura de Padre.

Su silueta, una luz rodeada de humo y sombras, se yergue frente a mí. Ha robado la luna y la lleva por sonrisa.

—Es innegable que heredaste mi sentido de la aventura —dice, y sus palabras se hinchan de un orgullo que me traviesa el pecho con una fuerza más temible que cualquier puñal en todo el mundo.

—Por los dioses —susurro mientras me bajo del lobo. Me noto la boca entumecida, mi garganta se quema con cada palabra—. Te echo de menos.

¡Quiero contarle tantas cosas, hay tanto que decir! Pero Padre se desvanece envuelto en un humo que se disipa demasiado deprisa en el aire. Extiendo el brazo para alcanzarlo, desesperada por encontrar la manera de que se quede conmigo, pero él no me devuelve el gesto.

—Te echo más de lo que podrías llegar a imaginarte, pero ahora tienes que ser valiente, Amora. —Su cuerpo se desintegra y el humo se eleva hacia las estrellas—. Sé valiente, mi niña, y haz lo que yo no pude.

Con la misma velocidad que llegó, Padre desaparece, pero en el lugar donde estaba su cuerpo hace unos instantes, ahora hay hilos de humo que adquieren la forma de algo que me espera. Algo que Padre prometió que encontraríamos juntos.

Algo con enormes ojos del color de la sangre.

«Así que la niña finalmente ha aparecido. Bienvenida, pequeña. Me preguntaba cuándo llegarías».

Las sombras se revuelven y se convierten en una enorme criatura que se me acerca. Tropiezo al darme cuenta de dónde estoy, y que el cuerpo de Padre no era el único responsable del humo que nos rodea.

Me ha guiado hasta la base del volcán, donde la divinidad que buscaba me espera.

Me ha llevado hasta el divino.

Pero ¿cómo? Debería haber tardado horas solo en llegar a los volcanes desde la casa donde nos hospedamos. Aun así, me ha parecido que apenas he pasado unos segundos con Padre.

El cuerpo brillante de la serpiente se alza sobre mí y se endereza. Parece hecho del firmamento nocturno, se estira y se encoge a la vez que las sombras menguan y fluyen de la reluciente luz de la lava del volcán, y sus escamas de ónice brillan. Observo su forma serpenteante, subiendo por su silueta hasta que me encuentro con un par de ojos rojos y penetrantes que me observan con curiosidad, pero sin ser amenazadores. La serpiente repta hacia delante; un poder tan extraordinario emana de ella que me tengo que esforzar para mantenerme en pie. Todas las partes de mi cuerpo están entumecidas y me cuesta horrores mover las manos.

Mis dedos temblorosos se cierran alrededor de la empuñadura de *Rukan*. La serpiente parpadea al verla y sisea. Su lengua bífida me roza una mejilla.

«Veo que has estado de caza».

Me obligo a mirar a la bestia a los ojos. Su boca nunca se mueve, pero juraría que oigo las palabras con la claridad del cielo por la mañana.

«Si no envainas tu arma, te prometo que te convertirás en mi almuerzo, pequeña, y a la porra el destino».

Obedezco al instante y a toda velocidad, a pesar de que las manos me tiemblan.

—¿Sabes comunicarte telepáticamente?

La bestia se agacha y se enrolla sobre sí misma con la cabeza colgando por encima de su cuerpo para observarme.

«Soy una creación de los dioses, pequeña. Conozco todos los tipos de magia que existen: pasados, presentes y futuros. ¿Cómo te atreves a ponerlo en duda?».

Trago saliva, preparándome para disculparme, pero me doy cuenta de que la serpiente sonríe. Su lengua se tuerce en un gesto que solo puedo describir como diversión, y aprieto los dientes.

—¿Cómo he llegado hasta aquí? —pregunto sin conseguir que mi voz deje de temblar, por mucho que lo intente—. ¿Qué ha...? ¿Era real? ¿Era él de verdad?

«Era tan real como es posible», contesta la serpiente con voz perezosa y arrastrando las palabras. «Anhelabas verlo otra vez, ¿verdad?».

Aprieto los puños para devolver la fuerza a mis extremidades.

—¿Por qué me lo has arrebatado? ¡Tenía muchas cosas que decirle! ¡Quería decirle mucho más…!

«He visto tu sufrimiento, pequeña. Aunque tú puedas creer que estás sola, te hemos observado y te hemos conocido. Lo que ha sucedido esta noche ha sido un regalo de los dioses para ti, un detalle por todas las dificultades a las que estás destinada a enfrentarte. Te han otorgado lo que a menudo buscan los que pasan por un proceso de duelo: un último momento. ¿Por qué malgastar el momento con palabras?».

—¿O sea que has conjurado su imagen para hacerme llegar hasta aquí?

«No ha sido una visión. El espíritu de tu padre vive en ti, pequeña. Lo único que he hecho es darle forma, aunque solo fuera un breve instante».

Quiero llorar. Quiero volver a desenvainar mi daga y clavársela a la bestia una y otra vez hasta que el divino me devuelva a Padre. Pero tiene razón: no renunciaría a un solo segundo del tiempo que he visto a Padre esta noche. Es solo que… no ha sido suficiente. Nunca sería suficiente.

Pero ha sido algo.

Ha sido una oportunidad de ver que Padre no está rodeado de muertos, que no me tiende la mano y me ruega que lo salve.

Padre todavía vive aventuras, con la diferencia de que ahora lo hace entre las estrellas.

—¿Qué divino eres? —pregunto cuando consigo encontrar mi voz.

La serpiente reflexiona la respuesta un momento.

«Bueno, no soy el que guarda la santidad de los cielos, ni el que protege la ira de las mareas. ¿Quizás soy el que vigila la furia de las llamas? ¿O puede que me encargue de proteger la inocencia de los humanos? Soy uno de ellos».

Mis ojos bajan hacia *Rukan* y pienso en Lusca. La serpiente sisea disgustada.

«Esa bestia a la que mataste no era un guardián. Si lo hubiera sido, ahora no estarías aquí, frente a mí. Y ahora, dime, pequeña: ¿por qué has venido? Te he observado mentalmente durante años, pero no sé qué es lo que buscas en este momento. No es un lugar para los de tu especie».

La serpiente tiene razón: con cada segundo que transcurre, se me oprime más el pecho y me cuesta respirar. A medida que mi vista se nubla, sospecho que lo único que me mantiene viva a pesar del humo es la magia de la bestia. Si quisiera, me podría dejar morir ahogada en cualquier momento. Pero, ahora que he llegado hasta aquí, no me voy a rendir sin intentarlo.

—He venido a tomar prestada la magia de los dioses.

La serpiente se me acerca reptando, las brillantes escamas de su cuerpo rozan el mío. Intento extender la mano para tocarlas o usar mi daga para cortarle una, pero el sobrecogedor poder de su cuerpo me mantiene paralizada.

«¿Qué deseas hacer con tal poder? Tu camino se bifurca: ¿cuál vas a elegir?».

—Como reina de Visidia, haré lo que me plazca. Mi respuesta no es de tu incumbencia.

«Cuento con el favor de los dioses. ¿Qué valor tiene tu condición de reina?».

Aunque no se ríe físicamente, la voz divertida de la bestia resuena en mi cabeza.

—¿Condición?

Me erizo, enfurecida, pero la serpiente no se inmuta, sino que se enrolla alrededor de mi cuerpo y me estruja.

«He observado a pequeños como tú desde el albor de los tiempos, y todos los reyes y reinas que he conocido se consideraban lo más importante de este mundo. Esta noche, los dioses te han hecho un regalo, pero eres avariciosa y quieres más. Ah, pero esto ya lo sabías, ¿no? Veo que imaginas lo prósperos que serían este mundo y su magia si no fuera por tu avaricia. Imaginas que este mundo podría ser un lugar muy distinto. Hay muchas posibilidades. Yo también siento curiosidad por cómo será ese mundo. Quizás algún día lo veré».

—No todo lo que han hecho los Montara ha sido negativo —protesto, aunque no sé por qué. Parece que la serpiente lea mis pensamientos más profundos y es inútil discutir con una divinidad. Pero me libero del cuerpo enrollado de la bestia y me giro para mirarla directamente a la cara—. También ha habido algunas cosas buenas.

«Pero ¿qué pesa más en la balanza? ¿Lo bueno o lo malo? Porque todo lo que veo cuando pienso en la respuesta son posibilidades. Veo todo lo que podría haber sido para este mundo, pero nunca lo que será. Las nuevas magias que ya se podrían haber descubierto, pero no las que se crearán. Veo los cambios que podría hacer tu reino, pero no sé cuáles escogerás. Solo puedo imaginar el mundo con el que sueñas, pequeña, y lo espero tanto como tú».

La voz de la serpiente se vuelve más gruesa y melódica. Dejo que me envuelva, que sus palabras me arrullen. Me ahogo por el calor, por el humo, por el ardor, e imagino el mundo que la serpiente quiere que vea: un mundo que no está construido a partir de la división de la magia, sino que crece con ella y se adapta, se expande. Imagino un mundo repleto de magia, un reino que tuvo permiso para construir y explorar su magia durante siglos, en vez de un reino constreñido por la avaricia.

Y es hermoso.

Veo la magia en la manera como las flores crecen con un gesto de los dedos. En un joven que canta canciones a los pájaros y que entiende cada palabra de su melodía. Es un mundo lleno de color y de magias que no he presenciado nunca, y su belleza me llena los ojos de lágrimas que los queman por dentro.

Lo percibo con tanta claridad que hasta me duele el corazón. Este es el mundo que podría haber sido sin la interferencia de mi familia.

—Intento compensar por los errores del pasado —digo con voz débil que me chirría en la garganta irritada—. Y lo conseguiré.

«El futuro del mundo está en tus manos, en eso tienes razón. Pero no se puede cambiar el futuro alterando el pasado».

La frialdad de la serpiente se expande por mis venas y me paraliza.

—Si no querías que resucite a Padre, ¿por qué me lo has mostrado? ¿Por qué me has enseñado que existe esa posibilidad?

«No somos tan crueles como crees, pequeña. No pediste cargar con el peso para el que los dioses te eligieron. Desde su punto de vista, te han hecho un regalo. ¿No te basta con volver a verlo y saber que sigue aquí, que todavía te observa?».

Aunque es cierto que parecía en paz, todavía no parece suficiente. Si Padre no está a mi lado, nunca será suficiente.

Una vez más, mi mano encuentra a *Rukan*. Esta vez, la desenvaino del todo y tengo que invocar todo el coraje del que dispongo para dejar de temblar.

—Pues si es verdad que lo sabes todo, también sabrás que no me iré sin una de tus escamas.

«Solo sé unas pocas cosas con certeza, pequeña. La primera es que tú y yo estábamos destinados a conocernos; no hay una línea temporal en la que no me busques. La segunda es que se te presenta una opción y que, escojas lo que escojas, tu decisión alterará para siempre el destino de este mundo tal y como lo conocemos. Una traerá el caos, y otra será su salvación. Elige con cuidado».

Sé a qué decisión se refiere: implicaría darme el poder para resucitar a Padre y cambiar la historia de Visidia en mis manos, pero diciéndome que no la utilice; escoger la posibilidad de avanzar hacia el futuro en vez de cambiar el pasado.

—Quieres que le vuelva a decir adiós. —No es una pregunta—. Es un castigo cruel, incluso para los dioses.

«No quiero que hagas nada, pequeña. No hay respuestas correctas o equivocadas; solo posibilidades». La serpiente entorna los brillantes ojos rojos, analizándome. «Vuestra inocencia es lo que más admiro en vosotros, pequeños. Aunque os dijera qué decisión debéis tomar, al final haríais lo que quisierais de todos modos. Lo que yo diga no importa. Además, no soy un dios. No sé exactamente qué tipo de destrucción necesita este mundo, o qué tipo de salvación. Pero te diré una cosa: los dioses no son benevolentes con los que intentan robarles a los muertos. Lo más inteligente es mira hacia delante, nunca hacia atrás».

—Dime una cosa —exijo, intentando que mis manos paren de temblar—. ¿He hecho algo para merecer esto?

«No has hecho nada para lo que los dioses no te creasen. Este es tu destino, y por eso te han dado un regalo esta noche. No envidio tu viaje, es uno que te dejará muchas cicatrices. Pero las heridas curarán, y en ellas te encontrarás a ti misma. Encontrarás lo que debes hacer».

La serpiente se enrolla más alrededor de mi cuerpo.

«Recuerda que a todos los seres les llega su hora, incluso a mí. Eres la reina de Visidia, y con este título cargas con una responsabilidad que nunca nadie conocerá. Como has dicho, es un destino cruel, pero es el tuyo. Lo que hagas con él determinará el futuro de Visidia para siempre. Esto va más allá de ti. Recuérdalo».

¿Recordarlo? ¿Que lo recuerde?

No necesito un recordatorio cuando recordar es lo único que hago. Recuerdo cómo me llenaba la magia, cómo era una llama inextinguible en mi alma. Recuerdo una época en la que gran parte de Visidia no vivía presa del miedo, en la cual no necesitaban que los distrajesen para aprobar una ley. Un tiempo en el que yo no tenía que viajar de isla en isla y no podía bajar la guardia por miedo a que me asesinasen.

Recuerdo un tiempo en el que podía besar a quien quisiera sin poner en duda mis sentimientos.

Un tiempo en el que la risa de Padre resonaba por la bahía cuando íbamos al timón de *La Duquesa*. La confianza que tantos tenían en él antes de que Kaven fuera una amenaza.

Recuerdo la sensación de su beso en mi frente y cómo la sangre fluía de su cuerpo al mismo tiempo que la vida abandonaba sus ojos. La espada clavada en su piel, el filo hundido en su estómago. Las pesadillas de su mano que intenta alcanzarme y su rostro cubierto de humo.

Lo recuerdo todo.

Aprieto los puños y levanto la barbilla para enfrentarme a la serpiente.

—No me iré de aquí sin una escama.

La bestia agacha la cabeza y me enseña su lengua bífida.

«No soy yo quien intentará evitar que la cojas. Yo solo me encargo de proteger la tierra».

Pierdo el equilibrio cuando el suelo retumba bajo mis pies, pero no me rendiré tan fácilmente. Agarro a *Rukan* y la clavo en la serpiente, haciéndole un corte en la piel y arrancándole un fragmento con una escama. La bestia sisea, pero no se aparta, como si quisiera que la coja.

La escama se suelta con facilidad. Maldigo y casi la dejo caer al suelo cuando me abrasa la piel, pero cuanto más la toco, más poder fluye por todos mis poros hasta lo más profundo de mis huesos. Por primera vez desde que perdí mi magia, tiemblo bajo el peso del poder, y tengo que calmarme para recuperar el equilibrio. Una sola escama y un poco de piel de esta bestia contienen más magia de la que he sentido en toda mi vida.

Rápidamente me guardo la escama y me alejo de la serpiente, que se enrolla sobre sí misma mientras me observa.

«Como he dicho, yo no soy quien se encarga de protegerla, pequeña, sino ellos».

Los ojos de la serpiente se levantan hacia el volcán que hay detrás de mí justo en el momento en que un relámpago cruza el cielo. Nubes negras como la brea se arremolinan en torno al cráter del volcán en erupción, que escupe el magma furioso y ardiente hacia el cielo.

En medio de la lava, una extraña silueta toma forma y crece en la noche, aumentando cada vez más hasta que se me corta la respiración. Entonces lo entiendo.

No estoy ante una sola divinidad: hay dos.

Esta es la serpiente de fuego.

CAPÍTULO TREINTA Y UNO

A diferencia de la divinidad de la tierra, que se retira y se enrosca sobre sí misma para observar lo que vendrá a continuación, la divinidad del fuego no habla antes de mostrar sus colmillos y lanzarme vapor a la cara. Todo su cuerpo está hecho de fuego: la lava arde a su alrededor y lo quema todo a su paso. El magma gotea de sus colmillos, y sus ojos son el centro de una hoguera ardiente y furiosa. El calor que emana su cuerpo me paraliza y prácticamente me sofoca.

«Has sido una inconsciente al permitir que esta niña ostente tanto poder. ¿No has aprendido nada del pasado?».

La potente voz del guardián resuena al culpar al otro, cuya mirada es lenta y tranquila.

«Los pequeños siempre hacen lo que quieren», dice la divinidad de la tierra. «El destino ha dictado que vendría».

La divinidad del fuego hace un gesto de asco con la lengua antes de reptar hacia mí. Su presencia me ahoga, el fuego se me mete en la garganta y pierdo el equilibrio buscando al lobo de pelaje blanco reluciente que me ha traído hasta aquí. Por suerte, todavía me espera con las pezuñas clavadas en la tierra. Cuando lo llamo, responde inmediatamente y me ayuda a montar en su lomo. Echa a correr cuesta abajo a toda velocidad mientras me guardo la escama de la serpiente contra el pecho.

«¡Deja de ayudarla!», sisea la serpiente de fuego.

Se estrella contra el suelo y empieza a perseguirme. La divinidad de la tierra no nos presta mucha atención, sino que se acomoda en un rincón y su cuerpo desaparece entre las sombras.

A medida que el divino se me acerca, el fuego y la lava se intensifican. Devora la tierra por la que se desliza la bestia como si intentasen dividir la isla por la mitad.

No entiendo cómo el humo oscuro y venenoso del volcán todavía no me ha alcanzado. Debe ser el mismo tipo de magia que me ayuda a montar en el lobo y descender por la montaña a la velocidad del viento.

«Suelta la escama, humana. No te lo volveré a ordenar».

Hago caso omiso a la amenaza y estrecho la escama con más fuerza contra mi pecho, centrándome solo en ella y usándola como guía para concentrar mis pensamientos y mantenerme en pie.

No me voy a rendir. No la soltaré cuando he llegado tan lejos.

El divino levanta la cabeza, muestra sus afilados colmillos, que son tan largos como yo, y ataca.

Me agarro con fuerza al lobo, clavando los dedos en su pelaje de fuego para no perder el equilibrio cuando gira bruscamente a la izquierda. El calor del cuerpo de la divinidad lo consume todo a su paso, hace que la tierra se transforme y el sudor empape mi cuerpo.

El suelo tiembla y ruge bajo nuestros pies con cada movimiento acompañado de nubes de vapor. Justo cuando me dispongo a apartarme de los amenazadores géiseres, veo un destello de pelo negro con el rabillo del ojo.

—¿Qué estás haciendo? —grito—. ¡Sal de aquí!

Vataea está al pie de la montaña con el camisón pegado a la piel. Tiene los pies clavados en la tierra y evalúa el vapor de los géiseres.

—Sigue corriendo. —Es la única orden que me da antes de empezar a cantar.

Su voz es como vino y miel, dulce e intoxicante, pero hay un deje amargo en ella que me marea. Cuando canta, los temblores se intensifican de tal manera que incluso el divino se retrae.

Pero es demasiado tarde. La canción de Vataea rige el agua, y cuando levanta sus manos hacia el cielo, la tierra se quiebra y el agua emerge, golpeando directamente el pecho de la serpiente. La bestia ruge y sale disparada hacia Vataea, pero yo soy más rápida. Agarrándome fuerte al pelaje de mi lobo, lo guío hacia la sirena, la agarro por la muñeca y la ayudo a subir a mi montura con un gesto brusco.

—Ya podrías haber llegado al pie de la montaña —gruñe sin aliento. Se coge a mi cintura con debilidad, luchando como un pez fuera del agua por el calor—. ¿En qué estabas pensando, Amora?

Detrás de nosotras, la serpiente aúlla y su cuerpo crepita con tanta intensidad que me duelen los oídos. Desorientada, apenas consigo entornar los ojos mientras descendemos a toda velocidad. La escama quema en mis manos, como si estuviera a punto de abrirme un agujero en las palmas. Por el temblor de la tierra y el vapor sé que la serpiente nos pisa los talones. Aunque se aproxima más despacio, no se detiene.

—No tenía tiempo para pensar —protesto. Los pulmones se me comprimen por los efectos del volcán—. ¿Puedes llamar al agua otra vez?

—Lo puedo intentar.

La voz de Vataea tiembla cuando invoca a otro géiser con una canción, pero esta vez el agua no solo afecta a la serpiente, sino también al lobo, que crepita bajo nuestros cuerpos y, tras un gran esfuerzo, cede. Vataea y yo rodamos por el suelo.

La sirena cae de rodillas y hace una mueca de dolor. Su respiración está demasiado agitada, demasiado fuerte en el apabullante calor. No sería capaz de invocar más magia aunque quisiera.

Me pongo frente a ella, agarro a *Rukan* y me encaro a la serpiente que se cierne sobre nosotras. Su cuerpo emana vapor y llamaradas.

Sus colmillos son lava que gotea de sus fauces y se extiende por su cuerpo derretido. Son desconcertantemente blancos, como la arena de las playas de Curmana. Y están a punto de devorarme.

Hasta que, de repente, ya no.

La serpiente agacha la cabeza con un rugido y yo me aparto rápidamente, buscando la fuente de su dolor.

Bastian galopa en su corcel detrás de la bestia. Las palmas de sus manos están cubiertas de sangre que ha esparcido por encima de unas piedras que flotan a su lado gracias a la magia valukeña del aire. El pirata lanza las piedras hechizadas a la bestia con rabia en los ojos.

Pero esta bestia no es como Lusca. Un hechizo solo la contiene durante unos segundos.

Me giro justo a tiempo para ver que Ferrick también está aquí y ayuda a Vataea a subirse a un caballo en llamas naranja.

—¡La próxima vez que me pidas que te acompañe en una aventura, te juro por los dioses que más te vale que te refieras a unas vacaciones! —grita mi amigo.

—¡Si salimos de esta con vida, te prometo que te llevaré adónde quieras! ¡Date prisa y llévate a Vataea a un sitio más fresco! —contesto, atragantándome por el humo, y haciendo todo lo que puedo para centrarme en Bastian.

—Mi deber es protegerte…

—Voy a ganar tiempo para la reina. —Reconozco la voz de Shanty, que me sigue a una distancia prudencial. Es evidente que, si las cosas se ponen feas, quiere ser la primera en salir corriendo de aquí—. ¡Llévate a Vataea, Ferrick!

Vataea sisea al oír las palabras, pero la nuez de Ferrick solo se mueve una vez cuando este traga saliva y asiente.

—Haced el favor de sobrevivir, ¿vale?

—Hecho —contesto.

Ferrick rodea a Vataea con los brazos para mantenerla estable, arrea a su caballo y sale galopando, dejando atrás solo un rastro de cenizas.

—Tú también tienes que salir de aquí —le digo a Shanty, que pone los ojos en blanco.

—Créeme, estoy en ello. Pero no me iré sin un regalo de despedida.

Se arrodilla en el suelo y pone una mano sobre la tierra. Como la extraña puerta cuando fui por primera vez al Club Barracuda, el mundo a nuestro alrededor se transforma en una ilusión óptica por el efecto de un encantamiento.

Varios árboles emergen de debajo de la tierra y se extiende una neblina por todo el bosque para cubrirnos. Las sombras toman forma de lobos feroces que patrullan de un lado para otro en la oscuridad, engañando al ojo inexperto.

Cuando termina, Shanty se tambalea y se sube a su caballo.

—Usadlo como ventaja.

—Lo haremos. Date prisa, vuelve a la *Presa de Quilla*.

No espero a comprobar si me ha obedecido, sino que me giro y veo que Bastian todavía lucha contra el divino con hechizos que apenas surten efecto. Aunque la frena durante unos instantes cada vez que Bastian la golpea con una piedra, la bestia se recompone al cabo de unos segundos y escupe fuego. Es tiempo suficiente para que Bastian regrese a mi lado, y dejamos que la divinidad nos busque con dificultad entre la niebla.

«¡Basta!».

El magma crece e ilumina de golpe la noche. En este momento me queda claro que, por impresionantes que sean los encantamientos de Shanty y por mucho que corran los corceles, nunca conseguiremos huir del divino.

—¿La tienes? —pregunta Bastian con voz ronca por culpa del humo.

Pongo los dedos alrededor de la escama y el pedazo de piel de serpiente ensangrentada a la que está pegada, y asiento.

—Tendremos que luchar —digo.

—Ni siquiera podemos tocarla —protesta Bastian—. ¿Cómo vamos a ganar una pelea contra una bestia capaz de derretir nuestras armas?

Tiene razón. Ni siquiera *Rukan* es rival para la divinidad. Lo único que nos ayudaría sería tener el poder de los dioses. Por suerte, contamos con él.

La serpiente de fuego nos alcanza. Su calor y su poder lo consumen todo a su paso, como la bestia legendaria que es.

Ya he derrotado a un ser mitológico; puedo hacerlo otra vez.

—Tenemos que usar la magia espiritual. Es la única manera.

Sostengo la escama con una mano y, con la otra, cojo la mano de Bastian como si mi cuerpo supiera exactamente qué hacer antes de que mi mente pueda interceder. Cuando nuestras pieles entran en contacto, parece que todo el fuego que nos rodea estuviera dentro de mí.

Con el poder de los dioses en la palma de mi mano, noto la pulsación de la magia en el cuerpo de Bastian. Me quema la sangre y se arraiga en mis venas, esparciéndose como un incendio descontrolado.

Bastian me suelta la mano con un gesto brusco, apagando el fuego de inmediato. A pesar del intenso calor del entorno, el gesto me deja helada.

—Ya viste lo que sucedió la última vez —gruñe—. No la puedo controlar. Y no hablemos de que tuve que ponerme la sangre de Elias en la boca. No puedo hacer lo mismo con la lava, Amora.

—Pues no usaremos la tuya.

No aguantaremos mucho más tiempo con todo este humo. Cada bocanada de aire es dolorosa y me quema por dentro.

—Usaremos la mía. La magia espiritual no fue creada por los dioses: la podemos usar contra el divino.

El pánico dibuja una mueca en el rostro de Bastian.

—Pero no puedes usar tu magia.

—No puedo hacerlo sola. Confía en mí, Bastian.

Y, aunque sé que tiene miedo y que lo único que desea ahora mismo es salir corriendo, Bastian me pone una mano en el hombro.

—Confío en ti.

Es todo lo que necesito.

Me saco la arrugada piel de serpiente de la manga y la sujeto como si fuera una copa. Rezo para que esto funcione. El otro divino no parecía preocupado por el fuego, por quemarse.

Su piel es inmune a las llamas. Si no, ¿cómo podría vivir tan cerca del volcán?

Cuando reúno todo el valor para embestir, no es por el guardián, sino por la lava que cubre su cuerpo como una segunda piel. Me alivia ver que entra sin problema en la improvisada copa de piel de serpiente, pero no me quema.

La serpiente de fuego retrocede, furiosa y cautelosa, y me mira con los ojos blancos llenos de rabia.

«¿Qué estás haciendo?».

La forma en la que se pone tensa me indica que ya lo sabe: tengo fuego y tengo su piel. Poseo todo lo que necesito para la magia espiritual.

El fuego crece y ahora solo hay una manera de descubrir si mi plan funcionará. Cojo la mano de Bastian con mucha fuerza y dejo que la magia entre nuestras almas se intensifique.

—Debemos intentarlo.

—Es mi alma, Amora. Si te dejo entrar… ya no habrá marcha atrás. No podrás huir más de mí.

—Lo sé. —Estrecho su mano—. Pero también es mi alma, ¿recuerdas? Tráemela.

No tengo tiempo para preocuparme por las consecuencias o lo que este gesto significará para nosotros dos. Bastian llama a la magia espiritual, que nos cubre como un escudo y, a pesar del peligro, cierro los ojos y sigo su ritmo, dejando que la magia nos consuma.

Siento a Bastian en cada rincón de mi cuerpo: en la piel, en el alma, en la mente. Noto su espíritu, el sabor de la sal en su piel cuando me abre su alma, cuando me deja entrar en lo más íntimo de su ser.

El alma de Bastian está hecha de dolor, de anhelo. Aun así, la aventura la hace brillar con la mayor intensidad que he visto en mi vida.

Es hermoso.

Dudo al notar la familiar sensación de la magia que me atrae e intenta leer mi alma del mismo modo que experimenté la noche en la que Padre murió.

En un primer momento, no se lo permito. Mi cuerpo se pone tenso y rechaza el acercamiento. Durante casi una estación entera, me he escondido de Bastian. Me he ocultado en mis propios pensamientos, evitando mis emociones. Pero ya no.

Ahora, le doy permiso y la magia nos consume cuando Bastian me la transmite.

Deposito la piel de serpiente y el fuego líquido en sus manos y él deja caer el fragmento de la serpiente de fuego en las retorcidas llamas y guarda la piel de la divinidad de la tierra.

Somos dos personas, pero una sola alma.

La magia espiritual fluye a través de Bastian hacia mí, y me deleito en la sensación fría que recorre mis venas, en la forma que me llena y me completa.

Cierro los ojos para concentrarme en la magia que cobra vida dentro de ambos y para guiarla por el cuerpo de Bastian y por el mío. Esta vez, como somos dos, la magia obedece nuestras órdenes.

Alimentamos las llamas con la piel de la serpiente y el fuego se apaga al instante. La divinidad chilla, echando la cabeza hacia atrás, cuando la lava se desprende de su cuerpo flameante. Sin su armadura de fuego, ya no parece tan grande ni tan amenazadora.

Cuando la magia que me une a Bastian se rompe, casi caigo de rodillas al suelo, pero él me atrapa. Esta vez, al tocarnos, algo parece diferente: una chispa de lo que sea que acaba de pasar entre nosotros. Lo siento más fuerte que nunca. La tensión en sus músculos. El asombro de ver cómo se retira la divinidad.

Al haber actuado juntos, su magia espiritual no tiene efectos secundarios. Juntos hemos sido lo bastante fuertes para derrotar a la bestia.

«Escucha mi advertencia, humana», sisea con agresividad la voz del divino. «Si escoges el camino equivocado, no habrá marcha atrás».

Pero no lo escuchamos. Solo corremos.

CAPÍTULO
TREINTA Y DOS

Cuando llegamos a la *Presa de Quilla*, nos falta el aliento y estamos agotados. Nos dejamos caer en la cubierta como si fuera nuestra salvación.

Los demás han preparado el barco para zarpar. En el preciso instante que subimos a bordo, Vataea empieza a cantar a las olas sin perder ni un minuto. Se encuentra bastante mejor, su pelo mojado me indica que ha recuperado energías con un baño. Desearía tener la oportunidad de despedirme de Azami y agradecerle todo lo que ha hecho por mí, pero no tengo tiempo.

Caigo al suelo de rodillas. Mis pulmones buscan desesperadamente el fresco aire del océano, libre del humo que me ahogaba. La cabeza me da vueltas y se me nubla la vista. Lucho contra la necesidad de desmayarme, cosa que, con toda probabilidad, mi cuerpo debería haber hecho horas atrás. Pero me niego a ceder al mareo y no me dejaré ganar por la visión nublada.

—Parece que nadie en esta tripulación necesita dormir —gruñe Shanty cruzándose de brazos—. ¿Es necesario que nos metamos en líos a altas horas de la noche?

Haciendo caso omiso de sus palabras, me acerco la escama de la serpiente al pecho y la sujeto con fuerza para sentir la pulsación de la magia contra mi piel. Es ligera y su calidez me llega a las entrañas. Su magia latente es tan poderosa que retumba en mis huesos y hace que mi piel no desee otra cosa que replegarse sobre sí misma.

Esto es mi magia. Antes creía que yo era fuerte, pero no era nada en comparación con este poder. Esto parece imposible. Divino.

Quiero poseer esta magia, este poder, para siempre. La fuerza de los dioses es mía.

Es mía.

Es mía…

—¿Amora?

Mi cuerpo se tensa cuando Ferrick se agacha a mi lado. Todo su rostro está cubierto de sudor y cenizas, pero únicamente me centro en sus ojos.

—¿Qué es eso?

La escama de la serpiente ya no es cálida: ahora arde. Suspiro y la dejo frente a mí cuando me quema las palmas de las manos, y con un horror creciente me doy cuenta de que esos pensamientos no eran del todo míos.

Esta magia es poderosa. Peligrosa.

—Es una escama del divino. —A pesar de la atracción que siento por ella, junto las manos y las dejo reposar sobre mi regazo para resistir la tentación—. Es lo que solucionará todos nuestros problemas.

Cuando Bastian alarga la mano para tocarla, instintivamente le doy un cachete para que la aparte, y me quedo petrificada. Incluso Shanty y Vataea nos observan, y todos reculan por la sorpresa. Una vez más, entrelazo las manos. Los dedos me tiemblan.

—L-lo siento… Pero, por favor, no la toques.

Preocupado, Bastian frunce el ceño, pero retira la mano.

—¿En qué estabas pensando al ir sola a por eso? ¡Te podrían haber matado!

Obligo a mis manos a calmarse y, en silencio, recojo la escama y me la guardo cerca del pecho. No tengo palabras para describir todo lo que he vivido esta noche, las cosas que he experimentado.

Entre mis manos está la posibilidad de resucitar a Padre. La posibilidad de traer de vuelta a todos los que murieron aquella noche de verano en Arida. Lo único que debo hacer es tomar lo que se me ofrece.

Incluso si con ello Visidia debe esperar más tiempo para volver a ser como antes y me veo obligada a encontrar otra manera de romper mis maldiciones.

Incluso si implica perder a toda mi tripulación.

Mi cuerpo tiembla bajo el peso del poder que sujeto entre mis brazos y la anticipación de lo que vendrá.

—Poned rumbo a Arida.

—¿Y ya está? —exclama Vataea. Su voz de miel adopta un tono demasiado amargo en sus labios. La miro directamente a los ojos, pero su mirada feroz no tiene rival—. Bastian tiene razón. Te escabulliste en plena noche después de *varios* intentos de asesinato contra tu persona, no se lo dijiste a ninguno de nosotros y casi te devora una serpiente gigante. ¿Somos tus amigos o tus súbditos? Porque casi he perdido mi vida por ti, Amora, y no puedo entender por qué te pones en un riesgo así sin decir nada a la gente que te quiere.

Agarro la escama con más fuerza todavía, dejando que su poder me arrulle. Me llama como más intensidad que el canto de las sirenas, y no quiero otra cosa que obedecerla. Pero no sé qué camino elegir: lo que podría haber sido o lo que podría ser.

—Sois ambas cosas —respondo a Vataea en voz baja. No puedo hablar más alto—. Lo lamento, pero da igual adónde os arrastre, el peligro siempre acecha. Como amiga, deseo protegeros y espero que confiéis lo bastante en mí y en mis capacidades. Pero como reina, os pido que obedezcáis.

Vataea aprieta los puños y me da la espalda, mientras que Bastian me pone una mano en el hombro para que me calme. La tensión se acumula en su mandíbula.

—Solo dinos si te encuentras bien.

Intento concentrarme en la magia que late bajo las yemas de mis dedos, en las posibilidades que podría conseguir para el futuro de Visidia si regreso atrás en el tiempo, si tuviera más tiempo. Si tuviera a Padre a mi lado, mi pueblo confiaría más en su reina. La serpiente de fuego quería darme un momento de paz con Padre, pero lo único que ha hecho es aumentar mi anhelo de reunirme con él de verdad una vez más.

Si lo resucito, conseguiría dormir de nuevo. Los rostros de los muertos dejarían de perseguirme en sueños.

Pero el precio de esta realidad crece cada día que pasa. Y, para responder a la pregunta de Bastian: no estoy segura de si estoy bien. Puede que no. Pero no puedo malgastar tanto tiempo deliberando cuando, de un modo u otro, todo está a punto de cambiar.

Pienso en la absorbente sensación que he sentido al usar la magia espiritual con Bastian, cogidos de la mano. Incluso ahora, siento que algo en nuestro interior, crudo y sangrante, se ha roto y ha quedado expuesto a la vista del otro.

Y no quiero apartar la mirada.

Porque, al abrirme a Bastian, ahora sé la verdad. Bastian Altair es mi hogar y no quiero separarme de él.

Le cojo la mano y se la estrujo rápidamente una sola vez. Antes de que los nervios se apoderen de mí, digo:

—Pon rumbo a esta nave y baja a tu camarote. Tengo que hablar contigo.

CAPÍTULO
TREINTA Y TRES

Entrar en el camarote del capitán es como adentrarme en un re-cuerdo. Con el corazón en el puño, cruzo la estancia y observo la cama de cuatro postes y el cálido temblor de la lámpara de aceite, lo cual me recuerda mi primer beso de verdad con Bastian y los días que pasé aquí abajo al perder mi magia.

Mis dedos recorren el escritorio de Bastian. Admiro los atlas y los mapas que están extendidos en la mesa de forma ordenada, como es propio de él. Su armario está organizado por colores se-gún la moda de cada isla, y los zapatos, perfectamente alineados debajo de las perchas en función de la altura y el estilo. Al ver esta escena, con todo colocado milimétricamente, sonrío. Por muy fo-goso que sea Bastian, es adorable descubrir que es tan meticuloso con sus pertenencias.

Cada minuto que transcurre parece que haya sido una hora. Me dirijo a su cama y me siento con las piernas cruzadas sobre las sábanas azul marino. He guardado la escama de la serpiente en mi camarote para evitar la tentación de tocarla, así que no hay nada en esta habitación para distraerme del manojo de nervios que ha empezado a crecer en mi interior; por ello, empiezo a arrancarme las pieles muertas alrededor de las uñas hasta que me sale sangre.

Cuando la puerta del camarote del capitán se abre, los nervios suben a la garganta y la bloquean de tal manera que temo no poder volver a hablar nunca más. Bastian cierra la puerta después de entrar y baja por las escaleras de madera, que crujen bajo su peso. Al verme, traga saliva y duda.

—Sé que estás pasando por un momento muy complicado, y lo lamento. —Se sienta al borde de la cama, dejándome espacio—. Pero… sabes que puedes hablar con nosotros, ¿no? Con cualquiera de nosotros. Estamos aquí para lo que necesites.

Bastian debe notar lo nerviosa que estoy porque me tiende una mano con cautela. Aprieto los labios y la acepto, entrelazando mis dedos entre los suyos. Al tocar su piel, me quito de encima un peso en el pecho y en los hombros. A su lado, me cuesta menos respirar.

Y, aunque odio que sea así, ahora me apoyo en él y quiero grabar el tacto de su piel en mi memoria.

—Ha sido una estación terrible, ¿sabes? —le digo en voz baja—. No soportaba mantenerme alejada de ti.

Algo se quiebra en el rostro de Bastian. Su respiración se agita y me coge la mano con delicadeza.

—Amora…

Niego con la cabeza antes de que siga hablando y me pongo de rodillas. Sin perder el contacto visual, acorto la distancia que nos separa y espero que se ponga en tensión. Que dude. Que me diga que, después de todo lo que le he hecho, no soy bienvenida.

Pero Bastian no hace ninguna de estas cosas. En lugar de apartarme, sus manos encuentran mis caderas y me ayudan a sentarme en su regazo. Cuando mis piernas pasan por encima de su cintura y la rodean, sus ojos de color avellana brillan, hambrientos, y me agarra por la cintura con más fuerza.

—Tendrás que decirme qué estamos haciendo —dice en voz baja y ronca—. No quiero malinterpretarte.

Apoyo mis caderas contra las suyas mientras le paso los dedos por el pelo. Él echa la cabeza hacia atrás con un suave gemido.

—No hay nada que malinterpretar. Lo que siento por ti me aterra, Bastian Altair. Pero cuando dije que esos sentimientos no existían antes de la maldición que une nuestras almas, mentí. Ya te deseaba entonces y, por los dioses, todavía te deseo. Pero solo si tú también me quieres. No te culparé si tus sentimientos han cambiado.

«Por favor, que no hayan cambiado».

Bastian me observa como si analizase las opciones que se le presentan e intentase determinar si son reales. Finalmente, sus ojos, llenos de confianza, encuentran los míos.

—Te deseo, Amora. Anhelo cada parte de ti, ahora y siempre. Eres lo único que quiero.

Hay una dulzura en estas palabras que no esperaba, y es estremecedor. Ninguna de mis noches pasadas con otros hombres había ido así. Todas fueron un baile de miembros enredados y cuerpos anhelantes que se abrazaban para saciar un hambre efímera. Ninguno de ellos llegó a satisfacer *esta* hambre desesperada que siento ahora, este deseo tan primario.

Nadie me ha mirado nunca como lo hace Bastian.

—Cada parte de ti —repite con convicción y sin atreverse a apartar la mirada—. Esto es lo que quiero, si me aceptas.

—Sí.

Me apoyo en su regazo y me desabrocho la capa, que cae al piso. Luego, la blusa. No dejo de mirarlo cuando me la paso por encima de la cabeza y la tiro al suelo sin importarme si se ensucia o se rompe.

Cuando termino de desnudarme, Bastian me coge por la cintura y me tumba en la cama. Con un gesto rápido, se quita la camisa, se sienta a horcajadas en mi regazo y empieza a besarme, tomándose su tiempo para bajar de la oreja a los labios. Al cuello. Me mordisquea suavemente la piel de la clavícula. Lo envuelvo entre mis brazos a medida que desciende, acariciándole la tensa musculatura de los hombros con los dedos y agarrando mechones de su pelo castaño cuando se aleja demasiado. Sus labios recorren la distancia entre mi ombligo y mis caderas, donde la duda lo detiene. Levanta la cabeza para mirarme: leo la pregunta en sus ojos, y todo me cuerpo arde con el deseo que me provoca ese contacto visual. Entiendo exactamente qué me ofrece, y lo deseo.

Cuando asiento, sus dedos desabrochan torpemente los botones de mis pantalones. Me los quita y los tira al suelo antes de volver a besar toda mi piel. Esta vez, sus labios llegan más al sur. Cuando encuentra mi punto más sensible, me desarma. Hundo los dedos en su pelo y en las sábanas de la cama, en cualquier cosa que puedan agarrar mis manos hasta que todo mi cuerpo se estremece. Tengo la respiración agitada por el deleite que me acaba de dar. Pero yo todavía no he acabado con él.

Tiro del cuerpo de Bastian para que quede encima del mío y lo beso con furia.

—Más —digo sin soltarle los labios. Su risa grave me enciende.

—¿Estás segura?

—Sí. —Nunca he estado tan segura de algo en mi vida—. Y tengo semillas de zanahoria silvestre para luego, así que no pasará nada.

Empiezo a desabrocharle los pantalones, pero él se levanta para terminar de desnudarse. Mi única función, ahora, es recostarme en la cama y contemplarlo.

La calidez de su piel morena brilla como el sol bajo la luz parpadeante de la vela. Su pecho y sus hombros son más anchos de lo que recordaba. Tarda demasiado, así que lo rodeo con las piernas y lo empujo hacia la cama.

Bastian pone unos ojos como platos al comprobar que yo no dejo que se tumbe directamente encima de mí, sino que me siento en su regazo.

—¿Por qué esta cara de sorpresa? —Me río, pasándole los dedos por el pelo y besándole el cuello para calmar sus nervios—. ¿Ya habías estado con alguien?

—Pues sí —responde, y vuelve a poner las manos en mis caderas. Me estremezco cuando traza dibujos por mi piel con el pulgar—. Pero nunca… así.

Señala mi cuerpo con la cabeza, y de golpe entiendo que Bastian está acostumbrado a tener el control en estos casos.

Puede que sea egoísta por mi parte, pero esta noche pretendo tenerlo como yo quiera porque, pase lo que pase después de esta velada, con indiferencia de la decisión que tome, soy yo quien va a perder algo cuando llegue el momento de usar la escama. Así que, esta noche, seré egoísta.

Rodeo su rostro con las manos y le doy el más suave de los besos en los labios.

—No pasa nada. Si hay algo que no nos gusta, pararemos.

Pasa los dedos por mis rizos y, mientras me coloca un mechón detrás de la oreja, su pulgar me acaricia la mejilla. Sonríe como siempre, con suavidad y satisfacción, y me devuelve el beso.

Es un beso lento, dulce y tierno, que derrite mi cuerpo contra el suyo, pero crece y se convierte en algo más feroz y desesperado, hasta que parece que no exista nada en el mundo capaz de saciarlo, excepto yo.

Cuando nos conectamos, lo único que quiero es que este momento dure para siempre. Con la maldición o sin ella, estar así con Bastian no se parece a nada que haya experimentado antes. Parece que nuestros cuerpos estuvieran hechos el uno para el otro. Mi piel se convierte en fuego en los puntos por donde me toca. Cuando lo beso, su cuerpo se dobla hacia el mío.

Me resulta imposible saber cuánto rato hemos estado entrelazados cuando, finalmente, nos relajamos sobre las sábanas. A ambos nos falta el aire y estamos empapados de sudor. Aun así, ninguno de los dos hace el gesto de separarse.

Bastian me sujeta sobre su pecho desnudo y apoya el rostro en el recodo de mi cuello. Quiero vivir en este momento lo bastante para capturarlo, para recordar la sensación de su respiración contenida y la de su cuerpo contra mi piel; para recordar cómo desliza sus manos entre mis rizos y los enreda entre sus dedos callosos.

Es más vulnerable de lo que yo imaginaba, y no puedo evitar preguntarme qué pasará entre nosotros a partir de ahora si la escama de la serpiente no me esperase. ¿Cuál sería el siguiente paso?

—Planeas algo —dice. Sus labios rozan mi cuello cuando habla y las vibraciones me provocan un escalofrío que me recorre toda la columna y me pone la piel de gallina—. Confío en ti, Amora. Todos confiamos en ti. Pero estamos preocupados. Todo esto… ¿Es por lo que vimos en los recuerdos de Nelly? ¿Por la elección de tu padre?

Me paralizo y, por un instante, Bastian se pone tenso con miedo a que yo me aparte. Pero no lo hago, a pesar de que la culpa me carcome por dentro como si fuera plomo.

—Kaven cambió el panorama de este reino para siempre —respondo con voz neutra—. El pueblo no confía en mí y en mis capacidades de liderazgo, aunque sé que soy una de las pocas personas que conoce la verdad de la historia de Visidia. Intento reparar el daño que ha causado mi familia. Pero si el reino supiera la verdad sobre los Montara… no habría manera de hacerles escuchar nada de lo que tengo que decir. Con el artefacto, puede que disponga de una oportunidad para cambiar las cosas, para reconstruir Visidia.

—Amora. —El instinto hace que mi cuerpo se relaje al oír sus labios pronunciar mi nombre. Cierro los ojos y me concentro en el movimiento de sus dedos jugueteando con mis rizos—. A veces, las cosas más bellas surgen de las experiencias más dolorosas. Antes de tu reinado, Zudoh estuvo a punto de desaparecer. Los kers cedían su tiempo a Blarthe a cambio de la posibilidad de recuperar su hogar en algún momento. Nuestro pueblo no podía acceder a la magia en todo su esplendor.

»Tu familia ha cometido errores que han cambiado el curso

de la historia de este reino, es cierto —continúa—. Pero si no les cuentas la verdad a tus súbditos, ¿qué te hace mejor que tus antepasados? Ningún Montara dio esta opción a Visidia hasta que tú subiste al trono. Sé que es difícil, y sé… sé que tienes el poder para hacer cosas que, ahora mismo, parecen muy atractivas. Pero la Amora que conozco haría lo que fuera para devolver la libertad a su pueblo, para darles el futuro que merecen. Y esa es la Amora de la que estoy enamorado.

Se me forma un nudo en el centro del pecho, con lo cual me cuesta todavía más pronunciar las siguientes palabras:

—Lo echo de menos, Bastian. Creo que, si estuviera aquí, sabría qué hacer en esta situación. Creo que conseguiría arreglarlo todo.

Bastian apoya la frente en mi nuca y me besa la piel con un ligero suspiro.

—No necesitas su ayuda: ya sabes lo que tienes que hacer. Puede que el rey fuera un padre afectuoso, pero no era un buen monarca. No arregló nada. Habría hecho lo que fuera mejor solo para él y su familia. Tú no eres así, no puedes serlo. Visidia está cambiando, y cada vez es más fuerte. Aunque todavía esté encontrando su camino, algún día se estabilizará, te lo prometo.

«Puede que el rey fuera un padre afectuoso, pero no era un buen monarca». Las palabras me golpean con furia en el estómago. Todo mi cuerpo se tensa y vuelvo a pensar en la escama de la serpiente de fuego. Lo único que necesito es a alguien que sepa usar la magia temporal y Padre resucitaría. En dos días, mi mundo podría cambiar y volvería a tenerlo a mi lado.

Toda mi vida he creído que mi destino era sentarme en el trono de Visidia, pero ahora que el momento ha llegado, sé que soy una elección tan errónea como Bastian cree que fue Padre.

Supongo que la verdadera pregunta es cuál de los dos es peor.

—¿Crees que podría haber sido un buen rey? —pregunto en un tono tan bajo que no sé exactamente si he vocalizado las palabras—. Si le hubiera contado lo de Kaven de inmediato, ¿piensas que me habría escuchado? ¿Existe una realidad en la que se habría puesto de nuestro lado?

La duda de Bastian me sirve como respuesta, aunque no es la única que me da:

—Creo que el amor de tu padre por ti era tan grande que no sabía qué hacer con él. Era conocedor de que lo idolatrabas. Supongo que lo último que quería era que empezaras a odiarlo y, por ello, creo que habría intentado ocultarte sus verdades para siempre. O sea que no, dudo que se hubiera puesto de nuestra parte. Y esa es la diferencia entre él y tú. Pienso que todo ha ocurrido de la única manera que podía ocurrir. Pero también opino que nada bueno puede salir de esta conversación.

Acariciándome las mejillas, se agacha para besarme la piel.

—Como hombre, a veces resulta complicado abrirse y compartir los sentimientos —continúa Bastian—. El reino esperaba que tu padre fuera severo y fuerte, y esta es la faceta que mostraba en público. Pero cada vez que te veía, la fachada se rompía. Os queríais de una manera que me hubiera gustado experimentar con mi propio padre. Apenas conocía al rey Audric, pero lo noté al veros juntos la noche de tu cumpleaños.

»Nadie puede decirte cómo debes pasar el duelo —manifiesta mientras entrelaza sus dedos con los míos—. Debes llorar tu pérdida de la manera que te parezca más adecuada. Pero tu padre no querría verte así. Creía en ti y murió para que tú pudieras vivir y ayudar al reino como él no pudo. Lo último que querría es que renunciases a su sacrificio.

Nunca he hablado de lo que sucedió aquella noche. Madre quería saber los detalles pero, por mucho que me esforzase, no era capaz de dárselos. Cada vez que intentaba pensar en ello, solo conseguía ver sangre. Recordaba cómo la vida se escapaba de su cuerpo y de sus ojos, y me perdía en el dolor de aquella noche una y otra vez.

Esta noche es diferente. Esta vez, cuando pienso en la muerte de Padre, no visualizo la sangre o la espada, sino el momento en el que me llevó a un lugar profundo y secreto en el centro de su alma, y le dije mis últimas palabras: «Nunca te perdonaré por esto».

Durante todo este tiempo he intentado evitar pensar en aquel instante y en las palabras que he deseado retirar desde entonces.

Pasé mis últimos momentos con Padre diciéndole que estaba equivocado y culpándolo de todos los errores que había cometido. Y esta noche, aunque no fuera él de verdad, tampoco he conseguido decirle que lo siento.

No soy consciente de que he empezado a llorar hasta que Bastian me rodea con los brazos y nos cubre con las sábanas. Dice algo, palabras o sonidos calmantes, pero no estoy lo bastante concentrada para entenderlos. Oculto la cara en su pecho, incapaz de parar el flujo de sentimientos que, una vez más, explota dentro de mí. Dolor, duelo y una absoluta e infinita sensación entumecida.

—Le dije que no podía perdonarlo. —Casi me ahogo al pronunciar las palabras contra la piel de Bastian, cuyos hombros bajan en señal de comprensión—. Esas fueron las últimas palabras que le dije. No adiós o lo mucho que lo quería. Le dije que nunca podría perdonarlo.

—No hacía falta que le dijeras lo mucho que lo querías —responde Bastian sin soltarme, por mucho que llore y empape su pecho desnudo—. Lo sabía. De verdad, si algo sabía el rey Audric es que lo querías.

Y, por los dioses, ojalá tuviera razón. Lo único que ansío es creer en esta verdad. Pero no tengo forma de saberlo.

Padre está muerto, y si escojo romper la maldición, nunca tendré la oportunidad de decirle lo mucho que lo quiero.

CAPÍTULO
TREINTA Y CUATRO

Me despierto antes del alba. Me levanto de la cálida cama de Bastian y, en completo silencio, me pongo la chaqueta y las botas. Pongo cuidado en no pisar las tablas que chirrían, salgo del camarote del capitán y entro en el mío antes de que todos se despierten.

Ante mi sorpresa, no me recibe la silueta durmiente de Vataea.

Tanto ella como Ferrick están de pie en el centro de la estancia, él, hecho un desastre y ella, furibunda. Su voz es un siseo bajo y lleno de rabia. Ferrick intenta calmarla con las manos levantadas en un gesto defensivo.

Mi mano suelta el pomo de la puerta cuando los ojos dorados de Vataea, más letales de lo que he visto jamás, me perforan. Ni siquiera cuando arrastraba hombres al océano parecía tan aterradora como ahora.

Con un gesto brusco, me empuja contra la pared sin avisar, y me clava el antebrazo en la garganta.

—Y pensar que te consideraba mi amiga.

Sus palabras son un gruñido peor que el de Lusca y más terrible que el del divino. Su otra mano está clavada al lado de mi cabeza, con las garras perforando la madera.

—Me has usado como a todos los demás, ¿verdad? ¡No eres mucho mejor que ellos!

—¡Déjala hablar, Vataea! —suplica Ferrick, que le pone una mano en el hombro.

Pero ella se gira tan rápidamente que no entiendo lo que ha pasado hasta que Ferrick se tambalea hacia atrás, agarrándose el brazo cubierto de sangre. En este momento, la luz vuelve a los ojos de Vataea. Horrorizada, se lleva una mano al pecho y da un paso atrás.

—Todo el mundo me decía que no confiase en los humanos. —Mientras habla, el océano se agita y las olas golpean el casco de la *Presa de Quilla* con la misma energía feroz de sus palabras—. Pensaba que eras diferente, pero lo único que sabéis hacer los humanos es mentir. Cogéis lo que queréis y mentís.

Me llevo la mano al cuello. Me falta el aire, pero me obligo a hablar:

—¿De qué…?

—¡Blarthe! —grita la sirena, clavándose las uñas en la palma de la mano al cerrar el puño—. ¡Tienes a Blarthe y no me lo dijiste!

Mis dedos se entumecen. Ferrick baja la mirada enrojecida al suelo. La piedra con los recuerdos de Nelly está entre ambos y entiendo al momento que lo ha deducido todo.

—Sabía que ocultabas algo, así que ha buscado pistas —me informa Ferrick. A pesar del gesto lamentable con el que se apoya contra la pared, no se molesta en curarse el brazo—. Deberíamos haberle contado la verdad antes.

—V —digo en voz baja—. Lo siento. Te lo quería decir, te lo juro. Pero… tenía miedo.

—Mi nombre es Vataea —dice ella. Cada sílaba es afilada como el hielo, preparado para clavarse en mí. La sirena da una patada a la piedra maldita con la punta de su bota y yo me encojo de miedo al ver el rasguño que deja en la madera—. No soy frágil. Me preguntaste por qué me quedaba con vosotros, por qué arriesgaba mi vida por ti, y te dije la verdad. Has tenido muchísimas ocasiones de ser sincera conmigo, pero eres una cobarde.

Vuelve a patear la piedra, su furia crece. Apenas parece capaz de contenerla. Su respiración es agitada y se pasa las uñas por el pelo.

—Tengo que romper la maldición. —Mi voz tiembla más de lo que me gustaría—. Necesitaba mantener a Blarthe con vida hasta que encontrase el artefacto.

—¿Y vas a romper la maldición? —pregunta con la voz más fría que he oído en mi vida—. Ferrick y yo hemos visto lo que hizo el hombre de los recuerdos de Nelly. Alteró el tiempo para resucitar a los muertos, Amora. Dime que no piensas hacer lo mismo. Dime que no planeas tirar por la borda todos los momentos que hemos vivido estas dos últimas estaciones. No he llegado tan lejos para volver al punto de partida, y el reino, tampoco.

Mi duda es un segundo demasiado larga. Vataea frunce el ceño con tanta intensidad que parece que quiera mantener esta expresión para siempre.

—Yo… No… No estoy segura.

Las palabras no salen como yo quería.

—Sois una decepción, *alteza* —Vataea escupe las palabras cargadas de veneno—. Te habría ayudado de todos modos. Te habría ayudado más de lo que podrías llegar a imaginar, si hubieras sido sincera conmigo.

Salgo corriendo detrás de ella cuando sube las escaleras de dos en dos hasta la cubierta a la vez que, sin perder el tiempo, se quita la capa y los pantalones, que tira al suelo, se agarra a la jarcia y se sienta en la barandilla.

—Mi pueblo hizo bien de no mezclarse con los humanos. —Me clava una mirada acusadora por encima del hombro—. No seré *súbdita* de nadie. Espero que algún día vuelvas a encontrarte a ti misma, pero en estos momentos, estás perdida, y ya me han utilizado bastante en esta vida.

En este instante, Vataea es más humana que nunca. La forma en la que frunce el ceño está cargada de tristeza y melancolía. Se gira lentamente y salta al mar.

Cuando su cuerpo impacta con el agua, mis rodillas amenazan con flaquear. Finalmente, ceden. Me falta el aire, mi garganta se cierra y me ahoga.

En el horizonte, veo una aleta de color oro rosado que emerge entre las olas y las golpea como último gesto de despedida antes de desaparecer del todo.

Así, sin más, Vataea nos deja.

Intento no mirar a Ferrick, pero mi cuerpo me traiciona. Tiene los hombros caídos y el cuerpo marchito. Me obligo a apartarme al ver cómo la pena lo consume.

—Discúlpame —dice. Sus palabras son un susurro para el viento—. Ha encontrado la piedra y se lo he tenido que decir. No podía mentirle más.

—Para empezar, ¿por qué estabais en mi camarote? —pregunto y le clavo la mirada. A pesar del rubor en sus mejillas, Ferrick no contesta—. Tendrías que haber esperado a que se lo contase yo.

«No podía mentirle más. No podía mentir…».

Oigo la crítica en su tono de voz. La decepción. La advertencia del divino de que todos debemos morir.

El cielo gris se cierne a mi alrededor como un túnel, sus sombras me alcanzan y me consumen. Caigo en las profundidades del túnel, donde Padre me espera cuando cierro los ojos. No está montado en su alce con una sonrisa radiante, sino que su rostro intenta escapar de las sombras que lo envuelven. Tiene la mano extendida, otra vez espera mi ayuda.

«Sé valiente», me dijo. Pero ¿a qué se refería? Elija lo que elija, perderé a un ser querido. Haga lo que haga, perderé Visidia al usar el poder del divino.

—No dejaremos que te vayas otra vez.

Apenas escucho la voz de Bastian a través de la niebla que me invade el cerebro y desordena mis pensamientos. La sensación no se desvanece hasta que Bastian apoya su mano en mi hombro y noto su presencia, que me calienta el cuerpo, y vuelvo a ser capaz de concentrarme en sus palabras.

—Regresa con nosotros, Amora.

Alguien me pone una capa sobre los hombros y me ayuda a tumbarme en la cubierta, recostada contra el mástil. Estar aquí, rodeada solo por el océano que se extiende hasta el horizonte y con el aire salado en la lengua, me calma. Me tranquiliza lo suficiente para que mis dedos dejen de buscar la faltriquera que no podrán encontrar, y me reclino. Echo la cabeza hacia atrás, mirando al cielo, y durante un rato, los tres nos quedamos sentados en silencio. Cuando Ferrick me roza la bota, consigue mi atención.

—Reconozco que prefiero la tierra —dice, sorprendiéndome por la suavidad de su tono de voz—, pero hay algo irrepetible en la sensación de estar en alta mar. Parece que estemos solos en el mundo, como si todo fuera nuestro. El mar, las estrellas, todo. Como si pudiéramos cogerlo. Siempre he entendido por qué os gusta tanto esta vida.

—A ti también te gusta —murmura Bastian con la vista clavada en el cielo—. No finjas que no.

—Me he *acostumbrado*. Pero no es lo mismo. A vosotros os encanta el sentido de la aventura que conlleva. Yo prefiero la tierra firme. La estabilidad, saber siempre dónde está todo, la rutina. Pero he disfrutado todo este tiempo a vuestro lado. En Arida nunca había tenido un grupo como este. Apenas tenía amigos, excepto Casem. Pasar estas dos estaciones con vosotros… Bueno, me ha enseñado mucho sobre mí mismo. Me siento como una persona diferente a como era antes, y no puedo imaginar una vida en la que no cuento con esta oportunidad.

Sus palabras se me clavan en el corazón y lo arañan con un sentimiento de culpabilidad. Durante este tiempo en la *Presa de Quilla*, Ferrick realmente ha crecido.

—Siento lo que te pedí —susurro—. Lamento que se haya ido.

—Yo también. — Ferrick suspira con la cabeza levantada hacia las estrellas—. Pero tengo la sensación de que no se ha marchado para siempre. Creo que Vataea procesa sus sentimientos de una forma distinta a los humanos. Tiene todo el derecho de estar enfadada, pero espero que nos dé otra oportunidad.

Con cautela, me acerco a Ferrick y apoyo la cabeza contra su hombro. Él también agacha la suya, de manera que su mejilla se posa encima de mis rizos.

—Sabes que siempre te querré —continúa después de besarme la cabeza. Mi corazón se enternece—. Siempre estaré a tu lado porque eres mi mejor amiga. Pero esta decisión que vas a tomar no solo te afecta a ti. Habla con nosotros.

—El reino se desmorona —digo sin conseguir que mi voz deje de temblar—. Está cambiando demasiado rápido para el pueblo, que no puede seguir el ritmo, y yo no puedo hacer nada para ayudar. La gente me quiere *muerta*. ¿Cómo puedo gobernar un reino que intenta envenenarme? Si mi padre estuviera aquí… me ayudaría. El reino estaría a salvo.

—Que las cosas sean difíciles en este momento no significa que lo hagas todo mal. Intentas reparar el daño infligido durante siglos. Y no pasa nada si las cosas se complican, es normal que sea difícil. Pero puedes hacerlo, y nosotros podemos ayudarte.

Ferrick no expresa la rabia que esperaba cuando me aparto de él, aunque su expresión no es compasiva. Lo que sí leo en sus ojos verdes es pena. Con un gesto amable, me pone la mano en el hombro, obligándome a no apartar la mirada, pero me lo saco de encima.

—No me trates como si fuera una niña —gruño, aunque me arrepiento al instante y deseo poder tragarme mis palabras—. Estoy bien.

—Si tan bien estás, dime qué piensas hacer con la escama —me reta—. Dime que no te estabas planteando volver tan atrás en el tiempo que tendríamos que pasar por esto otra vez.

Aparto la mirada sin decir nada. Ferrick me conoce demasiado bien. Con voz firme y poderosa, prosigue:

—Me nombraste consejero real, y lo que necesitas en este instante es, precisamente, un consejo, así que ahora te aguantas y me vas a escuchar, porque estamos atrapados en un barco en alta mar y no puedes escapar.

Hay algo casi salvaje en su mirada que me indica que está decidido a decir lo que le pasa por la cabeza.

El viento sopla con fuerza contra mí, echándome el pelo hacia atrás y obligando a mi cuerpo a quedarse sentado, como si los mismísimos dioses me exigieran que escuche.

—No, no estás nada bien —continúa Ferrick—. Te has pasado toda tu vida deseando gobernar Visidia, Amora, así que hazlo. Si te rindes en estos momentos, no serás mejor que tus antepasados.

—He pensado en todas las posibilidades —protesto—. ¡He pensado en todo!

—¿De verdad? Pues cuéntame cuáles serán las consecuencias. ¿Cómo salvarás a Visidia dejándola como estaba?

Soy consciente de que necesito esta conversación. Hace tanto tiempo que los pensamientos me rondan por la cabeza que sé que debo exteriorizarlos. Pero no puedo evitar ponerme a la defensiva. La confrontación me eriza la piel y mi voz se llena de amargura. Por mucho que *crea* que quiero hablar de esto, en realidad me resulta insoportable.

—Si conseguimos detener a Kaven antes de que ataque —insisto—, salvaremos vidas.

—Y también las vas a destruir —responde Ferrick sin darme tregua—. Es innegable que Visidia está pasando por una época con muchas dificultades, pero para que una herida se cierre primero tiene que formarse una costra. Se pone fea y es dolorosa, y lo único que quieres es llegar a la parte fácil, cuando todo está bien. Si regresas al pasado, harás que Vataea siga en cautividad. Kerost y Zudoh volverán a sufrir las mismas dificultades que antes. ¿Y si tardamos demasiado en estabilizarlas? ¿Cuántas vidas se perderán entonces? ¿Recuerdas a cada uno de los soldados que lucharon al lado de Kaven? Porque, si no es así y la información se filtra, puede atacar en otro momento. O podría reinstaurar la barrera alrededor de Zudoh y hacerla todavía más difícil de penetrar. Es demasiado arriesgado. Empezarías de cero intentando convencer a tu padre de que merecen nuestro tiempo y nuestra ayuda.

»Yo también quería al rey Audric —dice ahora en voz baja—. Pero no era un hombre tan bueno como lo recuerdas, y debemos dejar de fingir que podría haberlo sido. No podemos contar con que cambie de opinión porque, si no lo hace, ¿qué otra alternativa queda para ayudar a Visidia? Tú sola pondrías a todo el reino todavía más en peligro.

Intento ignorarlas, pero las palabras de Ferrick calan hondo. Aunque yo quería a Padre con toda mi alma, él sabía la verdad. Podría haber puesto fin a todas las mentiras en Visidia, pero no lo hizo. La noche de mi cumpleaños, Bastian le dio la oportunidad de dar un paso al frente, pero Padre no le hizo caso. Yo le exigí más información y me mintió descaradamente.

Ferrick tiene razón: si yo resucitase a Padre, es imposible saber si las cosas cambiarían. Incluso si no hubiera fallado en mi exhibición, si esa noche hubiera reclamado el título de heredera, Padre me ocultó demasiadas cosas durante demasiado tiempo. Era la única forma de reinar que conocía.

Visidia se merece algo mejor que él. Se merece algo mejor que cualquiera de nosotros dos.

«Es un destino cruel, pero es el tuyo. Lo que hagas con él determinará el futuro de Visidia para siempre. Recuérdalo».

—Puede que el reino no esté en un perfecto equilibrio, pero haces lo correcto al permitir que la gente decida su futuro —dice Ferrick—. Mira a Kerost y cómo ha mejorado. Y la única razón por la que lo han conseguido es porque tú mandaste a los valukeños para que les ayudaran a restaurar la isla, para que los kers aprendan a protegerse a sí mismos y a su hogar. Están mejor de lo que habían estado durante años porque *tú* hiciste que la magia fuera accesible para todo el mundo.

—Piensa en Zudoh —interrumpe Bastian. Cada una de sus palabras está cargada de esperanza—. Mi pueblo por fin vuelve a formar parte del reino. Los liberaste de Kaveh y mandaste soldados para que ayudaran a reconstruir la isla. Valuka ya estaba en peligro, y permitirles usar varios tipos de magia funciona a las mil maravillas para ellos.

—¿Y qué hay de lo que sucedió en Curmana? —protesto, porque solo se fijan en lo positivo. Por cada cosa buena que he hecho, he cometido miles de errores peores—. La gente me quiere ver muerta.

Espero que las palabras conmuevan a Ferrick, pero él sacude la cabeza.

—Fue una sola persona, y Elias tenía sed de poder. Entendió que los tiempos están cambiando y quiso aprovecharse de ello. Te usó como excusa, no como motivo. Me cuesta creer que un hombre con tantas ansias de poder como él hubiera intentado otra cosa, si la oportunidad de ir en tu contra no se hubiera presentado. No te debes culpar por ello, al contrario: ayudaste al pueblo de Curmana al descubrir lo que estaba ocurriendo y al poner el foco en el problema real. Si apruebas nuevas leyes, los protegerás todavía más.

Precisamente porque me reta, tengo que admitir que esta es la razón por la cual lo nombré consejero real. Incluso en un momento como este, es la persona con más capacidad de mostrarse racional que conozco, aunque me ponga de los nervios.

Me muerdo el interior de la mejilla y, al clavar los dientes, una ola de adrenalina me recorre todo el cuerpo. No sé qué lo causa exactamente, porque lo siento todo: dolor, confusión, frustración, culpa.

En lo más profundo de mi alma, sé que Ferrick solo dice la verdad. Sé que debería escucharlo, pero con cada una de sus palabras percibo que me alejo cada vez más de Padre.

Me estremezco cuando la mano de Ferrick, cálida y firme, rodea la mía.

—Yo también he perdido a un miembro de mi familia. —Sus palabras son dulces y, a la vez, un puñal que se me clava en el corazón—. Todos nosotros, y sabemos cuánto duele. Al perder a mi madre, sentí un dolor físico que nunca había experimentado. Ojalá pudiera curarte este sentimiento, Amora. Ojalá supiera cómo quitarte el dolor, porque lo haría sin dudarlo. Pero nadie es capaz de aliviarte la pena, y lo lamento. Lo siento de verdad. Pero tanto Bastian como yo hemos pasado por ello, y estamos a tu lado. No te abandonaremos.

No puedo soportarlo más. Todo lo que se había acumulado en mí sale a la superficie. No puedo contenerlo más.

Las cálidas lágrimas brotan a toda velocidad y mi pecho se sacude bruscamente por la respiración agitada. Me dejo caer sobre el suelo de madera y Ferrick, rápidamente, se arrodilla a mi lado y me abraza. No entiendo lo que me dice, pero oigo sus susurros contra mi pelo mientras me estrecha.

—No estoy preparada —murmuro contra su hombro y lo repito una y otra vez como si fuera una plegaria—. No estoy preparada para decirle adiós.

En un primer momento, no sé si Ferrick me ha contestado, porque lo único que oigo son mis propios sollozos. Solo veo el cuerpo de Padre, sangriento y envuelto en llamas, alejándose de mí. Su fantasma alarga el brazo y mi mano anhela cogérselo.

—Él querría que lo hicieras. —Escucho la voz de Ferrick entre las columnas de humo que me nublan la visión, y flaqueo. Cuando agarro la mano de Padre, esta se convierte en plomo. Pesa demasiado para seguirme y, poco a poco, empieza a desplomarse—. Él querría que tuvieras la vida que te mereces.

Miro a Padre, a la mano que me extiende. Doy un paso hacia él, y esta vez no me quedo atrás. Las presencias de Bastian y de Ferrick me mantienen en pie, y el humo alrededor de Padre empieza a transformarse en su feroz alce.

Los ojos de Padre, claros y cálidos y maravillosos, me miran. Mi pecho arde cuando mi mano cae al lado de mi pierna. Una sonrisa se dibuja en los labios de Padre.

«Te quiero», intento gritarle. Quiero decirle todas las cosas que no tuve ocasión de decir en su momento. Pero lo único que me sale es: «No sé cómo hacer esto sin ti».

Poco a poco, y sin dejar de mirarme, Padre baja el brazo. Es como si todos los puñales que se me han clavado estas dos últimas estaciones se retorcieran a la vez, despellejándome al darme cuenta de que Padre no me pide que lo salve. No intentaba alcanzarme: intentaba despedirse de mí.

—Puede que no lo sepas ahora, pero aprenderás. —No sé de dónde proviene la voz, pero la he oído con total claridad—. Haz que esta vida sea lo que debe ser.

El humo regresa y me llena los pulmones. Envuelve a Padre una vez más y, finalmente, desaparece.

No tengo manera de saber si esto ha sido otro regalo del divino o el producto de mi imaginación. Pero de una cosa sí estoy segura: en esta ocasión, Padre se ha ido de verdad.

Cuando vuelvo a divisar el mar, que golpea el casco de la nave, me doy cuenta de que mis sollozos se han calmado. Mis mejillas siguen empapadas por las lágrimas, pero de nuevo respiro con normalidad.

La sonrisa de Padre ha quedado grabada en mi memoria, y sus palabras resuenan en mi cabeza: «Haz que esta vida sea lo que debe ser».

Por fin sé de qué se trata. Sé lo que debo hacer.

———

Más tarde, me siento en la proa con las piernas colgando por encima de la figura serpentina, y tiro pequeños fragmentos de pergamino al océano.

Lo siento.

Por favor, regresa.

Soy el peor ser humano en todo el mundo y, si vuelves, puedes decírmelo tantas veces como quieras.

Dejo caer cada fragmento en el agua con el corazón tan oscuro como las olas que se los tragan. Es improbable que Vataea los encuentre. Seguramente, en estos momentos está muy lejos, pero debo intentar algo, así que escribo anotaciones y las lanzo al mar, una tras otra, hasta que me quedo sin pergamino y sin disculpas.

Excepto una.

Levanto la cabeza hacia el cielo, cierro los ojos e invoco el poco valor que me queda.

Ferrick tenía razón al decir que, en la *Presa de Quilla*, parece que estemos solos en el mundo, como si todo el océano fuera nuestro. Me imagino pasando años al timón, con las manos llenas de callos y la piel bronceada por el sol, adquiriendo las marcas propias de un marinero que tanto admiraba en Padre.

—Siento mucho lo que tengo que hacer —digo en voz alta para que me escuchen los cielos—. No sé si es lo que hubieras querido o lo que hubieras hecho, pero espero que, cuando me mires, lo hagas con orgullo. Sé que este camino va hacia delante; así es como compensaremos al reino por todo lo que le hemos hecho.

Ningún suntosino es lo bastante poderoso para curarme este dolor que se encuentra en cada centímetro de mi cuerpo, lo rompe a pedazos y lo reconstruye para volver a quebrarlo. Puede que esta sensación no me abandone nunca del todo, pero espero que, algún día, se ralentice.

—Te quiero. —Envío las palabras a los dioses para que ellos se las entreguen a Padre—. Pero esta vez es un adiós de verdad.

La brisa marina se levanta a mi alrededor, me acaricia la piel y me llena los pulmones de salitre. Sé que Padre me escucha y que, para él, también es una despedida.

¿UNA BODA O UNA TRAMPA REAL?

Parece que la búsqueda del futuro rey de Visidia se ha cancelado tan repentinamente como empezó.

Se comenta que, en su primer día de visita en Valuka, su majestad Amora Montara sufrió lo que algunos testigos han categorizado de «absoluta e incuestionable crisis nerviosa», ya que se negó a participar en cualquiera de las actividades planeadas en la isla tras fracasar en su intento de encontrar su afinidad valukeña. Los presentes dicen que su alteza desapareció poco después de su ataque, y que no la han visto desde entonces. Presuntamente, tanto ella como su embarcación desaparecieron de la isla en plena noche.

Nos pusimos en contacto con lord Bargas y la prometedora consejera Azami Bargas para compartir nuestra preocupación por la reina, pero ambos se negaron a hacer comentarios al respecto. Aunque estaba previsto que la reina se quedase en Valuka unos días más, en estos momentos se encuentra en paradero desconocido.

Basándonos en lo que cuentan los testigos, no nos queda otra opción que plantearnos nuestras propias teorías, y tenemos varias:

¿Tiene el ataque de la reina algo que ver con la trágica y demasiado temprana muerte de Elias Freebourne, de Curmana, con quien Amora presuntamente se acurrucó pocos días antes?

¿Puede que un rechazo haya humillado a nuestra reina?

¿O hemos sobrevalorado las capacidades de su majestad? Quizás no hay otro motivo que la indecisión adolescente y la falta de experiencia.

Sea por lo que sea, parece que lo único que podemos hacer ahora es esperar a que su majestad aparezca y dé explicaciones de una vez por todas.

CAPÍTULO
TREINTA Y CINCO

Esta vez, cuando nos acercamos a Arida, no nos reciben el fuego de los cañones y el humo del ataque, ni los gritos de la gente que huye despavorida, tratando de salvar su vida.

Esta vez, llegamos con la determinación en el rostro. Esta vez, nos mueve la esperanza.

—Preparaos.

El mar en invierno es feroz y estremecedor. Agarro el timón con fuerza, asiendo la madera con los dedos, y me niego a permitir que la marea controle el barco.

La arena roja como la sangre que nos espera en la playa de Arida nos indica nuestro destino. Me concentro en ella cuando las olas nos empujan, y Bastian, también. Ferrick y Shanty se agarran a la jarcia para no caerse. Bastian se ha esmerado al aprender la magia del viento valukeña: crea remolinos de aire salado con los dedos y los usa para hinchar las velas y manipularlas, mientras que yo giro el timón de la *Presa de Quilla* para poner rumbo al puerto.

Hacemos un buen equipo, Bastian y yo.

Shanty es la primera en abandonar la nave cuando atracamos,

sin molestarse a esperar que bajemos la rampa. Ferrick la sigue sin perder tiempo y se deja caer de rodillas sobre la arena. Arrastra los dedos por ella con un gesto de felicidad y parece que esté a punto de ponerse a rodar por la playa. Ojalá yo compartiese su entusiasmo, pero la preocupación se ha clavado en mi garganta: no sé cómo responderá la gente a los cambios que estoy a punto de implementar.

Mi inquietud disminuye cuando una mano callosa coge mi mano, lo cual hace que la calidez me invada.

Nuestra llegada ha alertado a los guardias, algunos de los cuales nos observan boquiabiertos porque no esperaban que regresáramos tan pronto a Arida. Rápidamente se colocan a mi lado y se disponen a ayudarnos a descargar nuestras pertenencias, pero los detengo.

—Haced correr la noticia de que voy a contar algo a mi pueblo dentro de una semana —les digo—. Aseguraos de que todas las islas la reciben. Animo a todo el mundo a asistir. Y aseguraos de que Kerost venga esta vez.

El líder de los soldados, Isaac, duda.

—Sería mejor que os escoltemos al palacio, majestad. Debemos informar a Visidia de que estáis a salvo. La prensa rumorea que…

Ferrick vio el pergamino gracias a la comunicación telepática y me informó del contenido, pero no puedo seguir preocupándome por las apariencias y los cotilleos. Ya he tomado una decisión y no permitiré que nadie ni nada me convenza de lo contrario.

Además, Blarthe ha eludido la justicia demasiado tiempo.

—Haz lo que te he ordenado, Isaac —digo con tono firme—. Ahora mismo quiero que me traigas a un prisionero. Su nombre es Blarthe, y es peligroso. Ve con cuidado.

Los soldados no tardan en encontrarlo. Blarthe tiene un aspecto más demacrado que nunca cuando los soldados lo traen a la playa, encadenado de manos y pies. Acostumbrado a la oscuridad de las mazmorras, la luz del sol le hace entornar los ojos. Las consecuencias de su uso de la magia del tiempo son evidentes en su cuerpo: cada paso parece doloroso, como si le costase, y arrastra la rodilla izquierda. Su piel, llena de manchas por el sol, parece cuero curtido. Al verlo, Bastian hace una mueca.

Blarthe no parece preocupado por verme, pero tampoco muy contento. Sus ojos hambrientos buscan en mis manos y en mi abrigo cualquier señal de la presenacia del artefacto.

—¿Lo has encontrado? —Son las primeras palabras que salen de su boca. El soldado gruñe y tira de las cadenas que sujetan a Blarthe.

—Arrodíllate ante tu reina —advierte Isaac.

—No necesito su reverencia —le digo. Luego, me dirijo a Blarthe—: ¿Cuántas veces piensas enfrentarte a los dioses, Rogan?

Solo es una apuesta, pero al ver cómo mengua el hambre en sus ojos y le tiemblan las manos, entiendo que he acertado.

—Conocí a tu hija, pero no estaba en Kerost como creías. Es feliz y lleva una vida próspera lejos de ti, en un sitio donde nunca tendrá que volver a ver tu patética cara.

—Me da igual que la encontraras a ella. El artefacto. ¿Dónde está el artefacto?

Extiende las manos para coger la escama, y durante un breve instante, ver cómo le tiemblan las manos me da pena, pero no me lo puedo permitir: este hombre ha acumulado más años de lo que debería una vida humana. No solo ha vuelto atrás en el tiempo una vez, sino dos.

En Kerost, usaba la magia del tiempo para mantener la apariencia de cuando conoció a Corina. Se ha pasado toda su existencia intentando capturar esa etapa de su vida.

Yo no repetiré sus errores.

—No es para ti —digo con las manos cruzadas detrás de la espalda y con la barbilla levantada.

Blarthe tira el cuello hacia atrás. El fuego en sus ojos me recuerda la noche que luchamos en Kerost. Instintivamente deseo invocar a mi magia para que me proteja, pero me conformo con rodear la empuñadura de *Rukan*.

—Cuidado, Amora —me susurra Shanty, que intuye el mismo peligro que yo.

—Lo sé —contesto—. Apártate.

—Contaré tu secreto a todo el mundo —dice Blarthe con voz frágil—. A ver qué piensan entonces de nuestra joven reina. Te arrancarán la corona de la cabeza.

Desenvaino mi daga de acero con un movimiento fugaz y la sujeto contra su garganta.

—Hazlo.

Y lo digo en serio. Este es el motivo por el cual he regresado a Arida. Ya no me importa lo que el pueblo piense de mí. Ha llegado el momento de contarles la verdad.

Pero lo que no esperaba es que acercarme a Blarthe es precisamente lo que él quiere porque, al igual que el resto de Visidia, él también ha practicado un nuevo tipo de magia. Y nos lo ha ocultado.

Unas aterradoras llamas azules se diseminan por su cuerpo, y arden con tanta fuerza que la magia del fuego valukeña rompe sus cadenas y hace que los guardias se tambaleen. No me da tiempo a apartarme antes de que las llamas rodeen el filo de mi daga de acero y me quemen la piel de la palma de la mano. Instintivamente, me sobresalto y la suelto con un gesto brusco, y me bloqueo al ver que Blarthe se lanza sobre ella.

Gracias a la magia temporal, primero ataca a los soldados y, veloz como el rayo, les atraviesa el estómago sin darme tiempo a reaccionar. Se me encoge el corazón cuando Isaac cae. Los movimientos de Blarthe no son como los de nuestra lucha en Kersot: no alcanzo a verlo. No tengo tiempo para prepararme. Ahora que no usa el tiempo que robó a los demás para mantenerse joven, puede dedicar toda su energía a la magia temporal.

Blarthe se pone encima de mí y me apunta el cuello con la daga.

—¿Dónde está?

Me desabrocha la chaqueta bruscamente para buscar en mis bolsillos, me quita las botas para asegurarse de que no he escondido la escama ahí. Con todo el peso de su cuerpo encima, me cuesta respirar, y mi mano busca a *Rukan* a ciegas, pero no consigo encontrarla. Vuelvo a intentar la invocación de mi magia, pero es inútil. Cuando Blarthe no localiza lo que busca, aprieta el frío metal de la daga contra mi piel. Ahora entiendo qué es sentirse verdaderamente impotente. Sin magia. Sin armas. Me sujeta un simple hombre el doble de grande que yo con furia en los ojos.

Lo único que puedo hacer es cogerle el brazo e intentar apartar la daga, pero no basta.

No es suficiente.

—¡Ey! —grita Ferrick, y Blarthe se gira. Lleno los pulmones del aire que necesitaba desesperadamente—. ¿Es esto lo que buscas?

Los dioses bendigan a este idiota. Ferrick tiene la escama que creía bien oculta en mi camarote en la *Presa de Quilla*. El artefacto, brillante como el agua, refleja la luz del sol, y de repente Blarthe ya no está encima de mí.

Solo mi tripulación sería lo bastante insensata para luchar contra un manipulador del tiempo. «Los que usan la magia temporal suelen ser excelentes soldados», me dijo Padre en una ocasión. «Son capaces de atravesar el pecho del enemigo con la espada en un abrir y cerrar de ojos».

Al verlo en acción, tengo que reconocer que Padre no se equivocaba.

Blarthe llega ante Ferrick en un segundo, pero los chicos han anticipado sus movimientos. Bastian dispara una ráfaga de viento que tira a Blarthe al suelo, lo cual proporciona a Ferrick el tiempo suficiente como para ocultar la escama donde el traficante no la descubra. Sus ojos se encuentran con los míos y asiento para indicar que estoy bien. No se puede permitir ningún tipo de distracción.

Aunque me cuesta levantarme, por fin puedo alcanzar a *Rukan*. Se acabó de jugar según las reglas.

Cuando Blarthe se recompone, no se abalanza contra Ferrick, sino contra Shanty, y apunta su espalda con mi daga de acero. Los ojos están ciegos de maldad.

—Dame el artefacto o la chica muere —amenaza apretando los dientes y con la respiración agitada.

Pero es fácil infravalorar a Shanty, que echa la cabeza hacia atrás y le golpea la nariz con tanta fuerza que se la rompe. Mientras Blarthe gruñe por el dolor, Shanty se escabulle y esparce una nube de un polvo amarillo intenso frente a ella. Inspira profundamente, sopla a la cara del traficante y se agacha para sacar dos largos cuchillos de su cinturón.

Puede que no le guste ensuciarse las manos, pero la firmeza con la que agarra los puñales deja claro que está dispuesta a hacerlo.

Los polvos frenan los movimientos de Blarthe y hacen que se tambalee, pero esto no lo detiene.

—Esas bestias me dijeron que vería a Corina una vez más —escupe—. ¡Dame la escama! ¡Quiero verla otra vez!

En otro contexto, tal vez habría sentido pena por Blarthe.

Sus ojos van de Ferrick a Shanty y con un movimiento tan rápido que casi no lo percibo, vuelve a atacar a la chica. Aunque ella tiene los puñales preparados, no es rival para el ker. Blarthe la golpea por la espalda, pero Ferrick debe haber adivinado su plan porque hace un placaje a Blarthe y lo tira al suelo un segundo antes de que la daga atraviese a Shanty. En lugar de eso, se clava en el brazo de Ferrick.

Se me encoge el corazón. Ferrick se dobla y jadea. Aunque su magia de restauración rápidamente se ocupa de cerrar la herida desde el interior, el poder de Ferrick tiene que tratar cada lesión individualmente, y Blarthe ha vuelto a alzar la daga.

Tanto Bastian como yo embestimos, pero ninguno de los dos lo alcanza porque el océano ha cobrado vida a nuestras espaldas. Las olas rodean a Shanty y la arrastran por la playa antes de tragarse también a Ferrick y a Blarthe. Bastian me coge justo cuando las olas chocan con nosotros y nos empujan contra la arena. Aterrizo sobre mi hombro y algo en mi brazo se desprende. He tragado agua marina y me ahogo, pero la marea se retira de pronto. Me pican los ojos por la sal y, tras parpadear, veo a Blarthe a cuatro patas jadeando sobre la arena roja como la sangre.

Detrás de él, las olas se agitan y se levantan alrededor de Vataea. El alivio me fluye por las venas con tanta intensidad que el dolor en el brazo desaparece.

—No permitiré que lo toques. —Mil sonidos componen la voz de Vataea. La cabeza me da vueltas y me tengo la sensación de que las orejas me sangrarán—. Levántate, Blarthe. ¿Creías que no volverías a verme?

Su pecho se encoge de miedo y se niega a obedecer.

—¡He dicho que te levantes!

La sirena es el ojo del huracán. Detrás de ella, incluso el cielo se oscurece: los dioses se tapan los ojos por miedo. El agua rodea a Blarthe y lo agarra por el cuello para obligarlo a levantarse.

Sorprendentemente, no suplica cuando Vataea sale del mar y su cola se divide para dar paso a sus piernas. Las olas esperan detrás de ella, furiosas y convulsas, tan hambrientas como ella.

—He pensado en lo que te haría durante muchos años —dice sin pestañear cuando Blarthe la ataca con la daga. El mar actúa de escudo y se traga el arma antes de que llegue a herirla, y la escupe cerca de mis botas. La seco con mis pantalones—. He llegado a soñar que te rebanaba el cuello con un cuchillo y te dejaba morir desangrado. Que me tomaba mi tiempo para cortarte a pedacitos durante años, lo bastante despacio como para mantenerte con vida y suplicando que te dejara morir. En otros sueños te llevo al mar y te arranco el corazón y devoro tu cuerpo, una extremidad tras la otra. Pero parece que hoy los dioses están a mi favor, porque ninguno de esos sueños supera la oportunidad que me han dado.

Detrás de ella, el océano se abre. Hasta ahora no me había dado cuenta de que Vataea no está sola. Otra sirena, con la piel pálida como el granizo y los labios azules como un cadáver, espera a su lado. Una corona de pelo rubio ondulado se extiende a su alrededor en el agua, y sus felinos ojos de color lavanda nos observan con una mirada penetrante.

Cuando Blarthe la reconoce, se le hunden los hombros y los sollozos hacen que le tiemble el pecho.

—Corina.

En sus labios, el nombre suena como una plegaria. Se me remueve el estómago al oírlo.

Corina. El amor que perdió por las sirenas. En realidad, no fue así.

Corina abre los labios y yo ordeno a Shanty y a los chicos que se cubran los oídos. Su canción no es como la de Vataea, seda y miel; es gravilla y acero. Algo está mal en su tono. Pero Blarthe la admira de todos modos. A medida que avanza por la arena, tropieza e intenta detenerse de vez en cuando para mirar a Corina. Grita su nombre, le pide que se detenga, pero ella no le hace caso.

—Vendiste su amor por ti —dice Vataea con una risa tan maléfica que doy un paso hacia atrás, hundiéndome en la arena.

Todo este tiempo me he sentido agradecida por haberla tenido junto a mí. Sin embargo, ahora mismo no estoy tan segura de que siga a mi lado.

—Ahora te pasarás la eternidad en el océano y serás nuestra mascota, y ella nunca te recordará. Por mucho que lo intentes, por mucho que supliques, ella hará caso omiso a tus ruegos. Te pasarás el resto de tu vida bajo el mar llorando por alguien que tienes frente a ti. Y cuando desees morir, me aseguraré personalmente de que sigas vivo. Ahora eres mi trofeo y ha llegado el momento de que presuma de ti.

Corina cierra los dedos alrededor del cuello de Blarthe y lo besa, pero, en vez de despertarlo del trance, provoca que su piel se vuelva azul como el hielo. Haciendo caso omiso de los gritos del hombre, Corina lo arrastra hacia el agua.

No vuelven a salir a la superficie.

Vataea está delante de mí y me incorporo rápidamente.

—Lo siento —digo—. Y no porque seas aterradora. Lo siento de verdad.

Como respuesta, la más leve de las sonrisas se dibuja en sus labios, pero yo no me callo:

—Vataea, nunca quise herirte, te lo juro. Te iba a contar la verdad al regresar a Arida, y siempre tuve la intención de juzgar a Blarthe por sus crímenes. Pero… por los dioses, lo lamento tanto. Él te hizo más daño que a nadie, y lo siento de veras.

La sirena me pone una mano en el hombro y yo intento no apartarme al ver sus garras largas y afiladas como cuchillos.

—Entiendo que intentabas hacer lo que considerabas la mejor opción. —La magia de su voz no ha dejado de surtir efecto. Su dulzura me provoca dolor de cabeza—. Pero, Amora, me has abierto unas heridas que no sé cuándo empezarán a cerrarse.

—Pero ¿podemos intentarlo? —Le cojo la mano con determinación—. ¿Podemos intentar curarlas?

Lentamente, Vataea asiente con la cabeza. Pero no hay tiempo para celebrar la sensación de alivio. En la playa, Shanty grita:

—¡Necesitamos ayuda!

Se oye una tos húmeda e irregular, y mi cuerpo se queda helado al ver a Ferrick tumbado en el suelo, empapado y jadeando sobre la arena. Shanty aplica presión en su pecho con las manos, pero la sangre tiñe sus dedos. No parece que vaya a parar de fluir.

El ataque de Blarthe ha sido más profundo de lo que pensaba. A pesar de sus esfuerzos para curarse, Ferrick parece incapaz de detener la hemorragia.

Corro a su lado y ayudo a Shanty a hacer presión. Isaac consigue levantarse con dificultad, le tiemblan las piernas y se sujeta la herida con la mano. Por suerte, no ha sido letal y sangra un poco.

—¡Ve a por los curadores! —le ordeno—. ¡Rápido!

La sangre de Ferrick es cálida y fresca, emana demasiado rápido de su cuerpo. Aprieto más, pero él pone una mano temblorosa sobre la mía. Las lágrimas me empañan los ojos cuando él sonríe.

—Gracias por dejarme ser parte de esta aventura. —Entrelaza sus dedos con los míos y aprieta casi sin fuerza—. No podría haber pedido una tripulación mejor.

Bastian y Vataea ahora están a mi lado. Ella observa la sangre y canta en una lucha para controlarla, pero, a diferencia de las olas, no la obedece. Aun así, no se detiene. Su frente se arruga por la concentración al intentarlo una y otra vez.

—Cállate, Ferrick —digo, y aparto la mano para continuar aplicando presión en la herida—. Todavía nos quedan muchas aventuras por vivir. Aguanta un poco más, los curadores ya llegan.

Su sangre es cálida en mis manos. Aprieto la herida con toda la fuerza que tengo, pensando en Padre y la noche que lo dejé morir a mi lado.

—Por favor, tienes que aguantar. No puedo perder a nadie más. No te puedo perder a ti también.

Ferrick intenta disimular el dolor, pero lo percibo en la forma en la que aprieta los dientes para contenerlo y en cómo arrastra las palabras. En su mano izquierda sujeta la brillante escama con tanta fuerza que los nudillos se le ponen blancos. Lo único que debo hacer ahora es quitársela y podré arreglarlo todo. Volveremos a luchar. No permitiré que Blarthe me quite la daga, y…

—Amora —me llama Ferrick, agarrándome la mano otra vez y apartándola de su herida—, deja de planear y deja que me despida de ti.

No quiero. Me niego con todas mis fuerzas. Pero no soy la única que llora. Bastian le sujeta con fuerza los hombros, y compruebo que le tiembla el pecho cuando agacha la cabeza y la apoya contra la frente de Ferrick. No oigo lo que le murmura, pero lo hace entre sollozos que intenta reprimir y que ahogan las palabras.

—Seguramente eres el mayor capullo que he conocido en mi vida —le dice Ferrick en voz baja—. Pero te has convertido en mi hermano y me alegro por haber pasado este tiempo juntos. Excepto en esa ocasión en que me cortaste un brazo.

Luego, con la sonrisa decaída, se dirige a Vataea:

—Lo siento mucho. Te pido disculpas por todo. No debería haberte mentido.

—Ese día en Kerost, fuiste tú quien me encontró —responde ella con un suave susurro—. Fuiste tú quien me salvó. Nunca te he dado las gracias por ello.

Se agacha y besa a Ferrick en los labios. Él le rodea la cabeza con los brazos con un gesto delicado y débil, y le acaricia el pelo.

Cuando se separan, él apoya su mejilla contra la de Vataea y le musita algo en voz tan baja que no consigo entender las palabras.

Al incorporarse, los ojos de Vataea están llenos de lágrimas, aunque no llora. Más bien parece que no entienda lo que está pasando. Como si algo estuviera mal.

Pero no. Los humanos son demasiado frágiles. Nada de esto está bien.

No me puedo imaginar cuánta fuerza necesita Ferrick para levantar la cabeza y darme un beso fuerte y firme en la sien.

—Escúchame, Amora. No permitiré que llores mi muerte. Has de vivir por este reino y por ti misma. Te quiero y… siento mucho lo que tengo que hacer.

—Yo también te quiero —le contesto, porque si hay algo que decir en este momento, es eso.

No dejaré que se vaya como lo hizo Padre, con tanta tristeza entre nosotros. Pero después de decírselo, entiendo el significado del resto de sus palabras, y un escalofrío me desconcierta.

Vuelvo a mirar sus manos, que sujetan con fuerza la escama de la serpiente.

—Ferrick…

—Esta ha sido mi última aventura. —Arrastra cada palabra por el esfuerzo, y lucha contra los espasmos de sus manos—. Pero prométeme que tú vivirás mil aventuras más.

La escama se rompe antes de que pueda detenerlo. Ferrick pone sus manos en mi pecho y en el de Bastian y mis venas se llenan de fuego cuando la magia de restauración de Ferrick me llena, llegando a rincones tan profundos a los que debería ser imposible acceder. Se extiende por mi alma y hace que se recomponga.

La magia se sacude por el vacío dentro de mí, y vuelvo a ser yo: Amora Montara. Completa y única.

Abro los ojos para mirar a Ferrick. Las lágrimas fluyen sin control, ya no intenta mantenerse fuerte. Con la respiración entrecortada, extiendo la mano, pero mis dedos atraviesan el aire.

Al cabo de un instante me pregunto… ¿A quién intentaba alcanzar?

¿Y de quién es la sangre que me tiñe las manos?

CAPÍTULO
TREINTA Y SEIS

La primavera ya ha llegado, y con ella el cambio.

Un viento plácido me da la bienvenida en mi balcón, y mis ojos se dirigen más allá de las sinuosas hileras de eucaliptos arcoíris y hacia el mar que me está esperando. Brilla como mil cristales a la luz del sol, con un azul magnífico.

—Es una decisión importante. —Detrás de mí, Bastian pone una mano firme en mi hombro—. Espero que estés orgullosa de ti misma.

Cierro mi mano sobre la suya, disfrutando del calor de su contacto. Porque, esta vez, él no tiene influencia sobre mí. Por fin, somos libres para ser nosotros mismos.

Hoy, Bastian viste el mismo abrigo de color rubí chillón que llevaba cuando nos conocimos. Me recuerda a la versión más auténtica de él: un pirata pícaro con hambre de aventuras. Me recuerda al hombre del que me enamoré por primera vez y con el que espero tener muchas más aventuras. Espero que todo salga bien hoy.

Aunque lo cierto es que verlo con ese abrigo me reconforta el corazón, no se desvanece la tristeza persistente que pesa en mi cuerpo. Siento una pena profunda por algo que ojalá pudiera explicar.

A pesar de lo feliz que estoy de que las cosas hayan vuelto a ser como eran con Bastian, no puedo ignorar la enorme laguna en mi memoria desde el día en que mis dos maldiciones se rompieron. No puedo ignorar el dormitorio del palacio frente al mío, forrado con estoques y hierbas, con un armario lleno de ropa verde esmeralda, y que lleva una semana vacío. No puedo ignorar cómo mi mirada atraviesa la puerta cada vez que paso, esperando a que alguien entre o salga, aunque no puedo recordar quién es.

Nadie lo recuerda.

Algo sucedió el día en que Blarthe fue arrastrado al mar. Alguien debe de haber usado la escama de la serpiente para romper la maldición de los Montara, pero ninguno de nosotros puede recordar quién lo hizo o qué sucedió.

Todo lo que recuerdo es que tenía las manos manchadas de sangre y que nadie de mi tripulación sangraba.

—¿No tienes la sensación de que se nos escapa algo? —Deslizo mis manos sobre unos pantalones holgados de lino, no sobre un vestido de zafiro. Hoy no quiero lucir como la reina de Visidia, sino como una persona más del pueblo—. Fue demasiado fácil.

Bastian me envuelve las manos con las suyas con firmeza.

—¿Te parece que este último año ha sido fácil? Nos enfrentamos a la legendaria serpiente de fuego. Lusca. Derribamos a Kaven. Fuimos envenenados y heridos más veces de las que puedo contar. Y a pesar de todo, vencimos. —Me presiona las palmas de las manos con sus dedos cálidos y reconfortantes—. Sí, uno de nosotros debe de haber usado la escama para romper la maldición, pero lo único que importa es que todavía estamos aquí. La tripulación está sana y salva. Nuestra maldición se ha roto y tenemos todo lo que queríamos. Este año ha sido bastante duro; me quedo con lo que tengo.

Se inclina y me da en la mejilla besitos suaves como plumas.

—Y tú también deberías hacerlo —añade.

Sé que debería, y quiero hacerlo. Si fui yo quien rompió la maldición, todo lo que perdí ese día habrá desaparecido, los mismísimos dioses lo habrán tomado ya. Nunca lo recuperaré, no importa cuánto intente recordar. Pero mi magia ha regresado y la maldición de los Montara ya no existe.

Conseguí casi todo lo que más quería, pero ¿a qué precio? Mi familia y mi tripulación están a salvo. Mi amor por Visidia permanece intacto. No pude haber sido yo la que usó la escama. Pero, entonces, ¿quién fue?

—¿Amora? —La voz de Madre viene de la puerta—. Es casi la hora. Casem llegará pronto.

Bastian me suelta y me da un último beso en la frente antes de poner una mano en la parte baja de mi espalda, y me conduce hacia la habitación.

—Te veré ahí fuera, ¿de acuerdo? Lo vas a hacer genial.

Asiento, pero mi cuerpo se queda paralizado cuando me doy cuenta de que no solo mi madre me está esperando, sino también Vataea.

No fui la única que cambió ese día en la playa. Sus ojos son más oscuros ahora, sus palabras más frías. Quiero a Vataea y me gustaría estar ahí para ella como nunca antes lo he hecho. Pero no puedo deshacer lo que hice. Solo puedo intentar seguir adelante y esperar que eso sea suficiente.

En el momento en que Madre me ve, me coge las manos. Las de ella son más huesudas de lo que solían ser, pero se están volviendo más fuertes día a día.

—¿Estás segura de esto? —Las palabras le han salido tan rápido que apenas las puedo distinguir—. Todavía estás a tiempo de cambiar de opinión.

Pues sí, estoy segura. Después de todo lo que he pasado, después de todo lo que he presenciado en el último año, estoy segurísima de lo que debo hacer. Esta noche, por fin, Visidia será libre.

—Todo saldrá bien.

Aprieto su mano, solo una vez, y dejo que el peso de la ausencia de mi padre emerja entre nosotras. Ya no es un ancla en mi corazón, sino un recordatorio de todo lo que tuvimos que sacrificar para darle a Visidia la libertad que se merece.

Aunque su cuerpo está en tensión, Madre asiente y me atrae hacia ella, presionando su frente contra la mía.

—Eres la soberana que este reino siempre ha merecido, Amora —dice mientras me da un cálido beso en la mejilla—. Estoy muy orgullosa de ti.

Hay demasiada emoción en la habitación. Demasiado dolor. Madre me da un último beso en la mano y se va. En su ausencia, Vataea parece más alta, con un porte orgulloso, los hombros rectos y la barbilla alta. Está radiante, lleva puesto un elegante vestido de zafiro, pero puedo leer en sus ojos que esta podría ser la última vez que la vea luciendo el color de Arida.

—Te marchas —afirmo. No es una pregunta, pero de todos modos siento el dolor cuando ella asiente con la cabeza.

—Ya no me verás después de tu discurso. Las despedidas son… desagradables. Y son difíciles. Pero ha llegado la hora de irme.

Cada una de sus palabras abre una grieta en mi corazón, una tras otra. Me agarro a mi camisa, necesito algo a lo que agarrarme.

—¿Adónde vas a ir?

Sus pestañas oscuras están humedecidas, pero no llora.

—No estoy segura. Cuando esté lista, te encontraré. Pero no puedo acompañarte en tu aventura. Recordaré los momentos que hemos vivido juntas y lo apreciaré. Pero hay un mundo entero ahí fuera y pienso verlo.

Porque Vataea se lo merece más que nada. Ella se merece el mundo y debo permitir que lo tenga.

—Algún día, confío en que me lo cuentes todo.

Me inclino hacia delante, esperando, suplicando, que ella me coja mi mano. Cuando lo hace, reúno fuerzas para entrelazar mis dedos con los suyos sin desmoronarme por completo.

—Lo haré.

Tarda en retirar la mano, pero es un alivio cuando lo hace. Porque si fuera por mí, nunca la dejaría irse.

—Te echaré de menos, Vataea. Pero deseo que tengas las mejores aventuras de todas.

Cada palabra es una daga que me atraviesa una y otra vez hasta que no puedo soportarlo más. Soy la primera en alejarme, porque este dolor duele casi tanto como cuando perdí a mi padre. Vataea no está muerta, pero se marcha. Otro pedazo de mi corazón se va con ella.

No me doy la vuelta ni siquiera cuando escucho el sonido de sus pasos. Ni siquiera cuando la puerta se abre. Ni siquiera cuando su voz llega desde el umbral, tranquila pero firme:

—¿Amora? —Quiero recordar esa dulce voz para siempre. Quiero grabarla a fuego en mi memoria y no dejar que desaparezca nunca—. Llámame V.

La puerta se cierra y me sujeto al poste de la cama para calmar mi temblor. Esto es lo que ella quería, y cuando un tímido golpe suena en mi puerta segundos después, me digo a mí misma que debo estar agradecida de que ella tenga la oportunidad de vivir su sueño. Aunque yo no forme parte de él.

Casem me espera afuera, con las manos juntas detrás de la espalda. Me observa con sus ojos azules enmarcados por rubias pestañas. El emblema real que lo identifica como consejero de Arida brilla como el sol en su chaqueta azul, casi combinando con el oro de su cabello. Intenta sonreír, pero su sonrisa se tuerce cuando se percata de las lágrimas en mis ojos.

—Todos te están esperando. ¿Estás lista?

Pienso en Vataea y en las muchas aventuras que está a punto de vivir. Mientras lo cojo del brazo, decido que también ha llegado mi hora para vivir las mías.

Pero cuando echo un vistazo hacia atrás por la ventana para contemplar la *Presa de Quilla* esperándome en la distancia, mecida por las tranquilas corrientes primaverales, sé que esta es la elección correcta.

Los dioses me crearon para liderar Visidia; crecí con esa idea. Fueron algunas de las últimas palabras que me dirigió mi padre antes de morir. Ahora creo en ellas más que nunca.

De vuelta a Valuka, el divino me había advertido que pronto tomaría una decisión que llevaría a Visidia al futuro o sería su perdición. Hoy, sé que nuestro futuro es brillante.

Nos abrimos paso, subiendo por el acantilado, hacia el jardín que descansa en la cima de Arida. Cientos de flores extienden sus pétalos de gran tamaño para recibirnos, hermosos a la luz del sol, pero esperando el momento en que la luz de la luna revele su bioluminiscencia, un espectáculo que atrae a gente de todo el reino.

Hace tiempo, estos jardines me habían parecido un lugar tranquilo. Un lugar donde buscar un refugio y una belleza que no parecía pertenecer a este mundo. Ahora, sin embargo, no puedo percibir su belleza tan fácilmente; han pasado demasiadas cosas aquí. Aquí es donde comenzó mi viaje y aquí es donde terminará.

Todos los colores del reino se muestran ante mí entre la multitud, incluida la amatista de los kers. Los chismes y susurros resuenan en el jardín con tanta fuerza que hasta las plantas tiemblan ante la expectativa de la reunión de hoy.

El consejero de cada isla aguarda en fila detrás del trono, que se levanta en un claro rodeado de setas rosadas y de flores púrpuras que han caído del árbol del que cuelgan como una corona sobre los jardines. Madre también está allí, y Casem ocupa su lugar entre ellos mientras Bastian observa desde la multitud expectante. Respiro hondo al pasar y ocupo mi lugar en el trono. Madre me coloca la corona de alta animante sobre mi cabeza. Me acaricia suavemente la mejilla con la mano mientras lo hace, y nos miramos fijamente.

«Haz que esta vida sea lo que debería ser». Escucho la voz de mi padre en la sonrisa de Madre antes de que se incline y ocupe su lugar a la izquierda del trono. La corona de anguila gigante pesa mucho, me siento morir mientras busco entre la multitud las caras que necesito ver.

Vataea y Bastian están uno al lado del otro. Bastian observa, con los ojos llenos de orgullo, mientras ella asiente con la cabeza muy levemente.

Mira está cerca de ellos, con Yuriel y tía Kalea, cuya presencia hace que mi garganta se cierre. Parece como si su cuerpo fuera a debilitarse bajo el efecto de mi mirada, pero la etapa de esa ira ha terminado. No puedo culparla por lo que pasó con mi padre; ahora, más que nunca, necesitamos permanecer juntos. Es hora de aceptar que ella está sufriendo tanto como yo.

No veo su verdadero rostro entre la multitud, pero cuando una mujer rubia de ojos color rojo sangre me guiña un ojo, sé que Shanty también nos está observando.

Intento no sonreírle y empiezo a buscar otra cara. Pero después me doy cuenta de que no tengo ni idea de quién es la cara que estoy buscando. En mi mente, veo unos ojos verdes como esmeraldas y un cabello rojo como el fuego.

No sé a quién pertenecen. Sea quien sea, no está aquí.

—Bienvenidos y bienvenidas. —Recupero mi voz después de dudar un momento, y logro concentrarme en la multitud expectante. —Me alegro de que tantos hayáis podido asistir hoy, especialmente nuestros amigos de Kerost. Sé que nuestro reino no ha sido muy amable con vuestra isla, así que quiero que sepáis que aprecio de corazón vuestra presencia.

Cuando noto que todo mi pueblo me observa, los nervios me embargan. Me agarro con fuerza a los brazos del trono, y dejo que su curiosidad se hunda en mis entrañas y alimente mis palabras.

No dudaré. Todo lo que he hecho, cada lucha y cada obstáculo al que me he enfrentado, ha sido para llegar a este momento.

—Durante siglos habéis depositado vuestra fe en los Montara y habéis confiado en nosotros para proteger este reino lo mejor que pudiéramos. Os contaron que una bestia temible vivía en la sangre de mi familia, y que la introdujeron porque mi antepasado, Cato Montara, el primer gobernante de Visidia, arriesgó su vida para salvar este reino. Os dijeron que lo obedecierais y practicarais solo una magia, porque, de lo contrario, esa bestia levantaría la cabeza y destruiría Visidia.

Encuentro el rostro de Bastian entre la multitud. Me dedica un leve movimiento con la cabeza para animarme y respiro hondo antes de continuar:

—Pero hoy estoy aquí para contaros la verdad, porque por mucho que ame a mi familia, Visidia se merece algo mejor. Cato Montara no fue un héroe; fue un ladrón y un mentiroso. Practicar magias diferentes nunca ha sido peligroso, y jamás ha existido ninguna bestia relacionada con la magia espiritual.

Continúo hablando entre los murmullos, y les cuento la verdad sobre la creación de Visidia y las mentiras sobre las que se construyó nuestro reino. Les cuento cómo Cato robó las magias a través de Sira, y cómo ella maldijo a los Montara.

Se lo cuento todo, y noto cómo mi cuerpo se aligera con cada palabra que pronuncio.

—Os pido perdón por todo lo que ha perpetrado mi familia y por cada una de mis propias mentiras. No puedo reparar el daño que os hemos hecho, pero creo que hay una manera de seguir adelante.

Me esperaba un estallido de ira y de gritos. Pero, para mi sorpresa, los ojos de Visidia me miran en silencio, ansiosos, pendientes de cada una de mis palabras. Con manos temblorosas, levanto la corona de mi cabeza y lanzo una última mirada a los huesos de la anguila. Durante siglos, esta corona no la han llevado más que mentirosos: Cato, Padre, yo.

Nunca más pesará sobre la cabeza de un Montara.

—Que hoy sea el día en que recuperemos Visidia y que este reino vuelva a ser la tierra que fue una vez.

Me quedo en pie con la corona en la mano.

—A partir de hoy, todo el mundo puede practicar magia espiritual. Podemos usar todas las magias libremente. ¡A partir de hoy, nadie más llevará esta corona ni se sentará en este trono! A partir de hoy, no habrá rey ni reina. ¡No habrá monarquía!

»Somos un reino de siete islas —continúo. Cada palabra es apasionada, llena de una emoción que no puedo controlar—. Y por eso debemos tener siete líderes. Trabajaremos juntos para gobernar este reino. No habrá más lazos de sangre, no más derechos de linaje. Cada dos años, nuestra gente votará por el representante que quieren que gobierne su isla, y juntos llevaremos a Visidia hacia el futuro que cada uno de nosotros merece.

Me vuelvo hacia los consejeros que se encuentran detrás de mí, erguidos con los hombros hacia atrás y sacando pecho, orgullosos.

—Que todos los que estén a favor digan «A favor».

—¡A favor!

Casem es el primero en responder, y sus ojos azules brillan con orgullo.

Azami lo imita de inmediato:

—¡A favor!

Siguen, un consejero tras otro. Solo lord Garrison duda, pero, como no quiere quedar mal ante los demás, asiente y grita «A favor» con su ronco tono de barítono. Y luego me toca a mí. Estoy sin aliento, la corona tiembla en mis manos. De repente, sé lo que tengo que hacer.

Con unas manos que no siento mías, la estrello contra el suelo. Los huesos de marfil se rompen en mil pedazos, y con ellos todo lo que he conocido. Todos los días de mi vida hasta ahora.

Pero también es el comienzo de una nueva vida. No solo para Visidia, sino para mí.

Quizás Madre se convierta en la consejera de Arida. Los ayudaré a comenzar, pero no estaré al mando. Yo ya he hecho mi trabajo y mi futuro pertenece al mar.

No me doy cuenta de lo fuerte que estoy respirando hasta que aparto la mirada de los huesos rotos y miro a mi gente. Ya no están de pie. Todos y cada uno de ellos permanecen de rodillas, con la cabeza inclinada, y echan por tierra cualquier decisión que yo estaba tratando desesperadamente de reprimir.

Esto es más de lo que merezco, pero no tengo fuerzas para detenerlos.

—Gracias —les digo entre las lágrimas cálidas que finalmente empiezan a correr deprisa por mis mejillas—. Nuestros problemas aún no han terminado. Una nueva Visidia está en el horizonte, y se abre ante nosotros un nuevo futuro desconocido que tendremos que descubrir. Juntos.

No será fácil, pero valdrá la pena. El futuro de Visidia comienza ahora.

—Gracias por permitirme ser vuestra reina.

EPÍLOGO

Hace un día perfecto para navegar.

El suave aire primaveral hincha las velas y echo la cabeza hacia atrás para empaparme del sabor de la brisa.

Bastian está detrás de mí en el timón, tomando grandes bocanadas de aire salobre con una amplia sonrisa en su rostro.

—¿Hacia dónde? —Sus ojos brillan lo bastante como para desafiar a las propias estrellas—. ¿Vamos a retar a Lusca a una revancha? ¿A caminar por los senderos de Suntosu? ¿A emborracharnos como cubas en las tabernas de Ikae?

Paso mis dedos por la madera rugosa de la cubierta, tratando de retener este momento, desde la niebla que roza mi piel hasta las palabras que manifiesta Bastian. Me inclino hacia ellos, y mi imaginación vuela dibujando las aventuras que nos esperan.

Imagino aprender a cambiar mi apariencia en Mornute. Imagino navegar hacia Valuka para que Azami pueda enseñarme cómo crear un dragón hecho de agua. Imagino pasar tiempo con Ephra en Kerost, aprender a cambiar la forma en que mi cuerpo interactúa con el tiempo mientras reconstruimos la isla.

El mundo se abre ante mí ahora, al igual que su magia. Y tengo la intención de descubrirlo todo.

Un susurro del recuerdo de invierno descansa en el aire fresco, y me muevo para ponerme el abrigo alrededor de mi cuerpo y acurrucarme. Pero a medida que me adapto, algo en mi abrigo se arruga y llama mi atención. Busco en mi bolsillo, y doy con una pequeña hoja de pergamino doblada que se había quedado oculta en su interior.

Bastian todavía enumera todos los lugares que deberíamos visitar.

—Shanty en Ikae, al otro lado del mar, para finalmente ver Suntosu, incluso encontrar una manera de alcanzar las nubes para conseguir llegar al reino legendario que dicen que se esconde tras ellas.

Pero sus palabras se desvanecen cuando separo los bordes del pergamino. Está tan pegado que debo tener cuidado para no rasgarlo, a pesar de que me tiemblan las manos. Aunque trato de calmarlas, no paran de temblar mientras sostengo el pergamino ante mí.

Amora:

Si estás leyendo esto, antes de nada quiero decirte que lo siento. Desde el momento en que vi los recuerdos de Nelly, supe que eso era lo que se tenía que hacer. Visidia tiene que ser libre y depende de ti que lo sea.

Así que lamento lo que tuve que hacer. Pero si estoy en lo cierto, me alegra saber que no recordarás nada de eso. Y si estoy equivocado, bueno, supongo que te debo una explicación. Dicen que debes ofrecer lo que más amas para obtener lo que más quieres, y no puedo pensar en nada que me guste más que en el tiempo que he pasado con todos vosotros. Mi tripulación.

Mentiría si dijera que no quiero que me recuerdes, pero es mejor así. No es necesario que llores a nadie más; no quiero que lo hagas. Todo lo que deseo es que tú y Visidia finalmente tengáis la libertad que os merecéis.

Así que quédate mi regalo y alégrate. Pero a cambio, te pido que hagas dos cosas por mí:

Primero, haz lo mejor para Visidia. Diles la verdad. Libera la magia espiritual para ti y para todos.

Segundo, sé feliz. Incluso si es con ese maldito pirata. Embárcate en todas las aventuras que yo no pude vivir.

Y ahora que lo pienso, voy a añadir una tercera condición: no he roto tus maldiciones para que te maten, ¿entendido? Ya no estaré cerca para curarte, así que piensa antes de hacer locuras. ¿Y podrías al menos intentar confiar un poco más en los demás? Sé que es difícil, pero tienes una tripulación increíble.

Ahora sal y recorre tu reino. Solo puedo rezar para que, algún día, nos volvamos a ver.

Hasta entonces, buena mar y mejores vientos,

F

El dolor me aprieta con fuerza, se hunde en los pulmones y me atraviesa el pecho. Las lágrimas empiezan a brotar, tantas que no puedo ver bien, aunque no sé por qué lloro.

Rebusco en mi memoria, pero por más que lo intento, no recuerdo quién podría haber escrito esta carta. Aun así, algo me resulta familiar. Algo que hace que la apriete con fuerza contra mi pecho, con cuidado para que las lágrimas no borren la tinta.

—¿Amora?

Me sobresalto al escuchar la voz de Bastian y me enderezo. Tal vez solo es que este año me está pasando factura. Si no es eso, ¿por qué estaría llorando por alguien que no conozco? Debe ser una broma, una extraña broma de despedida de Casem.

Pero no tiro la carta. La doblo cuidadosamente y la guardo en mi bolsillo, tomando aliento para recuperarme. Cuando me vuelvo hacia Bastian, no es con lágrimas, sino con una sonrisa.

Sea de quien sea esta carta, si lo que dice es cierto, entonces me han hecho un regalo. Y lo voy a aprovechar, por ellos.

—¿Rumbo a Zudoh? —pregunto.

Bastian se pone tenso, y eso me recuerda que ya no puedo saber lo que siente. Pero no necesito sentir su alma; ahora puedo verla, ardiente, hermosa y brillante como las estrellas. Se aclara la garganta, esforzándose tanto por no dejar salir las lágrimas que me levanto y tomo una de sus manos entre las mías. Pongo la otra al lado de la suya, con los dedos entrelazados sobre el timón.

—Rumbo a Zudoh— repite, y el orgullo brilla en sus ojos.

—Y por cien aventuras más.

El mar nos llama para abrazarnos. Solo yo y él, una chica y un pirata, listos para conquistar el mundo.

AGRADECIMIENTOS

Todos me advirtieron de que escribir el segundo libro iba a ser difícil, pero me siento engañada: ¡nadie me dijo que escribir los agradecimientos sería la parte más complicada! ¿Por dónde empezar?

Primero, doy gracias a Dios por haberme ayudado a sobrevivir a la maldición del segundo libro y por poner a personas sensacionales y a un equipo increíble en mi vida. Este proyecto ha sido mucho más desafiante de lo que esperaba, pero estar rodeada de gente tan maravillosa lo hace mucho mejor.

A mi madre y a mi padre. Ya les di las gracias por el cariño y el apoyo, así que esta vez les doy las gracias por haber vendido ejemplares a desconocidos en cualquier lugar y haberme hecho pasar vergüenza. Por favor, dejad de leer a partir del capítulo treinta y dos, os quiero mucho.

Josh, por no pensar que tenía delirios de grandeza hace cinco años cuando dije que iba a construir una franquicia como Patrick Rothfuss. Gracias por escucharme siempre e intentar darle sentido al loco mundo editorial conmigo, incluso cuando muchas veces no tiene ningún sentido.

Tomi, no puedo imaginar este proceso sin ti. Gracias por las llamadas, las veces que hemos trasnochado, el KBBQ y la comida tailandesa, los vídeos de YouTube, todo. Eres mi persona favorita para construir imperios. *Insertar la cita no oficial de Azula aquí.*

Shea, estoy escribiendo esto mientras estoy en cuarentena y ¡te echo tanto de menos! Estoy tan feliz de que vivamos en la misma ciudad y nos guste la comida tailandesa, y de poder contar con tu amistad.

Haley Marshall, nunca dejaré de sentirme mal por la cantidad de veces que te pido que leas cosas. Gracias por estar siempre ahí, por tus ojos, tus oídos, tu cerebro, tu corazón y, lo más importante, las imágenes de Peter.

Kristin Dwyer, mi gemela pequeña, por dónde empezar. Gracias por ser una de las personas más magníficas que he conocido, por ser simplemente tú y por hacer que el K-Drama entrara en mi vida. Me ha cambiado para siempre (y ahora también lloro mucho más, gracias). Me pregunto si también debería dar las gracias a Lee Min-ho en estas páginas…

Rachel Griffin, este mundo no es lo bastante puro para ti. Gracias por ser una persona maravillosa a la que tengo la suerte de conocer. Estoy muy feliz de haber logrado ser una Bruja de Invierno.

Shelby RapMonster Mahurin, me gustaría ser la mitad de tranquila que tú, y tener tal vez una cuarta parte de tus habilidades raperas. Gracias por no huir cuando te secuestré. #Compisdeliteraparasiempre

Adrienne Young, por una buena dosis de realismo y perspectiva. Te respeto y te admiro muchísimo a ti y a tu increíble ética de trabajo.

A mi agente, Peter Knapp, le estaré eternamente agradecida por ayudarme y apoyarme a mí y a este libro. ¡Estoy increíblemente feliz de trabajar con un representante tan fenomenal!

En Imprint, mil gracias a mis dos editores, Nicole Otto y Erin Stein.

Nicole, no creo que exista nadie más que entienda este mundo y estos personajes tanto como tú. Estoy muy agradecida de haber trabajado contigo en la historia de Amora, y ahora nunca te escaparás de mí. ¡Bieeeen! :-)

Y Erin, tu genialidad y tus habilidades editoriales son inspiradoras. Gracias por formar un equipo tan increíble en Imprint. Tengo la suerte de poder «dejar mi huella» con todos vosotros.

Natalie Sousa, diosa del diseño, imagíname haciéndote una reverencia ahora mismo. Al comienzo de todo este proceso, estaba muy nerviosa por la portada y por si me gustaría o si podría dar mi opinión. Pero al trabajar contigo, me di cuenta de que fue una estupidez. Estos libros son impresionantes, gracias, gracias.

John Morgan, Jessica Chung y Camille Kellogg, por la cantidad interminable de trabajo que sin duda tuvisteis que hacer para ayudar a preparar este libro para el público.

Morgan Rath, mentalmente me refiero a ti como mi maga publicista cada vez que recibo un correo electrónico tuyo. Pero ese título no es lo suficientemente bueno. ¿Reina de la Magia Publicista, tal vez? ¿Gran maestra de la publicidad? ¡Seguiré pensando para encontrar algo adecuado que sea tan maravilloso como tú!

Allegra Green y Olivia Oleck, estoy muy feliz de poder trabajar con vosotras en *marketing*. Sois tan inteligentes, tan geniales, vuestros correos siempre me alegran el día. ¡Tengo un equipo increíble!

Linda Minton e Ilana Worrell, gracias por vuestros ojos expertos y vuestra ayuda para preparar este libro (y por daros cuenta de todas las veces que cambié el color de ojos de alguien a la mitad del libro).

Y a muchos más en Macmillan, la lista es larga pero potente: Melissa Croce, Julia Gardiner, Allison Verost, Molly Brouillette, Kathryn Little, Mariel Dawson, Lucy Del Priore, Jordan Winch, Kristin Dulaney, Raymond Ernesto Colón, Dawn Ryan, Hayley Jozwiak, y Lois Evans, gracias por formar parte de este fantástico equipo.

Roxane Edouard, Ema Barnes y Abigail Koons, gracias por el increíble trabajo que habéis hecho para lograr que este libro llegue a las manos de lectores de todo el mundo. Es un sueño verlo llegar a lectores de diferentes países.

Gemma O'Brien, reina del arte, gracias por darle vida a este mundo en la portada. Es todo lo que esperaba y más, y me encanta.

A la tripulación de la *Presa de Quilla*, gracias a todos por apoyarme desde el principio y por el entusiasmo que habéis mostrado por esta saga. Significa muchísimo para mí, y estoy encantada de poder compartir este mundo con todos vosotros. ¡Un agradecimiento especial para los miembros Madison Nankervis, Nicole Faerber, Bianca Visagie, Brithanie Faith Richards, Jennifer Doehler, Brie Chelton Wood, Holly Hughes, Claire Eva Leyton, Bre Lynn R., Nikole Clow, Deidreanna Isak, Chantel Pereira, Mara Hubl, Jessica Olson, Dana Nuenighoff, y Lily A.!

Y a todos los lectores que han llegado hasta aquí, a todos los que me han apoyado a mí y a estos libros en el camino, gracias. Vuestras cartas, mensajes, arte y entusiasmo han significado para mí más de lo que nunca podríais imaginar. Gracias a todos por subir a bordo de la *Presa de Quilla* y emprender este viaje conmigo. ¡Lo hemos conseguido!

Si te ha gustado este libro, no te pierdas estos otros títulos

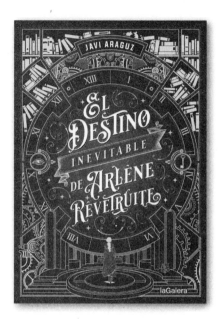